WISE SAYING

임마누엘 칸트

학문

Study

김동구 엮음

明文堂

머리말—세상 살아가는 지혜

『명언(名言)』(Wise Saying)은 오랜 세월을 두고 음미할 가치가 있는 말, 우리의 삶에 있어서 빛이나 등대의 역할을 해주는 말이다. 이 책은 각 항목마다 동서양을 망라한 학자·정치가·작가·기업가·성직자·시인……들의 주옥같은 말들을 예시하고 있다.

이러한 말과 글, 시와 문장들이 우리의 삶에 용기와 지침이 됨과 아울러 한 걸음 나아가 다양한 지적 활동, 이를테면 에세이, 칼럼, 논문 등 글을 쓴다든지, 일상적 대화나, 대중연설, 설교, 강연 등에서 자유로이 적절하게 인용할 수 있는 여건을 충족시켜 줄 것이다.

독자들은 동서양의 수많은 석학들 그리고 그들의 주옥같은 명언과 가르침, 사상과 철학을 접할 수 있는 좋은 기회를 얻음으로써 한층 다양하고 품격 높은 삶을 영위할 수 있을 것이다.

이 책은 각 항목 별로 다음과 같이 구성되어 있다.

【어록】

어록이라 하면 위인들이 한 말을 간추려 모은 기록이다. 또한 유학자가 설명한 유교 경서나 스님이 설명한 불교 교리를 뒤에 제자들이 기록한 책을 어록이라고 한다. 각 항목마다 촌철살인의 명언, 명구들을 예시하고 있다.

【속담·격언】

오랜 세월에 걸쳐서, 민족과 지역의 수많은 사람들의 생생한 경험을 통해서 여과된 삶의 지혜를 가장 극명하게 표현하는 것이기 때문에 문자 그대로 명언 가운데서도 바로 가슴에 와 닿는 일자천금(一字千金)의 주옥같은 말이라고 할 수 있다.

【시 · 문장】

항목을 그리는 가장 감동 감화적인 표현이라고 할 수 있다. 가장 마음속에 와 닿는 시와 문장을 최대한 발췌해 수록했다.

【중국의 고사】

동양의 석학 제자백가, 사서오경(四書五經)을 비롯한 《노자》《장자》《한비자》《사기》……등의 고사를 바탕으로 한 현장감 있는 명언명구를 인용함으로써 이해도를 한층 높여준다.

【에피소드】

서양의 석학, 사상가, 철학자들의 삶과 사건 등의 고사를 통한 에피소드를 접함으로써 품위 있고 흥미로운 대화를 영위할 수 있는 소양을 갖추는 계기가 된다. 그 밖에도 【우리나라 고사】 【신화】 【명연설】 【명작】 【전설】 【成句】…… 등이 독자들로 하여금 박학한 지식을 쌓는 데 한층 기여해줄 것이다.

많은 서적들을 참고하여 가능한 한 최근의 명사들의 명언까지도 광범위하게 발췌해 수록했다. 그러나 너무도 많은 자료들을 수집하다 보니 미비한 점도 있을 것으로, 독자 여러분의 너그러운 이해를 바란다.

운계 김동구
— 雲溪 金東求

차 례

학문

학문 study 學問

【어록】

▣ 먹줄에 따르면 곧 똑바르게 된다(木從繩則正 : 인간도 배움으로써 행위를 올바르게 할 수 있다). —《효경》

▣ 피상적인 학문(참된 깨달음이 없는 학문)으로써는 사람들의 스승이 되기가 부족하다(記問之學 不足以爲人師). —《예기》

▣ 배운 연후에야 부족함을 알고, 가르친 연후에야 괴로움을 안다(學然後知不足 敎然後知困 : 배우는 것과 가르치는 것은 별개의 것이 아니다). —《예기》

▣ 옥은 닦지 않으면 그릇이 될 수 없고, 사람은 배우지 않으면 도(道)를 알 수 없다(玉不琢 不成器 人不學 不知道). —《예기》

▣ 배우고서 때로 익히면 즐겁지 아니한가(學而時習之 不亦說乎). —《논어》 학이

▣ 아는 것은 좋아하는 것만 못하고, 좋아하는 것은 즐기는 것만 못하다(知之者 不如好之者 好之者 不如樂之者). —《논어》 옹야

▣ 학문은 아무리 해도 미치지 못하는 듯이 애써야 하고, 오히려 이를 잊어버리지나 않을까 두려워해야 한다(學如不及 猶恐失之).

— 《논어》 태백

▣ 영민하고 배우기를 좋아하여 아랫사람에게 묻기를 부끄러워하지 않는다(敏而好學 不恥下問 : 진실로 배우기를 좋아하는 사람이라면 자신보다 못한 사람에게도 기꺼이 물어볼 줄 알아야 한다는 것을 역설적으로 표현한 것이다). — 《논어》 공야장

▣ 열다섯 살이 되어 학문에 뜻을 세웠다(十有五而志于學).

— 《논어》 위정

▣ 옛날 학자들은 몸을 닦기 위해 공부했는데, 오늘날 학자들은 남에게 알려지기 위해 공부한다(爲人之學 爲己之學). — 《논어》

▣ 나면서부터 아는 자는 상등이고, 배워서 아는 자는 버금이고, 바쁜 대목에 배우는 자는 그 버금이고, 바쁜 대목에 들어서도 배우지 않는 자는 하등이다(生而知之不學 民斯爲下矣 : 『生而知之』는 학문을 닦지 않아도 태어나면서부터 안다는 뜻). — 《논어》 계씨

▣ 먼저 알아야 한다. 안다는 것은 모르는 데 비하여 훨씬 유익한 일이다. 그러나 안다는 것만으로는 아직 참된 지식이라고는 할 수 없다. 배워 알기를 사랑해야 한다. 억지로 배우는 것이 아니라, 배우는 것에 애착심이 가야 한다. 그러나 그것보다 더 높은 단계는, 배우고 깨치는 것에 무한한 즐거움을 느낀다는 것에 있다. 깨쳐 가는 진리에 즐거움을 발견할 수 있다면 진정 인생에 통달한 사람이다.

— 《논어》

■ 아래를 배워 위에 달한다(下學而上達 : 밑에서부터 차츰 배워 올라가서 위에까지 도달한다). —《논어》 헌문

■ 널리 배워서 뜻을 두텁게 한다(博學而篤志 : 학문을 하는 데는 넓게 배우도록 힘쓰고, 배워서 얻은 도(道)는 마음에 소중하게 간직하여 실행한다). —《논어》 자장

■ 배우고 생각하지 않으면 어두우며, 생각하고 배우지 않으면 위태롭다(學而不思則罔, 思而不學則殆). —《논어》 위정

■ 학문이란 추구할수록 뜻한 바를 잃을까 두려워지는 것이다. —《논어》

■ 어진 이를 어질게 여겨 받들되 호색함과 바꾸어 성심껏 할 것이며, 부모를 섬기되 능히 힘을 다하며, 임금을 섬기되 신명(身命)을 버리며, 벗과 더불어 사귀어 언행에 신의 있으면 비록 배우지 못했다 한들 나는 그를 학문 있는 사람이라 말하리라. —《논어》

■ 학문이라는 사업은 우물을 파는 것과 같다. 샘에 이르지 않으면 우물을 버리는 것과 같다. —《맹자》

■ 포식(飽食)하고 따뜻한 옷을 입고 편히 지내면서 배우지 않는다면 곧 금수(禽獸)에 가깝다. —《맹자》

■ 쪽에서 나온 푸른빛이 쪽보다 더 푸르다(靑出於藍 而靑於藍 : 푸른색이 쪽빛보다 푸르듯이, 얼음이 물보다 차듯이, 면학을 계속하면 스승을 능가하는 학문의 깊이를 가진 제자도 나타날 수 있다는 말). —《순자》

■ 나를 그르다고 하면서 상대하는 이는 나의 스승이다. —《순자》

▣ 상학(上學)은 몸으로 듣고, 중학(中學)은 마음으로 듣고, 하학(下學)은 귀로 듣는다(최상의 수학태도는 정신 들여 듣고, 중등의 그것은 마음에 새겨듣고, 가장 나쁜 그것은 그저 귀에 담을 뿐이다).
— 《순자》

▣ 소인의 학문은 귀로 들어와 입으로 나오니, 입과 귀 사이는 겨우 네 치(寸)뿐, 무엇으로써 일곱 자(尺)의 몸을 아름답게 할 수 있겠는가(小人之學也 入乎耳 出乎口 口耳之間 則四寸耳 曷足以美七尺之軀哉).
— 《순자》

▣ 화살을 메겨 시위를 당기기는 하나 활을 쏘지는 않는다(引而不發 : 남을 가르칠 때는 스스로 그 이치를 깨달을 수 있도록 학문하는 방법만 가르치고, 함부로 모든 것을 다 가르치지는 않음).
— 《맹자》

▣ 배우는 데 시간이 없다고 하는 자는, 시간이 있더라도 또한 배울 수 없다.
— 《회남자》

▣ 학문의 넓음은 게으르지 않은 데 있고, 게으르지 않음은 뜻이 굳은 데 있다(學之廣在於不倦 不倦在於固志).
— 《포박자(抱朴子)》

▣ 학문 있는 자들의 가난함을 학문 없는 자들의 부귀함과 비겨서는 안된다(不得以有學之貧賤 比於無學之富貴).
— 《안씨가훈》

▣ 책이 배 속에 가득 찼어도 한보따리 금전보다 못하다(文籍雖滿腹 不如一囊錢 : 학문을 아무리 잘해도 실행이 따르지 않으면 주머니에 든 돈만 못하다).
— 왕충(王充)

▣ 대학(大學)의 길은 명덕(明德)을 밝히는 데 있고, 백성과 친하는

데 있고, 지선(至善)에 이르는 데 있다(大學之道 在明明德 在新民 在止於至善).

— 《대학》

▣ 배움을 그치지 말라, 관을 덮을 때까지.　— 《한시외전》

▣ 선비는 마땅히 세상 근심을 먼저 근심하고, 세상 즐거움은 뒤에 즐긴다(士當先天下之憂而憂後天下之樂而樂).

— 범중엄(范仲淹) / 《악양루기(岳陽樓記)》

▣ 학문은 많이 하는 데 있지 않고, 요컨대 근본에 정통하는 데 있다.

— 《공총자(孔叢子)》

▣ 대인의 배움은 도를 위한 것이고, 소인의 배움은 이(利)를 위한 것이다.　— 《법언(法言)》

▣ 배우는 자는 우모(牛毛)와 같고, 이루는 자는 인각(麟角)과 같다(學若牛毛 成如麟角 : 우모는 소털로 흔한 것, 인각은 귀하고 적은 것의 비유).　— 《북사》

▣ 편안히 거하는데 가구랑 좋은 집이 무슨 필요이겠는가. 책에 황금으로 지은 집이 절로 있거늘(安居不用架高堂 書中自有黃金屋).

— 조항(趙恒) / 권학문(勸學文)

▣ 밭이 있어도 갈지 않으면 곳간은 비리라. 책이 있어도 가르치지 않으면 자손은 우매하리라. 곳간이 비면 세월을 지내기가 구차하고, 자손이 우매하면 예의에 성기리라. 오직 갈지 않고 가르치지 않음은 이 곧 부모의 허물이다(有田不耕倉廩虛 有書不敎子孫愚 倉廩虛兮歲月乏 子孫愚兮禮義疎 若惟不耕與不敎 是乃父兄之過歟).

— 백거이

▣ 재능 많은 선비의 재주는 여덟 말이 되고, 박식한 유학자의 학문은 다섯 수레를 넘는다(多才之士才儲八斗 博學之儒學富五車).

— 《유학경림(幼學瓊林)》

▣ 소년은 쉽게 늙고 학문은 이루기 어렵다. 순간의 세월을 헛되이 보내지 마라. 연못가의 봄풀이 채 꿈도 깨기 전에 계단 앞 오동나무 잎이 가을을 알린다(少年易老學難成 一寸光陰不可輕 未覺池塘青草夢 階前梧葉已秋聲).

— 주희(朱熹)

▣ 학자의 잉크는 순교자의 피보다 더 신성하다. — 마호메트

▣ 학문이 있고 그 위에 신을 사랑하는 사람은 누구를 닮았을까? 그는 연장을 든 명공(名工)과도 같다. 학문은 있으나, 그 마음이 신의 사랑으로써 채워져 있지 않은 사람은 연장이 없는 공인(工人)과 같다. 신을 사랑하고는 있으나 학문을 돌보지 않는 사람은 연장을 가지고 있으나 일을 모르는 공인과 같다.

— 《탈무드》

▣ 나는 스승에게서 많은 것을 배웠고 친구에게서 많은 것을 배웠고 심지어 제자들에게서도 많이 배웠다. — 《탈무드》

▣ 고양이로부터 겸허함을, 개미로부터 정직함을, 비둘기로부터 정절을, 수탉으로부터 재산권을 배울 수 있다. — 《탈무드》

▣ 사람은 매일 무언가 새로운 것을 배운다. — 솔론

▣ 배우는 데 정해진 방법은 없다. — 아리스토텔레스

▣ 보편적이 아닌 것에는 학문이 없다. — 아리스토텔레스

▣ 학문은 번영의 장식, 가난의 도피처, 노년의 양식이다.

— 아리스토텔레스

▣ 오오, 너희 세상의 길을 인도하는 학문이여, 덕을 구하기를 잘하고, 모든 악덕을 좇는 학문이여, 너희 가르침에 따라 유익하게 지내는 하루는 죄에 싸인 장생(長生)보다도 낫다. — M. T. 키케로

▣ 아무것도 배우지 않고 있기보다는 무용한 사물이라도 배우는 편이 낫다. — L. A. 세네카

▣ 학문은 인격에 옮긴다. — 오비디우스

▣ 배우는 일 이외의 모든 것에는 싫증이 온다. — 베르길리우스

▣ 곤란을 조장하는 일이 바로 학문이다. — 퀸틸리아누스

▣ 모든 사람이 배우고 싶어 하지만, 누구도 그 대가를 지불하지 않는다. — 유베날리스

▣ 예술이 쇠퇴할 때 학문은 번영한다. 거기서는 또 직장(職匠)의 뼈 빠지는 노력이 필요하다. 지식은 예술이 아니기 때문에.

— 크리시포스

▣ 내가 만일 학문적 성과를 얻었다면 그것은 과거의 위대한 사람들의 업적을 발판으로 해서 얻어진 것이다. — 아이작 뉴턴

▣ 학문은 즐거움과 장식과 능력을 위해서 도움이 된다.

— 프랜시스 베이컨

▣ 술책에 능란한 사람은 학문을 멸시하고, 단순한 사람은 학문을 경탄하며, 슬기로운 사람은 학문을 이용한다. — 프랜시스 베이컨

▣ 학문하는 데 지나치게 많은 시간을 소비하는 것은 게으른 짓이다. 그것을 지나치게 많이 장식하는 데 사용한다면 허식이다.

— 프랜시스 베이컨

▣ 역사는 인간을 현명하게 만들고, 시는 재주 많은 사람으로 만들고, 수학은 예민하게 만들고, 자연철학은 심원하게 만들고, 윤리학은 중후하게 만들고, 논리학과 수사학은 의론에 뛰어나게 한다.

— 프랜시스 베이컨

▣ 외적 사물에 관한 학문은, 도덕에 관한 나의 무지를 위로해 주지 못할 것이다. 그러나 덕성(德性)에 관한 학문은 외적인 학문에 대한 나의 무지를 항상 위로해 줄 것이다. — 파스칼

▣ 인간의 참된 학문, 참된 연구는 인간이다. — 피에르 샤롱

▣ 학자의 소임은 사람들에게 자연현상 속의 진상들을 보여줌으로써 사람들을 기쁘게 하고, 끌어올리고, 인도하는 것이다.

— 랠프 에머슨

▣ 학문에만 집착해 있으면 안 된다. 그것만으로는 완전한 인물이 되어 있지 않기 때문이다. — 랠프 에머슨

▣ 가장 학식 있는 인간이 반드시 가장 현명한 자는 아니다.

— 프랑수아 라블레

▣ 양심이 결여된 학문은 정신의 황폐에 지나지 않는다.

— 프랑수아 라블레

▣ 나는 농민을 사랑한다. 왜냐하면 그들은 왜곡된 판단을 내릴 만큼 학문을 갖고 있지 않기 때문이다. — 몽테뉴

▣ 옛날부터 내려오는 생각—예컨대 서양의 대철학가들의 생각—에 의하면 학문에는 두 가지 문제가 있다고 보았다. 본질적이고 크고 보편적인 문제와, 본질적이 아닌, 이를테면 우연한 문제다. 그런데

우리 생각에 의하면 학문에 본질적인 큰 문제 같은 것은 존재하지 않는다. — 비트겐슈타인

▣ 학문은 젊은이들이 기대는 난간이다. — 라로슈푸코

▣ 학문을 경멸하는 것도 문제지만, 학문을 과신하는 것도 어리석은 일이다. 모든 물체에는 길이도 있고, 부피와 무게도 있다. 학문으로 인간의 가치를 측정하려 하는 것은, 마치 자(尺)를 가지고 그 사람의 체중을 재 보려는 것과 같다. — 조지 이스트먼

▣ 박학(博學)—학문에 부지런한 사람의 특색으로서, 일종의 무지(無知)다. — 앰브로즈 비어스

▣ 학문은 어떤 사람에게 있어서는 거룩한 여신이며, 또 어떤 사람에게 있어서는 버터를 공급해 주는 유능한 암소다.

— 프리드리히 실러

▣ 미네르바의 부엉이는 황혼녘이 되어서야 비로소 비상(飛翔)한다. (미네르바는 로마신화에 나오는 지혜의 여신이고, 부엉이는 그가 부리는 새. 즉 학문은 현실의 뒤를 좇는다는 뜻)

— 게오르크 헤겔

▣ 서적을 난용(亂用)하면 학문을 죽인다. — 장 자크 루소

▣ 학문한 인간은 공부로써 시간을 소비하는 게으름뱅이다.

— 조지 버나드 쇼

▣ 책을 뒤지고 있는 학자는……마침내는 사색하는 능력을 완전히 상실하고 만다. 책을 뒤지지 않을 때는 생각하지 않는다.

— 프리드리히 니체

▣ 학문에 대한 사랑과 금전에 대한 사랑은 좀처럼 일치하지 않는다.
— 조지 허버트

▣ 학자는 『자연』의 탐구를 기뻐한다. — 알렉산더 포프

▣ 세상의 위대한 인물은 흔히 위대한 학자가 아니었고, 위대한 학자가 위대한 인물도 아니었다. — 올리버 홈스

▣ 학문은 우리가 얼마나 무식한지를 깨우쳐 주는 것 이외엔 거의 쓸모가 없다. — 펠리시테 라므네

▣ 근로는 신체를 살찌게 하고, 학문은 심령을 살찌게 한다.
— 새뮤얼 스마일스

▣ 대학은 빛과 자유와 학문의 장소여야 한다.
— 벤저민 디즈레일리

▣ 배우는 일은 공자에게는 끝없는 행복이다. 옛것을 익히고 배우는 데 대한 관심은 늘 인간적인 것과 관계되며, 또 그것은 삶의 질서에 도움을 준다. — 엘리아스 카네티

▣ 학문은 페스트이며, 지식은 병원이다. 지식은 사람을 불행하게 만든다. — 알렉산드르 그리포예도프

▣ 보조금을 받은 학문은 남에게 구속되거나 조종되지 아니하는 사람들과의 접촉에 의한 자극이 없으면 창의력을 결여하고, 혁신에 저항하고 병약하고 또한 보수적인 것이 되기 쉽다.
— 허버트 조지 웰스

▣ 나에게 자연의 불의 섬광을 달라. 그것이 내가 바라는 학문이다.
— 로버트 번스

▣ 학문은 보편을 향해 노력하고, 예술은 귀감을 향해 노력한다.

— 로베르트 무질

▣ 학위가 있다는 것은 단순히 학교 의자에 오랫동안 앉아 있었다는 표시에 지나지 않는다. 그것은 무엇을 배웠느냐와 배운 것을 이용해서 무엇을 할 수 있느냐 하는 것과는 전혀 별개의 것이다.

— 피터 드러커

▣ 수학은 평화의 안식처이며, 그것 없이는 어떻게 지내야 할지 모르겠다. — 버트런드 러셀

▣ 나의 학문은 모두 고심(苦心)과 극력(極力)으로 얻은 것이다.

— 서경덕

▣ 사람이 이 세상에 나서 학문하지 않고서는 사람다울 수 없다.

— 이이(李珥)

▣ 그러하나 학문에는 바르고 바르지 못함이 있고, 선비에는 참이고 참 아닌 것이 있으니 귀로 들어가 입으로 나오고 몸소 실행하는 데 관계없으면 학문이 아니요, 말과 실행이 다르고 힘써 시속을 따르는 것은 선비가 아닙니다. — 노수신

▣ 학문하는 길은 다른 것이 없고 그 놓인 마음을 구할 뿐이라.

— 노수신

▣ 훈고학은 옛날 경전(經傳) 가운데의 문자와 문구의 정의들을 정확히 해석함으로써 그것이 담고 있는 도(道)의 기본 내용을 옳게 이해하며 그를 실천하자는 것이다. — 정약용

▣ 옛날에는 학문을 하는 데 다음과 같은 다섯 가지—즉 박학(博

學)·심문(審問)·신사(愼思)·명변(明辯)·독행(篤行)을 다 같이 하였다. 그러나 지금 학문을 하는 사람들은 첫째로 박학 한 가지에만 힘쓸 뿐이고, 심문 이하는 돌아보지도 않는다. — 정약용

▣ 학문을 하는 데 있어서 실제 있지도 않은 것으로써 일을 삼아서 다만 속이 텅 비고 엉성한 잔꾀로써 방법을 삼는다거나, 그 올바른 이치를 찾지 않고서 다만 먼저 잘못 얻어들은 말로써 주장을 삼는다면, 그것은 성현(聖賢)의 길에 어긋나지 않음이 없을 것이다.

— 김정희

▣ 그런 고로 학문이란 것은, 부경(浮經)한 성질과 추솔(麤率)한 뇌근(腦筋)으로는 결코 심조자득(深造自得)치 못하고 오직 침착한 성질과 정세(精細)한 뇌근을 가지고야 되는 것이다. — 박은식

▣ 학술로써 천하를 구한 자도 있고 학술로써 천하를 죽인 자도 있다.

— 박은식

▣ 학문을 하는 목적과 방식의 응용이 사람 사람에 다르고, 국가 국가에 따라 같지 아니하다. 학문을 하는 목적이 진리를 추구하는 그 자체에 있을 수 있고, 또한 진리를 추구함으로써 자기 개인이나 자기 민족이나 나아가서는 인류문화에 공헌하려는 데 있을 수도 있으며, 또한 그 반면에 학문을 하는 것이 개인의 입신양명(立身揚名)을 목적으로 하는 것도 있을 수 있는 일이요, 또한 다른 면으로는 이에서 생활방도를 찾는 것으로써 그 목적을 삼는 것도 서양 각국에서는 볼 수 있는 일이다. — 백낙준

▣ 다시 말하면 학문은 진리와 정의를 위하여야 하고 또한 즐거워야

한다. — 정범석

▣ 옛날 사람들이 학업을 익히는 데는 반드시 그 장소가 있었다. 국가에는 학(學)이 있고, 향당(鄕黨)에는 상(庠)이 있으며, 술(術)에는 서(序)가 있다. 집에는 숙(塾)이 있었던 것과 같다. — 이숭인

▣ 학문이라는 것은 책을 많이 읽었다고 해서 이루어지는 것도 아니고 자료가 많이 모였다고 해서 논문이 써지는 것이 아니라고 생각한다. 여기 첨가해서 가장 중요한 일은, 의문점을 발견해야 하고 그 의문점을 부단히 생각하고 또 되씹어 보아야 한다는 것이 체험에서 얻어진 결론이다. — 장사훈

▣ 학문은 지식의 체계이다. — 조지훈

▣ 학문하는 자세의 첫째는 호기심 있어야 하고, 둘째는 자존심이 있어야 하며, 셋째는 고독을 즐길 줄 알아야 한다. — 김용옥

▣ 모든 과학도 결국 인간학이다. — 김용옥

▣ 학문을 쌓는 자는 노역과 고민을 쌓는다. — 미상

【속담 · 격언】

▣ 글 못하는 놈 붓 고른다. (학식이나 기술이 부족한 사람일수록 다른 것을 탓한다) — 한국

▣ 글 속에 글 있고 말 속에 말 있다. (글이나 말은 그 속에 깊은 뜻을 담고 있다) — 한국

▣ 글 잘하는 자식 낳지 말고 말 잘하는 자식 나으랬다. (학문에 능한 사람보다 구변 좋은 사람이 처세에 유리하다) — 한국

▣ 글 모르는 귀신 없다. (귀신도 글을 알고 있은즉, 사람은 마땅히 글을 배워야 한다) — 한국

▣ 글에 미친 송생원. (다른 일은 도무지 돌보지 않고 오직 글만 읽는 사람을 두고 이름) — 한국

▣ 알아야 면장하지. (출세를 하려면 배워야 한다) — 한국

▣ 글은 제 이름만 쓸 줄 알면 그걸로 족하다. (書足以記姓名) — 중국

▣ 적에게조차 배우는 것은 불법이 아니다. — 영국

▣ 사람은 타인의 어리석음에 의하여 스스로 현명하게 하는 법을 배운다. — 영국

▣ 학문은 너무 늦었다는 경우는 없다. (It is never too late to learn.) — 영국

▣ 학문에 왕도(王道)는 없다.(There is no royal road to learning.) — 영국

▣ 돈을 사랑하는 것과 학문을 사랑하는 것은 좀처럼 일치되지 않는다. — 영국

▣ 경험 있는 자는 학문 있는 자보다 낫다. — 스위스

【시 · 문장】

오늘 배우지 아니하고 내일이 있다고 하지 말라.

올해 배우지 아니하고 내년이 있다고 하지 말라.

날과 달은 간다. 나로 하여금 늦추지 않나니

아아! 늙었구나. 이 누구의 허물인고.

勿謂今日不學而有來日　물위금일불학이유내일
勿謂今年不學而有來年　물위금년불학이유내年
日月逝矣歲不我延　일월서의세불아연
嗚呼老矣是誰之愆　오호노의시수지건

— 주희 / 권학문

만물(萬物)을 삼겨 두고 일월(日月) 없이 살리러냐
방촌신명(方寸神明)이 긔 아니 일월인가
진실로 학문(學問) 곳 아니면 일월식(日月食)이 저프니라.

— 고응척(高應陟) / 《두곡집(杜谷集)》

덕(德)으로 일삼으면 제 분(分)인 줄 제 모르며
징분(懲忿)을 접어 보면 질욕(窒慾)인들 뉘 모르리
학문(學文)을 보배로 알아야 거취적중(去取適中)하리라.

— 낭원군(朗原君) 이간(李偘)

인생은 한 권의 책과 같다
어리석은 이는 그것을 마구 넘겨버리지만
현명한 이는 열심히 읽는다
인생은 단 한 번만 읽을 수 있다는 것을

알기 때문이다.

— 장 파울 / 인생은 한 권의 책과 같다

집을 부하게 함에는 양전(良田)을 살 것이 없다. 글 가운데 천 가지의 곡물이 있는 것을. 거처를 평안히 함에는 고당을 세울 것이 없다. 글 가운데 스스로 황금의 집이 있는 것을. 문을 나감에 뒤따르는 사람 없는 것을 한하지 마라. 글 가운데 거마의 많기가 떨기와 같도다. 아내를 취함에 좋은 중매 없음을 한하지 마라. 글 가운데 여인이 있으되 얼굴이 옥과 같도다. 사나이 평생의 뜻을 이루고자 하거든 육경(六經)을 창 앞에 펴놓고 부지런히 읽으라.

— 진종황제(眞宗皇帝) / 권학문

학문은 즐거움을 돕는 데, 장식용에, 그리고 능력을 기르는 데 도움이 된다. 즐거움으로서의 주 효용(效用)은 혼자 한가할 때 나타난다. 장식용으로서는 담화 때에 나타나고, 능력을 기르는 효과는 일에 대한 판단과 처리 때 나타난다. 숙달한 사람은 일을 하나하나 처리하고, 개별적인 부분을 판단할 수 있을지 모른다. 그러나 일에 대한 전반적인 계획, 구상, 통제에 있어서는 학문 있는 사람이 제일 낫다. 학문에 지나친 시간을 소비하는 것은 나태다. 그것을 지나치게 장식용으로 쓰는 것은 허세다. 하나에서 열까지 학문의 법칙으로 판단하는 것은 학자의 버릇이다. 학문은 천품을 완성하고, 경험에 의하여 그 자체가 완성된다. 그리고 학문이 경험에 의하여 한정되지 않으면, 그것만으로는 제시되는 방향이 너무 막연하다. 약빠른 사람은 학문을 경멸하고, 단순한 사람은 그것을 숭배하고, 현명한 사람은 그것을 이용한다. 즉 학문의 용도는 그 자체가 가르쳐 주는 것이 아니라, 학문을 초월한 관찰로써 얻어지는 지혜에 속하는 문제이기 때문이다. 학문은 발전하여 인격이 된다. 그뿐 아니라, 적당한 학문으로 제거할 수 없는 지능의 장해 고장이란 있지 않다. 그것은 마치 육체의 질병에 대하여 거기에 적당한 치료운동이 있는 것과 같다. — 프랜시스 베이컨 / 학문

종교뿐 아니라 모든 학문은 따지고 보면 파스칼이 내건 노름의 대상 바로 그것이다. 『우선 이것을 받아들이십시오. 그러면 나머지 모든 것은 간단히 해결되니까요. 그렇다고 손해 볼 일도 전혀 없습니다. 만일 그것이 틀린 것이라 해도 그 과정에서 여러분들은 많은 것을 배우게 될 것입니다.』 하지만 어떤 사람들은 그런 사고방식에 반항을 하고, 그 『우선』 이라는 말, 어림잡은 그 이론, 그 방법, 그 삼단논법, 겉으로는 이론 정연한 그 조급한 결론을 거부한다. 그러다가 너무 빨리 반항을 함으로써 그들은 다음에 전개될 지식의 통로를 막아 버리고 만다. 왜냐하면 학문이라는 기구는 하나의 집단을 이루고 있으니까. — 앙리 미쇼 / 에콰도르 여행일기

내가 생각하기에, 옛 사람의 학문은 곧 자기를 가르쳐주는 학문이다. 그 학문을 닦아 나가는 차서(次序)는 마치 문을 들어서서 섬돌로 올라서고, 다시 섬돌에서 마루로 올라가며, 마루에서 방으로 들어가는 것

과 마찬가지로 등급이 엄연히 있는 것이다. 그런 때문에 빨리 하고자 해서 위에 말한 등급을 건너 뛸 수도 없고, 그렇다고 미처 가지 못했다고 해서 이것을 폐기할 수도 없다. 그러므로 그저 부지런히 힘써 배워서 문을 지나 대청으로, 방으로 들어가서 도덕의 실속이 가슴 속에 가득 차게 되면 문장의 표현이 빛나지 않을 까닭이 없다.

— 이숭인 /《도은집(陶隱集)》

【중국의 고사】

■ **학이시습**(學而時習) : 《논어》 맨 첫머리에 나와 있는 말로서, 『배우고 때로 익힌다』라고 새겨 읽는다. 맨 첫머리에 이 말을 특히 쓰고 있는 것은 그만한 이유가 있어서인 것으로 풀이된다.

배운다는 것은 새로 알고 깨닫고 느끼고 하는 모두가 포함되어 있는 말이다. 때로 익힌다는 뜻으로 풀이되지만, 실상은 그것이 아니다. 듣고 보고 알고 깨닫고 느끼고 한 것을 기회 있을 때마다 실제로 그것을 행해보고 실험해 본다는 뜻이다. 그렇게 함으로써 배우고 듣고 느끼고 한 것이 올바른 내 지식이 될 수 있으며 내 수양이 될 수 있고, 나아가서는 내 믿음과 인격을 이루게 되는 것이다. 공자는 이렇게 말하고 있다.

『배우고 때로 익히면 또한 기쁘지 아니하냐(學而時習之 不亦說乎).』이 『기쁘지 아니하냐』고 한 말은, 배우고 그 배운 것을 생활을 통해 차츰 내가 타고난 천성처럼 익숙해 가는 기쁨을 말한다. 그것은 마치 자전거를 처음 배우고 자동차를 처음 운전할 때, 조금씩 나아져 가는 자기 기술에 도취되는 그런 것에 비유될 수도 있을 것이다.

계속해서, 『벗이 있어 먼 곳으로부터 오면 또한 즐겁지 아니하냐(有朋自遠方來 不亦樂乎).』하고 학문과 덕이 점점 깊고 높아져서 뜻을 같이하는 사람들이 먼 곳에서 소문을 듣고 찾아오게 되면 그 속에서 참다운 즐거움을 얻게 된다는 뜻이다. 그러나 학문이 깊고 덕이 높아도 세상이 이를 몰라줄 경우도 있다. 그러나 그런 것에 관심을 둘 필요는 없다.

그래서 공자는 끝으로, 『사람이 몰라도 노여워하지 않으면 또한 군자가 아니겠느냐(人不知而不慍 不亦君子乎).』고 말하고 있다. 이 기쁨과 즐거움을 느끼게 되고, 또 세상이 알든 모르든 내가 가야 할 길로 꾸준히 나아가는 것이 인간의 일생을 통한 참다운 삶의 길임을 말한 것이다. 그래서 이 말을 맨 첫머리에 두게 된 것이라고 후세 사람들은 풀이하고 있다. ―《논어》 학이편

▣ **형설지공**(螢雪之功) : 형설(螢雪)은 반딧불과 눈을 말한다. 반딧불과 눈빛으로 글을 읽었다는 고사에 의해, 가난한 어려움을 딛고 고학하는 것을 가리켜 『형설지공을 쌓는다』 고 한다. 후진(後晋) 이한(李瀚)이 지은 《몽구(蒙求)》라는 책에 나오는 이야기다.

손강(孫康)은 집이 가난해서 기름 살 돈이 없었다. 그는 항상 눈(雪)빛으로 글을 읽었다. 그는 젊었을 때부터 청렴결백해서 친구도 함부로 사귀는 일이 없었다. 뒤에 벼슬이 어사대부(御史大夫 : 감

찰원장)에까지 올랐다. 진(晋)나라 차윤(車胤)은 집이 가난해서 기름을 구할 수 없었다. 여름이면 비단 주머니에 수십 마리의 반딧불이를 담아 그 빛으로 글을 비추어 밤을 새우며 공부를 계속했다. 그래서 그는 마침내 이부상서(吏部尙書 : 내무장관)의 벼슬에까지 올랐다.

이 두 이야기에서 고학하는 것을 『형설(螢雪)』이니 『형설지공』이니 말하고, 공부하는 서재를 가리켜 『형창설안(螢窓雪案)』이라고 한다. 반딧불 창에 눈 책상이란 뜻이다. 눈빛과 반딧불로 글자를 볼 수 있었다는 것은, 당시에는 글자가 굵은 것도 이유가 되겠지만, 그들이 그만큼 눈(眼)의 정기를 남달리 좋게 타고 났기 때문이기도 했을 것이다. — 이한(李瀚) / 《몽구(蒙求)》

▣ **곡학아세**(曲學阿世) : 자기가 배운 것을 올바로 펴 볼 생각은 않고, 자기의 배움을 굽혀 가면서 세상의 비위에 맞추어 출세하려는 그런 태도나 행동을 이르는 말.

전한(前漢)의 효경제(孝景帝, BC 155~BC 140)는 제위에 오르자, 천하에 현량한 선비를 두루 구하였는데, 우선 시인이며 학자로 《시경(詩經)》에 능통한 원고(轅固)를 등용하여 박사(博士)를 시켰다. 원고는 성품이 강직한 사람으로, 옳다고 생각하면 목에 칼이 들어와도 두려워하지 않고 할 말을 했다.

경제의 어머니 두태후(竇太后)는 노자(老子)의 숭배자였다. 언젠가 원고가 박식이란 얘기를 전해들은 두태후는 그를 궁중으로 불러들여 《노자》의 내용에 대해 물었다. 원고는 유학자로 노자의 신봉자들을 미워하고 있던 중이었으므로, 『그런 것들은 하인이나 종들이 하는 말에 불과합니다.』하고 한마디로 비하해 버렸다. 성이 난 두태후는 원고를 가축 사육장으로 보내 돼지를 잡아오라고 시켰다.

경제는 그가 유학자로서 자기 소신을 말했을 뿐 다른 죄가 없다는 것을 알고 있었으므로, 몰래 그에게 아주 잘 드는 칼을 보내 주었다. 돼지를 잡는 데 서투른 원고였지만, 원체 칼이 잘 들기 때문에 과히 어렵지 않게 돼지를 잡을 수 있었다. 그 뒤 얼마를 지나자, 경제는 원고를 청렴한 선비라 하여 그를 청하왕(淸河王)의 태부(太傅)로 임명했다. 원고는 오랫동안 태부의 자리에 있다가 병으로 그 자리를 물러났다.

경제의 다음 황제인 무제(武帝, BC 147~BC 87)가 즉위하자, 원고를 현량(賢良)으로 발탁하여 조정으로 불러올렸다. 그러나 아첨을 일삼는 무리들은 원고의 입바른 소리가 무서워 그를 어떻게든지 밀어내려 했다. 그때 원고의 나이 벌써 아흔이 넘어 있었기 때문에 그들은 일제히, 『원고는 이제 너무 늙어서 아무 일도 볼 수가 없습니다.』하며 맞장구를 쳐가며 그를 헐뜯었다. 무제는 그를 파면시켜 집으로 돌려보내고 말았다.

원고가 조정으로 불려 올라왔을 때, 음흉한 공손홍(公孫弘)도 함께 불려 올라오게 되었는데, 공손홍은 원고의 바른말이 무서워 그를 몹시 꺼려했다. 그 공손홍을 보고 원고는 이렇게 말했다.

『……배운 것을 올바로 말하기를 힘쓰고, 배운 것을 굽혀 세상에 아부하는 일이 없도록 하게(務正學以言 無曲學以阿世).』

— 《사기》 유림열전(儒林列傳)

■ **다기망양**(多岐亡羊) : 학문의 길이 너무 다방면으로 갈리어 진리를 얻기 어렵다는 말이다. 『다기망양』은 갈림길이 많아서 양을 찾지 못하고 말았다는 이야기에서 나온 말이다. 학문이나 어떤 재주를 배우는 데 있어서도 그 배우는 방법이 지나치게 여러 가지가 있거나, 지엽적인 것에 구애를 받게 되면 얻으려던 것을 얻지 못하게 된다. 이런 경우를 비유해서 『다기망양』이란 문자를 쓴다.

양자(楊子 : 楊朱)의 이웃사람이 양을 한 마리 잃어버렸다. 그 집에서는 자기 집 사람들은 물론 양자의 집 하인아이까지 시켜 찾아 나서게 했다. 『아니, 양 한 마리가 달아났는데, 웬 사람이 그렇게 많이 찾아나서는 거지?』 양자가 이렇게 묻자, 이웃사람은, 『갈림길이 많기 때문입니다.』 하고 대답했다. 얼마 후 그들이 돌아왔기에, 『양은 찾았는가?』 하고 물었더니, 『놓치고 말았습니다.』 하는 것이었다. 『왜 놓쳤지?』 『갈림길에 또 갈림길이 있어, 양이란 놈이 어디로 갔는지 도무지 알 수가 없어 그만 지쳐서 돌아오고 말았습니다.』

이 말에 양자는 몹시 우울한 표정을 지으며 종일 웃는 일이 없었다. 제자들이 까닭을 물어도 대답을 하지 않았다. 그래서 맹손양(孟孫陽)이란 제자가 선배인 심도자(心都子)에게 가서 사실을 말했다. 심도자는 맹손양과 함께 양자를 찾아뵙고 이렇게 물었다.

『옛날 세 아들이 유학을 갔다 돌아오자, 그 아버지가 인의(仁義)에 대해 물었습니다. 그러자 큰아들은 「몸을 소중히 하고 이름을 뒤로 미루는 것입니다.」라고 대답하고, 둘째아들은 「내 몸을 죽여 이름을 남기는 것입니다.」라고 했는데, 셋째아들은 「몸과 마음을 다 온전히 하는 것입니다.」라고 대답했습니다. 이 세 가지 방법은 각각 다르지만, 같은 선생 밑에서 같은 유학(儒學)을 배운 데서 나온 말입니다. 어느 것이 옳고 어느 것이 틀린 것입니까?』 그러자 양자는 이야기를 이렇게 돌렸다.

『어떤 사람이 황하 기슭에 살고 있었는데, 헤엄을 아주 잘 쳐서 배로 사람을 건네주고 많은 돈을 벌며 호화로운 생활을 하고 있었다. 그래서 그에게 헤엄치는 법을 배우러 오는 사람이 많았는데, 그 절반에 가까운 사람이 헤엄을 배우다가 물에 빠져 죽었다. 그들은 헤엄을 배우러 왔지 빠지는 것을 배우러 오지는 않았다. 하지만 돈을 버는 사람과 목숨을 잃는 사람과는 너무도 많은 차이가 있다. 그대는 어느 쪽이 좋고 어느 쪽이 나쁘다고 생각하는가?』

심도자도 잠자코 밖으로 나왔다. 그래서 맹손양은, 『당신의 질문은 너무나 간접적이고, 선생님의 대답은 분명치가 않다. 나는 뭐가 뭔지 도무지 알 수가 없다.』하고 말했다. 심도자는 이렇게 대답했다. 『큰 도는 갈림길이 많기 때문에 양을 놓쳐 버리고, 학문하는 사람은 방법이 많기 때문에 본성을 잃어버린다(大道以多岐亡羊 學者以多方喪生). 학문이란 원래 근본이 하나였는데, 그 끝에 와서 이같이 달라지고 말았다. 그러므로 그 같고 하나인 근본으로 되돌아가기만 하면 얻을 것도 잃을 것도 없는 것이다. 선생님은 그 말씀을 하고 계신 거다.』

너무도 많은 교파와 종파들이 똑같은 근본문제는 제쳐놓고, 하찮은 지엽말단(枝葉末端)의 형식을 놓고 왈가왈부하는 현상도 일종의 『다기망양』이라고 할 수 있다. —《열자》 설부편

▣ **불치하문**(不恥下問) : 겸허하고 부끄럼 없이 배움을 즐김을 이르는 말. 옛날 통치자들은 유가 학설의 창시자인 공자를 가리켜 천성적으로 가장 학문이 있는 성인으로 높이 받들었다. 그러나 공자 자신은 《논어》 술이편에서 이렇게 말했다. 『나는 태어나면서부터 학문이 있었던 것은 아니다. 옛것을 좋아해서 민첩하게 이를 구하려는 사람이다.』

어느 날 공자는 태묘(太廟)에 가서 노나라 임금이 조상에게 제사를 지내는 의식에 참가한 적이 있는데, 매사에 모르는 것이 있으면 사람들에게 물어본 뒤 시행했다는 것이다. 이에 어떤 사람들은 그가 의례(儀禮)를 너무 모른다고 비난하게 되었다. 그 말을 들은 공자는, 『내가 모르는 일에 매사 묻는 것이 바로 내가 의례를 알려고 하는 것이 아닌가?』라고 대답했다고 한다.

그 무렵 위나라에는 공어(孔圉)라고 하는 대부가 있었는데, 죽은 뒤에 시호를 문(文)이라 하였다. 때문에 사람들은 그를 공문자(孔文子)라고 불렀다. 이 일을 두고 공자의 제자인 자공(子貢)이 어느

날 공자에게, 『공문자는 왜 시호를 문이라고 했습니까?』라고 물었다. 공자는 그가 『총명하고 부지런하며 아랫사람에게 묻는 것을 부끄럽게 여기지 않았기 때문에 시호를 문이라고 한 것이다.』 라고 대답했다.

『불치하문』은 바로 공자의 이 말에서 유래한 것으로, 오늘날에는 겸허하고 부끄럼 없이 배우기를 즐기고 진심으로 남의 가르침을 받는 태도를 말한다. —《논어》 공야장

▣ **청출어람**(靑出於藍) : 제자가 스승보다 나음을 일컫는 말. 남(藍)은 『쪽』이라는 풀이름이다. 쪽에서 나온 푸른빛이 쪽보다 더 푸르다는 말에서 온 말이다. 《순자》 권학편 첫머리에 이렇게 말하고 있다.

『학문은 잠시도 쉬어서는 안된다. 푸른 색깔은 쪽에서 나오지만 쪽보다 더 푸르고, 얼음은 물이 만들지만 물보다 차다(學不可以已 靑出於藍而靑於藍 氷水爲之而寒於水).』 학문에 뜻을 둔 사람은 잠시도 게을리 해서는 안된다. 그 예로 쪽이란 풀로 푸른색을 내지만, 사람의 노력이 가해짐으로 해서 그 쪽 자체보다 더 깨끗하고 아름답고 진한 색깔을 낼 수 있다. 얼음은 물이 얼어서 된 것이지만, 물에서 얼음이 되는 과정을 거치기 때문에 물보다 더 차가운 성질의 것이 된다. 그러므로 스승에게서 배우기는 하지만, 그것을 더욱 익히고 정진함으로써 스승보다 더 훌륭한 사람이 될 수 있고, 더 깊고 높은 학문과 덕을 갖게 된다는 뜻이다.

이 『청출어람이청어람(青出於藍而青於藍)』이란 말이 약해져서 『출람(出藍)』이 된 것으로, 그것은 곧 푸른색이란 뜻이 된다. 푸른색은 쪽에서 나와 쪽보다 푸른 것이므로 그것은 먼저 것보다 뒤의 것이 더 훌륭하다는 뜻이 된다. 즉 스승보다 제자가 나은 것을 말한다. 『출람지예(出藍之譽))』라고도 한다. —《순자》 권학편

■ **세월부대인**(歲月不待人) : 세월은 사람을 기다려 주지 않는다. 시간을 아껴 열심히 노력하라. 사람을 기다려 주지 않는 것이 세월이니 늙기 전에 부지런히 시간을 아껴 열심히 노력하라는 뜻으로 즐겨 사람의 입에 오르내리는 말이다. 흔히 권학시(勸學詩)로 알고 있는 도연명의 다음 시 속에 있는 말이다.

『한창 시절은 오지 않고(盛年不重來) / 하루는 두 번 새기 어렵다(一日難再晨) / 때에 미쳐 마땅히 힘쓰고 힘쓰라(及時當勉勵) / 세월은 사람을 기다리지 않는다(歲月不待人)』 그러나 실상 이 시는, 늙기 전에 술이나 실컷 마시자는 권주시(勸酒詩)로 공부를 열심히 하라는 권학시는 아니다. 목적이야 어디에 있든, 그 목적을 위해 시간을 아껴 부지런히 노력하라는 것만은 좋은 뜻이 아닐 수 없다. 그리고 문장이 아주 평범하면서도 뜻이 절실하기 때문에 이 부분만을 떼어내어 학문을 권장하는 시로 이용하고 있는 데 또한 묘미가 있다고 할 수 있다. — 도연명 / 잡시(雜詩)

■ **절차탁마**(切磋琢磨) : 톱으로 자르고(切), 줄로 슬고(磋), 끌로 쪼

며(琢), 숫돌에 간다(磨)는 뜻이다. 뼈나 상아나 옥돌로 물건을 만들 때, 순서를 밟아 다듬고 또 다듬어 완전무결한 물건으로 만들어 내는 것을 말한다. 학문을 닦고 수양을 쌓는 데도 이와 같은 과정을 거쳐야만 비로소 성공을 할 수 있다는 점에서 비유로 이 『절차탁마』란 말을 쓰게 된다.

굳이 학문이나 수양에 국한된 것이 아니고 모든 기술이나 사업면에도 이 말이 인용될 수 있다. 이 말은 《시경》 위풍(衛風) 기욱편(淇燠篇)에 있는 말이다. 이 시는 학문과 덕을 쌓은 군자를 찬양해서 부른 것인데, 《대학》에는 이 시의 제1장을 그대로 다 인용한 다음 설명까지 붙이고 있다. 『절차탁마』에 대한 것만을 소개하면 이렇다.

『시에 이르기를 「찬란한 군자여, 칼로 자르듯 하고, 줄로 슨 듯하며, 끌로 쪼은 듯하고, 숫돌로 간 듯하도다……」라고 했다. 자르듯 하고 슨 듯하다는 것은 학문을 말한 것이고, 쪼은 듯하고 간 듯하다는 것은 스스로 닦는 것이다.』라고 했다. 이 해석대로면 『절차』는 학문을 뜻하고 『탁마』는 수양을 말하는 것이 된다.

이 『절차탁마』는 《논어》 학이편에도 나온다. 자공이 공자에게 물었다. 『가난해도 아첨하는 일이 없고, 부해도 교만한 일이 없으면 어떻습니까?』 『옳은 일이긴 하나, 가난해도 도를 즐기고, 부해도 예를 좋아하는 것만 같지 못하다.』 『《시》에 이르기를 「여절여차, 여탁여마(如切如磋 如琢如磨)」라고 했는데 바로 이런 것을 두고 한 말이군요.』 그러자 공자는 자못 흐뭇한 표정으로,

『너야말로 참으로 함께 시를 말할 수 있다. 이미 들은 것으로 장차 있을 것까지를 아니 말이다.』 하고 칭찬을 했다.

이것은 두 말이 다 수양의 뜻으로 쓰인 예가 되겠다. 즉 아첨이 없는 것에서 도를 즐기기에 이르고, 교만하지 않은 것에서 예를 좋아하기에 이르는 것은 처음은 대충 형체만을 만들고, 그 다음 슬고 또 갈아 아름답게 만드는 것과 같다는 뜻이다. 이 『如切如磋 如琢如磨』 여덟 글자에서 如자를 빼고 동사만을 합친 것이 『切磋琢磨』다. 꾸준히 노력을 하되 순서 있게 하는 것이 절차탁마인 것이다.

— 《시경》 위풍(衛風)

■ **맹모단기(孟母斷機)** : 맹자의 어머니가 베틀의 실을 끊었다는 말로, 학문을 중도에서 그만두면 아무 쓸모가 없다는 뜻. 전국시대 노(魯)나라의 철학자 맹자는 성선설(性善說)을 바탕으로 인의(仁義)를 중시하는 왕도정치(王道政治)를 주창한 당대 최고의 유학자였다. 어려서 아버지를 여의고 어머니 밑에서 자랐는데, 그 어머니는 『맹모삼천지교(孟母三遷之教)』의 일화에서 보듯 아들 교육에 남다른 관심을 가진 훌륭한 분이었다. 이 고사도 맹자 어머니의 아들 교육에 관한 일화이다.

맹자는 학문에 전념할 만한 나이가 되자 고향을 떠나 유학(遊學)하였다. 그런데 어느 날 기별도 없이 맹자가 집으로 돌아왔다. 마침 베틀에 앉아 길쌈을 하고 있던 맹자의 어머니는 갑자기 찾아온 아들을 보고 기쁘기는 하였지만, 감정을 억누르고 아들에게 물었다.『네 공부가 어느 정도 되었느냐?』『아직 마치지는 못하였습니다.』하고 맹자가 대답하자, 맹자 어머니는 짜고 있던 베틀의 날실을 끊어버리고는 이렇게 아들을 꾸짖었다. 『네가 공부를 중도에 그만두고 돌아온 것은 지금 내가 짜고 있던 베의 날실을 끊어버린 것과 같은 것이다. 무엇을 이룰 수 있겠느냐?』

맹자는 어머니의 이 말에 크게 깨달은 바가 있어 다시 스승에게로 돌아가 더욱 열심히 공부하였다. 그리하여 훗날 공자에 버금가는 유학자가 되었을 뿐 아니라 아성(亞聖)으로도 추앙받게 되었다. 단기지계(斷機之戒)와 같은 말이다. — 유향 /《열녀전》

▣ **수불석권**(手不釋卷) : 항상 손에서 책을 놓지 않고 글을 읽으면서 부지런히 독서함을 이르는 말이다. 어려운 환경에서도 배우기를 좋아하는 사람이 항상 책을 곁에 두고 공부하는 것을 가리킨다. 《삼국지》 오지(吳志) 여몽전에 있는 말이다.

후한(後漢)이 멸망한 뒤 위(魏) · 오(吳) · 촉(蜀) 세 나라가 정립한 삼국시대에 오나라의 초대황제 손권의 장수 여몽(呂蒙)은 전쟁에서 세운 공로로 장군이 되었다. 손권은 학식이 부족한 여몽에게 공부를 하라고 권하였다. 독서를 하지 않는 여몽에게 손권은 자신이 젊었을 때 글을 읽었던 경험과 역사와 병법에 관한 책을 계속 읽고 있다고 하면서 이렇게 말했다.

『후한의 광무제(光武帝)는 변방 일로 바쁜 가운데서도 손에서 책을 놓지 않았으며(手不釋卷), 위(魏)의 조조(曹操)는 늙어서도 배우기를 좋아하였다.』

손권의 권유를 들은 여몽은 싸움터에서도 학문에 정진하였다. 그 뒤 손권의 부하 노숙(魯肅)이 옛 친구 여몽을 찾아가 대화를 나누다가 박식해진 여몽을 보고 놀랐다. 노숙이 여몽에게 언제 그만큼 많은 공부를 했는지 묻자, 여몽은 이렇게 말했다.

『선비가 만나고 헤어졌다가 사흘이 지난 뒤 다시 만날 때는 눈을 비비고 다시 볼 정도로 달라져야 한다(士別三日 卽當刮目相對).』

여기서 『괄목상대』의 유명한 고사가 생겨났다.

—《한비자》 유로편(喩老篇)

▣ **발분망식**(發憤忘食) : 끼니를 잊을 정도로 마음과 힘을 다하여 떨쳐 일어난다는 뜻으로, 학문에 몰두한다는 말이다. 《논어(論語)》에 있는 이야기다.

어느 날, 초(楚)나라 섭현(葉縣)의 장관 심저량(沈諸梁)이 공자의 제자 자로(子路)에게 물었다. 『너의 스승은 도대체 어떤 인물인가?』 자로는 심저량의 물음에 스승의 인품이 일반인과는 매우 다른 탁월한 인물이기 때문에 어떻게 대답해야 할지 언뜻 적당한 말이 떠오르지 않아 결국 대답하지 못하였다.

그 뒤 공자가 이 사실을 알고 나서 자로에게 이르기를, 『왜 학문에 발분하면 끼니도 잊고 도를 즐기며, 근심과 걱정을 잊으며, 늙음이 닥쳐오는 데에도 그런 것을 알지 못하는 사람입니다(發憤忘

食 樂以忘憂 不知老之將至)라고 대답하지 않았느냐.』라고 하였다. 이는 문제를 발견하면 그것을 해결하는 데 열중하는 것을 말한다. 발분망식은 끼니를 잊을 정도로 학문에 몰두하는 것을 뜻하는데, 한 가지 일에 온 정신이 쏠려 있다는 뜻이기도 하다.

—《논어》

▣ **위편삼절**(韋編三絕) : 가죽으로 맨 책 끈이 세 번이나 닳아 끊어진다는 말이다. 공자가 만년에 《주역》을 좋아해서 어찌나 여러 번 읽고 또 읽고 했든지, 대쪽을 엮은 가죽 끈이 세 번이나 끊어졌다고 한 데서 나온 말이다. 즉, 『공자가 늦게《역(易)》을 좋아하여……역을 읽어 가죽 끈이 세 번 끊어졌다.』고 했다. 그래서 공자 같은 성인으로서도 학문 연구를 위해서는 피나는 노력을 해야만 했다는 한 예로서 이 말이 인용되기도 하고, 또 후인들의 학문에 대한 열의를 나타내는 말로도 인용되곤 한다.

서양의 명언에도 "There is no royal road to learning." (학문에 왕도란 없다)라고 했다. 또 "Genius is one percent inspiration and ninety-nine percent perspiration." {천재는 99 퍼센트가 땀(노력)이고 1 퍼센트만이 영감이다}라는 에디슨의 명언과 같이 공자의 위대한 문화적 업적 가운데는 이 『위편삼절』과 같은 노력이 숨어 있었다는 것을 알 수 있다. 공자는 스스로를 평하기를, 『나는 발분(發憤)하여 밥 먹는 것도 잊고, 즐거움으로 근심마저 잊은 채, 세월이 흘러 몸이 늙어가는 것조차 모른다.』고 했다.

공자는 또 음악을 좋아했는데, 제나라로 가서 소(韶)라는 음악을 들었을 때는 석 달 동안 고기 맛을 모를 정도로 열중한 끝에, 『내가 음악을 이렇게까지 좋아하게 될 줄은 미처 몰랐다』 고 했다.

— 《사기》 공자세가(孔子世家)

▣ **구이지학**(口耳之學) : 들은 것을 새기지 않고 그대로 남에게 전하기만 할 뿐 조금도 제 것으로 만들지 못한 학문을 말한다. 《순자(荀子)》 권학편(勸學篇)에 있는 말이다.

『「구이지학」은 소인의 학문이다. 귀로 들은 것이 입으로 나온다. 입과 귀 사이는 네 치일 뿐. 어찌 일곱 자의 몸에도 채우지 못하는가(小人之學也 入乎耳出乎口 口耳之間則四寸耳 曷足以美七尺軀哉).』

군자의 학문은 귀로 들으면 그대로 마음에 삭이고, 신체에 정착하여 인격을 높이고, 그것이 행동으로 나타난다. 그러한 과정을 거쳤기 때문에 사소한 말이나 동작도 많은 사람의 거울이 될 수 있다. 이에 반해 소인의 학문은 귀로 들어가면 곧바로 입으로 나온다. 즉, 들은 대로 즉시 타인에게 말하고, 조금도 자신을 수양하는 양식으로 두지 않는다. 귀와 입 사이는 겨우 네 치인데 그 사이 동안만 신체에 머물러 있었던 것으로 된다.

옛 사람은 자신의 몸을 갈고 닦고 덕을 쌓기 위해 학문을 했으나, 요즈음은 배운 것을 남에게 가르쳐서 생활의 수단으로 하기 위해 학문을 하고 있다. 군자의 학문은 자신의 학덕(學德)을 높이기 위한 것인 데 반해 소인의 학문은 생활의 도구로 하기 위한 것이다. 순자가 지적했듯이, 곧잘 다른 사람을 가르치고 싶어 하며, 모르는 바를 아는 체하는 것을 맹자(孟子)는 이렇게 경계하고 있다.

『사람들의 병폐는 자기가 다른 사람의 스승이 되는 것을 좋아하는 데 있다.』

이 『구이지학』과 비슷한 뜻을 가진 말로 《논어》 양화(陽貨)편에 다음과 같은 공자의 말이 있다. 『길에서 들은 것을 그대로 되받아 옮기는 것은 덕을 버리는 것이다(道聽塗說 德之棄也).』

『도청도설(道聽塗說)』은 길에서 들은 좋은 말을 마음에 간직하여 자신의 수양의 양식으로 삼지 않고 다음 길에서 곧 남에게 말해 버린다. 결국 『구이지학』과 같은 것으로, 이것은 스스로 덕을 버리는 것과 같다. 좋은 말은 모름지기 마음에 간직하고 자신의 것으로 만들어 덕을 쌓아야 한다는 뜻이다. ― 《순자》 권학편

【서양의 고사】

■ 기하학(幾何學)에는 왕도(王道)가 없다 : 그리스의 수학자 유클레이데스(Eukleides)는 당시 이집트의 알렉산드리아에서 프톨레마이오스 1세의 가정교사로 있었는데, 왕은 그의 기하학이 너무도 어려워서 싫증을 느낀 나머지 스승인 유클레이데스에게 기하학을 좀 더 빨리 배우는 방법이 없느냐고 물었다. 이에 대해 유클레이데스는 『기하학에는 왕도란 없습니다.』 하고 대답하였다.

이로부터 『왕도』란 『빠른 길』, 『지름길』을 의미하게 되어, 『학문에는 왕도가 없다』는 말도 생겨났다. 유클레이데스는 소위 『유클레이데스(유클리드) 기하학』을 대성시킨 기하학의 창시자로서, 그의 주저 《원론(Stoicheia)》은 그 당시 알려졌던 그리스와 이집트 수학의 성과를 집대성하고 또 체계화시킨 것인데, 이것은 과학사상 불멸의 업적으로 평가되고 있다.

이 《원론》은 전 13권으로 구성되어 당시 수학의 표준교과서이기도 했다. 프톨레마이오스 왕이 배우기가 너무도 고통스러웠던 나머지 좀 더 간단하고 빨리 마스터하는 방법이 없느냐고 물은 것도, 어쩌면 이 교과서가 너무도 방대한 것이기 때문이었는지도 모른다.

【成句】

▣ 지학(志學) : 학문에 뜻을 둔다는 말로, 공자가 15세에 학문에 뜻을 두었다는 데서, 나이 15세를 일컫는다. / 《논어》

▣ 일취월장(日就月將) : 학문이 날로 달로 나아감.

▣ 계고(稽古) : 옛일을 생각한다는 뜻으로, 학문을 닦는 것. / 《서경》 요전편(堯典篇).

▣ 추로학(鄒魯學) : 공자와 맹자의 가르침을 말한다. 곧 정통의 학문, 유학(儒學)을 일컫는다. 추(鄒)는 추나라로 맹자의 출신지. 노(魯)는 노나라로 공자의 출신지. 전한 무제(武帝) 무렵부터 유학이 정식으로 국가의 학문으로서 인정되었는데, 그 이후부터 유학의 창

시자인 공자와 그 계승 발전에 공헌한 맹자의 출신지를 앞에 붙여서 유학을 가리키는 말이 되었다. /《장자》

▣ 입호이착호심(入乎耳着乎心) : 귀로 듣고 그것을 터득하는 것. 귀로 듣고 바로 입에 담는 『구이지학(口耳之學 : 소인의 學)』과는 반대인 『군자지학(君子之學)』을 이르는 말. /《순자》 권학편.

▣ 규수(閨秀) : 학문 · 재능이 뛰어난 여성. /《세설신어》

▣ 기문지학(記問之學) : 한갓 고서(古書)를 읽고 외우기만 할 뿐 아무런 깨달음도 활용도 없는 무용(無用)의 학문. /《예기》 학기편.

▣ 기기일약불능십보(騏驥一躍不能十步) : 비록 천리를 달리는 말이라 할지라도 단번에 열 걸음을 비약할 수 없는 것처럼, 아무리 현인(賢人)이라 하더라도 학문만은 순서를 밟아서 해 나가야 한다는 말. /《순자》 권학편.

▣ 단기지계(斷機之戒) : 맹자(孟子)가 공부를 하던 도중에 돌아왔을 때, 그의 어머니가 칼로 베틀의 실을 끊어서 훈계하였다는 고사에서, 학문을 중도에서 그만두는 것은 짜던 베의 날을 끊어버리는 것과 같음을 경계하여 이르는 말. 맹모단기(孟母斷機). /《후한서》

▣ 독학고루(獨學孤陋) : 독학자는 견문이 좁고 학문의 정도에 들기 힘들다는 말. /《예기》

▣ 목종승즉정(木從繩則正) : 굽은 나무도 먹줄을 놓아 깎아내면 바르게 된다는 뜻으로, 학문을 하거나 충고를 따르면 훌륭한 사람이 될 수 있음을 비유하는 말. /《서경》 열명(說命).

▣ 묘이불수(苗而不秀) : 모(벼의 싹)의 상태인 채 이삭을 패지 못하

고 말라버린다는 뜻으로, 젊어서 죽는 것. 요절(夭折). 전하여 학문에 뜻을 두면서 성취하지 못하고 끝나고 마는 것을 이름. /《논어》

▣ 박람강기(博覽强記) : 동서고금(東西古今)의 책을 널리 읽고 사물을 잘 기억함. 박식해서 무엇이나 알고 있음의 비유.

▣ 백가쟁명(百家爭鳴) : 문화 · 예술 · 학문상의 의견을 학자나 문화인이 제각기 다투어 발표하는 모양.

▣ 복사허(腹笥虛) : 학문적인 소양이 없음의 비유. 학식 · 학력이 없는 것. 사(笥)는 갈대나 대나무로 엮어서 만든 네모난 궤. 여기서는 책궤(冊櫃)를 말한다. 마음속의 궤가 텅 비었음을 말한다.

▣ 비이장목(飛耳長目) : 정보수집에 뛰어나고, 사물의 관찰이 예리하며, 세정(世情)에 정통한 것. 비이(飛耳)는 먼데 것을 나는 듯이 빨리 듣는 귀. 장목(長目)은 먼 곳까지 내다볼 수 있는 눈. 또는 전(轉)해서 책의 의미. /《관자》

▣ 삼년불규원(三年不窺園) : 3년간 뜰을 보지 않았다는 뜻으로, 학문에 열중하였음을 이름. /《한서》 동중서전.

▣ 서중자유천종록(書中自有千鍾祿) : 글 가운데 많은 녹(祿)이 저절로 있다 함이니, 학문을 많이 하면 그에 따라 많은 물질이 생겨 유족한 생활을 할 수 있다는 말. /《고문진보》

▣ 석학홍유(碩學鴻儒) : 학문이 깊고 넓은 대학자. 석(碩)도 홍(鴻)도 크다는 뜻으로, 위대한 유학자(儒學者)를 말한다. /《진서》

▣ 소년이로학난성(少年易老學難成) : 뒤에 일촌광음불가경(一寸光陰

不可輕)이 온다. 즉 나이를 먹어 늙어지기는 쉬우나 학문을 성취하기는 어렵다는 뜻으로, 세월은 거침없이 빠르게 흘러가고 그 가운데서 일을 이루기가 힘든 것을 비유하는 말. / 주희 『권학문』

▣ 손강영설(孫康映雪) : 옛날 손강이란 이가 집이 가난하여 기름을 구하지 못하고 쌓인 눈빛으로 책을 읽었다는 데서 나온 말로, 어려운 가운데 고생하면서 공부한다는 말. / 《손강전》

▣ 수이부실(秀而不實) : 학문에 뜻을 두고 노력 · 연찬(研鑽)을 하더라도 성과를 올리지 못하고 끝나고 마는 것. 또는 요절(夭折)을 애석히 여김. 수(秀)는 자라서 크는 것. 벼의 꽃이 피고 이삭이 자라는 것. / 《논어》

▣ 수학무조(修學務早) : 학문의 수행(修行)은 기억력이 왕성한 소년시대에 해야 한다는 뜻. / 《포박자》

▣ 승당입실(昇堂入室) : 학문이나 예술 등의 교양을 습득하여 그것을 한껏 활용할 수 있는 수준에 달해 있음의 비유. 먼저 마루에 올라 방으로 들어온다는 뜻으로, 학문이 점차 깊어짐을 비유하여 이르기도 한다. / 《논어》

▣ 옥불탁불성기(玉不琢不成器) : 옥은 아름답지만 다듬지 않으면 완전한 것이 되지 못한다는 뜻으로, 사람의 본바탕은 선하지만 학문과 수양을 쌓지 않으면 훌륭한 인물이 될 수 없음의 비유. / 《예기》

▣ 원목경침(圓木警枕) : 공부(학문)에 열중하는 것. 고학(苦學)의 비유도 있다. 원형의 나무에 큰 방울 따위를 달아 베개로 삼고 베개

가 구르면 방울이 울려 눈이 떠지는 것이다. / 《범태사집(范太史集)》

▣ 이문회우(以文會友) : 학문에 뜻을 두는 사람들을 벗으로 모으는 것. 문(文)은 구체적으로는 유교(儒敎)의 기본적인 경전인 《시경》, 《서경》, 《예기》 등을 가리킨다. / 《논어》

▣ 인추자고(引錐刺股) : 공부하다가 졸리면 송곳으로 넓적다리를 찔러 잠을 깨게 한다는 뜻으로, 오로지 학문에만 정진함을 비유하는 말. / 《전국책》

▣ 재점팔두(才占八斗) : 『천하의 글재주를 모두 한 섬이라 한다면 조식이 여덟 말을 차지한다.』 고 남북조(南北朝) 시대의 유명한 시인이자 문학가였던 사령운(謝靈運)이 조식(曹軾)을 두고 한 말이다. 곧 학문이 높고 글재주가 비상한 경우나, 그 사람을 일러 하는 말. / 《석상담(釋常談)》

▣ 족려괄우(鏃礪括羽) : 학문을 닦고 예지를 연마하여 훌륭한 인물이 됨. / 《공자가어》

▣ 천벽독서(穿壁讀書) : 벽에 구멍을 뚫어 옆집 불빛을 끌어들여 책을 읽는다는 뜻으로, 심한 가난에도 뜻을 굽히지 않고 고생하며 학문에 정진하는 것. / 《서경잡기》

▣ 천학비재(淺學非才) : 학문이 얕고 재주가 변변치 않음. 자기의 학식을 겸사하는 말.

▣ 초지광자초언(楚之狂者楚言) : 초나라 사람은 미친 사람까지도 초나라 말을 한다는 뜻으로, 자기 나라 말은 몸에 배어 있어서 떨어

지지 않는다는 것. 습관이 사람에게 미치는 영향이 크다는 것. 즉 학문의 중요함을 말한다. / 《한시외전》

▣ 출일두지(出一頭地) : 다른 사람보다 유달리 뛰어난 사람. 일두지(一頭地)는 어느 정도의 거리라는 뜻으로, 주로 학문의 수준에 비유한다. 학문의 수준이 남달리 한층 뛰어나 있는 것.

▣ 호학근호지(好學近乎知) : 즐겨 학문을 하는 것은 지자(知者)에 한 걸음 다가섬을 이르는 말. / 《중용》

▣ 활연개랑(豁然開朗) : 앞이 밝게 확 트인다는 뜻으로, 학문이나 사색 등으로 갑자기 어떤 도리를 깨닫게 되었음을 비유하는 말. / 도연명 《도화원기》

지식 knowledge 知識

【어록】

▣ 알고도 알리지 않음을 상(上)으로 한다. —《노자》

▣ 백성이 지식이 많으면 다스리기가 어렵다{民之難治 以其智多 : 그래서 우민정책(愚民政策)을 쓰는 것이다}. —《노자》 제65장

▣ 나는 날마다 세 번씩 내 자신을 반성해 본다. 남을 위해 일을 꾸미면서 충성스럽지 못한 점이 없는가? 벗들과 사귀면서 신용을 지키지 않은 점이 없는가? 전수받은 지식을 익히지 못한 점이 없는가(吾日三省吾身 爲人謀而不忠乎 與朋友交而不信乎 傳不習乎).

—《논어》 학이

▣ 무지를 두려워 말라, 다만 거짓 지식을 두려워하라. 세계의 모든 악은 거짓 지식에서부터 일어나는 것이다. —《논어》

▣ 옛 것을 익혀 새 것을 알면 남의 스승이 될 수 있다(溫故而知新 可以爲師矣 : 옛 것이나 새 것 어느 한쪽에만 치우치지 않아야 한다는 뜻으로, 전통적인 것이나 새로운 것을 고루 알아야 스승 노릇

을 할 수 있다). —《논어》 위정

▣ 아는 것을 안다고 하고 모르는 것을 모른다고 하는 것, 이것이 바로 아는 것이다(知之爲知之 不知爲不知 是知也). —《논어》 위정

▣ 의문을 갖는 것에서 시작한다{聞之疑始 : 진정한 도(道)를 아는 것은 먼저 의문을 갖는 데서부터 시작한다. 인간의 지식은 어디에서부터 유래하는 것일까. 요컨대 모든 지식의 근본은 의문에서 시작되는 것이다}. —《장자》

▣ 어리석어지니 도가 통한다(愚故道 : 그러나 그 어리석은 것에는 인간의 간교한 지식이 작용하지 않았으므로 그야말로 진정한 도(道)에 맞는 것이다). —《장자》

▣ 세 사람이면 헤매는 일이 없다. —《한비자》

▣ 많은 것을 한꺼번에 보면 눈이 분명하게 보지 못하며, 밝게 듣지 못하며, 생각이 지나치면 지식이 혼란해진다(視强則目不明 聽甚則耳不聰 思慮過度則智識亂). —《한비자》

▣ 지식은 넓고 원만해서 한쪽으로 치우치지 않아야 되고, 행동은 방정해야 한다(智慾圓而行慾方). —《회남자》

▣ 지지(至知)는 지(知)를 버리고, 지인(至仁)은 인(仁)을 잊고, 지덕(至德)은 덕(德)이 아니다(知나 德이나 仁은 눈에 들어올 때는 아직 至極에 달해 있지 않다). —《여씨춘추》

▣ 스승이란 도를 전수하고, 지식을 강술하며, 의혹을 풀어주는 사람이다(師者 所以傳道受業解惑也). — 한유(韓愈)

▣ 인생은 글자를 알 때부터 우환이 시작된다. 성명만 대충 쓸 줄 알

면 그만둘 일이다(人生識字憂患始 姓名粗記可以休). — 소식(蘇軾)

▣ 인간의 마음은 알지 못하는 것이 없고, 천하의 사물은 도리가 없는 것이 없다. 도리가 무궁무진하니 인간의 지식도 끝이 없다(人心之靈 莫不有知 而天下之物 莫不有理 唯於理有未窮 故其知有不盡也).

— 주희(朱熹)

▣ 괴로움과 즐거움을 함께 겪은 다음에 복(福)을 이룬 이는 그 복이 비로소 오래가며, 의문과 믿음을 함께 살펴본 다음에 지식을 얻은 이는 그 지식이 비로소 참된 법이다(一苦一樂 相磨練 練極而成福者 其福始久矣 一疑一信 相參勘 勘極而成知者 其知是眞矣).

— 《채근담》

▣ 사람은 잠시 한 걸음 물러서서 자기를 돌아볼 필요가 있다. 행복을 찾아 달리다가는 도리어 불행을 불러온다는 것을 깨달아야 한다. 자기만은 언제까지나 살 것이라고 생각하는 것도 일종 생명을 탐하고 파먹는 것이 된다. 이 점을 깨닫는 것이 인생의 가장 높은 지식이다. — 《채근담》

▣ 내가 아는 모든 것은 아무것도 모른다는 것이다. — 소크라테스

▣ 네가 미남이면 너의 미에 어울리게 의연한 태도를 취해야 한다. 그러나 만일 네가 추남이면 너의 지식으로써 추함을 잊게 하라.

— 소크라테스

▣ 지식은 정신의 음식물이다. — 소크라테스

▣ 돈을 하(下), 힘을 중(中), 지식을 상(上)으로 삼을 것. — 플라톤

▣ 모든 인간은 태어나면서부터 알고 싶어 한다. — 아리스토텔레스

■ 접시는 그 소리로써 그 장소에 있는지 없는지를 알고, 사람은 말로써 그 지식(知識)이 있는지 없는지를 판단할 수 있다.

— 데모스테네스

■ 신은 지식 그 자체를 우리에게 주지 않고 지식의 씨앗을 우리에게 주었다. — L. A. 세네카

■ 지식은 놀라운 저작의 기초이며 원천이다. — 호라티우스

■ 암퇘지 따위가 지식의 여신 아테네를 가르치겠다고 고집을 피운다.

— 플루타르코스

■ 습득한 지식을 실천에 옮기지 않고 보유하는 것은 어렵다.

— 플리니우스

■ 지혜가 많으면 분노도 많으니 지식을 더하는 자는 근심을 더하느니라. — 잠언

■ 지식은 사람을 교만하게 만듭니다. 사람을 향상시켜 주는 것은 사랑입니다. — 고린도전서

■ 철학자라는 그리스어 Philosophos는 학자(sophos)와 대립하는 언어로서, 지식 있는 사람을 학자라고 부르게 되며, 지(知)를 사랑하는 사람을 의미한다. — 카를 야스퍼스

■ 너희는 짐승처럼 살기 위해서 만들어진 것이 아니고 덕과 지식을 구하기 위해서 만들어진 것이다. — A. 단테

■ 우리는 현재의 지식을 가지고서만 박식한 데 지나지 않는다.

— 몽테뉴

■ 지식과 힘은 동의어(同義語)다. — 프랜시스 베이컨

▣ 마음이 곧 인간이다. 지식은 곧 마음이다. 인간의 모두는 그의 지성뿐이다. — 프랜시스 베이컨

▣ 힘에 있어서 신과 같이 되려고 소망하여 천사는 법을 깨뜨려 타락했고, 지식에 있어서 신과 같이 되려고 소망하여 인간은 법을 깨뜨려 타락했다. — 프랜시스 베이컨

▣ 지식은 경험의 딸이다. — 레오나르도 다빈치

▣ 사랑은 지식의 어머니다. — 레오나르도 다빈치

▣ 아는 것이 적으면 사랑하는 것도 적다. — 레오나르도 다빈치

▣ 우리의 행위는 우리의 지식에 미흡하다. — 랠프 에머슨

▣ 『그것은 심각한 오용이다. 죄악보다 나쁘다』 고 나폴레옹은 지식인들의 언어를 가리켜 말했다. — 랠프 에머슨

▣ 지식과 용기는 위대한 일을 성취한다. 이 두 가지가 인간을 영원한 존재로 만든다. — 랠프 에머슨

▣ 우리의 발전이란 야채의 새싹처럼 펼쳐져 나가는 것이다. 최초엔 육감이었던 것이 의견으로 변하고 지식으로 굳어진다. — 랠프 에머슨

▣ 속담은 각국의 성전(聖典)과 마찬가지로 직관(直觀)으로써 얻어진 지식의 성전이다. — 랠프 에머슨

▣ 우아한 것은 지식뿐이다. — 랠프 에머슨

▣ 사람은 거의 모를 때에만 알고 있다. 지식과 함께 의혹이 강해진다. — 랠프 에머슨

▣ 자기의 힘이 되지 않는 지식은 없다. — 랠프 에머슨

▣ 모든 지식은 경험에 바탕을 두고 있다. — 임마누엘 칸트

▣ 참된 지식의 추가는 인간의 힘이 더해짐이다. — 하인리히 만

▣ 지식이 없는 성실성은 연약하고 쓸모가 없으며, 성실성이 없는 지식은 위험하고 두렵다. — 벤 존슨

▣ 자신은 지식에 의하지 않으면 비천하고 치명적이다.
— 조지 산타야나

▣ 조직적인 지식의 도움 없이는 선천적인 재능은 무력하다.
— 허버트 스펜서

▣ 그대는 타인을 그대가 바라는 대로 할 수 없다고 노하지 말라. 그대는 그대 자신도 마음대로 할 수 없으려니. 사람들이 지식을 구한다는 것은 자연스러운 일이나, 하느님을 경외함이 없이 가지는 그 지식이 무슨 유익이 있겠습니까? 하느님을 겸손하게 섬기는 한 농부가 도리어 별들의 움직이는 길은 알면서도 자기 영혼의 살 길에는 등한히 하는 교만한 지식인보다 훨씬 더 하느님을 기쁘게 합니다. — 토마스 아 켐피스

▣ 나는 보았다, 알았다, 믿었다, 눈을 떴다. — 피에르 코르네유

▣ 배우는 것을 즐거움으로 하고, 거기 마음을 빼앗겨 아무것에도 꾐을 당하지 않는다. — 프란체스코 페트라르카

▣ 양심이 없는 지식은 인간의 영혼을 멸망시킨다.
— 프랑수아 라블레

▣ 인간은 만능일 수 없고 만사에 관해 알 수 있는 일체를 안다는 것은 불가능한 만큼 만사를 조금씩 알아야 한다. 왜냐하면 만사를 조

금씩 아는 편이 한 가지 일을 완전히 아는 것보다 훨씬 낫기 때문이다. 이런 보편성이야말로 가장 좋은 것이다.……세인이란 대개 훌륭한 판단자이기 때문이다. — 파스칼

▣ 사람이 지식에 있어 진보하면 할수록 경험의 필요를 느끼게 한다. — 르네 데카르트

▣ 지식은 우리가 하늘을 나는 날개이다. — 셰익스피어

▣ 진정한 지식은 다만 경험이 있을 뿐이다. — 괴테

▣ 도대체 사람은 거의 모르는 경우에만 알고 있다. 지식과 더불어 의심은 늘어갈 뿐이다. — 괴테

▣ 시는 모든 지식의 숨결이자 정수(精髓)이다. — 윌리엄 워즈워스

▣ 지식은 부의 영구한 샘(泉)이다. — M. 사디

▣ 정확한 지식만이 참다운 지식이다. 그리고 정확하게 가르치지 않는 것은 차라리 가르치지 않는 것과 같다. — 새뮤얼 베이커

▣ 지식욕은 보편적인 것을 추구할 때는 학구심이라 불리고, 개별적인 것을 추구할 때는 호기심이라 불린다. — 쇼펜하우어

▣ 행위를 수반하지 않는 지식은 꿀이 없는 꿀벌과 같다. — J. G. 헤르더

▣ 지식은 힘 이상의 것이다. — 새뮤얼 존슨

▣ 완전하지 않은 지식은 위험하고 두려운 것이다. — 새뮤얼 존슨

▣ 지식 없이 정직한 자는 박약하여 소용이 되지 않고, 정직하지 않고 지식이 있는 자는 위험하여 조심하여야 한다. — 새뮤얼 존슨

▣ 지식은 늘 확대를 원한다. 즉 불과 같다. 불은 처음에는 외적 원인

에 의하여 타지만, 나중에는 스스로 연소한다. — 새뮤얼 존슨

▣ 행동은 지식의 적절한 과일이다. — T. 풀러

▣ 지식인은 정치가를 경멸하고, 정치가는 지식인을 경멸한다.
— 로맹 롤랑

▣ 지식은 기억력에 의해서가 아니라, 자기 사상의 노력에 의해서 획득되었을 때에만 지식일 수 있다. — 레프 톨스토이

▣ 무지가 힘이다. — 조지 오웰

▣ 지식은 자유의 원천으로서, 지식처럼 인간에게 자유를 주는 것이 없다. — 이반 투르게네프

▣ 교양과 지식은 별개의 것이다. 위험하다고 생각되는 것은, 공부를 해 감에 따라 빠지는 저 저주스러운 지식이란 자다. 아무것이나 다 머리를 통하지 않고서는 마음이 놓이지 않는다. — 헤르만 헤세

▣ 지식은 신앙을 좇지 않으면 안 된다. 지식은 신앙을 빠져나오거나 더욱이 그것을 찢거나 해서는 안 된다. — 오귀스트 콩트

▣ 배우지 못한 가장 무식한 사람도 병약한 지식인보다 행복하다.
— 토머스 제퍼슨

▣ 과학이란 조직화된 지식이다. — 에드먼드 스펜서

▣ 조직적인 지식의 도움 없이는 타고난 재능은 무력하다. 직관(直觀)은 많은 것을 할 수 있지만, 모든 것을 할 수 있는 것은 아니다. 천재는 과학과 결혼해서 비로소 최고의 성과를 낳을 수가 있는 것이다. — 에드먼드 스펜서

▣ 인생의 위대한 목표는 지식이 아니라 행동이다.

— 토머스 헉슬리

▣ 많은 사람들이 실행하지 않는 지식을 가지고 있다. 즉 지식을 하나의 장식물로 알고 있다. 실행에 옮기지 않는 지식은 유리로 만든 의안(義眼)과 같이 실제로는 아무런 효과가 없다.

— 프리드리히 슈나크

▣ 지식은 사람에게 필요한 무기다. 그러나 무기를 잘못 쓰면 도리어 자신을 해치듯, 지식 또한 진실의 밑바탕이 없다면 식자우환(識字憂患)이라는 말과 같이 오히려 몸을 망치기 쉽다. 진정한 지식은 꾸밈없는 순진무구한 마음에서 솟아나는 것이다. 진실과 함께하는 지식은 불행을 물리치는 굳센 힘이 된다. 사람은 역경에 처해 있을 때일수록 진실한 지식을 몸에 지녀야 한다. 뿐만 아니라, 순탄하고 행복한 환경에 있을 때에도 결코 참된 지식에서 이탈해서는 안 된다. 맑은 진심의 발로 없이는 행복도 마침내는 파괴되어버리고 말기 때문이다.

— 페스탈로치

▣ 말하는 것은 지식의 영역이며, 듣는 것은 지혜의 특권이다.

— 올리버 홈스

▣ 지식은 황금을 캐내는 것과 같다.

— 존 러스킨

▣ 지식은 두뇌의 음식물이다. 음식물의 육체에 대한 역할을 지식은 두뇌에 대하여 행한다. 때로 오용되는 것도 매한가지다. 음식물과 마찬가지로 지혜도 여러 가지로 혼합되고 악용되어 두뇌를 병들게 하는 일도 있다. 달게도 하고, 맛나게도 하고, 맛좋게 하기 위해서 마침내 그 자약적인 의의를 잃어버리고 마는 일이 있다. 그리하여

가장 좋은 두뇌의 음식물(지식)도 과식하면 병이나 죽음을 초래하는 것이다. — 존 러스킨

- 안다는 것은 치명적이다. 불확실성이라야 사람을 매혹하니까. 안개는 모든 것을 매우 아름답게 해준다. — 오스카 와일드
- 경험은 사상의 지식이요, 사상은 행동의 지식이다. 우리는 책에서는 인간을 배울 수 없다. — 벤저민 디즈레일리
- 웅변은 지식의 자식이다. — 벤저민 디즈레일리
- 인간의 지식은 정열의 지식이다. — 벤저민 디즈레일리
- 무지(無知)의 자각은 지식 향상의 큰 단계이다.

  — 벤저민 디즈레일리
- 지식을 주워 모으는 학자는 불쌍한 인간이다. 자족(自足)하고 있는 철학자는 자기 일생을 재물 모으기에만 급급한 수전노(守錢奴)처럼 끝을 모르는 연구가도 불안한 인간이다. 이러한 어리석은 부자들은 매일 자기의 지식 자랑 잔치를 벌여놓고 떠들어댄다. 그러면 가난한 자는 점점 더 굶주려 간다. 이런 사람들은 대수롭지 않은 지식으로 배가 불러 있다. 왜냐하면 그들의 공허한 지식은 내면적인 완성과는 아무 관계도 없기 때문이다. — 프랑수아 페늘롱
- 네가 알고 있는 것을 자주 표하고 싶어 하는 것은 자신도 모르는 것이 있기 때문이다. 사람은 알아야 할 것이 더 많이 있다.

  — T. S. 엘리엇
- 지식은 행복을 의미하지 않는다. 하물며 과학은 무지(無知)와 일종의 무지라고 해야 할 지식과 교환하는 일에 지나지 않는다.

— 조지 바이런

■ 지식은 실상 저 하늘의 위대한 태양이다. 생명과 에너지는 그 광선과 함께 사방에 퍼진다. — 데이비드 웹스터

■ 뜻이 그러하시다면 에덴동산에서 저를 추방하십시오. 그러나 그 전에 지식의 나무의 열매를 맛보게 하소서. — 잉거솔

■ 조그만 지식을 가지고 그것으로써 무엇이든 알고 있는 것같이 생각하는 사람들과 비교해서 전연 아무것도 모르는 사람, 그리고 극히 드물게 밖에는 볼 수 없으나 자신의 무지를 아는 사람은 얼마나 커다란 은혜를 갖고 있는 것일까? 진정 얼마나 커다란 은혜를 갖고 있는 것일까? — 헨리 소로

■ 아무것도 아닌 것 같지만, 지식의 열쇠를 양쪽으로 돌릴 수 있다는 것은 위대한 발견이었다. 그것은 많은 것으로 통하는 힘의 문을 닫을 수도 있고 열 수도 있기 때문이다. — 존 로널드 로얼

■ 지식은 면학하는 자에게, 부유함은 조심성 있는 자에게, 권력은 용감한 자에게, 하늘나라는 덕행이 있는 자에게 있다.

— 벤저민 프랭클린

■ 지식에 투자하는 것이 여전히 최고의 수익을 낳는다.

— 벤저민 프랭클린

■ 우리들은 아는 것이 적으면 의혹을 갖게 된다.

— 조지 버나드 쇼

■ 예전에는 사용가치였던 지식이 이제 교환가치가 되었다. 지식의 유용성이 지식에서 일종의 『상품』을 만들어내고 있는데, 그것은

높은 안목을 지닌 몇몇 애호가들이 요구하는 그런 것이 아니라, 모든 세계인이 요구하는 상품으로서의 지식이었다. — 폴 발레리

▣ 지식은 감정보다 소중하고 삶의 지식은 삶보다 소중하다.
— 도스토예프스키

▣ 공부하는 방법을 아는 사람은 그로써 이미 많은 것을 아는 셈이다.
— 헨리 애덤스

▣ 사람들은 한 세대 앞의 사람들이 그것을 주장함으로써 바보라고 여겨졌던 내용을 이번엔 모르기 때문에 바보라 여긴다.
— 헨리 비처

▣ 우리는 어떤 것에 대해서건 백만분의 일만큼의 지식도 없다.
— 토머스 에디슨

▣ 목재는 마를 때까지, 지식은 숙달이 될 때까지 제멋대로 써서는 안 된다. — 올리버 홈스

▣ 조금밖에 모르는 인간이 수다스럽게 떠들어댄다. 지식 많은 사람은 침묵한다. 조잡한 인간은 자기가 알고 있는 것은 무엇이나 소중한 것이라고 생각한다. 그리하여 그것을 아무에게나 말하고 싶어 한다. 그러나 참으로 알고 있는 사람은 그 지식을 타인에게 말하기가 곤란함을 잘 안다. 그는 아주 많은 것을 이야기할 수 있다. 그러나 이후 더 많은 것을 이야기할 수 있음을 알므로 잠자코 있는 것이다. — 장 자크 루소

▣ 모든 인간의 지식 가운데서 가장 유용하면서 가장 진보되지 않은 것은 인간에 관한 지식으로 생각된다. — 장 자크 루소

▣ 모든 지식 가운데서 결혼에 관한 지식이 제일 발전이 늦다.

— 발자크

▣ 사고와 지식은 항상 걸음을 함께 해야 한다. 그렇지 않으면 지식은 죽은 것으로 불모인 채 사멸한다. — A. 훔볼트

▣ 천박하고 거짓 지식은 신으로부터 멀리 있고, 심원하고 진실한 지식은 신에게 가깝다. — 루이 파스퇴르

▣ 우리의 지식은 모두 경험에 바탕을 두고 있으며, 지식은 결국 경험에서 나온 것이다. — 존 로크

▣ 어떠한 사람의 지식도 그 사람의 경험을 초월하는 것은 아니다.

— 존 로크

▣ 지식은 고령자에게 있어서 마음씨 좋고 필요한 양로원이며 은거지이다. — 필립 체스터필드

▣ 인간은 너무 지식이 적어도, 또한 많아도 생존할 수가 없다.

— 게오르그 지멜

▣ 당신이 행해서 얻은 지식 이외에는, 당신은 지식을 소유하고 있다고는 적절하게 말할 수 없다. — 토머스 칼라일

▣ 불이 빛의 시작이듯 항상 사랑이 지식의 시작이다.

— 토머스 칼라일

▣ 작은 지식은 위험한 것이다. 깊이 마셔라. 그렇지 못하면 아예 마시지를 마라. — 알렉산더 포프

▣ 학문은 페스트이며, 지식은 병원이다. 지식은 사람을 불행하게 만든다. — 알렉산드르 그리포에도프

▣ 지식인? 그렇다. 그리고 그것을 결코 부인하지 말 것. 지식인—이중인격자. 이건 내 마음에 든다. 나는 두 인물을 겸하는 것을 흡족히 생각한다. 『만약 이것이 하나로 결합될 수 있다면?』 실제적인 질문이다. 그렇게 되도록 해야 한다. 『나는 지성을 경멸한다』 함은 실제로는 『나는 나의 회의를 참을 수가 없다』 는 것을 의미한다. 나는 눈을 크게 뜨고 있는 편을 택한다. — 알베르 카뮈

▣ 나의 지식은 나의 아가미에 걸려 있는 낚싯바늘같이 발작적인 욕정 속에 나를 잡아당기는구나. — D. H. 로렌스

▣ 인간이 자기의 존재를 우주적인 존재 중에서 파악하는 경우, 궁극의 지식은 신비적인 것이라고 말한다. 이러한 궁극적인 지식은 이미 보통 사색을 통해 성립되는 것이 아니고, 어떻게든 체험으로 말미암은 것을 의미한다. — 알베르트 슈바이처

▣ 지식은 산 사이를 뚫고 가는 길과 같은 것이지 산마루를 넘어서 지나가는 길은 아니다. — 알베르트 슈바이처

▣ 지식은 신이 아니다. 신은 예지이며 지식은 반 그리스도이다. — 바츨라프 니진스키

▣ 지식은 창조자의 지혜에 참여하기 위한 하나의 방법입니다. (유럽물리학자회에서의 담화) — 요한 바오로 2세

▣ 앎은 빌려오는 것이어서 앵무새나 마찬가지로, 인간은 지식을 쑤셔 넣어 기억을 가득 채우고 인간의 두뇌는 컴퓨터 노릇을 한다. — 오쇼 라즈니쉬

▣ 세상이 지식인들로 이루어져 있다는 생각은 지식인들의 몸에 밴

악덕이다. — 엘리아스 카네티

▣ 지식이 지식이기 위해서는 진보하지 않으면 안된다.
— 피터 드러커

▣ 지식은 책에서 얻어지는 것이 아니다. 지식은 정보를 담고 있는 데 불과하다. 지식이란 정보를 특정한 업무 달성에 응용하는 능력인 것이다. — 피터 드러커

▣ 지식은 쉽게 사라져 간다. 따라서 항상 재확인하고 다시 배우고 다시 훈련을 받아야 한다. — 피터 드러커

▣ 존재양식에 있어서 최적의 지식은 『더 깊이 아는 것』 이다. 그러나 소유양식에 있어서는 『더 많이 지식을 소유하는 것』 이다.
— 에리히 프롬

▣ 지식은 도그마의 성질을 띠어서는 안 된다. 우리를 노예로 만들기 때문이다. — 에리히 프롬

▣ 상상력은 지식보다 훨씬 중요하다. — 알베르트 아인슈타인

▣ 독창적인 표현과 지식의 기쁨을 환기시키는 것이 교사의 최고의 기술이다. — 알베르트 아인슈타인

▣ 지식과 기술만으로는 인류를 행복하고 품위 있는 삶으로 인도할 수 없다는 사실을 잊지 말자. 나는 그 무엇에 대해도 나의 공적을 주장하지 않는다. 태초로부터 종말까지 만물은 우리가 통제할 수 없는 힘에 의해 결정된다. 별 · 인간 · 식물 · 우주의 먼지뿐만 아니라 벌레 등 우리 모두 보이지 않는 저 먼 곳의 피리 부는 사람의 곡에 맞추어 춤을 출 따름이다. — 알베르트 아인슈타인

▣ 정신적 세계에서 스스로 서고 자제할 수 있는 위엄을 갖춘 사람들만이 이 물질세계에서 스와라지를 이루고 지킬 수 있을 것이며, 그 어떤 유혹이나 착각도 이들로 하여금 지성의 위엄을, 그 밖의 다른 것들을 지키기 위해서 내버리게 할 수는 없는 것이라고.

— R. 타고르

▣ 이 세상 모든 일에 성하고 패하는 것이 그 지식의 길고 짧음에 있음을 깊이 깨달아야 하오. (관직에서 사퇴하면서) — 안창호

▣ 지(知)는 어떻게 기를 것인가, 사리를 추구하여 사물의 추리를 면밀히 관찰하고 널리 상고하여 세심 연구함으로써 진가(眞假)를 혼동함이 없이 천지조화의 오묘한 진리에 잘 맞추도록 하는 것이다.

— 이상재

▣ 인간의 지식의 도가 높아질수록 무지의 범주는 그와는 비교도 될 수 없을 만큼 넓어져 가는 것이며, 무지의 도가 높아갈수록 신비의 세계는 더욱 황홀해질 수밖에 없는 것이다. — 유달영

▣ 지식을 연장으로 사용할 일이지, 지식을 떠받들어 올려 숭배하는 식으로 배워서는 안 된다고 생각한다. — 손우성

▣ 사회기구에 있어서의 지식인의 위치는 최후 단계에 있는 생산인(生産人)이다. — 손우성

▣ 남을 깎고 저미는 지식을 갖기보다는 차라리 무식한 편이 그 사람을 행복하게 한다. — 유주현

▣ 우리의 머릿속에 들어온 지식들은 거의 전부가 우리가 오랜 세월 살아오면서 우리 중심으로 해석하고 적당히 얼버무려 버린 기만의

지식인 것이다. — 이창배

▣ 인간의 지성은 바른 인식을 위한 것이면서도 자기 오만의 길입니다. 그렇기 때문에 지성은 그 발전의 궁극에서 꺾이지 않을 수 없는 운명을 지닙니다. — 지명관

▣ 지성인이 매력을 유지하는 길은 정서를 퇴색시키지 않고 늘 새로운 지식을 탐구하며 인격의 도야를 늦추지 않는 데 있다고 생각한다. — 피천득

▣ 지식에는 두 가지 형의 지식이 있다. 하나는 단순한 사실지(事實知)이고, 또 하나는 논리지(論理知)이다. 사실지라고 하는 것은 바꾸어 말하면 정보형(情報型) 지식이거나 화제형(話題型)이다. 지식인의 지식은 그것이 직업상의 전문적 지식이든 교양을 위한 지식이든 생각과 판단을 필요로 하는 지식이다. 즉, 논리적 지식은 인간의 정신활동 중에서도 가장 발달한 수준 높은 지식이다.

— 송건호

▣ 지식은 일면 보편타당성이 있는 한편, 민족적 국가적 냄새나 성격이 있다는 점도 무시할 수 없다. — 송건호

【속담 · 격언】

▣ 솥은 부엌에 걸고 절구는 헛간에 놓으라 한다. (누구나 다 아는 일을 혼자만 아는 체하고 남에게 가르친다) — 한국

▣ 고소관(高小寬)이 하문(下門) 속 알 듯하다. (매사에 모르는 것이 없는 사람) — 한국

▣ 아는 법이 모진 바람벽 뚫고 나온 중방 밑 귀뚜라미라. (세상일을 모르는 것 없이 알고 있는 사람) — 한국

▣ 아는 게 병. (알기는 알아도 똑바로 잘 알지 못하기 때문에 그 지식이 오히려 걱정거리가 된다) — 한국

▣ 선무당이 사람 잡는다. — 한국

▣ 되글을 가지고 말글로 써 먹는다. (글을 조금 배워 가장 효과적으로 써 먹는다) — 한국

▣ 서당 개 삼 년에 풍월을 읊는다 (어떤 분야에 대하여 지식과 경험이 전혀 없는 사람이라도 그 부문에 오래 있으면 얼마간의 지식과 경험을 갖게 된다는 것을 비유적으로 이르는 말. — 한국

▣ 분명하게 알지 못하는 것은 도리어 근심거리가 된다. (半識者憂患) — 중국

▣ 댓구멍으로 하늘을 본다. (좁은 대나무 구멍으로 하늘을 보고 그것이 전부인 줄 안다 함이니, 소견이 좁아 사물의 전모를 정확히 보지 못함을 말함) — 중국

▣ 지식을 매일 향상시키지 않으면 나날이 줄어든다. — 중국

▣ 알면 알수록 행복해진다. — 타일랜드

▣ 얕은 지식은 위험한 일이다. (A little learning is a dangerous things.) — 영국

▣ 지식이 없는 부지런함은 빛이 없는 불이다. — 영국

▣ 문자는 군사적 기술보다 강력하다. — 영국

▣ 의문은 지식의 열쇠. — 영국

■ 아는 것이 힘. — 영국

■ 지식은 부귀보다 낫다. — 프랑스

■ 무엇인가 알고 있는 자는 열 개의 눈을 가지고 있다. 아무것도 모르는 자는 눈먼 소경. — 이탈리아

■ 만일 술처럼 지식이 들어온다면 누구나 박사가 될 수 있으리라. — 독일

■ 지식 없는 곳에는 죄가 없다. — 독일

■ 펜을 가지고 쓴 것은 도끼로 망쳐지지 않는다. — 러시아

■ 지식은 언제나 결점을 씻어 주는 물일 수는 없다. — 러시아

■ 지식은 바오바브나무다. 누구도 양팔을 벌려 그것을 잴 수는 없다. — 수단

■ 다음 두 부류의 사람은 죽을 때까지 만족하지 못한다. 지식을 구하는 자와 부귀를 구하는 자. — 아라비아

■ 식자의 추측은 무식한 자의 확신보다 훨씬 확실하다. — 아라비아

■ 지식이 과분하면 사람은 늙지만 돈이 과분하면 사람은 젊어진다. — 유태인

■ 사람은 책에서 가장 큰 지식을 얻는다. — 유태인

■ 돈으로써 모든 것을 살 수가 있다. 그러나 단 한 가지 살 수 없는 것이 있다. 그것은 지식이다. — 유태인

【문장】

지식은 바로 거기에 있고, 단편, 파편 같은 것이긴 하지만 아무튼 있고, 이따금 번쩍 빛나기도 하고, 안 나기도 하고, 홱 돌아서기도 하고, 폭풍에 윙크를 보내기도 하고, 나를 속여먹으려고 공모를 하고 있지.

— 새뮤얼 베케트 / 부정(否定)의 장(章)

한 청년이 소크라테스에게 와서 말했다. 『저는 지식을 탐구하러 왔습니다.』 『자네, 그 욕구가 얼마나 간절한가?』 『꼭 이루고야 말겠습니다.』 그래서 소크라테스는 그를 해변으로 데리고 가서 턱밑 깊이까지 물속으로 걸어 들어갔다. 그리고는 무지막지하게 물속으로 떼밀어 넣었다. 청년이 물 위에 다시 고개를 들어 올렸을 때 소크라테스가 물었다. 『네가 가장 필요했던 게 무엇이냐?』 『공기입니다. 숨을 쉬어야 했습니다.』 『네가 물속에서 숨을 쉬어야 했던 것처럼 지식을 갈구한다면 지식은 네 것이 될 것이다.』

— 《크리스천 사이언스 모니터》

【중국의 고사】

▣ **식자우환**(識字憂患) : 글자를 아는 것이 근심이란 말로서, 서툰 지식이 오히려 근심을 사게 됨을 이르는 말이다. 《삼국지》에 보면 서서(徐庶)의 어머니 위부인(衛夫人)이 조조(曹操)에게 속고 한 말에 『여자식자우환(女子識字憂患)』이란 말이 있다. 유현덕이 제갈양을 얻기 전에는 서서가 제갈양 노릇을 하며 조조를 괴롭혔다.

조조는 서서가 효자라는 것을 알고 그의 어머니 손을 빌어 그를 불러들이려 했다. 그러나 위부인은 학식이 높고 명필인 데다가 의리가 확고한 여장부였기 때문에, 아들을 불러들이기는커녕 오히려 어머니 생각은 말고 끝까지 한 임금을 섬기라고 격려를 하는 형편이었다. 그래서 하는 수 없이 조조는 사람을 중간에 넣어 교묘한 수법으로 위부인의 편지 답장을 받아낸 다음, 그 글씨를 모방해서 서서에게 어머니의 위조 편지를 전하게 했다.

어머니의 편지를 받고 집에 돌아온 아들을 보자 위부인은 영문을 몰라 어리둥절했다. 이야기를 듣고 비로소 그것이 자기 글씨를 모방한 위조 편지 때문이란 것을 안 위부인은, 『도시 여자가 글자를 안다는 것부터가 걱정을 낳게 한 근본 원인이다.』 하고 자식의 앞길을 망치게 된 운명의 장난을 스스로 책하는 이 한 마디로 체념하고 말았다는 것이다. 그래서 여자를 차별대우하던 옛날에는 위부인의 이 『여자식자우환(女子識字憂患)』이란 말이 여자의 설치는 것을 비웃는 문자로 자주 인용되곤 했다.

여자의 경우만이 아니고, 우리는 이른바 필화(筆禍)란 것을 기록을 통해 많이 보게 된다. 이것이 모두 『식자우환』이 아니고 무엇이겠는가. 소동파의 『석창서취묵당시(石蒼舒醉墨堂詩)』에 이런 말이 있다. 『인생은 글자를 알 때부터 우환이 시작된다(人生識字憂患始). / 성명만 대충 쓸 줄 알면 그만둘 일이다(姓名粗記可以休).』 무릇 글자뿐이겠는가. 인간이 만들어낸 이기(利器)들이 어느 것 하나 우환의 시초가 아닌 것이 없다. 헤엄을 잘 치는 사람은

물에 빠져 죽기 쉽고, 나무에 잘 오르는 사람은 나무에서 떨어져 죽기 쉬운 법이다. ―《삼국지》

▣ **관견**(管見) : 붓대롱 속으로 내다본다는 뜻으로, 바늘구멍 같은 좁은 소견을 말한다. 자기가 보는 것만을 전부인 줄로 알고 있는 사람을 가리켜 『우물 안 개구리(井中之蛙)』라고 하는데, 다 비슷한 의미로 쓰이는 말이다. 붓대롱 속으로 하늘을 내다보면 그 시야가 좁을 것은 말할 것도 없다. 그래서 흔히 겸사하는 말로 자신의 의견을 가리켜 『관견』이라 한다. 『나의 관견으로는』하고 말하는 것이다.

《장자》 추수편에 나오는 위모(魏牟)와 공손룡(公孫龍)의 문답 가운데서, 『그는 아래로는 땅 속 깊이 발을 넣고, 위로는 허공에까지 높이 올라 있어 남 · 북도 없이 사방 만물 속에 꽉 차 있다. 또 헤아릴 수 없이 넓고 큰 경지에 잠겨 있어, 동 · 서도 없이 현명(玄冥)에 비롯해서 대통(大通)에 이르러 있다. 그런데 그대는 허둥대며 좁은 지혜로 이를 찾으려 하고, 서툰 구변으로 이를 밝히려 한다. 이는 곧 붓대롱으로 하늘을 바라보고, 송곳을 가지고 땅을 가리키는 것이니 또한 작다 아니하겠는가(是直用管窺天 用錐指地也 不亦小乎).』 하는 위모의 말이 있다. 여기에 나오는『그』는 장자(莊子)를 말한다.

이 『용관규천(用管窺天)』 즉 붓대롱을 통해서 하늘을 바라본다는 말에서 『관견』이란 말이 생겨난 것이다. 한 부분만을 보고 전체를 보지 못하는 좁은 시야와 지식 등을 말한 것이다.

—《장자》 추수편(秋水篇)

▣ **격물치지**(格物致知) : 사물의 이치를 연구하여 후천적인 지식을 명확히 한다는 말이다. 사서삼경(四書三經)은 유가(儒家)에서 성전으로 중시하는 책이다. 사서는《논어》,《맹자》,《중용》,《대학》을 일컬으며, 삼경은《시경》,《서경》,《주역》을 말한다. 이 가운데 특히《대학(大學)》은 유가의 교리를 간결하고도 체계적으로 정리한 저서라 할 수 있다.

《대학》하면 『수신제가치국평천하(修身齊家治國平天下)를 생각하게 되는데, 이 『수신제가치국평천하』의 기본이 되는 것이 『격물치지』다. 그런데 이 『격물치지(格物致知)』라는 네 글자의 해석을 놓고 두 개의 학파로 갈라져 그 시비가 그치지 않고 있다. 이른바 정주학파(程朱學派)와 육왕학파(陸王學派)라는 것이다.

《대학》과 《중용(中庸)》은 원래 오경 중의 하나인 《예기(禮記)》 속에 있는 한 편명이었는데, 이것을 따로 뽑아서 《논어》, 《맹자》와 함께 『4서』라는 이름을 붙여 초학자가 꼭 읽어야 할 경전으로 만든 것이 주자(朱子, 1130~1200)였다. 주자는 격물치지를 다음과 같은 내용으로 풀이하고 있다.

『격물은 천하 만물의 이치를 끝까지 캐고 들어가는 것이다. ……노력을 거듭한 끝에 하루아침에 훤히 통하면 사물의 이치를 다 알게 된다. 이것이 치지다.』 주자는 격(格)을 이른다(至)는 뜻으로 풀이하여 모든 사물의 이치를 끝까지 파고 들어가는 것이라고 했다. 그러므로 앎을 가져온다는 치지(致知)는 우리가 말하는 지식의 획득을 뜻하게 된다. 그런데 주자의 견해와는 달리 격을 물리친다는 뜻으로 풀이하고 물을 물욕(物欲)의 외물(外物)로 주장한 학자에 주자와 같은 시대의 육상산(陸象山)이 있다.

그는 참다운 지혜(良知)를 얻기 위해서는 사람의 마음을 어둡게 하는 물욕을 먼저 물리쳐야만 한다고 주장했다. 육상산의 이 같은 학설을 이어받아 이를 대성한 것이 명(明)나라의 유명한 학자 왕양명(王陽明, 1472~1529)이다. 양명의 그 같은 견해는 그의 어록인 《전습록(傳習錄)》 가운데 도처에서 볼 수 있다.

그는 『격물치지』의 『격(格)』을 바르게 한다고 풀이했다. 이 경우 『물(物)』은 외부세계의 사물이 아니라 사람의 마음이 향하고 있는 대상을 가리키게 되고, 『지(知)』는 지식이 아니라, 사람이 날 때부터 지니고 있는 자연스럽고 영묘한 마음의 기능, 즉 맹자가 말한 양지(良知)를 가리키게 된다. 주자의 『격물치지』가 지식 위주인 데 반해 양명은 도덕적 실천을 중하게 여기고 있다. 주자학을 이학(理學)이라고 부르고 양명학을 심학(心學)이라고 부르는 것은 이 때문이다. —《대학》

▣ **문일지십**(聞一知十) : 하나를 듣고 열을 미루어 안다는 말로, 곧 지극히 총명함. 공자가 자공(子貢)을 불러 물었다. 『너와 안회(顔回) 둘 가운데 누가 낫다고 생각하느냐?』 공자의 제자가 3천 명

이나 되었고, 후세 이름을 남긴 제자가 72명이나 되지만, 당시 재주로는 자공을 첫손에 꼽고 있었다.

실상 안회는 자공보다 월등 나은 편이었지만, 그는 공자가 말했듯이 통 아는 기색을 내보이지 않는 바보 같은 사람이기도 했다. 공자는 안회와 자공을 다 같이 사랑했지만, 안회를 나무란 일은 한 번도 없었다. 항상 꾸중을 듣는 자공이 실상 속으로는 안회를 시기하고 있었을 것으로 보는 사람들도 있다. 그래서 공자는 스스로 재주를 자부하고 있는 자공이 안회를 어떻게 보고 있는지가 궁금하기도 했다. 자공은 서슴지 않고 이렇게 대답했다.

『사(賜 : 자공의 이름)가 어찌 감히 회(안회)를 바랄 수 있겠습니까. 회는 하나를 들으면 열을 알고, 사는 하나를 들으면 둘을 알 뿐입니다(賜也何敢望回 回也聞一以知十 賜也聞一以知二).』 하나를 들으면 열을 안다는 것은, 한 부분만 들으면 전체를 다 안다는 뜻으로 후세 사람들은 풀이하고 있다. 하나를 들으면 둘을 안다는 것은 반쯤 들으면 결론을 얻게 되는 그런 정도라고나 할까. 공자는 자공의 대답에 만족했다. 역시 자공은 알고 있구나 하는 생각이 들었다. 그래서 『네가 안회만은 못하다. 나도 네 말을 시인한다.』 고 말했다. — 《논어》 공야장편(公冶長篇)

■ **서족이기성명**(書足以記姓名) : 글은 이름만 쓸 줄 알면 족하다는 말로, 학식만을 내세움을 비웃음. 또는 지식보다는 행동이라는 말이다. 항우가 어릴 때 했다는 말로 『지식보다는 행동이다』 라는

뜻으로 쓰인다. 《사기》 항우본기 첫머리에 이렇게 나와 있다.

『항적(項籍)이란 사람은 하상(下相) 사람으로 자를 우(羽)라고 했다. 처음 일어났을 때 나이 스물넷이었다. 그의 작은 아버지는 항양(項梁)인데, 양의 아버지는 바로 초나라 장군 항연(項燕)으로, 진나라 장군 왕전(王翦)에게 죽임을 당한 사람이다……』 항적은 어릴 때 글을 배우다가 이루지 못하고 그만두었는데, 칼을 배우다가 또 이루지 못했다. 항양이 화를 내며 그를 꾸짖자, 항적은 이렇게 말했다. 『글은 이름만 쓸 줄 알면 족하고, 칼은 한 사람을 대적하는 것이니 배울 만한 것이 못됩니다. 만 사람을 대적하는 것을 배우겠습니다(書足以記姓名而己 劍一人敵 不足學 學萬人敵).』

그래서 항양은 그에게 병법을 가르쳤다. 항적은 대단히 기뻐했으나, 대강 그 뜻을 듣고는 역시 끝까지 배우려 하지 않았다. 항우는 어느 의미에서 『돌대가리』였던 것 같다. 그가 천하를 한때 휩쓸고 뒤흔들게 된 것은 단순히 그의 백절불굴의 투지와 힘과 용맹 때문이었다. 그에게는 글이 사실상 필요 없었고, 칼도 특별한 기술이 필요치 않았다. 병법도 남을 속이는 교묘한 작전 같은 것은 그에게 필요치 않았다. 그는 자기가 한 말처럼 산을 뽑을 만한 힘을 지니고 있었다.

그는 보통사람이 하나만 입어도 귀찮은 갑옷을 일곱 겹이나 껴입었고, 다른 장수들이 고작 30근 철퇴를 드는 정도였는데, 그는 3백근 철퇴를 나무지팡이 휘두르듯 했다. 천리마를 타고 달리는 그의 철퇴에서는 칼도 창도 아무 소용이 없었고, 그의 7겹 갑옷에는 아무리 강한 화살도 쓸모가 없었다. 그는 마치 탱크와도 같은 인간이었다. 그러나 그런 그도 결국에 가서는 해하(垓下)에서 패하고 오강(烏江)에서 자살을 함으로써 31세라는 꽃다운 청춘을 장렬하고 처참한 비극으로 끝내고 만다. 역시 글을 배우지 못하고 병법을 알지 못한 탓이 아니었을는지. —《사기》 항우본기(項羽本紀)

【에피소드】

▣ 지지위지지 부지위부지 시지야(知之爲知之 不知爲不知 是知也) : 아는 것과 모르는 것을 분명히 구별하여, 알지도 못하면서 아는 체 해서는 안된다고 경계한 말. 아는 것을 안다고 하고 모르는 것을 모른다고 하는 것, 이것이 아는 것이다. 『참으로 안다』는 것은 모르는 것을 인정하는 것이다. 공자가 약간 독단적인 경향의 성격을 가진 제자 자로에게 타이른 말이다. 이 말에는 이런 재미있는 에피소드가 있다. 조선시대 문인 유몽인(柳夢寅)이, 조선인은 어떤 경서를 읽느냐고 묻는 중국 사람에게 농담 삼아, 『우리나라에서는 새들도 경서 하나쯤은 읽을 줄 압니다. 「지지위지지 부지위부지 시지야(知之爲知之 不知爲不知 是知也)」라고 하지 않습니까?』 새가 《논어》를 읽었을 리 없건만, 이 구절을 빨리 읽다 보면 새의 지저귀는 소리와 비슷하게 들리기 때문에 이런 얘기가 나온 것 같다. —《논어》 위정편

【成句】

▣ 일지반해(一知半解) : 하나쯤 알고 반쯤 깨달음. 즉 수박 겉핥기식 지식, 어설픈 지식. 곧 아는 것이 적음. /《당송시순(唐宋詩醇)》

▣ 지행합일(知行合一) : 안다는 것은 행한다는 것의 시작, 행한다는 것은 아는 것의 성과다. 지(知)와 행(行)은 본래 하나의 것이며 두 개로 나눠지는 것이 아니다. 지식과 실천은 합치하지 않으면 안된다고 하는 명(明)나라 왕양명(王陽明)의 행동 이론. /《전습록(傳習錄)》

▣ 박물군자(博物君子) : 박식한 이를 이르는 말. /《사기》

▣ 불학무술(不學無術) : 배우지 않아서 재주가 없다. 곧 지식이 부족하고 재주 없음을 일컫는 말.《한서》

▣ 사통팔달(四通八達) : 도로가 사방팔방으로 통해 있어 교통이 편리한 것. 도로나 지하철 등 교통망의 발달 모습을 말한다. 또는 여러 방면의 지식이 풍부해서 무엇이든지 막힘이 없는 사람을 이르는 말.

▣ 천학비재(淺學菲才) : 학문이 얕고 재주가 변변치 않음. 선비의 겸칭.

▣ 박고통금(博古通今) : 옛 일을 널리 알고 현재를 통달함.

▣ 당구삼년폐풍월(堂狗三年吠風月) : 『서당(書堂)개 삼 년이면 풍월(風月)을 읊는다』는 우리말 속담의 한역(漢譯)으로, 무식한 사람도 유식한 사람들 틈에 오래 있으면 감화를 받는다는 말이다. 보통 『당구풍월(堂狗風月)』로 쓴다.

▣ 지이부지(知而不知) : 알고도 모르는 체함.

▣ 제동야인(齊東野人) : 사리(事理)를 모르는 시골사람을 이르는 말.

▣ 지자불혹(知者不惑) : 지자는 사물의 도리에 밝으므로 일을 당하여 의혹하는 바 없이 잘 분별함. /《논어》 자한편.

▣ 지막대어궐의(知莫大於闕疑) : 지식이란 의심나는 것을 확실히 알아낼 때까지 뒤로 미루고 억단(臆斷)하지 않는 것이 중하다는 말. /《설원(說苑)》

▣ 개권유익(開卷有益) : 책을 읽지 않고 펼치기만 해도 유익하다는 뜻으로, 제대로 독서를 하면 효과가 좋다는 말. /《송서》

중용 moderation 中庸

【어록】

▣ 심한 것을 버리고, 지나친 것을 버리고, 몹시 큰 것을 버린다{去甚去奢 去泰 : 심(甚)·사(奢)·태(泰) 3자는 모두 적극적인 것을 표시하는 것으로 이런 적극을 삼가하고 소극으로 하여 중용을 얻으면 심(甚)이 되지 않고, 검소하면 사(奢)가 되지 않고, 검약하면 태(泰)가 되지 않는다. 이상생활의 가르침이다}. —《노자》 제29장

▣ 지나친 것은 미치지 못한 것과 같다{過猶不及 : 중용(中庸)의 중함, 시중(時中)의 중요성을 말한 것이다}. —《논어》 선진

▣ 중용(中庸)의 힘은 지고지선(至高至善)니다. 이를 행하는 자 예부터 매우 적다. —《논어》

▣ 임금을 섬기되 과잉충성은 미움을 받으며, 벗과 사귀되 정이 지나치면 귀찮게 여긴다. —《논어》 이인편

▣ 중용을 지키며 어진 사람을 채택하는 데에 출신을 가리지 않았다{執中 立賢無方 : 은(殷) 나라 탕왕(湯王)은 중용의 길을 지켰고,

또 어진 자를 등용해서 쓸 때에는 친소, 귀천, 당파 등을 구별하지 않았다}. —《맹자》

▣ 중용(中庸)의 도에 의함으로써 처세 상의 상도(常道)로 삼음(緣督以爲經 : 督은 의복의 등솔기. 따라서 중용의 도를 상징함). —《장자》

▣ 가득 차면 엎어진다(滿則覆). —《순자》

▣ 한쪽으로 치우치지 않는 것을 중(中)이라고 하고, 바뀌지 않는 것을 용(庸)이라 한다. 중이란 천하의 정도(正道)이고, 용이란 천하의 정해진 이치다. —《중용》

▣ 학문이나 행위는 높고 밝은 것을 철저히 구명하되, 실행할 때에는 평범하게 중용을 따라야 한다(極高明而道中庸). —《중용》

▣ 희로애락의 아직 발하지 않음을 중(中)이라 하고, 발하여 모두 법도에 투철한 것을 화(和)라 한다. —《중용》

▣ 윗자리에 있으면서 부하를 업신여기지 말고 아랫자리에 있으면서 상사에게 기어오르지 말라. —《중용》

▣ 지혜로운 자는 지나치고, 어리석은 자는 모자란다{知者過之 愚者不及 : 지혜로운 사람은 지나쳐서 하지 않아도 될 것을 하고, 생각하지 않아도 될 것을 생각한다. 어리석은 사람은 이와 반대로 모든 것이 미치지 못하다. 조금 더 생각해도 좋을 것을 생각하지 않는다. 한쪽은 과하고 한쪽은 미치지 못한다. 과 · 부족 어느 쪽도 중용이 아니다. —《중용》

▣ 용덕(庸德)을 행하고 용언(庸言)을 삼간다{庸德之行 庸言之謹중용

의 덕을 행하고 말을 삼가 중용의 도에 어긋나지 않는 행위를 한다. 성인도 이를 벗어나지 않는 것이다. 용덕(庸德)은 변하지 않는 중용의 덕. 용언(庸言)은 중용의 도에 따르는 변하지 않는 말}.

— 《중용》

▣ 희로애락이 아직 일어나지 않은 정신 상태를 『중(中)』이라 한다. 희로애락이 일어났을 때 당연한 절도(節度)에 부딪친다. 이것을 『화(和)』라고 한다. — 《중용》

▣ 꽃은 반쯤 피었을 때 보기가 좋고, 술은 약간 취했을 때가 좋다(花看半開 酒飮微醺). — 《채근담》

▣ 절제가란, 욕망에 중용을 찾은 사람을 일컫는다. — 플라톤

▣ 미덕이란 두 개의 악덕 사이에 있는 중용을 말한다.

— 아리스토텔레스

▣ 지나침과 모자람은 악의 특색이고, 중용은 덕의 특색이다.

— 아리스토텔레스

▣ 막대한 부를 가진 자는 때로 불행하다. 중용의 재물밖에 안 가진 자는 행복하다. — 헤로도토스

▣ 너무 많든 너무 적든 도를 넘으면 흥이 깨진다. — 테렌티우스

▣ 중간이 가장 안전할 것이다. — 호라티우스

▣ 오래 살기를 바라거든 중용의 길을 걸어라. — M. T. 키케로

▣ 중용의 도가 최선이며, 과격한 것은 분쟁을 일으키는 원인이다.

— 플라우투스

▣ 여자는 사랑하든가 아니면 미워한다. 그녀는 중용(中庸)을 모른다.

— 사이라스

▣ 극단의 행동은 허영, 보통의 행동은 습관, 중용의 행동은 공포에 돌아간다면, 과실을 범하는 일은 우선 없을 것이다.

— 프리드리히 니체

▣ 정열은 고백에 의하여 고양(高揚)되며, 또한 고백에 의하여 진정된다. 그러므로 사랑하는 사람에 대하여 무엇을 고백하며 무엇을 숨겨 두느냐 하는 그 중용(中庸)과 절도만큼 어려운 것은 없다.

— 괴테

▣ 대통령 직을 추구함에 있어 극단주의는 용서받을 수 없는 악덕입니다. 국가 정무(政務)에 있어 중용은 최고의 미덕입니다.

— 린든 B. 존슨

▣ 성탄절이 가까워졌습니다. 저는 산타클로스에게 이런 선물을 바라고 싶습니다. 우리의 물량(物量)을 균형 잡을 수 있는 품질을, 우리의 과격함을 균형 잡을 수 있는 억제력을, 우리의 자만심을 균형 잡을 수 있는 겸손을 달라고 말입니다. ……우리의 다음의 목표는 균형이라야 할 것 같습니다. 우리는 개인주의의 귀중한 장점을 잊어서는 안 됩니다. 그러나 무작정한 개인주의는 오만이 아니면 이기주의가 됩니다. (달라스 상공회의소에서의 연설)

— C. A. 메이어

▣ 중국인은 중용(中庸)과 절충(折衷)을 좋아한다. 가령 열 사람이 이 방은 너무 어두우니 창을 하나 내야 한다고 충고하더라도 결코 듣지 않는다. 그러나 만약 누군가가 그러면 지붕을 파괴해 버리라고

주장하면, 그들은 반드시 중용을 따라서 창을 만드는 데 찬성하게 된다. 더 과격한 주장이 없으면 그들은 평화적인 개혁마저 하려 들지 않는다. — 노신

▣ 사람들은 중간노선이라는 것을 마치 인정할 수 없는 것인 양 말을 하고 있다. 사실에 있어 도덕을 제외한 모든 인간문제는 회색에 속한다. 만사 모두가 흑이나 백에 속하는 것은 아니다. 타협이 있어야 한다. — 드와이트 아이젠하워

▣ 자유의지고 숙명이고 상관할 것 없이, 신과 악마, 미(美)와 추(醜), 용감과 겁나(怯懦), 이성(理性)과 신앙, —그 밖에 모든 저울대의 양단에서는 이러한 태도를 취할 일이다. 고인(古人)은 이 태도를 중용이라 일렀다. 중용이란 영어의『goodsense』이다. 내가 믿는 바로는 굿센스를 가지지 못하는 한, 여하한 행복도 얻을 수는 없다. 설령 그래도 얻을 수 있다면, 염천(炎天)에 숯불을 안거나 대한(大寒)에 부채질을 하거나 하는 억지춘향의 행복일 따름이다.

— 아쿠타카와 류노스케

【속담 · 격언】

▣ 가장 안전하게 가려면 한가운데 길을 택하라. — 영국

▣ 공부만 하고 놀지 않으면 잭은 둔한 아이가 된다. (All work and no play makes Jack a dull boy.) — 영국

▣ 어떤 일이라도 중간쯤에 행복이 있다. — 영국

▣ 순경(順境)에서 조심하고, 역경(逆境)에서 참는다. (In prosperity

caution in adversity patience.) — 영국

▣ 훨훨 타오르는 큰 불길보다 몸을 녹여주는 훈훈한 모닥불이 더 좋다. — 영국

【시 · 문장】

까마귀 검거라 말고 해오라비 셀 줄 어이
검거니 세거니 일편(一便)도 한저이고
우리는 수리두루미라 검도 세도 아녜라.

— 무명씨

외계(外界)에서는 운명의 별이 숨 가쁜 걸음을 걷고
만사(萬事)가 불꽃을 토하는 이 시절에
나와 같이 살자고 한다.
당신은 분망한 생활 속에서도
절도 있는 생활의 중용(中庸)을 지켜 나갈 줄 안다.
그래서 당신과 당신의 애정은
나를 위한 마스코트가 되어 주었다.

— 헤르만 헤세 / 니논을 위하여

접때 보여준 중(中)자의 의미는 그 연구가 매우 깊은 것을 알 수 있으나, 이것은 모두 문 밖에 나서서 햇빛을 바라보고 그림자를 잡으려는 것과 같은 것이다. 지금 네가 걸어 다니고, 멈추고, 앉고, 서는 행위

자체가 모두 중(꼭 들어맞는 것)이니, 중이 아니면 걸어 다닐 수도 없고, 앉을 수도 없으며, 설 수도 없다. 따로 한 길을 찾을 필요가 없느니라. 지금 걸어 다니고 멈추고 앉고 서 있으면서 이 중이라는 것을 모른다면 이는 이른바 나귀를 타고서 나귀를 찾는 짓일 뿐이니라. 이것은 한두 마디 말로 깨달을 수 없는 것이니 오직 몸을 돌이켜 자꾸만 찾아보아라. 이렇게 돌이켜 찾으면 남는 것이 있으리라. 그러나 지나치게 찾는 것은 중이 아니다. 《주역(周易)》의 384효(爻)와 64괘(卦)가 이리저리 오가고 아래위로 반복되는 것은 중(中)으로 향해 가지 않는 것이 없다. 그런 까닭으로 『중용(中庸)』과 『주역(周易)』은 서로 통한다고 하느니라.

— 김정희 / 여재종손태제(與再從孫台濟)

중용(中庸)이라는 것은, 별로 흥미 없는 가르침이다. 나는 지금도 회상할 수 있지만, 젊었을 때 이 가르침을 경멸과 분노로써 거부하곤 했었다. 그 무렵에 내가 찬미하고 있었던 것은 영웅적인 극단성이었기 때문이다. 그러나 진리는 재미있는 것만은 아니다. 그런데도 재미있다는 이유만으로 신봉되는 일이 많다. 실제로는 그것이 도움이 된다는 증거가 별로 없는데도 말이다. 중용의 가르침도 한 좋은 예다. 그것은 재미없는 가르침일지는 모르지만, 그러나 매우 많은 경우 확실히 진리의 가르침이다. 중용을 지킬 필요가 있다는 것은, 어떤 점에서 노력이라는 것과 체념 사이의 균형에 관계가 있다.

— 버트런드 러셀 / 행복의 정복

【중국의 고사】

▣ **중용지도**(中庸之道) : 중용의 도리. 극단에 치우치지 않고 평범한 속에서의 진실한 도리. 『중용지도』란 말을 우리는 흔히 쓰곤 한다. 그러나 그것이 풍기는 의미는 일정하지가 않다. 듣는 사람도, 말하는 사람도 자기 마음대로 풀이할 수 있는 막연한 내용의 말이다. 『그건 중용지도가 못되지.』 뭔가 좀 지나쳤다는 뜻이다. 어느 점이 어떻다고 지적할 수는 없어도 어딘가 좀 반성할 점이 있다는 막연한 개평(槪評)이다. 듣는 사람도 과히 기분 나쁘지 않고, 말하는 사람도 그리 거북하지 않은, 적당히 듣고 적당히 쓸 수 있는 말이다.

『중용(中庸)』이란 말은 《논어》에도 나온다. 그러나 《중용》이란 책이 『사서(四書)』중의 하나라는 것은 누구나가 다 알고 있다. 그 《중용》 첫머리에 주자(朱子)는 정자(程子)의 말을 인용하여 『중용』을 이렇게 풀이하고 있다. 『편벽되지 않은 것을 『中』이라 말하고, 바뀌지 않은 것을 『庸』이라 말한다. 『中』이란 것은 천하의 바른 길이요, 『庸』이란 것은 천하의 정해진 이치다.』

『中』은 중간이니 중심이니 하는 뜻이다. 좌우로 치우치지 않은 것이 중간이고, 어느 쪽에도 더 가깝지도 멀지도 않은 것이 중심이다. 『庸』은 떳떳하다는 뜻이다. 떳떳하다는 말은 정당하다, 당연하다, 항상 그대로다 하는 뜻을 가지고 있다. 즉 중용은 어느 한쪽으로도 치우치지 않은 떳떳한 것이란 말이다. 또 지나치지도 않고 부족하지도 않은 꼭 정도에 맞는, 더 바랄 수 없는 그런 원리 원칙이 『중용』인 것이다.

지구가 항상 제 궤도를 돌고 있는 것도 그것이 중용지도를 걷고 있기 때문이다. 인공위성으로 우주여행을 무사히 끝마치려면 처음에서 끝까지 이 중용지도를 지키지 않으면 그만 사고를 일으키고 만다. 그와 마찬가지로 우리 인간이 일생을 사는 동안도 이 중용지도를 지키지 못하면 예기치 못한 불행과 마찰을 가져오게 되는 것이다.

그러나 그 중용지도란 정해져 있는 것은 아니다. 인공위성이 궤도 수정을 하지 않으면 안되듯이, 그때그때의 사정에 따라 적당히 수정될 수 없는 원리 원칙은 궤도 수정이 불가능한 인공위성과도 같은 것이다. 《중용》 첫머리에 공자는 말하기를, 『군자의 중용이란 것은 군자로서 때에 맞게 하는 것이다.』 라고 했다. 때에 맞게 한다는 것이 바로 원리 원칙에 입각한 궤도 수정의 가능성을 말하는 것이다.

덮어놓고 좌우 양파의 중간에 서 있는 무사주의나 타협주의나 기회주의가 중용지도는 아니다. 팔 사람이 부르는 값과 살 사람이 주겠다는 값을 반으로 딱 잘라 흥정을 붙이는 거간꾼의 처사가 반드시 정당한 것은 아니다. 공자는 말했다. 『천하와 국가도 다스릴 수 있고, 벼슬도 사양할 수 있고, 칼날도 밟을 수 있지만, 중용만은 할 수 없다.』

그때그때에 맞는 처리와 행동을 한다는 것은 용기나 지조의 문제가 아니라, 성인(聖人)의 지혜가 없이는 안된다는 말이다. 『중용지도』 즉 『중용의 길』은 가장 올바른 길이요, 오직 하나뿐인 길이다. 그 길을 제대로 걸어가기 위한 지혜와 행동력을 가진 사람이 아니면 대중을 지도할 자격은 물론, 그 자신이 세상을 올바로 살아갈 수가 없다. —《중용》

■ **과유불급**(過猶不及) : 지나침은 미치지 못함과 같다. 여러 가지 면에서 깊은 뜻이 있는 말이다. 경우에 따라서는 지나침이 미치지 못함만 못할 수도 있다. 지나치지도 않고 모자람도 없는 중용(中庸)의 문제를 거론한 것이다. 속담에 『박색 소박은 없어도 일색 소박은 있다』고 했다. 얼굴이 너무 예쁜 것보다는 못난 편이 낫다는 결론이 된다. 《논어》 선진편에 나오는 말인데, 자공(子貢)이 공자에게 물었다.

『사(師 : 子張의 이름)와 상(商 : 子夏의 이름)은 누가 어집니까?』 『사는 지나치고 상은 미치지 못한다』 하고 공자가 대답했다. 『그럼 사가 낫단 말씀입니까?』 하고 반문하자, 공자는, 『지나침은 미치지 못함과 같다(過猶不及)』고 말했다. 자장과 자하는 《논어》의 기록을 통해 볼 때 퍽 대조적인 인물이었다. 자장은 기상이 활달하고 생각이 진보적이었는 데 반해, 자하는 만사에 조심을 하며 모든 일을 현실적으로만 생각했다. 친구를 사귀는 데 있어서도, 자장은 천하 사람이 다 형제라는 주의로 모든 사람을 동등하게 대했는데, 자하는 『나만 못한 사람을 친구로 삼지 말라』고 제자들에게 가르쳤다.

그러나 공자가 말한 『과유불급』은, 굳이 두 사람에게 국한된 것이 아니고 일반적인 원칙을 말한 것이다. 그러면 그 지나치다, 혹은 미치지 못한다 하는 표준은 어디에 두어야 할 것인가. 그것은 한 마디로 중용(中庸)인 것이다. 미치지 못하지도 않고 지나치지도 않은 중용이란 말은 다시 시중(時中)이란 말로 표현된다. 시중은 그때그때 맞게 한다는 뜻이다. 어제의 중용이 오늘에도 중용일 수는 없다. 이것이 꼭 옳다, 이렇게 하는 것이 영원불변의 진리다 하는 것은 있을 수 없는 것이다. 그것은 손으로 만져 쥐어 보일 수도 없는 것이다. 모든 것을 환히 통해 아는 성인이 아니고서는 이 시중을 행할 수 없는 것이다.

그러기에 공자는 말하기를, 천하도 바로잡을 수 있고, 벼슬도 사양할 수 있고, 칼날도 밟을 수 있지만, 중용만은 할 수 없다고 했다. 『과유불급』이란 말과 중용이란 말을 누구나 입으로 말하고 있지만, 공자의 이 참뜻을 안 사람은 드물다. 공자를 하늘처럼 받들어 온 선비란 사람들이 고루(古陋)한 형식주의와 전통주의에 빠져 시대를 그릇 인도하고 나라를 망치게 한 것도 이 과유불급과 중용의 참뜻을 이해하지 못한 때문이었다.

—《논어》 선진편(先進篇)

▣ **알묘조장**(揠苗助長) : 『조장(助長)』은 글자가 나타내고 있는 것과는 다른 뜻을 지니고 있다. 흔히 『조장시킨다』는 말을 쓰곤 하

지만, 대개의 경우 좋지 못한 결과를 가져오게 만든다든가, 혹은 그 자체가 옳지 못한 것을 부추기거나 눈감아 주는 따위를 말하게 된다. 아무튼 조장이란 말을 좋은 경우에 쓰지 않는 것은, 그 글자가 지니고 있는 뜻 이외에 다른 뜻이 있기 때문이다. 이 말은 《맹자》 공손추 상에 있는 유명한 호연장(浩然章)에 나오는 말이다.

공손추가 맹자에게 물었다.

『선생께서 만약 제나라의 경상(卿相)이 되어 정치적으로 성공한다면, 그 때도 선생께서는 마음을 움직이시지 않겠습니까?』

『나는 40이 넘어서부터는 더 마음이 움직이지 않는다. 유혹에도 넘어가지 않는다.』

여기서 맹자는 부동심(不動心)을 설명했다.

『선생님의 부동심은 어떠한 장점을 가지고 계십니까?』

『말을 알아듣는 일과 호연지기(浩然之氣)를 기르는 데 있다.』

여기서 맹자는 호연지기에 대해 설명하고 이 기풍을 기르는 방법에 대하여 명쾌하게 대답했다. 물이 흐르는 듯한 일문일답이었다. 맹자는 계속했다.

『호연지기를 기르는 데 있어서는 그 행하는 바가 다 도의(道義)에 어긋나지 않아야 하지만, 정기(正氣), 즉 기(氣)만을 목적으로 길러서는 안된다. 그렇다고 해서 양기(養氣)의 방법을 전혀 무시해서도 물론 안된다. 송(宋)나라 사람처럼 서둘러서 억지로 돕는 일을 해서도 안된다(心勿忘 勿助長也).』(마음의 도의가 생장함에 따라 서서히 길러 갈 필요가 있다.)

맹자는 송나라 사람의 예를 들어 『조장』이란 말을 설명하게 된다. 송나라에 어떤 사람이, 자기 집 곡식이 무럭무럭 자라나지 않는 것이 안타까워, 대궁을 하나하나 뽑아 올려 길게 만들고 집으로 돌아와 자기 집 식구들을 보고 이렇게 말했다.

『오늘은 정말 피로하다. 곡식이 자라는 것을 내가 도와주었거든.』

아들이 듣고 깜짝 놀라 밭으로 달려가 보았더니 곡식은 벌써 다 말라 있었다는 것이다. 맹자는 이 이야기 끝에,

『천하에 곡식이 자라나는 것을 억지로 돕는 것 같은 일을 하지 않는 사람이 드물다. 돕는 것이 아무 소용이 없다 해서 버려두는 사람은 김을 매 주지 않는 사람이고, 자라는 것을 돕는 사람은 싹을 뽑아 올리는 사람이다. 유익함이 없을 뿐만 아니라 도리어 해를 끼치게 된다.』 하고 조장이 게으름을 피우는 이상의 나쁜 결과를 가져오는 것을 다시 한 번 강조하고 있다.

공자(孔子)도 『서둘러 가려다 오히려 이르지 못한다(欲速則不達)』라고 이와 비슷한 말을 하였다. 우리 속담에도 『급할수록 돌아가라』는 말이 있듯이, 서두르면 도리어 상황이 더욱 악화된다는 의미가 있다. 이 세상의 모든 시끄러운 일들을 가만히 분석해 보면 어느 것 하나 이 조장의 결과가 아닌 것이 없을 것 같다. 그래서 차라리 내버려두라는 『무위자연(無爲自然)』의 사상이 대두되는 것이리라. 『발묘조장(拔苗助長)』이라고도 한다.

— 《맹자》 공손추상(公孫丑上)

■ **욕속부달**(欲速不達) : 너무 서두르면 도리어 일이 진척되지 않는 것이 『욕속부달』이고, 너무 좋게 만들려다가 오히려 그대로 둔 것만 못한 결과를 가져오게 되는 것이 『욕교반졸』이다. 『욕속부달』이란 말은 《논어》 자로편에 나오는 공자의 말이다. 제자 자하(子夏)가 거보(莒父)라는 고을의 장관이 되자, 공자를 찾아와 정치하는 방법을 물었다. 그러자 공자는 이렇게 말했다.

『빨리 하려 하지 말고 작은 이익을 보지 말라. 빨리 하려 하면 일이 잘 되지 않고, 작은 이익을 보면 큰 일이 이루어지지 않는다(無欲速 無見小利 欲速則不達 見小利則大事不成).』 큰일이든 작은 일이든 마음이 조급하면 제대로 되지 않는다. 『욕속(欲速)』은 빨리 하는 행동을 말하는 것이 아니고, 얼른 성과를 올리려는 성급한 마음을 말한 것이다. 마음은 천근처럼 늘어지고 행동은 빨라야만 좋은 성과를 올릴 수 있다. 특히 정치는 근본 문제를 장기적으로 다뤄야 하기 때문에 단순한 명령이나 법률로써 효과를 보려 하면 혼란만 초래하게 된다. 더디더라도 서서히 한 가지씩 올바르게 고쳐 나가야만 비로소 바라는 성과를 얻게 되는 것이다.

큰일을 하는 사람이 눈앞에 보이는 작은 이익에 눈을 돌리면 큰 일을 할 수 없게 된다. 정치하는 사람은 원대한 포부를 가지고 장기적인 투자를 하지 않는 한 좋은 꽃과 열매를 얻지 못한다. 공자는, 자하가 눈앞에 보이는 빠른 효과와 작은 이익에 집착하는 성격을 가지고 있기 때문에 이같이 말하게 된 것인데, 사람은 대부분이 같은 결점을 지니고 있다. —《논어》 자로편

【成句】

▣ 절장보단(絕長補短) : 긴 것을 잘라서 짧은 것을 보탠다는 뜻으로, 장점이나 넉넉한 것으로 단점이나 부족한 것을 보충함을 이르는 말. 또는 절장보단(截長補短).

▣ 자막집중(子莫執中) : 중국 전국시대에 자막이 중용(中庸)만을 지켰다는 뜻으로, 융통성이 없고 임기응변할 줄 모르는 사람을 이르는 말. /《맹자》

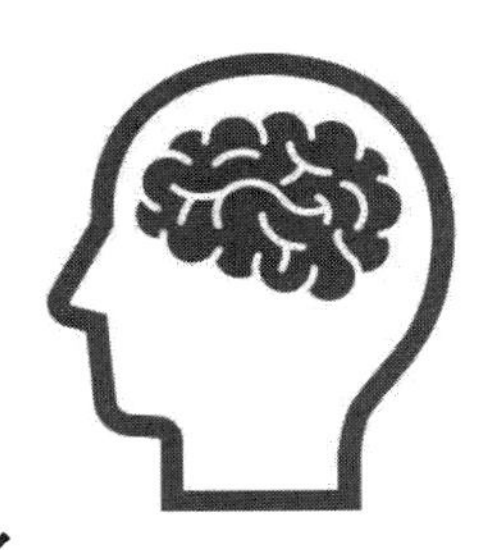

사색 meditation 思索

(명상)

【어록】

▣ 생각이 옳으면 이를 행동으로 옮기되 그 옮기는 것을 시기에 맞게 하라(慮善以動 動惟厥時). —《상서》

▣ 일은 생각 끝에 생겨나고, 노력 끝에 성사되며, 거만 끝에 잃는다(事者 生於慮 成於務 失於傲). —《관자》

▣ 남을 받들고 자기를 낮추고, 남을 먼저 생각하고 자기를 뒤에 생각해야 한다(貴人而賤己 先人而後己). —《예기》

▣ 배우기만 하고 생각하지 않으면 갈피를 잡을 수 없고, 생각하기만 하고 배우지 않으면 해이해진다(學而不思則罔 思而不學則殆). —《논어》 위정

▣ 널리 배우고 뜻을 독실하게 하며, 알뜰히 묻고 가깝게 생각하면 어진 것이 그 가운데 있다(博學而篤志 切問而近思 仁在其中矣). —《논어》 자장

▣ 세 번 생각한 뒤에 행하라(三思而後行). —《논어》 공야장

▣ 세 가지 길에 의하여 우리들은 성지에 도달할 수가 있다. 그 하나는 사색에 의해서이다. 이것은 가장 높은 길이다. 둘째는 모방에 의해서이다. 이것은 가장 쉬운 길이다. 그리고 셋째는 경험에 의해서이다. 이것은 가장 고통스러운 길이다. —《논어》

▣ 군자는 덕을 생각하고 소인은 땅을 생각하며, 군자는 형벌을 생각하고 소인은 혜택을 생각한다(君子懷德 小人懷土 君子懷刑 小人懷惠). —《논어》이인

▣ 어찌할까, 어찌할까? 하고 깊이 생각하지 않는 사람은 나도 어찌할 수가 없다(不曰如之何如之何者 吾末如之何也已矣).

—《논어》위령공

▣ 배우기만 하고 생각지를 않으면 이해할 수 없고, 생각만 하고 배우지를 않으면 곧 위태롭다(學而不思則罔 思而不學則殆).

—《논어》학이

▣《시경》에 『산매자나무 꽃이 봄바람에 펄럭이니 어찌 님을 생각하지 아니하랴만 집이 멀어 어찌하랴.』하였는데, 공자가 이를 두고 말하기를, 『진정으로 생각함이 부족해서 그렇지 어찌 집이 멀고 말고가 있으리오.』 —《논어》자한

▣ 내 생각이 맑지 않으면 사물의 옳고 그름을 분별할 수가 없다.

—《순자》

▣ 생활이 편안하면 위험을 생각하고, 생각하면 준비를 갖추어야 화를 면할 수 있다.(居安思危 思則有備 有備無患). —《좌전》

▣ 성인의 천 번 생각에 한 번 실수가 꼭 있기 마련이고, 미련한 자의

천 번 생각에 한 번 쓸 것이 꼭 있기 마련이다(聖人千慮 必有一失 愚人千慮 必有一得). — 《사기》 회음후열전

▣ 먼저 생각해 보고 일하는 자는 창성하고, 먼저 일을 해놓은 뒤에 생각해 보는 자는 망한다(先謀後事者昌 先事後謀者亡). — 《의림(意林)》

▣ 생각하고 생각하는 것을 매일 싸움에 나갔을 때와 같이 하고, 마음은 늘 다리를 건널 때와 같이 조심해야 한다. — 손사막

▣ 배워서 이치를 밝히고, 글로써 뜻을 표현하고, 사색으로써 배운 것을 통하게 하고, 기세로써 글에 쓴 뜻에 이른다(學以明理 文以述志 思以通其學 氣以達其文). — 소식(蘇軾)

▣ 행동은 생각을 깊이 하면 이루어지고, 되는 대로 하면 이지러진다(行成于思 毁於隨). — 한유(韓愈)

▣ 고서를 싫증 없이 백여 번 읽어 보니, 숙독 끝에 깊은 생각 그대절로 알고 있네(故書不厭百回讀 熟讀深思子自知). — 소식

▣ 아침에는 일하고 밤에는 돌이켜 생각하며, 부지런히 힘쓰며 머리도 쓴다(朝作而夜思 勤力而勞心). — 유종원(柳宗元)

▣ 행동하기 전에 잘 생각하고, 입을 열기 전에 할 말을 잘 가려야 한다(臨行而思 臨言而擇). — 왕안석(王安石)

▣ 생각을 깊이하고 잘 살펴 도모하면, 힘은 줄어들고 공은 배로 늘어난다(慮熟謀審 力不勞而功倍). — 구양수(歐陽修)

▣ 일에 부딪쳐 먼저 세 번 생각하지 않으면 후회할 일이 생기게 된다(事不三思 終有後悔). — 《고금소설》

▣ 있을 때 언제나 없을 때를 생각해야지, 없게 되어 있을 때를 생각지 말라(常將有日思無日 莫待無時思有時). — 《경세통언》

▣ 가장 유쾌한 인생은 사색하지 않음에 있다. — 소포클레스

▣ 사람은 자기 생각을 사용하는 것밖에 자기 고유의 것이란 가진 것이 없다 — 에픽테토스

▣ 마음속의 생각 때문에 처벌받는 사람은 없다. — 울피아누스

▣ 산다는 것은 생각하는 일이다. — M. T. 키케로

▣ 우리는 혼자 있을 때라도 늘 남 앞에 있는 것같이 생활하지 않으면 안 된다. 우리들은 마음의 모든 구석구석에 남의 눈이 비치더라도 두려울 것이 없도록 사색(思索)해야 한다. — L. A. 세네카

▣ 우리는 혼자 있을 때라도 늘 남 앞에 있는 것같이 생활하지 않으면 안 된다. 우리들은 마음의 모든 구석구석에 남의 눈이 비치더라도 두려울 것이 없도록 사색(思索)해야 한다. — 랑클로

▣ 생각에 생각이 솟아올라 가해지면, 뒤의 생각 앞의 생각의 힘이 약해지고, 사람은 그 목적에서 멀어지는 버릇이 있다. — A. 단테

▣ 사람은 각자 나름대로 생각하지 않으면 안 된다. 왜냐하면, 사람은 자신의 방식에 따라서 진리, 혹은 일생을 통해 소용되는 또 한 가지 진리를 발견하기 때문에 다만 방종(放縱)해서는 안 된다. 자제(自制)하여야 한다. 다만 적나라(赤裸裸)할 뿐인 본능은 사람에게는 알맞지 않다. — 괴테

▣ 사색 같은 것은 일체 집어치우고 우리 함께 곧장 세상으로 뛰어나갑시다. 감히 말하건대요, 명상 같은 것을 하는 녀석은 시들어 버린

초원 위에서 악마에 사로잡혀 빙빙 돌림 받는 동물 같은 놈입니다. 주위에는 아름다운 녹색의 목장이 있는데, 지배하든지 복종하든지 하지 않고도 무엇이든지 될 수 있는 인간만이 참으로 행복하고 위대합니다. — 괴테

▣ 나는 항상 생각한다. 이 세계는 나의 천재보다 훨씬 천재적이라고. — 괴테

▣ 이 세상은 마음 나름, 세상에는 복이나 화가 따로 없다. 다만 생각 여하에 따라 이렇게도 저렇게도 되는 것이다. — 셰익스피어

▣ 제국의 신에게 몸을 바친 여신도는 사랑을 모르는 명상 속에 일생을 지냈다. — 셰익스피어

▣ 마음을 향상시키기 위해서는 학문보다도 명상(瞑想)이 더 필요하다. — 르네 데카르트

▣ 인간은 생각하기 위해서 살고 있다. 그러므로 인간은 한시도 생각하지 않고는 있을 수 없다. — 파스칼

▣ 인간은 한 올의 갈대에 지나지 않는다. 자연 중에서 가장 약한 것이다. 그러나 그것은 생각하는 갈대이다. — 파스칼

▣ 철학이란 죽음에 관한 명상이다. — 에라스무스

▣ 『생각한다』는 말은 듣지만, 나는 무엇인가 쓰고 있을 때 외에는 생각한 적이 없다. — 몽테뉴

▣ 생각에 부끄럽지 않은 것을 말하기 부끄러워하지 말라. — 몽테뉴

▣ 독서는 다만 지식의 재료를 줄 뿐, 그 자신의 것을 만드는 것은 사

색의 힘이다. — 존 로크

▣ 사색은 지성인의 노고요, 몽상은 지성인의 낙이다.

— 빅토르 위고

▣ 하나의 생각이 무한한 공간을 채운다. — 윌리엄 블레이크

▣ 아침에는 생각하고, 낮에는 행동하고, 저녁에는 식사를 하고, 밤에는 잠잔다. — 윌리엄 블레이크

▣ 인간은 생각하는 것이 적으면 적을수록 말이 더 많아진다.

— 몽테스키외

▣ 사람이 살아갈 궁리만 할 때는 고상한 생각을 하기란 어렵다.

— 장 자크 루소

▣ 조용히 누워서 느긋하게 기다리는 것, 참는 것, 그러나 그것이야말로 생각하는 것이 아니고 무엇인가! — 프리드리히 니체

▣ 책을 뒤지고 있는 학자는…… 마침내는 사색하는 능력을 완전히 상실하고 만다. 책을 뒤지지 않을 때는 생각지 않는다.

— 프리드리히 니체

▣ 나는 생각한다. 고로 존재한다. — 르네 데카르트

▣ 나는 물체이다. 그리고 나는 생각한다. 그 이상의 것을 나는 모른다. — 볼테르

▣ 사고는 수염과 같은 것이다. 성장할 때까지는 생기지 않는다.

— 볼테르

▣ 그가 하루 종일 생각하고 있는 것 자체가 사람이다.

— 랠프 에머슨

■ 사고는 행동의 씨앗이다. — 랠프 에머슨

■ 그대가 만일 생각하지 않는 인간이라면 대체 그대는 무엇을 위한 인간인가? — 새뮤얼 콜리지

■ 어떤 일을 진지하게 3시간 생각한 뒤에 자기의 결론이 옳다고 생각했다면, 3년 걸려 생각해 보더라도 그 결론은 변하지 않는다. — T. 루스벨트

■ 조용히 앉아서 명상을 하면—지난날 노인들의 얼굴을 회상하되 탐내지 말고, 남의 위대한 행위를 반가워하되 부러워 말고, 무엇이 됐건 어디에 있건 동정을 하고, 그러면서도 현재의 위치와 직업에 만족하는 것이 바로 지혜와 가치를 깨닫는 길이며 행복하게 사는 방편이 아닐까? — 로버트 스티븐슨

■ 우리는 사색하는 것보다 더 많이 행동하게 되어 있다. 생각이 행동을 유도하지 않는다면 사색은 무의미한 것이 되고 만다. 인간이 할 일은 인간의 존엄을 지키는 데 있다. 우리는 행동으로써 인간을 향상시킨다. 개인이 타락할 때 인류가 타락하는 것이다. — 프리드리히 실러

■ 몇 세기 이래 찬란한 것으로 우러러보이던 이성이라는 것이 사실은 가장 완고한 사색의 적이었다는 것을 깨달았을 때 비로소 사색이라는 것이 시작된다. — 마르틴 하이데거

■ 사색하고 관찰하며 탐구하는 인생은 본래 최고입니다. 그러나 그와 같은 인생은 꽤 나이를 먹고 난 후가 아니면 완전히 즐길 수가 없습니다. — A. 훔볼트

▣ 사색하는 사람으로서 행동하고, 행동하는 사람으로서 사색하지 않으면 안 된다. — 앙리 베르그송

▣ 우리는 사색하기보다 더 많이 행동하도록 되어 있다. 우리가 자연이 명하는 대로 좇아간다면 우리는 행위를 위하여 사색해야 한다.

— 앙리 베르그송

▣ 스스로 사색하고, 스스로 탐구하고, 자기 발로 서라.

— 임마누엘 칸트

▣ 인생에 있어 제일의 큰일은 자기를 발견하는 일이다. 그렇기 때문에 여러분은 고독과 사색이 때때로 필요하다.

— 프리드쇼프 난센

▣ 나는 언제나 노동하고 있다. 그리고 늘 생각한다. 내가 항상 어떠한 일에 당면했을 때 당황하지 않고 즉시로 처리하는 것은 미리 여러 가지 경우에 대해서 생각해 두었기 때문이다. 다른 사람이 예상조차 할 수 없는 돌발사에 처했을 때에 즉시로 내가 해결해 버리는 것은 내가 천재이기 때문이 아니다. 평상시에 있어서의 명상과 반성의 결과인 것이다. 식사할 때나 혹은 극장에서 오페라를 구경할 때도 나는 늘 머릿속에서 움직이고 있다. — 나폴레옹 1세

▣ 항상 생각하는 사람은 좋은 날씨에 궂은 날씨를 생각해서 대비한다. — T. 풀러

▣ 사색을 함으로써 우리는 본심을 잊는 일이 없이 열중할 수가 있다. 의지의 의식적인 노력으로써 우리는 행위와 그 결과에서 초연히 서 있을 수 있다. 그리고 만사는 선이든 악이든 격류처럼 우리 곁

을 지나간다. 우리는 자연 속에 완전히 휩쓸려 있지는 않는다. 나는 물결에 흘러가는 나무토막일 수도 있고, 또는 공중에서 그 나무토막을 내려다볼 수도 있다. — 헨리 소로

▣ 사색에 있어서만 인간은 신이 됩니다. 행동과 욕망에서는 환경의 노예일 따름입니다. — 버트런드 러셀

▣ 자기 혼자만의 힘으로 생각해야 하며 단순히 남의 의견의 부스러기를 주워 모으는 데에 불과해서는 안 된다. — 버트런드 러셀

▣ 남자는 사색과 용기를 위해서, 여자는 유화(柔和)와 우아함을 위해서 만들어진다. — 존 밀턴

▣ 사색이란 매우 저속한 것이 될 수가 있다. 왜냐하면 자신은 가치가 있다고 생각하는 일도 제삼자에게는 아무런 가치도 없을 경우가 다분히 있을 수 있기 때문이다. — 도스토예프스키

▣ 나무에는 해마다 같은 열매가 달리지만, 그것은 매번 새로운 열매다. 마찬가지로 사색에 있어서도 모든 항구적인 가치 있는 사상이 늘 새롭게 나타나지 않으면 안 된다. 그런데 현대 도 회의주의라는 열매 맺지 못하는 나뭇가지에 진리의 열매를 매달고 익혀 보려고 애를 쓴다. — 알베르트 슈바이처

▣ 사색으로부터 일어난 감격이 혼란한 감정으로부터 생겨난 감격과 다른 것은, 마치 높은 산에서 부는 바람이 골짜기에서 부는 바람과 다른 것과 같다. — 알베르트 슈바이처

▣ 사색을 포기한다는 것은 정신적인 파산선고를 의미하는 것이다. 인간은 사색을 통하여 진리를 인식할 수 있다는 신념이 지양될 때

회의(懷疑)가 시작된다. — 알베르트 슈바이처

▣ 생생한 진리는 인간의 사색에 의해서 산출된 것뿐이다.

— 알베르트 슈바이처

▣ 인간의 사색은 인간의 목적이 궁극적으로 보답되어 가는 과정이다.

— 다니엘 웹스터

▣ 명상으로 밤을 새우는 자는 밤이 없는 낮을 미워한다.

— 조지 허버트

▣ 의혹을 의심하기 시작하고, 신앙을 믿기 시작하며, 무력이 야만적인 색채로 칠해지는 것 같은 생태가 되면 니힐리즘은 해결된다.

— 카를 융

▣ 무관심은 일종의 태만이다. — 올더스 헉슬리

▣ 명상은 삶과 동떨어진 무엇이 아니다. 명상은 무엇에 있어서 완전해지고 전체성을 이루는 경지에 지나지 않는다. — 오쇼 라즈니쉬

▣ 명상에 대한 집념(執念)이 강하면 명상이 불가능해진다.

— 오쇼 라즈니쉬

▣ 독서를 하고 생각하지 않는 것은 식사를 하고 소화되지 않은 것과 같다. — 에드먼드 버크

▣ 자기의 생각대로 살아야 한다. 그렇지 않으면 마침내는 자기가 산 대로 생각하게 된다. — 브루제

▣ 이 세상은 생각하는 사람들에게는 희극이요, 느끼는 사람들에게는 비극이다. — 월포르

▣ 사색하는 것은 자신과 이야기를 나누는 것이다.

— 미구엘 우나무노

▣ 그대가 만일 생각하지 않는 인간이라면 대체 그대는 무엇을 위한 인간인가? — 새뮤얼 콜리지

▣ 우리는 성품에 따라 생각하고, 법규에 따라 말하고, 관습에 따라 행동한다. — 프랜시스 베이컨

▣ 궁전 속에서는 사람들은 오두막에서 생각하던 것과 다른 생각을 한다. — 포이에르바하

▣ 너무나 적게 생각하는 사람, 그리고 너무나 많이 생각하는 사람. — 존 드라이든

▣ 생각은 현명하게 하고 행동은 어리석게 하여 나는 평생의 나날을 보냈다. — 프란츠 그릴파르처

▣ 정상배는 다음 선거를 생각하고, 정치가는 다음 시대를 생각한다. — 제임스 클라크

▣ 대개의 사람들에게 있어서 모름지기 생각한다는 것만큼 귀찮은 것은 없다. — J. 브라이드

▣ 인간은 자신이 생각하는 그러한 자기가 아니며, 생각 그 자체가 그 인간이다. — 노먼 빈센트 필

▣ 어떤 일을 진지하게 3시간 생각한 뒤에 자기의 결론이 옳다고 생각했다면, 3년 걸려 생각해 보더라도 그 결론은 변하지 않는다. — D. 루스벨트

▣ 훌륭한 생각이란 좀처럼 여자의 머리에 떠오르는 것이 아니다. — 막심 고리키

▣ 좋은 플레이어는 먼저 생각하고, 서툰 플레이어는 뒤에 생각한다.

— 톰 모리스

▣ 고귀한 생각과 함께 있는 자는 결코 고독한 것이 아니다.

— 필립 시드니

▣ 인간은 이향(異鄕)에 태어난다. 산다는 것은 고향을 구하는 것이다. 생각한다는 것은 사는 것이다. — 알프레트 베르너

▣ 남자는 일하고 생각하지만, 여자는 느낀다.

— 크리스티나 로세티

▣ 나는 너에게 생명 이외의 다른 예지(叡智)를 가르쳐주고 싶지 않다. 생각한다는 것은 크나큰 시름이기 때문이다. 나는 젊었을 때, 나의 행동의 결과를 멀리 더듬어 보느라 지친 적이 있었다. 마침내 행동을 포기하지 않고서는 죄를 범하지 않으리라는 확신을 가질 수 없게 되었던 것이다. — 앙드레 지드

▣ 어떤 때는 생각들이 아주 동그랗게 되어 정말 굴러가는 대로 내버려둘 수밖에 별도리 없었던 일을 나는 기억한다. 또 어떤 때에는 생각들이 매우 신축성을 띠어, 어느 것이나 다른 모든 것의 형태를 띠고, 서로 형태가 바뀌고 하던 것을 기억한다. 또 어떤 때는 두 개의 생각이 평행선상에 그렇게 영원무궁토록 커 가려는 것 같기도 하였다. — 앙드레 지드

▣ 생각이란 것은 지나간 감정의 전형이다. — W. 워즈워스

▣ 생각이란 사물에 대한 방향의 계시 또는 지시다.

— L. A. 리처즈

▣ 우리는 너무 많이 생각하고 너무 적게 느낀다. — 찰리 채플린

▣ 똑같은 일에 관해서도 사람은 아침이나 저녁이나 똑같은 식으로 생각지는 않는다. 그러면 어디에 진실이 있을까. 밤의 사상 속에서일까? 대낮의 정신 속에서일까? 두 가지 대답과 두 가지 인종.
— 알베르 카뮈

▣ 사람은 그저 몇 가지 익숙한 생각들만을 가지고 살아간다. 이리저리 떠돌며 이 사람 저 사람을 만나면서 그 생각들을 반들반들해지도록 닦아 지니거나 변모시킨다. 이것이 바로 나의 생각이다, 하고 제대로 내놓고 말할 수 있는 자기 나름의 생각을 갖는 데는 10년이 걸린다. — 알베르 카뮈

▣ 생각이 꼬리에 꼬리를 물고 맴돌고 있지 않다 할 적에도 우리는, 어떤 때는 문제라는 울창한 숲속을 똑바로 걸어가서 숲에서 벗어날 경우가 있는가 하면, 어떤 때는 꼬불꼬불한 길로 헤매 들어가서 빠져나오지 못할 때도 있다. — 비트겐슈타인

▣ 생각하려면 하는 것과, 생각하는 재능이 있다는 것과는 별개의 것이다. — 비트겐슈타인

▣ 내 머리에 모자를 쓸 수 있는 것은 나뿐이다. 마찬가지로 내 대신 생각할 수 있는 사람은 아무도 없다. — 비트겐슈타인

▣ 책을 쓰겠다는 생각 없이 그냥 생각을 할 때 나는 테마의 주변을 맴돌게 된다. 나로선 그렇게 하는 것이 자연스러운 유일한 사고 방법이다. 억지로 한 가닥 선을 따라서 생각을 이끌어 간다는 것은 고통 이외의 아무것도 아니다. 그래도 그렇게 하란 말인가? 여러

가지 사상을 정리 정돈하기 위해서 나는 극심한 노고를 낭비하게 된다. 이처럼 무의미한 작업이 또 있겠는가. — 비트겐슈타인

■ 우리는 생각할 수 없는 일을 감히 생각해야만 한다. 사태가 생각할 수 없는 지경으로 벌어지면 생각이 멈춰지고, 행동이 생각 없는 것이 되어버리기 때문이다. — 제임스 풀브라이트

■ 행동하기 전에 생각해야 한다는 것이 사실이라면, 마찬가지로 행동할 기회가 없을 경우 생각이 메마르게 되는 것도 사실이다. 달리 표현하자면, 효율적으로 행동할 수 없을 경우에는 또한 생산적으로 생각할 수도 없는 것이다. — 에리히 프롬

■ 우리들이 무엇보다도 필요로 하는 것은 새로운 생각의 계속적인 흐름—새로운 생각을 존중하며, 그런 생각을 가진 사람들을 존경하는 정부, 국가, 신문, 그리고 세론이다. — 존 F. 케네디

■ 한 생각을 돌이키면 그 자리가 바로 그것이지마는, 미혹을 스스로 돌이키지 못하면 그림자를 잡으려는 원숭이와 같을 것이오. 만일 한 생각을 돌이키면 계단을 밟지 않고 바로 부처 자리에 오를 것이요, 만일『그것』을 깨친다면 한량없는 묘한 작용이 구하지 않아도 저절로 얻어질 것이오. — 기화(己和)

■ 사랑의 상념이란 반드시 어떤 사상(事象)과 맞부딪침으로써 거기서 촉발하기 마련인 것이다. — 유치환

■ 아무것도 생각할 수 없는 상태 이상으로 괴로운 상태가 또 있을까. 인간은 병석에서도 생각한다. 아니, 병석에서는 더욱 많이 생각하는 법이다. — 이상

▣ 생각이란 원래 양심(良心)이 없는 분비작용이다. — 장용학

▣ 실제로 우리는 생각에서 떠나질 못하고 있는 존재이다. 살고 있다는 것은 그대로가 생각하면서 살고 있다는 뜻이다. 생각이 끝나면 인간으로서의 삶도 끝난다. — 조우현

▣ 고요히 명상하는 시간을 가지지 못하는 정신은 병들 수밖에 없다. — 지명관

▣ 사색을 포기한다는 것은 바로 인간이 동물에 접근되어 간다는 비극을 말하는 것이 분명하다. — 신석정

▣ 무엇보다 인간은 자기 자신에 대한 생명과 죽음에 대해서 본능 이상의 깊은 사유, 진지한 사색을 하고, 이것이 나 아닌 남의 생명과 죽음에까지 미치는 것이 그 특징이다. — 박두진

▣ 사색하여 나온 것이 이해인데, 이해는 이(理)로 해석했다는 말이다. — 함석헌

▣ 감흥은 남에서 오는 것이요, 명상은 내 속만 파먹는 일이다. — 함석헌

▣ 이슬 내리는 명상 — 고은

【속담 · 격언】

▣ 미장이의 비비송곳 같다. (깊은 생각에 빠져 안타깝게 되풀이하며 고민함) — 한국

▣ 자라 알 바라보듯. (재물이나 자식을 먼 곳에 두고 밤낮으로 잊지 못하여 애타 함) — 한국

■ 부자는 내년의 일을 생각하고, 가난한 사람은 눈앞의 일을 생각한다. — 중국
■ 생각은 우물을 파는 것과 닮았다. 처음에는 흐리지만 차차 맑아진다. — 중국
■ 돼지들은 주둥이만 놀리지 머리는 쓰지 않는다. (생각 없이 말한다) — 중국
■ 생각 없이 말한다면 병도 없이 죽는다. — 중국
■ 어떤 일에 세 번 생각하지 않으면 나중에 후회한다. — 중국
■ 높은 곳에 서서, 멀리 보고, 멀리 생각한다. — 중국
■ 생각하는 것은 얼굴에 나타난다. — 영국
■ 한잠 자고 나서 생각하는 것이 더욱 효과적이다. — 영국
■ 밤은 사색의 어머니다. (Night is the mother of counsel.) — 영국
■ 나중에서야 나오는 생각은 바보 생각이다. — 영국
■ 명상은 사랑의 휴식일이다. — 영국
■ 많이 생각하고 적게 말하고 더 적게 써라. — 이탈리아
■ 행동은 재빠르게, 생각은 천천히. — 그리스
■ 지나가는 구름은 볼 수가 있다. 그러나 지나가는 생각은 볼 수가 없다. — 오스트레일리아

【시 · 문장】

아득한 명상의 작은 배는

가없이 출렁거리는 달빛의 물결에 표류되어
멀고 먼 별나라를 넘고 또 넘어서
이름도 모르는 나라에 이르렀습니다.
이 나라에는 어린애기의 미소와
봄 아침과 바닷소리가 합하여 사람이 되었습니다.
이 나라 사람은 옥새(玉璽)의 귀한 줄도 모르고
황금을 밟고 다니고
미인(美人)의 청춘을 사랑할 줄도 모릅니다.
이 나라 사람은 웃음을 좋아하고 푸른 하늘을 좋아합니다.
명상의 배를 이 나라의 궁전에 매었더니
이 나라 사람들은 나의 손을 잡고 같이 살자고 합니다.
그러나 나는 님이 오시면
그의 가슴에 천국을 꾸미려고 돌아왔습니다.
달빛의 물결은 흰 구슬을 머리에 이고
춤추는 어린 풀의 장단을 맞추어 우쭐거립니다.

— 한용운 / 명상

그러면 나는 천 곱절의 사색에 잠겨
당신의 변두리에까지 당신을 생각할 수 있으련만

— 라이너 마리아 릴케 / 구도생활(求道生活)의 서(書)

당신은 무엇을 생각하고 계셔요? 무엇을 생각해요?

난 도무지 당신이 생각하는 것을 알 수 없어요. 생각해 보셔요.
나는 생각하노니, 우리는 죽은 이가 뼈를 잃은
쥐구멍에 있나 보오.

— T. S. 엘리엇 / 장기(將棋)

생각해 보라. 어떤 손이 너를 쓰다듬을 적에도
생각해 보라. 네 아내와 포옹하는 동안에도
생각해 보라. 네 아기가 웃음을 짓는 동안에도
생각해 보라. 거대한 파괴 직후에도
각자는 무죄를 주장할 것이다.

— 귄터 아이히 / 생각해 보라

서로 생각할 수 있음으로
마음에 기쁨을 줄 수 있는 사람
서로 바라보는 것만으로
마음에 즐거움을 줄 수 있는 사람
목소리라도 듣게 되면
그날 하루가 행복하다고
느끼게 해주는 사람
내 삶에 의지가
되어준다고 생각할 수 있는 사람
더 이상 가까워지지도 말고

더 이상 멀어지는 것도 원치 않고
언제나 지금만큼의 거리에서
그대로 있음으로서 기쁨을 주는 사람
더 이상 가까워지는 것은 원치 않으나
당신이 하늘 아래 함께 숨 쉬고 있어
나의 삶이 아름다운 여유를
누리고 있다고 생각할 수 있는 사람
언제나 그 모습 그대로
한결같은 마음으로 생각하며 살아가다가
먼 훗날 젊은 날의 감정들을 모두 묻어두고
잔잔한 무상의 마음이 되었을 때
머리에 흰 서리가 생긴 모습으로
한 번쯤 만나 당신에 대한 그리움으로
나의 삶이 괴로웠지만 아름다웠노라고
말할 수 있는 사람,
나는 아직도 이런 사랑을 합니다.

— 미상 / 언제나 그리움으로

무념무상(無念無想)이란 말이 있다. 아무것도 마음에 담지 않고 아무것도 생각지 않는다는 뜻인데, 사람이 목석이 아닌 이상, 글자 그대로 무념무상의 경지를 터득하려고 애써도 잘 되지 않는 법이다. 만약 글자 그대로 아무것도 마음에 담지 않고 아무것도 생각지 않는다면, 스스로 나무나 돌이 되어 버리게 마련이다. 우리는 어떠한 생각이 마음 속에 들어오는 것을 막을 도리는 없다. 요컨대 쓸데없는 생각이 마음에 들어왔을 때 곧 그것을 버릴 수 있느냐 없느냐에 있다. 나쁜 생각은 마음에 담아두지 말고 물처럼 흘려버려 뒤를 깨끗이 할 것이 중요하다. 대개 사람은 두 가지 생각의 틈에서 망설이기 쉬운데, 그 앞뒤 생각을 다 벗어나서 현재에 당한 일에 따라서 자연스럽게 해 나간다면 그것이 바로 무념무상의 경지인 것이다. —《채근담》

항하사겁(恒河沙劫)의 시간, 천억 광년의 공간, 무량수무량수(無量數無量數)의 만유, 찰나변동(刹那變動)의 무상, 이것이 합하여 우주의 체(體)가 되며, 우주의 생명이 되며, 우주의 가치가 되는 것이다. 이러한 우주와 우주의 모든 것은 일념의 위에 건립되는 것이다. 그러므로 유심(唯心)을 부인하는 유물론도, 종교를 배척하는 반종교 운동도 모두가 일념에서 건립되는 것이다. 『일념』은 기하(幾何 : 數)의 『점(點)』이요, 『회화(繪畫)』의 『소(素)』이다.

— 한용운 / 선(禪)과 人生

【중국의 고사】

▣ **천려일득**(千慮一得) : 천 번을 생각하면 한 번 얻는 것이 있다는 뜻으로, 많이 생각할수록 좋은 것을 얻음을 비유하는 말. 《사기》 회음후열전에 있는 이야기다.

회음후 한신(韓信)이 조(趙)나라의 군대 20만 명을 격파하고, 조나라 재상 성안군(成安君)을 죽였다. 그리고 조왕과 모사 이좌거(李左車)를 사로잡았다. 한신은 이좌거의 능력을 일찍부터 알고 있었기에, 그를 불러 연(燕)나라와 제(齊)나라를 공격하여 승리할 방법을 물었다. 그러나 이좌거는 자신은 대답할 능력이 없다고 하면서 거듭 사양하였다. 계속되는 한신의 설득이 있고 나서 마지못해 이렇게 답하였다. 『옛말에 「슬기로운 사람도 천 번 생각에 한 번의 실수가 있을 수 있고(智者千慮 必有一失), 어리석은 사람도 천 번 생각하여 한 번은 맞힐 수 있다(愚者千慮 必有一得)」고 하였습니다. 그래서 미치광이의 말도 성인은 가려서 듣는다고 하였습니다. 신의 계책이 반드시 채택될지는 알 수 없지만 성심껏 아뢰겠습니다.』

이 말에는 쓸 만한 계책을 가지고 있다는 자신에 대한 자부심이 깔려 있다. 이어서 『거듭된 싸움에서 승리한 백성과 병사의 사기는 올라 있지만, 너무 지쳐 있으므로 제 기량을 발휘하기가 어렵다』고 이좌거는 지적하였다. 따라서 『싸우기보다 한신의 장점을 연나라와 제나라에 알려 복종시키는 것이 좋다』는 의견을 내놓았다. — 《사기(史記)》 회음후열전

▣ **심원의마**(心猿意馬) : 번뇌와 정욕으로 마음이 어지러움을 누르기 힘듦을 이르는 말이다. 『심원의마』는 마음은 원숭이 같고 생각은 말 같다는 말이다. 원숭이는 잠시도 가만히 있지 못하는 성질이다. 마음이 조용히 가라앉지 못하고 이랬다저랬다 하는 것이 심원

(心猿)이다. 말은 달리는 성질을 가지고 있다. 생각이 가만히 한 곳에 있지 못하고 먼 곳으로 달아나버리는 것이 의마(意馬)다.

이 『심원의마』란 말은 불교 경전에서 나온 말이다. 사람이 번뇌로 인해 잠시도 마음과 생각을 가라앉히지 못하는 것을 원숭이와 말에 비유한 것이다. 당나라 석두대사(石頭大師)는 선(禪)의 이치를 말한 《참동계》 주석에서 말하기를, 『마음의 원숭이는 가만히 있지 못하고, 생각의 말은 사방으로 달리며, 신기(神氣)는 밖으로 어지럽게 흩어진다(心猿不定 意馬四馳 神氣散亂於外).』라고 했다. 이것이 뒤에는 불교 관계만이 아니고, 일반적으로 마음과 생각이 흩어져 안정되어 있지 않은 것을 가리켜 쓰이게 되었다.

왕양명은 『심원의마』에 대해서 이렇게 쓰고 있다. 『처음 배울 때는 마음이 원숭이 같고 생각이 말과 같아 붙들어 매어 안정시킬 수가 없다……(初學時 心猿意馬 全縛不定……).』 왕양명은 학문의 첫 목적이 지식에 있지 않고 마음의 안정에 있다는 것을 강조하여 이와 같이 말하고 있는 것이다. —《참동계(參同契)》

【서양의 고사】

▣ 생각하는 사람(Le Penseur) : 유명한 조각 『생각하는 사람』은 1880년부터 착수한 오귀스트 로댕(François Auguste René Rodin, 1840~1917)의 대작 《지옥의 문》 상부 난간 중앙에 놓였던 것으로서, 지옥의 고뇌를 목격한 사람이며, 인생의 의의에 대한 사색가를 상징하는 것이다. 오른쪽 팔꿈치를 왼쪽 무릎 위에 놓은

부자연스럽게 보이는 포즈다. 볼에 댄 한쪽 손과 허리를 내리고 앉은 『생각하는』 스타일은 처음에는 시인 · 철학자 등의 이름이 붙여졌다. 여기서 시인이란 단테(Alighieri Dante)를 염두에 둔 것이었지만, 예술적인 창조와 결부된다고 일컬어진 중세기 이래의 우울질(憂鬱質)의 표현이다.

마치 내심의 격렬한 사색에서 오는 신음소리가 새어나오는 듯한 이 조각상의 고뇌의 표정이야말로 지성(知性)에 의한 사유(思惟)의 완성이라는 서양식 사색 방법론의 전형적인 표현이라고 평가하는 평론가도 있다. 이것은 동양철학상의 『생각하는 사람』인 미륵보살(彌勒菩薩 : 半跏思惟像)을 염두에 두고 한 말이다. 당연히 직관적인 『명상하는 사람』이라는 사고는 동양적인 것이지만, 논리적으로 사고하는 로댕의 『생각하는 사람』의 포즈는 서양적인 것.

【에피소드】

▣ 나는 누구 못지않게 루스벨트를 아끼며, 또 그의 생활을 잘 알고 있는 어느 인물에게 이런 질문을 한 적이 있다. 『대통령께서는 어떤 방식으로 사색을 하십니까?』 그러자 『대통령께서는 생각하시는 일이란 없답니다.』 이것이 대답이었다.

【명작】

▣ 명상록(瞑想錄, Tōn eis heauton diblia) : 마르쿠스 아우렐리우스(Marcus Aurelius Antoninus, 121~180)의 저서. 스토아의 학도

로서 로마황제의 지위에 오른 마르쿠스 아우렐리우스는 원래 노예였던 스토아의 철인 에픽테토스의 훈계를 명심하여 마음속까지 황제가 되지 않도록 항시 자신을 돌아보고, 로마에 있을 때나 게르만족을 치기 위해 진영에 나가 있을 때, 자계(自戒)의 말을 그리스어로 꾸준히 기록하였다. 여기에는, 일체의 것이 끊임없이 생생유전(生生流轉)하고, 인생도 과객(過客)의 일시적 체재에 불과하여 우리를 지키고 인도하는 것은 오직 철학일 뿐, 그 철학이 인도하는 대로 자연의 본성에 알맞은 생활을 하는 것이 최선의 길이며 우리를 구제하는 길이라는 그의 신념을 역역하게 나타냈다.

【成句】

▣ 천려일실(千慮一失) : 천 번 생각에 한 번 실수란 말로서, 『지자천려 필유일실(知者千慮 必有一失)』이 약해진 말이다. 즉 아무리 지혜가 있는 사람이라도 여러 가지 생각을 하다 보면 한두 가지 미처 생각지 못하는 점이 있다는 말이다. /《사기》회음후열전.

▣ 침사묵고(沈思默考) : 정신을 한 곳으로 모아 말없이 마음으로 생각함.

▣ 오매사복(寤寐思服) : 자나 깨나 생각함. /《시경》

▣ 방의여성(防意如城) : 적을 방어하는 성처럼 자기의 생각을 감춰두고 표시하지 않을 때 쓰는 말.

▣ 염념불망(念念不忘) : 자꾸 생각하여 잊지 못함.

▣ 주사야도(晝思夜度) : 밤낮으로 생각함.

▣ 무념무생(無念無生) : 사념하는 바도 없고 생명을 아끼지도 않고 일심이 되는 것. / 백거이.

▣ 유성망념작광(惟聖罔念作狂) : 성인(聖人)이라 할지라도 생각하는 바가 없으면 미친 사람과 같음을 이름. / 《서경》

▣ 각골명심(刻骨銘心) : 마음에 깊이 새겨둠. / 《후한서》

지혜 wisdom 智

【어록】

▣ 지혜 있는 자식은 아버지를 기쁘게 하고, 어리석은 자식은 어머니의 걱정거리다. — 솔로몬

▣ 어진 이가 그것을 보면 어질다 하고, 지혜로운 이가 그것을 보면 지혜롭다 한다(仁者見之謂之仁 知者見之謂之知 : 동일한 사물에 대해서 사람마다 제각기 바라보는 각도가 달라서 견해 또한 사람에 따라 다르다). —《주역》

▣ 지혜 · 어짊 · 용기 이 세 가지는 천하의 미덕이다(知仁勇三者 天下之達德也). —《예기》

▣ 지혜가 생겨나자 큰 거짓이 있게 되었다(慧智出 有大僞). —《노자(老子)》

▣ 남을 아는 사람은 슬기롭고, 자신을 아는 사람은 밝다(知人者智自知者明). —《노자》

▣ 지혜는 서로 다투는 도구이다. —《논어》

▣ 지혜로운 사람은 물을 좋아하고, 어진 사람은 산을 좋아한다(知者樂水 仁者樂山). 지혜로운 자는 움직이고, 어진 사람은 고요하다(知者動 仁者靜). 지혜로운 이는 즐겁고, 어진 이는 수한다(知者樂 仁者壽). —《논어》

▣ 지혜로운 이는 미혹되지 않고, 어진 이는 근심하지 않으며, 용기 있는 이는 두려워하지 않는다(知者不惑 仁者不憂 勇者不懼). —《논어》 자한

▣ 가장 지혜로운 자와 가장 어리석은 자는 변화시킬 수 없다{上知與下愚不移 : 상지(上知)는 세상에 나면서부터 아는 사람. 하우(下愚)는 가르쳐도 쓸 데가 없는 사람}. —《논어》 양화

▣ 남이 나를 알아주지 않는 것을 근심치 말고, 내가 남의 재능을 알아줄 만한 슬기 없음을 근심하라(不患人之不己知 患不知人也). —《논어》 학이

▣ 남이 나를 속이리라 지레짐작할 것이 아니며, 남이 나를 믿지 않으리라 억측하지 아니할 것이나, 대저 그의 옳고 바름을 먼저 깨닫는 자가 슬기롭다(不逆詐 不億不信 抑亦先覺者 是賢乎). —《논어》 헌문

▣ 내가 살아갈 날은 끝이 있지만 내가 알아야 할 것은 끝이 없다(吾生也有涯 而知也無涯). —《장자》

▣ 덕망은 명성으로 잃게 되고, 지혜는 다툼으로 생겨난다(德蕩乎名 知出乎爭). —《장자》

▣ 큰 지혜는 관대(寬大)하고, 작은 지혜는 다투기를 즐긴다.

—《장자》

■ 재주가 있는 자는 수고하고, 지혜로운 자는 우려하고, 무능한 자는 바라는 바가 없다(巧者勞而智者憂 無能者無所求). —《장자》

■ 하늘이 무엇인지를 알고, 사람이 무엇인지를 아는 사람은 최상의 지혜에 이른 것이다. 하늘이 무엇인지를 아는 자는 아는 지혜로써 하늘의 뜻대로 살며, 사람이 무엇인지를 아는 사람은 아는 지혜로써 모르는 지혜를 발전시킨다. —《장자》

■ 지혜가 숨겨져 있는 일을 헤아리면 재앙을 받는다(남이 덮어두고 있는 속사정을 미주알고주알 캐는 사람은 언젠가는 화를 당한다). —《열자》

■ 지자는 스스로를 알고, 인자는 스스로를 아끼고 사랑한다. —《순자》

■ 사람이 덕행과 지혜와 학술과 재치가 있으면 언제나 열병을 가지고 있게 마련이다(人之有德慧術知者 恒存乎疢疾). —《맹자》

■ 시비하는 마음은 지혜이다(是非之心 智也). —《맹자》

■ 지혜를 씀이 넓지 못한 자는 공을 이룰 수 없다. —《여씨춘추》

■ 늙은 말의 지혜는 써먹어야 한다(老馬之智 可用). —《한비자》

■ 알지 못하면서 말하는 것은 지혜롭지 못하고, 알고서도 말하지 않는 것은 충실하지 못하다. —《한비자》

■ 지혜는 화복(禍福)의 문이다. —《회남자》

■ 먼 것을 알고 가까운 것을 모른다. —《회남자》

■ 지혜는 둥글고자 하고, 행동은 모나고자 한다{智欲圓而行欲方 : 지

혜는 만사에 두루 응할 수 있도록 원활해야 하지만, 행동은 방정하고 엄격하여 예도(禮道)에 합치되어야 한다}. —《회남자》

▣ 고기 한 점을 맛보고 냄비 속 전체의 맛을 알고, 깃털과 숯을 달아보면 건습(乾濕)의 정도를 알 수 있으며, 소(小)에 의해 대(大)를 상정하고, 가까운 것에 의해 먼 것을 알아낸다(嘗一臠肉 知一鑊之味 懸羽與炭 而知燥濕之氣 以小明大). —《회남자》

▣ 지혜로운 사람은 참언을 물리치고 자기의 안녕을 도모한다(知者除讒以自安也). —《좌전(左傳)》

▣ 직위가 존귀하지 못하다고 근심하지 않고, 덕망이 높지 못하다고 근심하며, 녹봉이 많지 못하다고 부끄러워하지 않고, 지혜가 넓지 못하다고 부끄러워한다(不患位之不尊 而患德之不崇 不恥祿之不夥 而恥智之不博). —《후한서》

▣ 어진 자는 만물을 사랑하고 지혜로운 자는 재화가 드러나기 전에 방비한다. 어질지 못하고 지혜롭지 못하고서 무엇으로 나라를 다스릴 것인가(仁者愛萬物 而智者備禍於未形 不仁不智 何以爲國). —《사기》

▣ 밝은 자는 싹트기 전에 미리 알아보고, 지혜로운 자는 이루어지기 전에 위험을 피한다(明者遠見於未萌 智者避危於未形). — 사마상여(司馬相如)

▣ 지혜로운 자는 획책하고, 의로운 자는 결단하고, 어진 자는 지켜낸다(知者慮 義者行 仁者守). —《춘추곡량전(春秋穀梁傳)》

▣ 어진 자는 경솔히 절교하지 않고, 지혜로운 자는 경솔히 남을 원망

하지 않는다(仁不輕絶 知不輕怨). —《전국책》

▣ 장수라 하면, 용감한 자가 지혜로운 자만 못하고 지혜로운 자가 학식 있는 자만 못하다(爲將者 有勇不如有智 有智不如有學).

—《동주열국지(東周列國志)》

▣ 어진 사람은 위기를 틈타 이익을 기대하지 않으며, 지혜로운 사람은 요행으로 성공을 바라지 않는다(仁者不乘危以邀利 智者不代僥幸以成功). —《동주열국지》

▣ 지혜로써는 큰일을 획책할 수 있고, 재능으로는 일을 성사시킬 수 있으며, 충성으로는 윗사람을 섬길 수 있고, 혜택으로는 아랫사람을 살게 할 수 있었다(智足以造謀 材足以立事 忠足以勤上 惠足以存下). — 한유(韓愈)

▣ 한 몸을 위해서 일을 꾸민다면 어리석은 것이고, 천하를 위해서 일을 꾸민다면 지혜로운 것이다(爲一身謀則愚 而爲天下謀則智).

— 소순(蘇洵)

▣ 지혜로운 자는 수심하지 않으며, 많이 일하면 근심이 적다(智者不愁 多爲少憂). —《악부고사》

▣ 한 사람의 지혜로움은 뭇사람의 미련함만 못하며, 한 눈으로 살피는 것은 뭇 눈의 밝음만 못하다(一人之智 不如衆人之愚 一目之察不如衆目之明). —《의림(意林)》

▣ 등불 하나가 천 년의 어둠을 몰아가고, 지혜로운 한 사람이 만년의 우매를 없앨 수 있다(一燈能除千年暗 一智能滅萬年愚).

—《육조법보단경(六祖法寶壇經)》

■ 지혜 가운데서 사람을 아는 것이 가장 어렵다(智莫難於知人).

—《대대례기(大戴禮記)》

■ 이른바 지혜로운 사람이란, 반드시 말하는 것만이 아니다. 두려움도 없고 미움도 없으며 착함을 지키는 것이 지혜로운 사람이다.

—《법구경》

■ 생각이 온전하면 지혜가 생기고, 생각이 흩어지면 지혜를 잃나니, 이 두 갈래 길을 밝게 알아서 지혜를 따르면 도를 이룬다.

—《법구경》

■ 마음이 이미 고요해지고 말도 행동도 또한 고요해, 바른 지혜로써 해탈한 사람은 이미 적멸(寂滅)에 돌아간 사람이다. —《법구경》

■ 사람은 만일 자기를 사랑하거든 모름지기 삼가 자기를 보호하라. 지혜 있는 사람은 하루 세 때 가운데 적어도 한 번은 자기를 살핀다. —《법구경》

■ 지혜 있는 사람은 욕심을 버려 한 가지 물건도 가지지 않고 스스로 자기를 깨끗이 하여 모든 번뇌를 지혜로 돌이킨다. —《법구경》

■ 큰길가에 버려진 쓰레기 무더기에서도 연꽃의 향기는 생겨나서 길 가는 이의 마음을 기쁘게 하는 것과 같이 쓰레기처럼 눈먼 중생 가운데서 바로 깨우친 사람은 지혜에 의해서 찬란하게 빛난다.

—《화엄경》

■ 지혜의 물로 씻으면 마음은 정결해진다. —《문수문경》

■ 무슨 일이든지 어느 한 가지 일에 능통하라! 한 가지 일에 능통하지 못하고는 한 가지 지혜도 자라지 못한다. —《경행록》

▣ 큰일을 치르고 나면 바보도 슬기로워진다. — 호메로스

▣ 짧은 말에 오히려 많은 지혜가 감추어져 있다. — 소포클레스

▣ 소크라테스처럼 자기의 지혜는 가치가 없다고 생각하는 자야말로 가장 현명한 자이다. — 플라톤

▣ 지혜를 갖는 것은 최대의 덕이다. 지혜란, 사물의 본성에 따라서 이해하고, 진실을 말하고, 그리고는 행하는 것이다.
— 헤라클레이토스

▣ 모든 인간은 태어나면서부터 알기를 원한다. — 아리스토텔레스

▣ 지혜는 고통을 통해 생긴다. — 아이스킬로스

▣ 신은 지혜가 깊어도 미래의 일을 캄캄한 밤으로써 덮었다.
— 호라티우스

▣ 지혜를 낳는 것은 백발(白髮)이 아니다. — 메난드로스

▣ 침묵을 지키고 있는 지혜, 혹은 발언할 힘이 없는 지혜는 무익하다.
— M. T. 키케로

▣ 지혜란, 구해야 할 것 및 피해야 할 것에 대한 지식이다.
— M. T. 키케로

▣ 슬기 있는 자만이 사랑할 줄 안다. — L. A. 세네카

▣ 침묵은 진정한 지혜의 최선의 대답이다. — 에우리피데스

▣ 침묵은 인간이 가지는 가장 뛰어난 지혜다. — 핀다로스

▣ 슬기로운 자는 미래를 현재인 양 대비한다.
— 푸블릴리우스 시루스

▣ 지혜는 운명의 정복자다. — 유베날리스

▣ 지혜는 간혹 누더기 가면을 덮어쓰고 있다. — 스타티우스

▣ 나이와 함께 지혜가 자라고 연륜과 함께 깨달음이 깊어 가도 지혜와 힘은 결국 그에게서 나오고 경륜과 판단력도 그에게서 있는 것.

— 욥기

▣ 게으른 자여, 개미에게로 가서 그 하는 것을 보고 지혜를 얻으라. 개미는 두령도 없고 간역자(看役者)도 없고, 주권자도 없으되, 먹을 것을 여름 동안에 예비하며 추수 때에 양식을 모으느니라.

— 잠언

▣ 어리석은 사람도 잠잠하면 지혜로워 보이고 입을 다물고 있으면 슬기로워 보인다. — 잠언

▣ 지혜는 의견에서 드러나고 교양은 말투에서 드러난다.

— 집회서

▣ 바보에게 지혜는 폐허가 된 집과 같다. — 집회서

▣ 지혜가 많으면 괴로운 일도 많고, 아는 것이 많으면 걱정도 많아지는 법이다. — 전도서

▣ 온 세상의 금도 지혜에 비하면 한 줌의 모래에 불과하다.

— 지혜서

▣ 신을 두려워하는 것은 지혜의 시작이다. — 스피노자

▣ 비할 데 없는 지혜란, 왕자의 심려(深慮)를 가리킨다.

— A. 단테

▣ 지혜는 경험의 딸이다. — 레오나르도 다빈치

▣ 우리들은 타인의 지식에 의해서 아는 사람이 된다고는 해도, 지혜

자가 되는 것은 우리들 자신의 지혜에 의해서이다. — 몽테뉴

▣ 인간은 자연에서 가장 약한 갈대에 불과하다. 그러나 생각하는 갈대이다. — 파스칼

▣ 지혜는 지식을 능가한다. — 파스칼

▣ 우리는 성공보다도 실패로부터 더 많은 것을 배우기 마련이다. — 새뮤얼 스마일스

▣ 경험은 값진 학교를 경영하나 어리석은 자는 그 이외의 학교에서는 배우지 못한다. — 벤저민 프랭클린

▣ 지혜는 매일 쓰지 않으면 안 된다. 쓰지 않으면 그만큼 손해다. 나태(懶怠)는 또 녹과 같은 것이다. 일상 쓰지 않는 자물쇠는 부식하고, 일상 사용하는 자물쇠는 광채를 발한다. — 벤저민 프랭클린

▣ 가난이 범죄의 어머니라면 지혜의 결여는 그 아버지다. — 라브뤼에르

▣ 지혜는 배우는 것이 아니라, 타고난 별 속에서 반짝인다. — 파울 플레밍

▣ 역사는 인간을 슬기롭게 만들며, 시간은 인간을 재치 있게 하며, 수학은 인간을 정밀케 하며, 자연과학은 인간을 심원하게 하며, 윤리학은 인간을 중후하게 하며, 논리학과 수사학은 논쟁에 능하게 한다. — 프랜시스 베이컨

▣ 술책에 능란한 사람은 학문을 멸시하고, 단순한 사람은 학문을 경탄하며, 슬기로운 사람은 학문을 이용한다. — 프랜시스 베이컨

▣ 지혜도 너무 발휘하면 비난받는다. — 몰리에르

▣ 사람이 깊은 지혜를 갖고 있으면 있을수록 자기의 생각을 나타내는 그의 말은 더욱더 단순하게 되는 것이다. 말은 사상의 표현이다. — 레프 톨스토이

▣ 양식은 사회와 어울리도록, 지혜는 하느님의 뜻에 맞도록 노력한다. — 조제프 주베르

▣ 나는 지혜를 화폐로 주조하고 싶다. 즉 지혜를 주조해서 외기 쉽고, 전하기 쉬운 잠언과 격언과 속담으로 하고 싶다.
— 조제프 주베르

▣ 위대한 지혜는 회의적이다. — 프리드리히 니체

▣ 지혜의 최후의 결론은 이렇다. 대개 생활에서나 자유에서나, 나날이 이것들을 쟁취해서 처음으로 그것을 향유하는 자격이 있는 것이다. — 괴테

▣ 지혜는 진리 속에만 있다. — 괴테

▣ 정부는 인간의 욕구를 충족시키려는 인간의 지혜의 산물이다. 사람들은 이 지혜에 의해 이러한 욕구가 충족될 권리를 갖는다.
— 에드먼드 버크

▣ 지혜는 최선의 방법으로 최선의 결과를 추구함을 의미한다.
— 프랜시스 허치슨

▣ 사랑이 집에 들어오면 지혜는 나간다. — 프리드리히 로가우

▣ 미네르바의 부엉이는 어둠이 깃드는 황혼에 나래를 편다. (미네르바의 부엉이는 지혜의 사상과 철학을 의미한다. 미네르바의 부엉이는 현실의 움직임이 끝난 황혼에 조용히 날면서 현실이 남겨놓

은 자취를 살피고 더듬는다는 말이다. 즉 철학과 사상은 현실의 뒤를 따라다니면서 현실을 이리저리 해석한다는 뜻)

— 게오르크 헤겔

▣ 나는 나이를 먹어 감에 따라 흔히들 말하는 나이가 지혜를 낳는다는 속담을 믿지 않게 되었다. — 헨리 L. 멩컨

▣ 모든 인간의 지혜는 기다림과 희망이란 두 가지 말로 요약된다.

— 알렉상드르 뒤마

▣ 용감한 사람의 어리석음, 그것이 인생의 지혜다. — 막심 고리키

▣ 눈이 침침한 지혜는 밤샘 공부에서 나오지는 않는다.

— 윌리엄 예이츠

▣ 지혜는 육체적인 노쇠. — 윌리엄 예이츠

▣ 간결성은 지혜의 결정체이다. — 셰익스피어

▣ 동물의 단순성에는 훌륭한 지혜가 있어요. 하지만 때로는 학자의 지혜 중엔 바보 같은 것이 있는걸요. — 조지 버나드 쇼

▣ 성실보다 나은 지혜는 없다. — 벤저민 디즈레일리

▣ 지식은 와도 지혜는 지체한다. — 앨프레드 테니슨

▣ 지혜는 슬픔이다. 가장 많이 아는 자는 숙명적인 진리를 가장 깊이 한탄하지 않으면 안 된다. 지혜의 나무는 생명의 나무는 아닌 것이다. — 조지 바이런

▣ 세계는 아름다운 것으로 가득 차 있다. 그것이 보이는 사람, 눈뿐만 아니라 지혜로 그것이 보이는 사람은 실로 적다.

— 오귀스트 로댕

▣ 약(藥)이 만들어질 때에 독이 들어가는 것처럼, 덕(德)이 이루어질 때는 거기 부덕(不德)이 들어간다. 지혜란 덕과 부덕과를 잘 조화하고 그것으로써 인생의 불행에 대해서 쓸모없게 한다.

— 라로슈푸코

▣ 지혜와 영혼의 관계는 건강과 육체의 관계와 같다.

— 라로슈푸코

▣ 날카로운 기지의 가장 큰 결점은 표적(標的)을 넘어가는 것이다.

— 라로슈푸코

▣ 살찐 돼지가 되는 것보다 야윈 소크라테스가 되어라.

— 존 스튜어트 밀

▣ 나는 지혜라는 점에는 반 몫과 온 몫 사이에 별 차이가 없음을 알았다. — 헨리 소로

▣ 무모한 일을 하지 않는 것이 지혜의 특징이다. — 헨리 소로

▣ 위트와 지혜는 인간과 함께 태어난다. — 존 셀던

▣ 고통은 지혜의 아버지이며, 애정은 그 어머니다.

— 시메옹 베르뇌

▣ 지혜의 9할은 알맞은 때 현명해지는 것이다.

— 프랭클린 루스벨트

▣ 인류는 얼굴을 붉히는—또는 그럴 필요가 있는 유일한 동물이다. (만물의 영장인 만큼 인간은 수치를 안다. 그러나 인간만이 다른 동물로서는 엄두도 못내는 지능적인 나쁜 짓을 저지른다)

— 마크 트웨인

■ 숙친(熟親)한 피난처 없이 홀로 세상을 대하는 것은 지혜와 용기의 시초이기도 합니다. — 버트런드 러셀

■ 하느님께서 벌을 내리실 때는 우선 그 사람의 지혜부터 빼앗는다. — 도스토예프스키

■ 지식은 다른 사람에게 전할 수 있어도 지혜는 전할 수 없다. 사람은 지혜를 찾을 수 있고, 실천할 수 있고, 그에 의해 가화될 수 있고, 그에 의하여 기적을 행할 수도 있다. 그러나 그것을 전달하거나 가르칠 수는 없다. — 헤르만 헤세

■ 지혜는 생동하는 반응이다. 인간은 상황을 보고 그 상황에 따라 반응한다. — 오쇼 라즈니쉬

■ 지혜란 차가운 것이다. 그만큼 어리석은 것이다. (반대로 신앙은 정열이다). 이렇게 말할 수도 있지 않을까, 즉 지혜는 삶을 너에게 감추고 보여주지 않고 있다고. (지혜는 차고, 회색의 재를 닮았다. 빨갛게 불타는 숯덩이를 감추고 있는 것이다.) — 비트겐슈타인

■ 어떠한 지혜나 그 모두가 차갑다. 쇠를 차가운 채 두들길 수 없는 것처럼. — 비트겐슈타인

■ 참 지혜는 항상 인간을 침착하게 하며, 바른 균형을 잃지 않고 사물을 관찰하게 한다. — 임어당

■ 현실에 꿈과 유머를 가한 것이 지혜다. — 임어당

■ 진정한 지혜는 하나의 거울과 같아서 세계의 갖가지 모습이 단지 거울의 전면에 출현하여 모두가 거울 속에 반영될 수 있지만, 거울 자체는 아무것도 소유함이 없는 공(空)이며, 거울 속에는 고정의

형상이 없고 거울 자신의 모습은 비출 수 없다는 것이다. 성인의 지혜도 이와 같아서 아무것도 아는 것이 없음으로 해서 도리어 모르는 것이란 없으니, 그의 마음은 허(虛)하기 때문이다. 오직 허(虛), 그것이어야만 능히 일체를 용납할 수 있으며, 이러한 도리는 바로 거울의 작용과 같다는 것이다. — 장기윤(張其昀)

▣ 지혜가 있는 자는 아직 형체가 나타나기 전에 보게 되고, 어리석은 자는 이를 일이 없을 것이라 하여 태연하게 근심하지 않다가 환난이 닥친 뒤에 비로소 마음을 태우고 힘을 수고로이 하여 구하려 하나 어찌 존망성패에 유익하리오. 이것이 편작(扁鵲 : 춘추전국시대 명의)이 환후(桓侯)의 병을 구하지 못한 까닭이다. —《파한집》

▣ 큰 지혜란 앎도 없고, 알지 못하는 것도 없으며, 큰 광명을 비춤도 없고, 비추지 못하는 것도 없다. — 지눌(知訥)

▣ 일찍이 들으니 인(仁)에 뜻 두고서 악한 것이 없는 것은 마음이요, 그 선한 줄을 알면 반드시 좋아하는 것은 지혜이니, 대개 마음의 처한 것이 비록 바르나 지혜의 미치는 바가 넓지 못하면 선을 악으로 여기고 좋아할 것을 미워하여 그 본심을 잃는 예가 많다.

— 노수신

▣ 지혜는 가리는 바가 셋 있으니, 그릇과 도량이 깊고 얕음이요, 학술의 닦음이 정(精)하고 거칠음이요, 논의(論議)의 옳고 그름이다. 그러므로 내 그릇이 얕으면 남의 깊음을 재지 못하고 내 학술이 거칠면 남의 정함을 가리지 못하며, 내 논의가 옳지 못하면 남의 옳음을 따르지 못한다. — 노수신

▣ 우리가 산을 무너뜨려도 귀머거리는 못 듣나니, 백일(白日)이 중천하여도 장님은 못 보나니, 우리는 귀와 눈이 밝은 남자로 귀머거리와 장님 같지 말으리. — 이황

▣ 지혜에 밝은 자는 한번 비추어 보면 마치 그 폐(肺)와 간(肝)까지 들여다보는 듯하다. — 이이

▣ 지혜는 지식과는 다르나, 지혜는 대경대체(大經大體), 즉 요령을 아는 걸 이름이고, 지식은 학술부문, 즉 그 학술을 아는 걸 이름이라면, 지식은 인공적으로도 될 수 있으나, 지혜는 인공적이기보다도 천품이었다. 이리하여 자고로 성인 웅걸은 지혜가 많았고, 현인 학자에는 지식이 많았다. — 이병기

▣ 지혜는 빛나고 아름다운 것이나 동시에 서럽고 슬픈 것이다. — 이효석

▣ 지혜는 스스로 주체화되어야 한다. 주체화된 지혜만이 정말 나의 지혜요, 나의 생활의 행동에 빛과 힘을 주는 산 지혜가 될 수 있다. — 안병욱

▣ 참다운 지혜는 언제나 지혜 있는 체하지 않는 법이다. — 신동집

▣ 다변(多辯)도 무언(無言)도 슬기로운 아내는 피한다. — 유주현

【속담 · 격언】

▣ 미련은 먼저 나고 슬기는 나중 난다. (일이 잘못된 후에야 이랬더라면 좋았을 것을 하고 궁리함) — 한국

■ 사람이 오래면 지혜요, 물건이 오래면 귀신이다. (인생 경험이 많으면 지혜롭게 된다는 말로서, 늙은이는 지혜롭다) — 한국

■ 자식을 보기에 아비만한 눈이 없고, 제자를 보기에 스승만한 눈이 없다 — 한국

■ 큰 지혜는 어리석음과 같다. {참된 지자(智者)는 함부로 영리함을 드러내지 않아서 오히려 어리석어 보인다. 대지여우(大智如愚).} — 중국

■ 지혜는 10분의 9만 사용하라. 10분의 1은 아들이나 손자에게 주라. — 중국

■ 먼지도 쌓이고 쌓이면 산더미를 이룬다. — 중국

■ 슬기 있는 자는 한 사람, 바보는 반 사람이다. — 일본

■ 몸이 커서 온 몸에 지혜가 미처 돌지를 못한다. (몸집만 크고 우둔한 사람을 욕하는 말) — 일본

■ 불행을 일소에 붙이는 데는 큰 지혜가 필요하다. — 인도

■ 두 개의 머리는 한 개보다 낫다. (Two heads are better than one.) — 서양속담

■ 돼지에게 진주를 던져주지 마라. (Cast not your pearls before swine. : swine은 돼지의 뜻, 여기에서의 pearl은 『지혜의 진주』를 뜻한다. 즉 아무리 지혜로운 말을 해주어도 돼지처럼 어리석은 자에게는 『마이동풍(馬耳東風)』 격이다. 어리석은 자에게 가치 있는 말을 들려주는 것은 정력의 낭비에 불과함을 돼지와 진주로 비유하고 있다) — 서양격언

▣ 젊은 어깨 위에 늙은 머리를 올려놓을 수는 없다. (You can't put old heads on young shoulders. : 젊은이에게 노련한 판단을 구하기는 어려운 일이며, 지혜란 산전수전 다 겪은 오랜 경험에서만 우러난다) — 서양속담

▣ 나태한 머릿속은 악마의 일터. (Idle brains are the devil's workshop.) — 서양속담

▣ 경험에 의해서 어리석은 자도 현명해진다. (Experience makes even fools wise.) — 서양격언

▣ 슬기는 사랑의 첩경이다. — 서양격언

▣ 가난은 슬기를 만든다. — 영국

▣ 사람의 일생을 지배하는 것은 지혜가 아니라 운이다. — 영국

▣ 지혜로운 자는 귀가 길고 혀가 짧다. — 영국

▣ 지혜는 듣는 데서 오고, 후회는 말한 데서 온다. — 영국

▣ 술이 들어가면 지혜가 집을 비운다. — 스코틀랜드

▣ 지혜가 지나치게 많으면 우(愚)로 되돌아간다. — 독일

▣ 한 번 결혼하는 것은 의무이고, 두 번은 바보짓, 세 번은 미친 짓이다. — 덴마크

▣ 외국에 머무는 것은 지혜를 늘리고 지혜의 힘을 비는 것이다. — 스페인

▣ 쓰이지 않는 지혜는 따뜻하지 않은 불과 같은 것이다.— 스웨덴

▣ 사랑이 없는 청춘, 지혜가 없는 노년—이 모두가 실패의 일생이다. — 스웨덴

▣ 타인의 지혜로는 멀리까지 갈 수 없다. — 리투아니아

▣ 일하는 것은 손이지만, 사람을 육성하는 것은 머리다. — 러시아

▣ 마음속에 넣어둔 지혜는 병 속에 넣어둔 불과 마찬가지다.
— 에티오피아

▣ 지혜는 마시는 약이 아니다. — 콩고

▣ 지혜의 왕국에서는 불운(不運)의 바람이 일 때가 없다.
— 페르시아

▣ 지혜는 열 개의 부분으로 이루어지는데, 그 아홉은 침묵이고, 나머지 열 번째가 말의 간결성이다. — 아라비아

▣ 빈 자루가 똑바로 서지는 못한다. — 자메이카

【시】

착한 사람의 입은 지혜를 속삭이고
그 혀는 정의만을 편다.
그 마음에는 하느님의 법이 새겨져 있으니
그의 발걸음이 흔들리지 아니하리라.

— 시편

백조가 나귀 보고 한다는 말이
슬기가 있거들랑 당신도 한번
멋들어지게 죽어 보시렴.

— 장 콕토 / 불쌍한 장

【중국의 고사】

▣ **노마지지**(老馬之智) : 아무리 하찮은 인간도 나름대로의 장점과 특징을 가지고 있다. 관중(管仲)은 춘추시대 오패(五覇)의 한 사람인 제환공(齊桓公)을 도운 명재상이었는데, 그 관중의 병이 무거워졌을 때, 자기의 후임으로 누가 좋은지 환공으로부터 하문받고 소위 『관포지교』를 맺은 포숙아(鮑叔牙)보다 도리어 적임이라고 추천한 인물은 습붕(隰朋)이었다.

환공이 이 관중, 습붕을 이끌고 소국인 고죽(孤竹)을 토벌하고자 군사를 일으켰을 때의 일이다. 공격을 시작했을 때는 봄이었으나 싸움이 끝나고 귀로에 오를 때는 계절도 어느덧 겨울이 되어 있었다. 살을 에는 찬바람과 악천후에서의 행군은 갈 때와는 전혀 달라 고생이 대단했다. 산을 넘고 계곡을 건너 진군시키던 중 환공의 군대는 어느새 길을 잃고 말았다.

지독한 추위 속에 덜덜 떨면서 대장(隊長)들은 저쪽인가, 아냐, 이쪽 늪(沼)을 건너야 하지 않나 우왕좌왕하고 있을 때, 관중이 단호하게 말했다. 『이런 때는 늙은 말이 본능적 감각으로 길을 찾아낼 수 있을 것이다(老馬之智 可用).』 그래서 짐말(荷馬) 중에서 한 마리의 노마(老馬)를 골라 수레에서 풀어 주었더니 말은 잠시 두리번거리며 길을 찾는 듯싶더니, 잠시 후 어느 방향으로 걷기 시작했다.

노마를 따라 길 없는 길을 가는 동안에 군대는 마침내 제 길을 찾아 병사들은 무사히 행군을 계속할 수가 있었다. 또 험한 산속

길을 행군했을 때의 일이다. 병사들은 휴대하고 있던 물은 다 마셔 버렸는데, 가도 가도 샘물은커녕 냇가도 나타나지 않았다. 군사들은 목마름에 허덕여 더 이상 한 걸음도 전진할 수가 없게 되었다. 이때 습붕이 말했다.

『개미란 것은 겨울에는 산의 남쪽에 집을 짓고 여름에는 산의 북쪽에 집을 짓는 법인데, 한 치의 개미집이 있으면 그 아래 8척이 되는 곳에 물이 있는 법이다.』 그래서 개미집을 찾아 그 지하를 몇 자 파 들어가자 콸콸 물이 용솟음쳐 나왔다고 한다. 《한비자》 설림편에서는 이 이야기를 들어, 지금 시대의 사람들은 명민한 머리도 갖고 있지 않으면서 뽐내고 있다고 하며 다음과 같은 결론을 내리고 있다.

『관중의 성(聖)과 습붕의 지(智)로써도 그 모르는 곳에 이르러서는 노마나 개미를 스승으로 삼는 것을 꺼려하지 않는다. 지금 사람은 그 어리석은 마음으로도 성인의 지(智)를 스승으로 삼을 줄을 모른다. 이 역시 잘못이 아닌가.』

『노마지지』란 뭐든지 안다고 제아무리 잘난 체해도 그 지혜가 노마나 개미만도 못한 때가 있는 법이다. 즉 아무리 하찮은 인간이라도 사람은 각각 장점과 특징을 가지고 있다는 말이 된다.

—《한비자》 설림편

■ **배수진**(背水陣) : 물을 뒤에 등지고 친 진. 『배수진을 쳤다』 하는 말은, 죽을 각오로 마지막 승부에 임하는 것을 말한다. 임진왜란

때 신립(申砬) 장군이 문경 새재(鳥嶺)로 넘어오는 적을 새재에서 막을 생각을 않고 충주에서 배수진을 치고 있다가 여지없이 패해 전사한 이야기는 너무도 유명하다.

이 배수진을 쳐서 최초로 성공한 사람은 한신(韓信)이다. 이때부터 배수진이란 말이 전해지게 되었다. 한신이 조나라를 칠 때의 이야기다. 한신은 작전을 짜 놓고 부하 장수들에게, 『우리 주력부대는 퇴각을 한다. 그것을 보면 적은 진지를 비우고 우리를 추격해 올 것이다. 그러면 제군들은 재빨리 조나라 진지로 들어가 조나라 기를 뽑아 버리고 한나라의 붉은 기를 세워라.』 하고 이른 다음, 부관들에게 가벼운 식사를 시키고 나서는 또, 『오늘 아침은 조나라를 이기고 난 다음 모여서 잘 먹기로 하자(滅此朝食).』 하고 모든 장수들에게 전하게 했다.

장수들은 알았다고 대답만 할 뿐 속으로는 코웃음을 쳤다. 한신은 군리(軍吏)들에게 이렇게 말했다. 『조나라 군사는 유리한 곳을 점령하여 진을 치고 있기 때문에 싸움을 서두르지 않을 것이다. 그리고 적은 우리 쪽 대장기를 보기 전에는 나와 싸우려 하지 않을 것이다.』 이리하여 한신은 1만의 군사를 먼저 가게 하여 물을 등지고 이른바 배수진을 치게 했다. 조나라 군사들은 이것을 바라보며 병법을 모르는 놈들이라고 크게 웃었다.

날이 밝자, 한신은 대장기를 세우고 산길을 빠져나갔다. 조나라 군사는 진문을 열고 나와 맞아 싸웠다. 잠시 격전을 계속한 끝에 한신은 거짓 패한 척하며 기를 버리고 강 근처에 배수진을 치고 있는 군사와 합류했다. 조나라 군사는 이를 보는 순간, 과연 진지를 텅 비워 두고 앞 다투어 한신의 군사를 쫓았다. 그러나 한신의 군사는 결사적인 반격으로 적을 물리쳤다. 이 사이에 한신이 산속에 매복시켜 놓았던 기마부대가 조나라 진지로 달려가 조나라 기를 뽑고 한나라 기를 세워 두었다.

한신을 추격해서 이기지 못하고 돌아오던 조나라 군사는 붉은 기를 바라보는 순간 이미 진지가 적의 수중에 든 줄 알고 당황하기 시작했다. 여기에 한신의 군사가 뒤를 다시 덮치고 들자 앞뒤로 적을 맞은 조나라 군사는 싸울 용기를 잃고 뿔뿔이 흩어져 버렸다. 그리하여 대장은 죽고 왕은 포로가 되었다.

승리를 축하하는 술자리에서 모든 장수들은 한신에게 물었다. 『병법에는 산을 등지고 물을 앞으로 진을 치라고 했는데, 장군께선 물을 등지고 진을 쳐서 이겼습니다. 그리고 조나라를 이기고 나서 아침을 먹자고 하시더니 과연 말대로 되었습니다. 이것은 무슨 전법입니까?』

그러자 한신은 대답했다. 『이것은 병법에 있는 것이다. 제군들이 미처 몰랐을 뿐이다. 병법에 「죽을 땅에 빠뜨려 두어야 사는 길이 있다」 고 하지 않았는가. 그리고 우리 군사는 아직 오합지졸이다. 이들을 결사적으로 싸우게 하려면 죽을 곳을 뒤에 두지 않으면 안된다.』 모든 장수들은 탄복했다. —《사기》 회음후열전

▣ **남귤북지**(南橘北枳) : 사람은 그 처한 환경에 따라서 기질도 변함

을 비유하는 말이다. 같은 종류의 것이라도 기후와 풍토가 다르면 그 모양과 성질이 달라지기 마련이다. 이 같은 진리를 예로 보여준 것이 바로 여기에 나오는 『강 남쪽에 심은 귤을 강 북쪽에 옮겨 심으면 탱자가 된다(江南種橘江北爲枳)』는 말이다. 여기에 따른 재미있는 이야기가 있다.

춘추시대 말기, 제(齊)나라에 유명한 안영(晏嬰)이란 재상이 있었다. 공자도 그를 형님처럼 대했다는 이 안영은 지혜와 정략이 뛰어난데다가 구변(口辯)과 담력 또한 대단했고, 특히 키가 작은 것으로 더욱 이름이 알려져 있었다. 어느 해 초(楚)나라 영왕(靈王)이 안영을 자기 나라로 초청했다. 안영이 하도 유명하다니까 얼굴이라도 한번 보았으면 하는 호기심과 그토록 대단하다는 안영의 코를 납작하게 만들겠다는 심술 때문이었다.

영왕은 간단한 인사말을 끝내기가 바쁘게 이렇게 입을 열었다. 『제나라에는 그렇게 사람이 없소?』 『어찌 그런 말씀을 하십니까? 길가는 사람은 어깨를 마주 비비고 발꿈치를 서로 밟고 지나가는 형편입니다.』 『그렇다면 하필 경 같은 사람을 사신으로 보낸 까닭은 뭐요?』 안영의 키 작음을 비웃어 하는 말이었다. 외국 사신에게 이런 실례되는 말이 없겠지만, 초왕은 당시 제나라를 대단치 않게 보았기 때문에 이런 농을 함부로 했다. 안영은 서슴지 않고 태연히 대답했다.

『그 까닭은 이렇습니다. 우리나라에서는 사신을 보낼 때 상대방 나라에 맞게 골라서 보내는 관례가 있습니다. 즉 작은 나라에는 작은 사람을, 큰 나라에는 큰 사람을 보내는데, 신은 그 중에서도 가장 작은 편에 속하기 때문에 뽑혀서 초나라로 오게 된 것입니다.』

은근히 상대를 놀려주려다가 보기 좋게 한방 먹은 초왕은 얼굴이 화끈 달아올랐다. 첫 번째 계획이 실패로 돌아가자, 두 번째 계획으로, 궁궐 뜰 아래로 멀리 포리들이 죄인을 앞세우고 지나갔다.

『여봐라!』 왕은 포리를 불러 세웠다. 『그 죄인은 어느 나라 사람이냐?』 그러자 포리가 대답했다. 『제나라 사람이옵니다.』 『죄명이 무엇이냐?』 『절도죄이옵니다.』 그러자 초왕은 안영을 바라보며 말했다. 『제나라 사람은 원래 도둑질을 잘하오?』 계획치고는 참으로 유치했으나, 당하는 안영에게는 이 이상의 모욕은 있을 수 없었다. 그러나 안영은 초연한 태도로 대답했다.

『강 남쪽에 귤이 있는데, 그것을 강 북쪽으로 옮겨 심으면 탱자가 되고 마는 것은 토질 때문입니다. 제나라 사람이 제나라에 있을 때는 원래 도둑질이 뭔지도 모르고 자랐는데, 그가 초나라로 와서 도둑질을 한 것을 보면 역시 초나라의 풍토 때문인 줄로 아옵니다.』

며칠을 두고 세운 계획이 번번이 실패로 돌아가게 되자, 초왕은 그제야 그만 안영에게 항복을 하고 말았다. 『애당초 선생을 욕보일 생각이었는데, 결과는 과인이 도리어 욕을 당하는 꼴이 되었구려.』 하고 크게 잔치를 벌여 안영을 환대하는 한편, 다시는 제나라를 넘볼 생각을 못했다는 것이다. 안영이 만들어낸 말은 아니지만, 역시 그것은 진리였다. 식물은 풍토가 중요하고 사람은 환경이 중

요한 것이다. —《안자춘추(晏子春秋)》

■ **이도살삼사**(二桃殺三士) : 복숭아 두 개로 무사 세 명을 죽인다는 뜻으로, 교묘한 지혜로 상대를 자멸하게 힘을 비유한 말이다. 안자(晏子), 즉 안영(晏嬰)은 제나라 경공(景公)을 도와 한동안 침체했던 제나라를 다시 살기 좋은 강대국으로 끌어올린 명재상이다.

경공의 신변을 호위하고 있는 세 명의 장사가 있었다. 그들은 똑같이 맨주먹으로 범을 쳐서 죽일 수 있는 용사들로 각각 그 나름대로의 공을 세운 사람들이었다. 그러나 그들은 수양이 부족한 탓으로 힘과 공을 자랑하며 법을 무시하고 멋대로 행동하는 버릇이 있었다. 그들 셋으로 인해 조정의 체통이 말이 아니었다. 안영은 경공에게 그들을 쫓아버리라고 권했으나 임금은 말을 듣지 않았다 그들의 용력을 아끼는 생각보다도 후환이 두려웠던 것이다.

안영은 어느 날, 노나라 임금을 초대한 자리에서 『만수금도(萬壽金桃)』로 불리는 크기가 대접만한 복숭아 여섯 개를 가져다가 두 임금과 두 재상들이 각각 하나씩 먹고 두 개를 남긴 다음 경공에게 이렇게 청했다. 『아직 복숭아가 둘이 남았습니다. 임금께서 여러 신하들 중에 가장 공로가 큰 사람을 자진해서 말하게 하여 그 중에서 큰 사람에게 이 복숭아를 상으로 내리시면 어떻겠습니까?』 『그거 참으로 좋은 생각이오.』 하고 경공은 좌우 시신을 통해, 『뜰아래 있는 모든 신하들 중에 자기가 이 복숭아를 먹을 수 있다고 생각하는 사람은 자진해서 나와 말하라. 상국(相國)이 공을 평하여 복숭아를 나눠주리라.』 하고 전달했다.

그러자 세 사람 중 한 사람인 공손첩(公孫捷)이 앞으로 나와 연회석에서 서서 말하기를, 『옛날 임금님을 모시고 동산(桐山)에서 사냥을 했을 때, 불의에 습격해 온 사나운 호랑이를 맨손으로 쳐서 죽였습니다. 이 공로가 어떠하옵니까?』 안영이 말했다. 『그 공로는 참으로 큽니다. 술 한 잔과 복숭아 하나를 내리심이 마땅한 줄로 아옵니다.』 그러자 또 한 사람인 고야자(古冶子)가 벌떡 일어나 자리로 나오며 말했다.

『호랑이를 죽인 일쯤은 그리 대단할 것이 없습니다. 나는 일찍이 임금님을 모시고 황하를 건너갈 때 배 안의 말을 몰고 들어가는 괴물을 10리를 따라가 죽이고 말을 되찾아 왔습니다. 이 공은 어떻습니까?』 안자가 말하기 전에 경공이 입을 열었다. 『그때 장군이 아니었더라면 배는 틀림없이 뒤집히고 말았을 것이다. 이것은 세상에 없는 공이다. 술과 복숭아를 경을 안 주고 누구를 주겠는가?』 그러자 안영은 황급히 술과 복숭아를 그에게 건네주었다.

그러자 마지막 한 사람인 전개강(田開彊)이 옷을 벗어부치고 달려 나오듯 하며 말했다. 『나는 일찍이 임금의 명령으로 서(徐)를 쳐서 그의 유명한 장수를 베고, 5백 명 군사를 사로잡음으로써 서군(徐君)이 두려워 뇌물을 바치고 맹약을 빌었으며, 이로 인해 담(郯)과 거(莒)가 겁을 먹고 일시에 다 모여들어 우리 임금으로 맹주가 되게 하였으니 이 공로면 복숭아를 먹을 수 있겠습니까?』 그러자 안영은 공손히 임금에게 아뢰었다. 『개강의 공로는 두 장군에 비해 열 배나 더 크옵니다. 안타깝게도 복숭아가 없으니 술만 한 잔 내리시고 복숭아는 명년으로 미루는 수밖에 없을 줄 아옵니다.』 그 말에 경공도, 『경의 공이 가장 큰데, 아깝게도 일찍 말을 하지 않았기 때문에 그런 큰 공을 상주지 못하게 되었으니 참으로 가슴이 아프구려.』

그러자 전개강은 칼자루를 어루만지며, 『호랑이를 죽이고 괴물을 죽이는 것은 작은 일이다. 나는 천릿길을 산을 넘고 물을 건너며 피나는 싸움으로 큰 공을 세우고도 오히려 복숭아를 먹지 못하고 두 나라 임금과 신하들이 모인 앞에서 욕을 당하고 만대의 웃음거리가 되었으니 무슨 면목으로 조정에 선단 말인가!』 하고 말을 마치자 칼을 휘둘러 자기 목을 쳐서 죽었다. 그러자 공손첩이 크게 놀라 역시 칼을 뽑아들며, 『우리는 공이 적으면서 복숭아를 먹었는데, 전군(田君)은 공이 큰데도 도리어 복숭아를 못 먹었다. 복숭아를 받아 사양하지 못했으니 청렴하지가 못했고, 또 남이 죽는 것을 보고도 따라 죽지 못한다면 이는 용기가 없는 것이다.』 하고 말을 마치자 역시 제 목을 쳐 죽었다.

그러자 고야자가 분을 못 참고 크게 외치며, 『우리 세 사람은 함께 살고 함께 죽기로 맹세를 했었다. 두 사람이 이미 죽었으니 나 혼자 무슨 낯으로 살아남을 수 있겠는가!』 하고 역시 자기 목을 쳐 죽었다. 그런데 이 사건이 더욱 유명하게 된 것은 제갈양(諸葛亮)이 이들 세 사람의 무덤이 있는 탕음리(蕩陰里)를 지나다가 읊었다는 양보음(梁甫吟) 때문이라고 볼 수 있다. 그 시를 소개하면 다음과 같다.

『걸어서 제나라 동문을 나가 / 멀리 탕음리를 바라보니 / 마을 가운데 세 무덤이 있는데 / 나란히 겹쳐 서로 똑같다. / 이것이 뉘 집 무덤이냐고 물었더니 / 전강과 고야자라고 한다. / 힘은 능히 남산을 밀어내고 / 문은 능히 지기를 끊는다. / 하루아침에 음모를 만나 / 두 복숭아로 세 장사를 죽였다. / 누가 능히 이 짓을 했는가 / 상국인 제나라 안자였다.』 뒤에 이태백(李太白)이 또 같은 양보음을 지어, 그 속에서, 『힘이 남산을 밀어내는 세 장사를 / 제나라 재상이 죽이며 두 복숭아를 썼다.』 고 함으로써 이 이야기는 점점 더 유명해졌다. 이 이야기에서 『이도살삼사』 는 계략에 의해 상대방을 자멸하게 만드는 말로 쓰이게 되었다. —《동주열국지》

■ **지자요수 인자요산**(知者樂水仁者樂山) : 지혜로운 사람은 사리(事理)에 통달하여 막힘이 없음이 물과 같아서 물을 좋아하고, 어진 사람은 의리에 밝고 중후하여 변치 않음이 산과 같아서 산을 좋아한다. 《논어》 옹야편에 있는 공자의 말이다. 『樂』 은 음악이라는 명사일 때는 『악』 으로 읽고, 즐겁다는 형용사일 때에는 『낙』 이라 읽고, 좋아한다는 동사일 때는 『요』 라고 읽는다. 원문을 소개하면 다음과 같다.

『지혜로운 사람은 물을 좋아하고, 어진 사람은 산을 좋아한다(知者樂水 仁者樂山). 지혜로운 자는 움직이고, 어진 사람은 고요하다(知者動 仁者靜). 지혜로운 이는 즐겁고, 어진 이는 수한다(知

者樂 仁者壽).』 지혜로운 사람은 변화에 대해 민감한 사람이다. 만물을 변화하는 측면에서 관찰하는 것이 지자의 태도다. 마음이 어진 사람은 언제나 한 마음 그대로를 간직하고 있다. 만물을 변하지 않는 측면에서 생각하는 것이 인자의 태도다. 물처럼 시시각각으로 변화하는 모습을 나타내는 것은 없다. 그러므로 변화를 좋아하는 사람은 물을 좋아하게 된다. 산처럼 언제 보아도 그 모습 그대로 보이는 것은 없다. 그러므로 변하지 않는 것을 좋아하는 사람은 산을 좋아하게 된다.

즉, 물은 움직이고 산은 고요하다. 그것이 지자(知者)와 인자(仁者)의 대조적인 상태다. 물의 흐름은 즐겁고 산의 위치는 영원불변 그대로다. 이것이 지자와 인자의 생활 태도란 뜻이다. 공자는 냇가에 서서 탄식한 일이 있다. 『가는 것이 이 같구려. 낮과 밤은 쉬지 않는도다.』 공자는 냇물의 흐름을 보고 우주의 쉬지 않는 운행을 피부로 느끼게 되었던 것이다. 그것이 지자가 물을 좋아하는 모습이었으리라.

— 《논어》 옹야편

▣ **일명경인**(一鳴驚人) : 『새가 한번 울면 사람이 놀란다』는 뜻으로, 평소에는 과묵하던 사람이 갑자기 사람을 놀라게 할 만한 일을 해내는 것을 비유하는 말이다.

《사기》 골계열전에 있는 이야기다.

전국시대 제(齊)나라의 위왕(威王)은 30세가 채 안 되는 젊은 나이에 즉위하였다. 그러나 그는 국사를 등한시 하여 매일 주연을 벌였으며, 이로써 밤을 새는 일 또한 잦았다. 조정(朝廷)에 나갈 시각에야 겨우 잠자리에 들기도 하여, 신하들도 왕을 깨우는 것을 삼갔다. 이렇게 3년이 지나자 자연히 국정은 혼란스러웠고, 국경분쟁도 생겨 나라의 꼴이 안팎으로 엉망이 되어갔다. 뜻있는 신하들은 이대로 두면 나라가 망할 것을 염려했지만, 감히 왕에게 간(諫)할 엄두는 내지 못하였다.

이때 대부(大夫) 순우곤이 왕을 배알하였다. 순우곤(淳于髡)은 키가 작달막한 유명한 익살꾼이었다. 전하는 바에 따르면 그의 키는 형편없이 작았다고 하지만, 사신으로 외국에 가서 키 때문에 수모를 당한 적은 없다고 한다. 순우곤이 왕에게 이렇게 말하였다.

『이 나라에는 큰 새가 한 마리 있습니다. 3년간 날지도 않고 울지도 않습니다. 무슨 새인지 아십니까?』

왕은 순우곤의 말뜻을 알았다. 왕은 순우곤에게 이렇게 말하였다.

『이 새가 비록 날지 않지만, 한 번 날면 하늘을 가린다. 또한 우는 법이 없지만, 한 번 울면 천하가 놀란다(此鳥不飛則已 一飛沖天 不鳴則已 一鳴驚人).』

이때부터 제위왕은 놀음을 삼가고 국사에 진력했다고 한다.

이 밖에 춘추시대 초장왕(楚莊王)에게도 비슷한 이야기가 있었다고 한다. 그는 재위하는 3년 동안 호령 한 마디 없이 나라 일을 전혀 돌보지 않으면서 『간하는 자는 죽인다』 고까지 선포했다는 것이다. 그래서 아무도 감히 간하지 못하는데, 대부 오거와 소중이 죽음을 무릅쓰고 간했다고 한다.

《사기》 초세가에 따르면 오거가 초장왕을 간할 때 『3년 동안 날지도 않고 울지도 않는 새가 무슨 새입니까?』 하고 물으니, 초장왕은 『3년 날지 않았어도 이제 하늘로 날아오를 것이며, 3년 울지 않았어도 이제 남들이 놀라도록 울 것이다. 과인도 이미 알고 있으니 경은 더 말하지 말라.』 고 했다는 것이다. —《사기》 골계열전

【신화】

▣ 흔히 지혜의 여신(女神)으로 알려진 아테네는 고대 그리스에서도 가장 찬란한 번영을 누리던 아테네 시(市)를 그 보호 아래 두어 명성이 대단하였다. 아테네는 어머니가 없이 태어났으며, 결혼하지는 않았지만 자식은 있었다. 어느 날, 제우스는 심한 두통으로 머리를 싸매고 있었다. 참다못한 그는 대장장이 헤파이스토스를 불러 돌도끼로 아픈 머리를 때리도록 명령했다.

신(神)의 일이니 죽을 염려는 없을 터이고, 아무튼 도끼가 머리를 힘껏 때렸을 때, 머리가 깨어지면서 투구를 쓰고 방패와 창으로 완전무장을 갖춘 아테네 여신이 소리를 지르며 튀어나왔다. 물론 제우스의 머리는 상했을 리가 없고 다만 그 모진 두통이 깨끗이 나았을 뿐이었다. 그러니까 아테네 여신의 태반(胎盤)은 어머니(여성)의 그것이 아닌 제우스의 머리이고, 어머니는 영영 없는 것이다.

아테네는 무술(武術)에도 능했고, 모든 학술(學術)과 특히 염직(染織), 뜨개질을 잘했으며, 헤라가 제우스와 결혼할 때는 헤라의 웨딩드레스도 만들어 주었다. 또 올빼미를 사자(使者)로 데리고 다녔다고 한다. 아테네 시에서는 동전에 이 올빼미를 새겼으며, 그 때문에 『아테네 시민은 주머니에서 올빼미 알을 깐다.』 는 말이 생겼고, 또 어느 시인은, 『미네르바의 올빼미는 어둠이 깃들어야

나래를 편다.』고 노래 불렀다.

【명작】

▣ 잠언(箴言, Proverbs) : 성서의 모든 책들 가운데 유대인이나 그리스도교도가 아닌 사람들, 종교가 없는 사람들도 가장 많이 읽는 책이 잠언이다. 첫머리에 『이스라엘 왕 솔로몬의 금언집(金言集)』이라고 되어 있으나, 실제로는 고대 이스라엘 사람 사이에서 전해오던 교훈과 격언을 편집한 잠언집이다. 많은 격언 · 교훈 · 도덕훈을 수록하고 있으며, 도덕원리에 관한 지식과 올바르게 살기 위한 실천적 규범의 지식에 도움이 되는 영지(英智)를 그 대상으로 하고 있다.

이 책에 실린 내용은 대부분 안락한 삶을 이끌어나가는 데 필요한 평범한 조언이다. 물론 종교적인 색채를 분명히 보여주는 구절들도 있다. 『마음을 다하여 여호와를 신뢰하고 네 명철을 의지하지 말라』(3 : 5). 『사람의 길은 여호와의 눈앞에 있나니 그가 그 사람의 모든 길을 평탄하게 하시느니라』(5 : 21).

【成句】

▣ 양지양능(良知良能) : 경험이나 교육에 의하지 않고 선천적으로 타고난 지혜와 능력.

▣ 유지무지삼십리(有知無知三十里) : 지혜가 있는 사람과 지혜가 없는 사람과의 차이가 심함을 이르는 말. / 《세설신어》

▣ 이식지도(耳食之徒) : 듣기만 하고 그 맛을 판단하는 사람이란 뜻으로, 얄팍한 지혜를 가진 자의 비유. 이식은 귀로 먹다, 곧 번지수가 다르다는 뜻. / 《사기》

▣ 인의예지(仁義禮智) : 사람이 갖추어야 할 네 가지 덕(德). 곧 어질고, 의롭고, 예의를 지키고, 지혜로움.

▣ 명지적견(明智的見) : 밝은 지혜와 적절한 견해.

▣ 설병지지(挈缾之知) : 아주 작은 지혜의 비유. 설(挈)은 손에 들다, 병(缾)은 병(甁)과 마찬가지로 물을 담는 그릇. / 《좌전》

▣ 지자불혹 용자불구(知者不惑 勇者不懼) : 지혜 있는 사람은 도리를 알고 사물을 꿰뚫어보는 힘이 있으므로 사물에 대하여 미혹하는 일이 없고, 용기 있는 사람은 과감하게 행동하므로 어떠한 사태에도 기가 죽지 않는다. 지덕(知德) · 인덕(仁德) · 용기 그 각각의 덕의 의의를 간명하게 서술한 말. / 《논어》

▣ 지낭(智囊) : 꾀주머니란 뜻으로, 지혜가 뛰어난 사람을 이르는 말. / 《사기》

▣ 지혜(智慧) : 사물의 도리나 선악을 분별하는 마음의 작용. 인간의 일반적인 지적 활동에서, 지식(知識)이 인간적인 사상(思想)까지도 포함한 대상에 관한 지(知)를 의미하는 것임에 대하여, 지혜는 인간존재의 목적 그 자체에 관계되는지를 의미한다고 할 수 있다. 지식과 지혜와는 무관한 것이 아니라, 사상 특히 인간적 사상에 대한 정확한 지식이 없이는 참다운 지혜가 있을 수 없고, 또 반대로 지혜에 의하여 표시되는 구극(究極)의 목적에 대해서 수단으로서의

위치가 주어지지 않는 지식은 위험한 것이며, 참된 지식이라고는 말하기 어렵다. 지혜란 모든 지식을 통할하고, 살아 있는 것으로 만들며, 구애받지 않는 뛰어난 의미로서의 감각이다. 그러므로 결코 일정한 지식내용으로 고정되거나 전달할 수 없다.

사상 thought 思想

【어록】

▣ 미네르바의 부엉이는 황혼이 짙어지면 날기 시작한다. (지혜의 여신 미네르바가 총애하는 부엉이는 대낮의 활동과 현실의 움직임이 다 끝난 황혼에 조용히 날개를 펴고 날아다니면서 현실의 활동의 자취를 더듬고 살핀다는 말로, 사상은 현실의 뒤를 따라가면서 현실을 합리적으로 해석하고 설명한다는 뜻) — 게오르크 헤겔

▣ 천지가 시작될 때에는 이름이 없었다{無名天地之始 : 노자는 무(無)를 하늘과 땅(地)보다 앞선 것이라 보고, 그 무가 하늘과 땅, 즉 유(有)를 낳는다고 보고 있다. 이것은 노자의 근본사상을 나타내는 말이다}. —《노자》 1장

▣ 최상의 선(善)은 물과 같다{上善若水 : 노자사상에서 물은 만물을 이롭게 하면서도 다투지 않는 이 세상에서 으뜸가는 선의 표본으로 여겨 이르던 말이다}. —《노자》 8장

▣ 적게 가지고 있으면 곧 더 얻게 되고, 많이 가지고 있으면 오히려

미혹된다(少則得 多則惑 : 많이 가진다는 것은 즐거운 것 같지만, 사실은 어느 것을 써야 할지 갈피를 잡지 못하고 헤매게 된다. 이처럼 학문이나 지식이 많으면 사상의 헤맴도 많게 된다).

— 《노자》 22장

▣ 무궁(無窮)의 문으로 들어가서 무극(無極)의 들에서 논다{入無窮之門 以遊無極之野 : 대자연과 일체가 되어서 삼라만상 속에 녹아 들어가 버린다. 이것이 노장(老莊)의 이상적 삶이다}. — 《장자》

▣ 물고기는 서로 강이나 호수에 물이 있다는 것을 잊고 산다{魚相忘乎江湖 : 물고기는 육지에 오르면 물이 없는 괴로움으로 입에서 나오는 거품을 마시고 호흡한다. 그러나 이들을 강이나 호수에 놓아 보내면 벌써 물이 있다는 것을 잊고 만다. 이처럼 대동(大同)의 세계에 서게 되면 세상의 인의(仁義)나 선악을 잊고 참된 생활을 할 수가 있다. 이것이 노장(老莊)의 사상이다}. — 《장자》

▣ 사람의 성(性)은 원래 악한 것이다. 그것이 선(善)으로 되는 것은 인위(人爲)의 결과다{人之性惡 其善者僞也 : 사람이 선으로 되는 것은 예(禮)라는 인위(人爲)에 의한 것이라고 설하고 있다. 이 경우 위(僞)는 人변에 爲이다. 즉 사람이 한 결과라는 뜻이다. 이 설은 순자의 근본사상으로 맹자의 성선설(性善說)의 반박논리이다}.

— 《순자》

▣ 사건을 서술하는 사람은 반드시 요점을 장악해야 하고, 언설을 편찬할 때는 반드시 깊이 있는 원리와 사상을 끌어내었다(記事者必提其要 纂言者必鉤其玄). — 한유(韓愈)

▣ 큰 끝은 끝이 없다(無極而太極 : 무에서 유를 낳는 것. 무극이 곧 태극이요, 태극이 곧 무극이라. 무극은 태극의 맨 처음의 상태. 태극은 역학에서 우주 만물이 생긴 근원이라고 보는 본체. 하늘과 땅이 아직 나누어지기 이전, 세상 만물이 생기는 근원이 되는 것이다). — 《근사록》

▣ 인간의 사상은 주피터가 그들에게 보내는 풍부한 태양광선과 함께 변한다. — 호메로스

▣ 모든 미(美)는 모두가 형제이지만, 사상의 미는 그 중에서도 장자(長子)이다. — 플라톤

▣ 병든 사상은 병든 신체보다도 처리하기가 한층 곤란하다. — M. T. 키케로

▣ 문장은 사상의 옷이다. — L. A. 세네카

▣ 사상에는 욕망이 갖는 바와 같은 열이 있어야 하고, 욕망에는 사상이 갖는 바와 같은 빛이 있어야 한다. — 스피노자

▣ 위대한 사상은 너무 위대하기 때문에 작은 항아리에서는 넘쳐흘러 버린다. 넘쳐 버리는 것과 같은 사상을 받아들일 수 있는 힘이 세간에 없을 때 그것은 무용한 것으로 버림을 받지만, 사라져 없어지는 것은 아니다. 그것은 항상 때의 흐름에 거슬러서 초연히 남아 있는 것이다. — 플로베르

▣ 항상 새로운 사상이 있고, 우리들의 마음은 날씨와 함께 변한다. — 몽테뉴

▣ 사상의 자유는 생명이다. — 볼테르

▣ 『나는 생각한다. 고로 나는 존재한다.』라고 하는 그 결론이 참된 것이라고 우리는 믿지 않을 수가 없다. 그러므로 이것은 자기의 사상을 질서 있게 체계를 세워 가며 발전시켜 가려는 사람에게 언제나 최초로 나타나는 가장 확실한 결론이다. — 르네 데카르트

▣ 내용이 없는 사상은 공허하고, 개념이 없는 직관은 맹목이다.
— 임마누엘 칸트

▣ 기선에 석탄이 필요한 것처럼, 내 머리에는 적어도 하루에 9내지 10입방 센티미터의 신사상(新思想)이 필요하다. — 스탕달

▣ 종이 위에 쓰인 사상은 모래 위에 난 도보자(徒步者)의 발자국에 불과하다. — 쇼펜하우어

▣ 중요한 사상을 누구에게나 알 수 있게 표현하는 것처럼 어려운 일은 없다. — 쇼펜하우어

▣ 독서하고 있을 때 우리들의 뇌(腦)는 이미 자기의 활동 장소는 아니다. 그것은 남의 사상의 싸움터다. — 쇼펜하우어

▣ 대사상(大思想)은 심장으로부터 온다. — 쇼펜하우어

▣ 희생과 고뇌, 이것들이 사상가와 예술가의 운명이다.
— 레프 톨스토이

▣ 인간을 법칙에 복종하도록 만드는 사상은 인간을 예속시키는 사상이며, 신의 법칙에 따르도록 하는 사상은 인간을 해방시키는 사상이다. — 레프 톨스토이

▣ 사람이 깊은 지혜를 가지고 있으면 있을수록 자기의 생각을 나타내는 그의 말은 더욱 더 단순하게 되는 것이다. 말은 사상의 표현

이다. — 레프 톨스토이

▣ 사상의 생명은 전적으로 개인의 생명에서 나오는 것이다. 사상에 생명이 깃드는 것은 오직 정열 때문이다. — 헨리크 입센

▣ 사상은 행동이 되려고 하고, 말은 육체가 되려고 한다.
— 하인리히 하이네

▣ 사상은 눈에 보이지 않는 자연, 자연은 눈에 보이는 사상.
— 하인리히 하이네

▣ 나의 사상은 나 자신이 확인한 것이 아니면 어떤 것도 진실로 인정하지 않는다. — 앙드레 지드

▣ 말을 고상하게 만드는 것은 사상이다. — 헬렌 켈러

▣ 인생과 대결시키면 시체처럼 넘어지고 마는 사상이 적지 않다.
— 모르겐슈테른

▣ 폭풍을 일으키는 것은 가장 조용한 말(言)이다. 비둘기의 발로 오는 사상(思想)이 세계를 좌우한다. — 프리드리히 니체

▣ 간소한 생활, 고결한 사상. — 앨프레드 테니슨

▣ 사상이 끝나는 곳, 거기서 신앙이 시작된다. — 키르케고르

▣ 인간은 사상을 감추기 위해서가 아니라 사상을 갖고 있지 않음을 감추기 위해서 말하는 것이다. — 키르케고르

▣ 세상이란 지독하게 머리의 착란을 일으킨 사상가(思想家)로서, 그저 되는 대로 이것저것으로 사상을 희롱할 뿐, 단 한 가지의 사상도 생각할 만한 시간이나 인내력을 갖고 있지 않다.
— 키르케고르

▣ 어떠한 뛰어난 정치적 수완을 써서도 남의 사상을 황금의 행위로 속이는 것은 불가능하다. — 허버트 스펜서

▣ 사상은 다만 생각할 수 있는 것을 포착할 따름이다. 그러나 예술은 살아 있는 것을 다스릴 수 있다. 그런 의미에서 게오르규의 다채로운 시는 그의 시대를 뒤흔들었던 힘에 대한 대답이며, 예술에 의한 세계의 변모이다. — 헤르만 헤세

▣ 여러 가지 위대한 사상은 마음으로부터 온다. — 보브나르그

▣ 현대는 무수한 사상의 선물을 받았다. 그리고 운명의 신이 각별한 호의를 베풀었음인지 사상 하나하나에 대해서 반대되는 사상이 있다. — 로베르토 무질

▣ 신문은 사상의 무덤이다. — 피에르 프루동

▣ 가장 간단하고 가장 명백한 사상이야말로 가장 이해하기 어려운 사상이다. — 도스토예프스키

▣ 사람은 사상을 붙잡는 것 같지만, 사상은 항상 인간보다도 현실적이다. — 도스토예프스키

▣ 위대한 사상은 위대한 지혜에서가 아니라 위대한 사랑에서 생긴다. — 도스토예프스키

▣ 경험은 사상의 지식이요, 사상은 행동의 지식이다. 우리는 책에서는 인간을 배울 수 없다. — 벤저민 디즈레일리

▣ 경험은 사상의 아이다. — 벤저민 디즈레일리

▣ 사람은 어디를 가나, 약한 사상에 강한 말의 외투를 입히는 것을 좋아한다. — 파울 하이제

■ 깊이 생각하라. 그리고 먼저 그대의 사상을 풍부히 하라. 천하 만물 모두가 다 인간의 사상에서 생긴 것이다. 저 대건축물이라 할지라도, 먼저 인간의 두뇌 속에 그 형체를 이룩하고, 그런 연후에 그것이 건축으로 되어 나타난 것이다. 현실이란 사상의 그림자에 지나지 않는다. — 토머스 칼라일

■ 최대의 사건과 최대의 사상(思想)은—사실은 최대의 사상이 최대의 사건이다—이해되는 것이 가장 늦다. 동시대의 사람들은 그러한 사건을 체험하지 못한다. 그들은 그 곁을 그냥 통과해서 살아갈 뿐이다. — 프리드리히 니체

■ 비틀거리면서 오는 사상이 세계를 이끌어 간다.
— 프리드리히 니체

■ 위대한 사상은 반드시 커다란 고통이라는 밭을 갈아서 이루어진다. 갈지 않고 둔 밭에서는 잡초만 무성할 뿐이다. 사랑도 고통을 겪지 않고서는 언제까지나 평범하고 천박함을 면하지 못한다. 모든 곤란은 차라리 인생의 벗이다. — 카를 힐티

■ 좋은 사상은 결코 인간 독자의 것은 아니다. 그것은 인간을 통해서 흘러나올 뿐인 것이다. — 카를 힐티

■ 우리의 사상체계 등은 신에게 있어 아무런 장해도 되지 않으며, 신의 영혼의 입김에 닿으면 하나 남김없이 다 끊어져 버리고 마는 거미줄에 불과하다. — 카를 힐티

■ 생활은 간소하게, 사상은 높게. — 랠프 에머슨

■ 힘은 샘물과 같이 안으로부터 솟아나는 것이다. 힘을 얻으려면 자

기 내부의 샘을 파야 한다. 밖으로 힘을 구할수록 사람은 점점 약해질 뿐이다. 그러므로 강하게 되려면 자기의 사상을 확고히 하여야 한다. 사상에 의해서만 자기를 바로잡을 수 있다는 것을 잊어서는 안 된다. — 랠프 에머슨

▣ 비가 산기슭에 내리고, 골짜기를 흐르며 평야와 움푹한 곳을 따라 내려가듯, 사상도 처음엔 위대한 마음에 내려지고 계층을 따라 흐르며, 마침내는 대중에게 도달하여 업적을 이루고 혁명을 낳는다. — 랠프 에머슨

▣ 좋은 사상도, 그것을 행하지 않으면 좋은 꿈과 다를 것이 없다. — 랠프 에머슨

▣ 으뜸가는 사상들은 모두 옛 사람들에게 도둑맞았다. — 랠프 에머슨

▣ 사상은 인간을 노예상태로부터 자유롭게 하는 것이다. — 랠프 에머슨

▣ 옛 사람들이 우리에게 사상을 남겨 주었다면 현대인은 그것을 위해 건물을 지었다는 공로는 인정되어야 할 것이다. — 에이머스 올컷

▣ 이 고장에서는 모든 수레가 길의 너비에 맞추어서 만들어진다. 사상도 마찬가지다. (기존 있는 사회질서에 맞추어 사고하는 보르도 지방 사람들의 인습을 비난한 말) — 프랑수아 모리아크

▣ 우리는 주로 책을 통해 위대한 사상가들과 관계를 맺는다. ……양서에서 위인들은 자신의 가장 귀중한 사상을 우리에게 건네주며

자신의 마음을 우리에게 토로한다. — 윌리엄 채닝

▣ 사상의 역사는 과오의 역사다. 그러나 온갖 과오를 통해서 그것은 또한 행위가 천천히 순화되는 역사이기도 하다.

— 앨프리드 화이트헤드

▣ 사상과 언어는 예술가에게 있어서는 예술의 도구이다.

— 오스카 와일드

▣ 모든 위대한 사상은 위험한 것이다. — 오스카 와일드

▣ 숭고한 영혼에는 전염이란 게 없다. 높은 사상이나 감정은 그것이 존재한다는 것 그 자체에 있어서 이미 고립된 것이다.

— 오스카 와일드

▣ 사상의 공로(公路)에 톨게이트를 세울 권리는 아무에게도 없습니다. — 잉거솔

▣ 사상엔 우리를 불보다 뜨겁게 만들어 주는 일이 자주 있다.

— 헨리 롱펠로

▣ 종교는 생명이요, 철학은 사상이다. 종교는 쳐다보고, 우정은 들여다본다. 우리들은 생명과 사상 둘 다 필요하고 또 이 둘이 조화 속에 있는 것이 필요하다. — 제임스 클라크

▣ 유행으로 한때를 풍미(風靡)하는 사상은 액운을 띠고 있다. 그 때가 지나면 항상 유행을 잃기 때문이다. — 조지 산타야나

▣ 사상이란 사실에 있어 힘이다. 무한 역시 인격이 뻗어나가는 힘이다. 이 양자가 합쳐질 때 항상 역사가 이루어진다.

— 헨리 제임스

▣ 언어는 사상의 의상이다. — 새뮤얼 존슨

▣ 사상을 위한 죽음, 그것은 의심의 여지 없이 고귀하다. 그러나 진리인 사상을 위해서 죽었다면 그 얼마나 더 고귀할까!

— 헨리 L. 멩컨

▣ 현명한 자들만이 사상을 지배하고, 인류의 대다수는 그들 사상의 지배를 받는다. — 새뮤얼 콜리지

▣ 옷은 팔더라도 너의 사상을 지켜라. 하느님은 네가 사회를 아쉬워하지 않도록 돌봐 주실 것이다. 거미처럼 내가 온종일 다락방 구석에 처박혀 있게 되더라도 내가 생각을 하고 있는 한 나의 세계는 그 생각만큼 크고 넓다. — 헨리 소로

▣ 위대한 사상들은 모든 노동을 신성시하고 있다. — 헨리 소로

▣ 사상이란 타버린 생각의 가스와 같은 잿더미이고, 마음의 호흡의 배설물이다. — 올리버 홈스

▣ 근본적인 사상이란 인간의 세계에 관한 관계, 삶의 의의나 선(善)의 본질과 같은 기본적인 문제에서 출발하는 사상을 말한다. 이 근본적인 사상은 직접적으로 모든 인간의 마음속에서 움직이는 생각과 결합되어 있다. 따라서 그 사상은 그 생각에 관여하여 그것을 확충하고 심화한다. — 알베르트 슈바이처

▣ 사상 또는 힘으로써 이긴 사람들을 나는 영웅이라고 부르지 않는다. 마음으로써 위대했던 사람들을 영웅이라고 부른다.

— 로맹 롤랑

▣ 사랑할 때는 사상 따윈 문제가 아니다. 내 사랑하는 여인이 나와

똑같이 음악을 좋아하는지도 문제가 아니다! 결국 어느 사상에도 우열은 없다. 세상에는 오직 하나의 진리밖에 없다. 그것은 서로 사랑하는 일이다. — 로맹 롤랑

▣ 연단(演壇)에서 하는 말은 사상을 변형시킨다. — 로맹 롤랑

▣ 사상의 분석은 부르주아지의 사치이다. 민중의 마음에 필요한 것은 총화(總和)이다. 행동과 통하는 기성의 사상이다. 생명이 넘친 현실이다. — 로맹 롤랑

▣ 사상은 생각하는 인간의 모습을 따르는 것이다. — 앙드레 쉬아레스

▣ 한 사람의 사상가의 진보는 자신의 결론을 유보함에 있는 것이다. — 알베르 카뮈

▣ 현자는 사상가가 아니다. 그는 그냥 안다! 그리고 그는 존재성 전체로 반응한다. — 오쇼 라즈니쉬

▣ 궁핍은 사상에의 자극이 되고, 사상은 행동에의 자극이 된다. — 존 스타인벡

▣ 사상은 자연 속에 있다. — 오귀스트 로댕

▣ 술은 일종의 마음의 연지이다. 우리들의 사상에 일순간 화장을 해준다. — 헨리 레니에

▣ 우주는 커다란 기계보다 위대한 사상에 가깝다. — 제임스 진스

▣ 깊은 잠과 얕은 잠이 있는 것과 마찬가지로 마음속 깊이에서 움직이는 사상과 표면에 나타나는 사상이 있다. — 비트겐슈타인

▣ 사상이라고 하여도 익지 않으면 나무에서 떨어지는 설익은 과일과

같다. — 비트겐슈타인

▣ 나의 사상의 원(圓)은 나 자신 그렇지 않을까 느끼고 있는 것보다 훨씬 작은 것이다. — 비트겐슈타인

▣ 사상에 가격표를 붙일 수 있을 것이다. 어떤 사상은 비싸고 어떤 사상은 싸다. 그럼 사상의 대금은 무엇으로 지불하는가? 용기라고 나는 생각한다. — 비트겐슈타인

▣ 사상의 평화, 이것이야말로 철학하는 사람이 마음속으로부터 바라고 있는 목표이다. — 비트겐슈타인

▣ 인류사에 있어서, 실제적인 권력에 대해 무언가를 알고 있는 사상가들은 모두가 권력을 긍정하고 있다는 사실은 매우 주목할 만하다. 권력에 반대하는 사상가들은 좀처럼 권력의 본질에 침투하지 못하고 있다. 권력에 대한 혐오가 너무 커서, 그들은 권력과 관계해서는 안 된다고 생각한다. 또 그들은 권력으로 인해 자신을 더럽힐까 두려워하고 있는데, 이런 점에서 그들의 태도는 종교적인 면을 가지고 있다. 권력을 인정하고 기꺼이 권력의 조언자가 되었던 사상가들만이 권력에 대한 학문을 완성하였다.

— 엘리아스 카네티

▣ 모든 드높은 사상이 태어날 때에는 뇌에까지 울려 느껴지는 신경적인 진동이 있다. — 보들레르

▣ 인간은 두 가지 점에서 두드러지게 동물들 중에서 특유하다. 인간만이 언어와 상징을 쓰고 그럼으로써 자기의 사상을 전달하는 능력, 개개의 경험을 구분하고 이들 경험을 정리하고 비교하고 기억

하게 하는 사상을 가지는 능력을 지니고 있다. — 크레인 브린턴

▣ 우리의 사상은 발전됨과 동시에 보존되어야 한다. 사상이란 극단적인 사람들에 의해서 진보되기도 하지만, 반면에 중용을 지키는 자들에 의해서 존속되는 법이다. — 폴 발레리

▣ 비평가는 타인의 사상에 관해서 사고하는 인간이다. — 장 폴 사르트르

▣ 사랑은 군대의 침입에는 대항하지만, 사상의 침입에는 대항하지 못한다. — 빅토르 위고

▣ 인류사는 본질적으로는 사상사(思想史)다. — H. G. 웰스

▣ 사회적 조건이 변화하면 사회적 성격도 변화하는데, 즉 새로운 욕구와 불안이 생긴다. 이러한 새로운 욕구는 새로운 사상을 낳으며, 말하자면 사람들로 하여금 그런 사상에 영향을 받기 쉽게 한다. 이런 새로운 사상은 이번에는 새로운 사회적 성격을 고정시키고 강화시키는 한편, 인간의 행동을 결정하는 경향이 있다. — 에리히 프롬

▣ 사상이 문학에 들어 있는 것은 두뇌가 사람의 몸에 있는 것과 같다. — 호적(胡適)

▣ 어떤 사람이건 사상 때문에 벌 받지는 않는다. — 법언(法諺)

▣ 학자는, 입으로 먹은 것을 토하여 새끼를 기르는 큰 까마귀와 같은 자이고, 사상가는 뽕잎을 먹고 명주실을 토해 내는 누에와 같은 자이다. — 임어당

▣ 인정은 마치 해양의 흐름과 같고, 사상이나 제도는 마치 표면에 이

는 물결과 같다. — 이광수

▣ 사상은 생활의 결과이면서 또 동기가 된다. — 함석헌

▣ 어느 사상 치고 그 유래를 따지면, 다른 사상의 영향을 받지 않은 것이 하나라도 있을 것인가! — 박종홍

▣ 생각하는 바가 앞뒤의 연결이 없이 단편적이어서는 안 되고 전체적으로 통일된, 짜임새 있는 것이라야 한다. 이처럼 일관된 생활태도의 밑받침이 될 수 있는 통일된 생각이 다름 아닌 사상이다. — 박종홍

▣ 인간의 사회적 실천이 정치에 있어서 가장 현저하다면, 이 실천을 현저히 반성하는 의식이 소위 사상인 것이다. — 이상백

▣ 대체로 사상은 인생이 현실 있는 상태에 관한 반성이며, 여기서 인간이 취하여 나갈 방향의 암시가 생겨나는 것이다. — 손우성

▣ 가부좌를 한 사유불상(思惟佛像)처럼 생명의 사상은 정지의 몸짓을 요구합니다. 사상은 보리처럼 천천히 익어 가는 것이기 때문입니다. — 이어령

▣ 심각한 사상도 일단 부호처럼 사용되게 되면 허리띠가 된 악어처럼 그 힘을 잃게 된다. — 이어령

▣ 사상은 바람, 지식은 돛, 인간은 배. — 미상

【시 · 문장】

세상으로부터 돌아오듯이

이제 내 좁은 방에 돌아와 불을 끄옵니다.

불을 켜두는 것은 너무나 피로롭은 일이옵니다.
그것은 낮의 연장이옵기에
이제 창을 열어 공기를 바꾸어 들여야 할 텐데
밖을 가만히 내다보아야
방안과 같이 어두워 꼭 세상 같은데
비를 맞고 오던 길이
그대로 빗속에 젖어 있사옵니다.
하루의 울분을 씻을 바 없어
가만히 눈을 감으면
마음속으로 흐르는 소리
이제 사상이 능금처럼 저절로 익어 가옵니다.

— 윤동주 / 돌아와 보는 밤

시라는 것은 사상의 표현이다. 사상이 본디 비겁하다면 제아무리 고상한 표현을 하려 해도 이치에 맞지 않으며, 사상이 본디 협애하다면 제아무리 광활한 묘사를 하려 해도 실정에 부합하지 않는다. 때문에 시를 쓰려고 할 때는 그 사상부터 단련하지 않으면 똥무더기 속에서 깨끗한 물을 따라 내려는 것과 같아서 일생토록 애를 써도 이룩하지 못할 것이다. 그러면 어떻게 할 것인가? 천인 성명의 법칙을 연구하고 인심 도심의 분별을 살펴 그 때 묻은 잔재를 씻어내고 그 깨끗한 진수를 발전시키면 된다.

— 정약용 / 증언(贈言)

【동양의 사상】

▣ 노장사상(老莊思想) : 노장사상은 도가의 중심인물인 노자(老子)와 장자(莊子)에 의하여 형성된 사상을 의미한다. 도가는 봉건적 신분제도를 도덕적으로 확립할 것을 이상으로 여기는 공맹의 예치주의사상에 반대하고, 자연의 도, 즉 자연법칙을 이해하고 잡다한 인간적인 일들을 초월하는 평이한 생활을 주장하였다.

장자는 주나라 말기 전국시대의 혼란이 지식에 대한 지나친 관심에 있다고 주장하고 현실적인 행동의 규범을 추구할 것을 주장한 현실주의자였다. 또한 그는 지식에 대한 지나친 관심이 서로 상반되는 이론의 논쟁 밖에는 일으키지 못하므로 이를 제합할 것을 주장하였다. 그는 이러한 논쟁은 인간을 회의에 빠지게 할 뿐이므로 이러한 지식을 버리고 지식에 대한 집착을 초월하여야 한다고 주장하였다. 이처럼 현실비판에서 출발한 장자는 도리어 현실을 도피하여 관념적 자유를 구하였다.

노자는 지식을 부정하고 초월하는 장자의 사상에서 한 단계 더 나아가 지식을 형성하는 인간의식을 문제 삼았다. 노자에 따르면 인간은 생에 얽매인 의식과 생의 수단인 감각으로 인해 물욕(物慾)을 가지게 되고 자기 자신을 망각하게 된다고 주장 하였다.

【중국의 고사】

▣ **하필왈리**(何必曰利) : 하필이면 어째서 이익이 되는 것만을 말하는가. 하필(何必)이란 말도 이 말에서 나온 말인데, 『하필』의 원뜻

인 『어찌 반드시』란 이상의 실감을 주는 우리말이 되고 말았다. 이 말은 《맹자》 맨 첫 장에 나오는 말로, 맹자의 모든 사상이 이 네 글자에서부터 출발된다고 해도 과언이 아니다.

맹자가 양혜왕의 초청을 받아 처음 혜왕을 만났을 때다. 혜왕은 인사말 겸, 『천 리를 멀다 하지 않고 와 주셨으니 장차 우리나라를 이롭게 해주시겠습니까?』하고 물었다. 그러자 맹자는, 『왕께서는 하필 이(利)를 말씀하십니까? 다만 인의가 있을 뿐입니다(王何必曰利 亦有仁義已矣).』하고 전제한 다음, 『……만승(萬乘)의 나라에서 그 임금을 죽이는 사람은 언제나 천승(千乘)의 녹을 받는 대신 집이요, 천승 나라에서 그 임금을 죽이는 사람은 언제나 백승의 녹을 받는 대신 집입니다. 만에서 천을 받고, 천에서 백을 받는 것이 많지 않은 것이 아니지만, 참으로 의(義)를 뒤로 하고 이(利)를 먼저 하면 빼앗지 않고서는 만족하지 못하는 법입니다.』

이익만을 추구해서는 나라가 올바로 될 수 없는 이치를 말한 것이다. 그리고 끝에 가서 다시 한 번, 『왕께서는 역시 인의를 말씀하셔야 할 터인데 하필 이를 말씀하십니까.』하고 거듭 강조하고 있다. 지금은 이 말이 꼭 이익에 관한 것이 아니라도 『더 좋은 말이 있을 텐데 왜 하필 그런 말을 하느냐』하는 뜻으로 널리 쓰이고 있다. 『하필』이란 말에 보다 강한 뜻이 풍기기 때문일 것이다.

—《맹자》

▣ **수즉다욕**(壽則多辱) : 사람이 오래 살다 보면 별의별 욕을 다 겪게

된다. 장자는 전국시대의 가장 특이한 사상가 가운데 한 사람이다. 그는 공자를 시조로 하는 유가(儒家)의 사람들이 강조하는 인의도덕(仁義道德)을 잔꾀가 많은 인간의 작위(作爲)라 하여 배척하고, 있는 그대로 있는 것—『자연(自然)』을 사랑하고 그 어떤 것에도 사로잡히지 않는 정신적 자유의 경지—『도(道)』의 세계에 동경을 보냈다. 더구나 그는 그 사상을 그의 특이한 풍자와 비웃음과 우화를 빌어 표현했다.

그 옛날 성천자로서 유명했던 요(堯)가 화라는 지방을 순회했을 때의 일이다. 그 곳의 수비관원이 공손히 요임금 앞으로 나와 인사를 드렸다. 『오, 성인이시여, 삼가 임금님의 장래를 축수하겠습니다. 우선은 임금님께서는 만수무강하시기를.』 그러자 요는 손을 내저으며 말했다. 『아니야, 나는 오래 살기를 바라지 않네.』 『그러시다면 임금님의 부가 더욱더 풍부해지시기를.』 『아니야, 나는 부를 더하고 싶은 생각은 꿈에도 하지 않네.』 『그러시다면 임금님의 자손이 번성하시도록.』 『아닐세. 그것도 나는 바라지 않는 일이야.』

이쯤 되자 관원은 이상하다는 듯 요임금의 얼굴을 바라보며 되물었다. 『수(壽)와 부(富)와 자손의 번창은 누구나가 바라는 일인데, 임금님께서는 그것을 바라시지 않는다니 어찌된 일입니까?』 『요컨대 자식이 많으면 그 중에는 못난 놈도 생겨서 도리어 걱정거리가 된다네. 부해지면 혹여 잃지나 않을까 걱정해야 하며, 오래 살면 욕된 일 또한 많지 않겠는가(壽則多辱). 이 세 가지는 어느 것이나 다 내 몸의 덕을 기르는 데 무용지물이라고 볼 수밖에 없네.』

요임금의 말을 들은 관원은 어처구니없다는 표정을 지어 보이며 중얼거렸다. 『체, 싱겁기 짝이 없군. 요임금은 성인이라고 들었는데, 지금 말하는 것으로 미루어보아 기껏해야 군자 정도밖에는 되지 못하겠구나. 아이들이 많더라도 각기 분에 맞는 적당한 직업을 맡기면 아무 걱정도 없을 것이고, 돈이 많아지면 그만큼 남에게 나누어주면 아무 걱정도 없을 텐데. 진정한 성인이란 메추리같이 둥지를 고르지 않고, 병아리처럼 무심하게 먹고, 새가 날아 뒤흔적이 없는 것같이 자유자재여야 한다. 세상이 올바르면 모든 사람들과 함께 그 번성함을 즐기는 것이 좋고, 올바르지 않으면 몸에 덕을 닦아 은둔하는 것도 좋고, 천 년이나 오래 살아 세상이 싫증이 나면, 그 때는 신선이 되어 저 흰 구름을 타고 옥황상제의 나라로 가서 노는 것도 좋다. 병(病)·노(老)·사(死)의 3환(患)을 걱정할 필요도 없고, 몸이 언제나 재앙이 없다면 오래 산다고 해서 아무런 욕될 것이 없잖은가.』

이런 소리를 하고 수비관원은 발길을 돌렸다. 보기 좋게 허점을 찔린 꼴이 된 요임금은 순간 정신이 퍼뜩 들어 뒤를 쫓아가, 『기다리게. 조금 더 그대의 말을 듣고 싶네.』 하고 소리쳤으나 그 사람은 뒤도 돌아보지 않고 어디론지 사라지고 말았다. 장자는 이 우화로써 유가적(儒家的) 성인인 요와 대비시켜 가며 『도(道)』의 세계에서 사는 자유자재인(自由自在人)—도가적(道家的) 성인의 모습을 시사하려고 했던 것이다. —《장자》 천지편(天地篇)

■ **양포지구(楊布之狗)** : 『양포의 집 개』라는 뜻으로, 겉이 달라졌다고 해서 속까지 달라진 걸로 알고 있는 사람을 가리키는 말. 이 말은 한비자가 자기 학설을 주장하기 위해서 만들어낸 이야기 중에서 나오는 말이다.

양주(楊朱)의 아우 양포(楊布)가 아침에 나갈 때 흰 옷을 입고 나갔는데 돌아올 때는 비가 오기 때문에 검정 옷으로 갈아입고 들어왔다. 그러나 집에서 기르고 있는 개가 낯선 사람으로 알고 마구 짖어댔다. 양포가 화가 나서 지니고 있던 지팡이로 개를 때리려 하자, 형 양주가 그것을 보고 양포를 이렇게 타일렀다.

『개를 탓하지 마라. 너도 마찬가지일 것이다. 만일 네 개가 조금 전에 희게 하고 나갔다가 까맣게 해가지고 들어오면 너는 이상하게 생각지 않겠느냐?』

양주는 전국시대 중엽의 사상가로 묵자(墨子)와 대조적인 사상을 주장하고 있었다. 묵자는 온 천하 사람을 친부모 친형제처럼 사랑하라고 외친 데 대해 양주는 남을 위하여 그런 부질없는 짓은 그만두고 저마다 저 하나만을 위해 옳게 살아가면 천하는 자연 무사태평한 법이라고 주장했다. 그래서 맹자는 말하기를, 『양자는 나만을 위하니 아비가 없고, 묵자는 똑같이 사랑하니 임금이 없다. 아비가 없고 임금이 없으면 이는 곧 새 짐승과 다를 것이 없다.』 고 했다.

양주는 인간의 본능을 전면적으로 긍정하는 낙천주의자로 보고 있으나, 그의 근본사상은 도가의 『무위자연(無爲自然)』에 있다.

그는 모든 것을 있는 그대로 보려 했기 때문에 『양포의 개』를 긍정적으로 너그럽게 볼 수 있었던 것이다.

— 《한비자》 설림하(說林下)

■ **사문난적**(斯文亂賊) : 유가(儒家)의 입장에서 이단(異端)의 학문을 총칭한다. 공자가 광(匡) 지방에서 위태로운 처지에 빠졌을 때 말했다. 『문왕은 이미 세상을 떠나셨지만, 그가 남긴 문화는 나에게 있지 않은가. 하늘이 장차 이 문화(斯文)를 없앤다면 후세 사람들이 이 문화를 향유하지 못할 것이다. 하늘이 장차 이 문화를 없애려 하지 않는다면 광 지방 사람들이 나를 어떻게 하겠느냐?』

이처럼 사문(斯文)에는 『이 문화』라는 의미가 담겨 있다. 공자가 말한 문화란 유가(儒家)의 이념 아래 계승된 경험의 총화를 가리킨 것이다. 따라서 사문 하면 곧 유가 자체를 일컫는 말이 된다. 그런 문화를 어지럽히고 해친다는 말은 곧 유가에 대한 도전을 뜻하며, 유가의 이념을 수용하지 않으려는 모든 세력이 여기에 해당된다. 그러므로 『사문난적』이라 하면 이단이란 말과 일치한다.

그런데 『사문난적』은 꼭 이단에만 국한되는 것은 아니고, 같은 유가 내에서도 통용된다. 공자의 적통을 이어받지 않은 유가학설을 주장하는 것도 곧 이단과 동일한 취급을 했기 때문이다. 이 문제는 유가 사상사와 맞물려 대단히 복잡하게 전개된 상황이기 때문에 여기서 길게 논의할 수는 없지만, 한 가지 예를 들어 대신하기로 한다.

조선조 중기 때 학자인 윤휴(尹鑴, 1617~1680)는 경학자로서 유가 경전에 해박한 지식을 가진 사람이었다. 그는《논어》를 읽다가 이상한 구절을 발견하게 되었다. 그것은 향당편에 나오는 한 구절이었다.

『마구간에 불이 났다. 공자께서 조정에서 돌아오셔서 묻기를 『사람이 다쳤느냐?』 하시고 말에 대해서는 묻지 않으셨다(廏焚子退朝 曰傷人乎 不問馬).』

이를 정통 유학자들은 공자의 인본주의(人本主義) 정신이 드러난 구절이라고 해석하였다. 그러나 윤휴의 입장에서 생각할 때 사랑방도 아닌 마구간에 불이 났는데, 말의 안위에 대해서 묻지 않았다는 것은 인(仁)을 주장한 공자로서 지닐 태도가 아니라고 판단하였다. 말도 하나의 생명체인데 어찌 말에 대해서 그렇게 냉담할 수 있을 것인가? 그 결과 윤휴는 원문의 구두가 잘못되었다는 결론에 다다랐다.

『마구간에 불이 났다. 공자께서 조정에서 돌아오셔서 묻기를 「사람이 다쳤느냐, 아니냐?」 하시고 말에 대해서 물으셨다(廏焚子退朝 曰傷人乎不問馬).』 이렇게 한 글자를 달리 끊어 읽자 인명을 중시하면서 동시에 인의정신이 미물인 말에까지 미친 공자의 덕성이 요연하게 드러났던 것이다.

그러나 이런 해석은 경전을 신성시해서 함부로 변경하지 않았던 고루한 유학자들로부터 큰 물의를 일으켜 한때 그는 사문난적이라는 비난을 듣게 되었던 것이다. 뒷날 윤휴는 사사(賜死)되었는

데, 꼭 이 일 때문은 아니었지만 유학의 정통에 도전하는 일을 얼마나 큰 죄악으로 여겼는가를 보여주는 단적인 예라고 할 것이다.

▣ **무위이화**(無爲而化) : 아무것도 하지 않음으로써 교화한다는 뜻으로, 억지로 꾸밈이 없어야 백성들이 진심으로 따르게 된다는 말.

도(道)는 스스로 순박한 자연을 따른다는 무위자연(無爲自然)을 주장한 노자의 말로, 백성을 교화함에 있어서 잔꾀를 부리면 안 된다는 뜻이다.

《노자》 제57장에 다음과 같은 내용이 있다.

나라는 바른 도리로써 다스리고, 용병은 기발한 전술로 해야 하지만, 천하를 다스림에 있어서는 무위로써 해야 한다. 그러므로 성인은 다음과 같이 말했다.

「내가 아무것도 하지 않으니 백성들이 스스로 감화되고(我無爲而民自化), 내가 고요하니 백성들이 스스로 바르게 되며(我好靜 而民自正), 내가 일을 만들지 않으니 백성들이 스스로 부유해지고(我無事 而民自富), 내가 욕심 부리지 않으니 백성들이 스스로 소박해진다(我無欲 而民自樸)」

인간의 욕심이 문화를 낳고, 바로 그 문화가 인간의 본심을 잃게 만들었다고 주장하는 노자는 「무위이화(無爲而化)」 사상을 통해 자연 상태 그대로의 인간 심성을 강조한다.

곰곰이 생각해 보면, 무위(無爲)는 이것저것 다 포기한 채 아무것도 안하는 것이 아니라, 이것저것 다 할 수 있으면서도 참고 삭이면서 마음속 「발효」를 통해 성숙을 기하는 과정이라는 생각할 수 있다. 대외적으로만 무위(無爲)일 뿐, 내면에서는 성숙의 시간이 활성화되는 셈이다. 이런 연장선상에서 「침묵은 어떤 웅변보다 더 웅변적이다」라는 말이 이해가 될 법도 하다. 가끔은 무언가를 해야 한다는 강압에서 벗어나 그냥 그대로 내버려두는 미덕도 발휘할 만한 것 같다.

한편 《논어》 위령공(衛靈公)편에도 다음과 같이 무위에 관한 내용이 보인다. 이곳에서는 무위를 덕치(德治)로 해석하여, 덕으로 다스리면 백성들이 마음으로 따른다고 하였다.

「공자가 말하기를, 애쓰지 않고도 잘 다스린 이는 순임금이로다. 대저 어찌함인가 하면, 몸을 공손히 바르게 하고 남면하여 임금 자리에 앉아 있을 따름이니라(子曰 無爲而治者 其舜也與 夫何爲哉 恭己正南面而已矣)」

「무위이화」란 이와 같이 법과 제도로써 다스리려 하는 법가 사상과 대치되는 생각이지만, 유가에서는 덕을 중시하고, 도가에서는 인이나 예마저도 인위적인 것이라고 하여 배척한다. 자연 상태 그대로의 인간 심성과 자연의 큰 법칙에 따르는 통치가 바로 「무위이화」이다. 애써 공들이지 않아도 스스로 변하여 잘 이루어짐을 이르는 말. 노자의 사상으로, 성인의 덕이 크면 클수록 백성들이 스스로 따라와서 잘 감화됨. ―《노자》 제57장

【에피소드】

▣ 영국의 작가이자 사상가이며 문명 비평가인 조지 웰스(Herbert George Wells)는 쥘 베른과 함께 『과학 소설의 아버지』로 불린

다. 집안이 가난하여 독학으로 대학을 졸업하였다. 《타임머신》, 《투명인간》 등 공상과학소설 100여 편을 썼다. 그런 까닭에 그는 언제나 바쁜 세월을 보냈다. 그런 그가 마침내 세상을 떠날 즈음, 숨을 거두려는 웰스를 지켜본 친구들이 가까이 가니, 언제나 그랬던 것처럼 웰스는 손을 내저으며 말했다. 『나를 좀 방해하지 말아 주게. 난 지금 한창 바쁘단 말이야. 죽으려니 얼마나 바쁜지 모르겠네.』

▣ 유명한 사상가 프리드리히 슐라이어마허(Friedrich Ernst Daniel Schleiermacher, 1768~1834)에게 어떤 사람이, 그의 강의를 듣는 사람들은 어떤 유의 사람이냐고 질문하자, 그는 『나의 강의를 듣는 사람들은 주로 학생과 젊은 여성과 군인입니다. 학생은 내가 시험위원이므로 옵니다. 젊은 여성은 남학생 때문에, 그리고 군인은 여성 때문에 옵니다.』 라고 대답했다.

【成句】

▣ 고취(鼓吹) : 북을 치고 피리를 분다는 뜻으로, 용기와 기운을 북돋아 일으킴. 격려, 고무(鼓舞), 또는 의견이나 사상을 열렬히 주장하여 널리 선전함. / 《진서》

▣ 무위(無爲) : 중국 철학에서 주로 도가(道家)가 제창한 인간의 이상적인 행위. 무위는 자연법칙에 따라 행위하고 인위적인 작위를 하지 않는다. 유가(儒家)는 목적 추구의 의식적 행위인 유위(有爲)

를 제창하였으나, 도가는 이를 인간의 후천적인 위선(僞善) · 미망(迷妄)이라 하여 이를 부정하는 무위를 제창하였다. 또 역설적으로 『무위에서야말로 완성이 있다』 고 주장했다. 그 뒤 도가만이 아니라 유가도 무위를 인간의 의식을 초월한 고차적인 자연행위, 완성적 행위라고 생각하게 되었으며, 중세 예술론의 근본개념이 되었다.

▣ 무위자연(無爲自然) : 인위(人爲)를 부정하는 사상 중에서 특히 노장(老莊) 사상의 기본적 개념을 이름. 유교의 인의(仁義)나 형식주의에 대하여 주장된 것으로, 자연 그대로의 이상경(理想境)임. 노자의 무(無)를 천지만물의 근간이라고 하는 사상에 따른다면 무위자연은 만물의 본체가 됨.

▣ 민위귀(民爲貴) : 국가에 있어서 가장 존귀한 것은 백성이다. 이 구절에 나타난 사상은 맹자의 민본사상(民本思想)이라 일컬어진다.

▣ 사단칠정(四端七情) : 4단과 7정을 합한 말로서, 4단은 인의예지(仁義禮智)를 말하고, 7정이란 희 · 노 · 애 · 낙 · 애 · 오 · 욕(喜怒哀樂愛惡欲)을 말한다. 조선조에 이황(李滉)에 의해 전개된 『사단칠정론』 은 한국 유학사상 대표적인 논쟁으로 유명하다. /《맹자》 공손추상.

▣ 시비지심(是非之心) : 선악을 판단하는 마음. 맹자의 주된 학설인 사단(四端)의 하나. 또 도가(道家)의 사상에서는 표상적(表相的)인 선악을 판단하는 마음의 뜻으로 쓰인다.

▣ 인능홍도(人能弘道) : 사상 · 도덕은 사람에 의하여 만들어지고 널리 퍼지게 하는 것으로서, 독자적인 것은 아니라는 것. 인간중심주의를 말한다. / 《논어》

철학 philosophy 哲學

【어록】

▣ 공포는 신앙을 낳고 의심은 철학을 낳는다. —《장자》

▣ 장자(莊子)가 꿈속에서 나비가 되었다(莊周夢爲胡蝶 : 인생의 덧없음을 비유해서 흔히 쓰고 있지만, 본래의 뜻은 보다 철학적인 의미를 지니고 있다. 인생관과 우주관을 동시에 말해 주는 말이다). —《장자》

▣ 산을 못에 감추고, 배를 골짜기에 감추고, 천하(天下)를 천하에 감춘다(藏山於澤 藏舟於壑 藏天下於天下 : 모든 것이 한 근원이며, 만물이 그대로 동일체인 평등의 진리를 깨닫고 보면 대소 장단을 초월하게 되니, 산을 못에 감추는 것이나, 배를 골짜기에 감추는 것이 그대로 천하를 천하에 감추는 것임을 알게 된다는 뜻이다. 그러면 제 것과 남의 것 구별이 없어지게 된다. 아무데도 가져갈 수 없으므로 재산을 빼앗길 걱정도 없다). —《장자》

▣ 지극한 즐거움에는 즐거움이 없고, 지극한 명예에는 명예가 없다

(至樂無樂 至譽無譽 : 즐겁다고 하는 것은 괴롭다는 것을 전제로 하고 있다. 괴로운 일이 있기 때문에 즐겁다는 감정이 생기는 것이다. 즐겁다고 느꼈을 때는 벌써 지금까지 괴로웠다는 것과 곧 이어서 괴로운 일이 온다는 것을 뜻한다고 볼 수 있다. 그러므로 즐겁다고 느끼는 즐거움은 상대적인 것인 동시에 괴로움에서 나와 다시 괴로움으로 돌아가는 한 과정에 불과한 것이다. 그러므로 그것은 참 즐거움이 될 수 없다). ―《장자》

▣ 천지는 한 개의 손가락이요, 만물은 한 마리의 말(馬)이다{天地一指也 萬物一馬也 : 천지만물 우주 간의 모든 것은 한 개의 손가락, 한 마리의 말과 같으며 모두 일체(一體)다. 거기에는 아무런 차별도 없다. 어떤 사람이 다른 사람의 손가락을 보고 자기의 손가락을 표준으로 해서 너의 손가락은 손가락이 아니라고 한다. 또는 자기의 말(馬)을 표준으로 해서 너의 말(馬)은 말이 아니라고 말한다. 그러나 누구의 손가락이건 모두 손가락이고, 어느 말(馬)이건 말(馬)은 모두 말임에 틀림이 없다. 즉 천지 간에 삼라만상이 있다고 해도 결국은 하나의 손가락, 한 마리의 말(馬)과 같이 일체이고 시비선악(是非善惡)도 그 차이가 없는 것이다}. ―《장자》

▣ 천하를 새장으로 한다면 새들은 더 이상 도망칠 곳이 없을 것이다(以天下爲之籠 則雀無所逃 : 이 세상이 하나의 새장이라면 이미 참새들은 도망갈 곳이 없다. 곧, 마음을 넓게 가지면 세상의 모든 것이 자기의 품안에 있는 것이다). ―《장자》

▣ 방을 비우면 빛이 그 틈새로 들어와 환하다{虛室生白 : 마음을 비

우고 무념무상(無念無想)의 경지에 이르면 저절로 진리에 도달할 수 있음을 이르는 말}. — 《장자》

▣ 아침에 나는 버섯은 한 달을 알지 못하고, 쓰르라미는 봄가을을 알지 못한다. 이것이 짧은 삶이다(朝菌不知晦朔 蟪蛄不知春秋 此小年也 : 삶의 경륜이 중요함을 이르는 말). — 《장자》

▣ 호랑이나 이리와 같은 것이 어짊이다{虎狼仁也 : 호랑이나 이리는 가장 맹포한 동물이라고 여겨지나, 그 어미 새끼 사이에는 애정이 있다. 사람의 애정 같은 것은 아직 인(仁)으로서는 부족한 것이다}. — 《장자》

▣ 혼돈의 덕{混沌之德 : 혼돈, 즉 무위무책(無爲無策)으로 있는 것이 최상이다. 인간의 약은꾀로 자연(혼돈)을 파괴해서는 안된다}. — 《장자》

▣ 만물은 유전(流轉)한다. — 헤라클레이토스

▣ 나는 아테네인도 아니고, 그리스인도 아닌 세계 시민이다. — 소크라테스

▣ 어쨌든 결혼하라. 만일 그대가 선한 아내를 얻는다면 그대는 아주 행복할 것이며, 그대가 악한 아내를 얻는다면 그대는 철학자가 될 것이다. — 소크라테스

▣ 회의(懷疑)는 철학자의 감지(感知)며, 철학은 회의로부터 비롯한다. — 소크라테스

▣ 철학자가 나라의 임금이 되거나, 임금이 철학자인 나라는 행복하다. — 플라톤

■ 철학자의 전 생애는 진정으로 죽음에 이르는 것과 그 죽음을 성취하는 것이나 다름없다. — 플라톤

■ 철학은 최고의 문예다. — 플라톤

■ 진정한 철학에 의해서만 국가도 개인도 정의에 도달할 수가 있다. 진정한 철인이 통치권을 쥐거나 또는 통치자가 신의 은혜로 진정한 철인이 되지 않는 한 인간은 악에서 벗어날 수가 없을 것이다. — 플라톤

■ 프라토(Plato, 플라톤)는 나에게는 소중한 사람이지만, 더욱 소중한 것은 진리다. — 아리스토텔레스

■ 자신이 얻을 수 없는 것을 신에게 얻으려 한들 그것은 쓸데없는 짓이다. 철학하고 있는 듯이 보여서는 안 된다. 실제로 철학하지 않으면 안 되는 것이다. 왜냐하면 필요한 것은 건강한 듯이 보이는 외관이 아니라 건강 자체이기 때문이다. 공허한 것은 인간의 고뇌를 치료할 수 없는 철학자의 말이다. 마치 육체에서 병을 쫓아낼 수 없는 의학이 아무런 가치가 없는 것처럼 정신의 고뇌를 찾아낼 수 없는 철학은 아무런 유익함이 없다. — 에피쿠로스

■ 역사란 전례가 가르치는 철학이다. — 디오니시우스

■ 내가 철학으로부터 습득한 것은 어떠한 사회에서도 안심하고 감지하는 능력이다. — 아리스티푸스

■ 철학자의 온 생애는 죽음의 준비이다. — M. T. 키케로

■ 철학이란 혼의 참다운 의술이다. — M. T. 키케로

■ 철학의 진수(眞髓)는 가능한 한에 있어서 외부의 사물로 하여 침해

를 받음이 없이 행복하게 산다는 것에 그친다. — 에픽테토스

▣ 철학자는 우리에게 삼단논법을 가르치지만, 자기가 무엇을 해야 할 것인가는 우리가 철학자보다 더 잘 알고 있다. — 에픽테토스

▣ 소크라테스는 외모를 보면 괴물 같은 얼굴을 가진 바보요, 누구한테나 무뚝뚝하지만, 마음속에는 듣는 사람의 눈물을 자아내며 심금을 울리는 의미심장한 생각이 충만하였다. — 플루타르코스

▣ 철학자의 생활과 정치가의 생활은 역시 다르다. 전자는 추상적이며 관념적인 생각에 기울어지고, 후자는 인간의 참다운 필요를 충족시키기에 역량을 집중하며, 경우에 따라서는 재물이 있어야 한다고 생각할 뿐 아니라 그것을 가장 귀중한 것이라고까지 생각하게 된다. 많은 어려운 사람들을 도와준 그의 경우에 있어서는 더욱 그러하다. — 플루타르코스

▣ 철학은 신(神), 정치인생의 최고이념 등을 논하였다. 즉 철인들은 즐겁게 지내는 것이 인생의 최고의 선이라고 깨닫고 정치에 관여하지 않고 살았다. 정치는 완전한 행복을 주지 못한다고 생각했다. — 플루타르코스

▣ 철학이란 죽음에 관한 명상이다. — 에라스무스

▣ 철학은 회의(懷疑). — 몽테뉴

▣ 철학은 모든 것에 관해서 성실한 체한 얘기를 하고, 배움이 얕은 사람들의 칭찬을 널리 하는 수단을 준다. — 르네 데카르트

▣ 철학을 경멸하는 것이야말로 참으로 철학하는 일이다. — 파스칼

▣ 자연철학은 미신을 치료하는 데 있어서 신의 말씀 다음가는 확실

한 약이다. — 프랜시스 베이컨

▣ 모든 선한 도덕, 철학은 종교의 시녀에 불과하다.
— 프랜시스 베이컨

▣ 철학의 겉핥기는 사람의 정신을 무신론으로 이끌어가지만, 철학의 심오한 곳에 다다르면 다시 종교로 데려간다.
— 프랜시스 베이컨

▣ 이 천지간에는 자네의 철학으로는 꿈도 못 꿀 많은 일이 있다네, 호레이쇼여! — 셰익스피어

▣ 철학은 결단의 문제이다. — 카를 야스퍼스

▣ 철학자라는 그리스어 Philosophos는 학자(sophos)와 대립하는 언어로서, 지식 있는 사람을 학자라고 부르게 되며, 지(知)를 사랑하는 사람을 의미한다. — 카를 야스퍼스

▣ 철학의 본질은 진리를 소유하는 것이 아니다. 오히려 진리를 탐구하는 것이다. 철학이란 도중에 있는 것을 의미한다. 철학의 질문은, 그 회답보다도 더욱 중요하며, 또한 모든 회답은 새로운 질문이 된다. — 카를 야스퍼스

▣ 미신은 온 세상을 불길 속에 싸이게 하고, 철학은 그 불길을 끈다.
— 볼테르

▣ 여론이 세계의 여왕이라면 철학은 이 여왕을 지배한다.
— 볼테르

▣ 철학은 쉽게 과거와 미래의 불행을 이기지만, 현재의 불행에는 이기지 못한다. — 라로슈푸코

▣ 무릇 철학은 상식을 어려운 말로 표현한 것에 불과하다. — 괴테
▣ 시란 성숙한 자연이며, 철학이란 성숙한 이성(理性)이다. — 괴테
▣ 격언은 철학자들의 기지의 용솟음이다. — 보브나르그
▣ 철학은, 어떤 유(類)의 사람들이 대중을 바보로 만들기 위해서, 지금도 치장하는 낡은 유행이다. — 보브나르그
▣ 종교는 생명이요, 철학은 사상이다. 종교는 쳐다보고, 우정은 들여다본다. 우리들은 생명과 사상 둘 다 필요하고 또 이 둘이 조화 속에 있는 것이 필요하다. — 제임스 클라크
▣ 철학은 우리 눈앞에 펼쳐져 있는 이 거대한 책, 즉 우주에 씌어 있다. — 갈릴레오 갈릴레이
▣ 여러분은 내게서 철학을 배우는 것이 아니다. 철학하는 것을 배우는 것이다. — 임마누엘 칸트
▣ 철학이 그 회색을 회색으로 그리면 인생의 모습은 늙어빠져 버린다. 회색으로서 회색으로 그려진다면 인생의 모습은 젊어지는 것이 아니라 다만 인식될 뿐이다. 미네르바의 부엉이는 저녁놀이 질 무렵이 되어서야 비로소 날아간다. — 게오르크 헤겔
▣ 철학자와 현자는 마음이 흔들리지 않는다고 한다. 거짓은 거짓말이다. 마음이 흔들리지 않는다는 것은 정신의 마비요, 요절(夭折)이다. — 안톤 체홉
▣ 철학적 연구의 임무는 올바른 식별(識別)에 있다. 한편 이 식별이라는 것은 분류가 아니라는 것을 항상 염두에 두어야 한다는 것이 철학자의 특권이다. 어떤 진리에 대한 충분한 인식을

얻기 위해서는 식별할 수 있는 각 부분을 지적(知的)으로 분리시켜 보아야만 할 것이다. 이것이 바로 철학의 기술적 과정이다. 그러나 일단 분리시켜 본 다음에는, 그것들을 다시 우리들의 개념 속에서, 각 부분이 실제로 그 속에 공존하고 있는, 전체적 통일체로 다시 환원시키지 않으면 안 되는 것이다. 이것이 바로 철학의 결과라고 할 수 있다. — 새뮤얼 콜리지

▣ 철학은 경이에서 시작된다. 종말에 철학사상이 최선을 다했을 때도 경이는 남는다. — 앨프레드 화이트헤드

▣ 플라톤은 철학이다. 철학은 플라톤이다. — 랠프 에머슨

▣ 철학은 언제나 시인 쪽을 향하면서, 행복하고자 하는 모든 사람의 불변하는 경향을 감각과 정신에 대하여 분명한 것과 일치한다고 보면서 사색한다. 행복을 희구하는 모든 사람들의 영원한 경향은 건전한 철학의 유일한 특징을 이루기 때문이다. — 월터 휘트먼

▣ 연극은 행동이다. 그렇다. 행동이지 어처구니없는 철학이 아니다. — 피란델로

▣ 죽음의 고찰에 스스로를 바치는 철학은 가짜 철학이다. 진짜 철학은 생활의 지혜이며, 철학에는 죽음이 없다. — P. 레벤

▣ 존재자의 존재에 응답하여 이야기하는 것이 바로 철학이다. — 마르틴 하이데거

▣ 철학은 현존재의 해석학에서 출발하는 보편적인 현상학적(現象學的) 존재론이다. — 마르틴 하이데거

▣ 회의(懷疑)는 철학에의 첫걸음이다. — 드니 디드로

▣ 어리석은 대중은 사랑과 철학, 책과 술이 함께 사이좋게 지내는 것을 모른다. — 알렉산더 푸슈킨

▣ 철학은 인간정신이 통과한 갖가지 상태에 대하여 학자를 가르치기에 적합한 정신적 기념물로서만 흥미롭다. — 아나톨 프랑스

▣ 철학이 인간의 인식을 위하여 귀중한 것이기는 하나 인간 아닌 것에 관해서는 아무것도 밝혀 주지 못할 것이다. — 아나톨 프랑스

▣ 전쟁에는 결단, 승리에는 관용, 패배에는 투혼, 평화에는 선의, 그것이 전쟁과 평화에 대한 나의 철학이다. — 윈스턴 처칠

▣ 철학이 존재하는 중요한 이유의 하나는 그것이 우리로 하여금 진리의 발견을 가능케 하는 일이 아니고—도대체 그럴 수 없는 노릇이다—우리들에게 여러 가지 정의에 대한 피난처를 제공하는 데 있다. — 토머스 흄

▣ 극히 평이하게, 비유를 빼서 말한다면, 철학은 우리들에게 우리들이 말하고자 한 바를 실제로 명확히 설명할 수 있는 치밀하고 극명한 언어를 제공하는 것이지만, 그러나 우리가 무엇을 말하고자 하는 것은 다른 것에 의하여 결정되는 것이다. 궁극의 현실은 혼란이며 투쟁이다. 형이상학은 그 한가운데 있어서의 명철한 두뇌를 위한 조수(助手)이다. — 토머스 흄

▣ 과학은 존재하는 그대로의 세계에서 시작하고, 반면에 예술은 우리가 소유하기를 원하는 세계에서 시작합니다. — 노드롭 프라이

▣ 역사가는 문학과 철학을 역사적으로 다룬다. 또 철학자는 역사와 문학을 철학으로 다룬다. — 노드롭 프라이

▣ 나는 실험 과학자로서 철학체계를 피하고 있다. 그러나 이 때문에 저 철학적 정신까지도 배척할 수는 없다. 이 철학적 정신은 어떠한 곳에도 존재하면서 여하한 체계에도 소속됨이 없이, 다만 모든 과학뿐 아니라 일체의 인지(人智)를 지배하지 않으면 안 되는 것이다. — C. 베르나르

▣ 종교에 있어서는 신성한 것만이 진실이다. 철학에 있어서는 진실한 것만이 신성하다. — 포이에르바흐

▣ 우리가 어떤 대상에 마주칠 때 할 수 있는 최소한의 것, 그것은 이해한다는 것이 아닐까? 그리고 자신에 대해서 성실한 사람이라면 경험을 하지 않고 이해할 수 있다고 믿을 수 있을까? 이런 의미에서 철학은 사랑에 대한 전반적 학문이라는 것이 나의 신념이다.
— 호세 오르테가이가세트

▣ 중대한 의미에 있어서 모든 철학은 그리스 철학이다.
— 버트런드 러셀

▣ 낙관주의나 비관주의도 우주철학으로서는 똑같이 소박한 인간중심주의의 출현에 불과하다. 위대한 세계는 자연의 철학이 가르치는 것같이 선이나 악이 아니며, 또한 우리에게 화복(禍福)을 가져다주는 것에 관심을 나타내지도 않는다. 『인간 중심』의 철학은 모두 자기를 과시하는 데서 발생하며, 이를 교정하는 가장 좋은 방법은 최소한의 철학을 공부하는 것이다. — 버트런드 러셀

▣ 현대 세계에는 두 가지 철학이 있다. 하나는 루소에서 유래한 것으로, 훈련을 불필요한 것으로 옆으로 쓸어버린다. 다른 하나는 전체

주의에서 충분한 표현을 찾는 것으로, 훈련을 본질적으로 외계로 부터 부과되는 것으로 생각한다. — 버트런드 러셀

▣ 나는 인류가 철학에서 종교에 이르는 대로(大路)가 없다는 것을 너무 굳게 납득하게 되기를 바라지 않는다. 왜냐하면 하나의 길을 찾으려는 노력이 공평무사함을 파괴하지만 않는다면 매우 유용하다고 생각하기 때문이다. — 버트런드 러셀

▣ 철학은 사고(思考)의 현미경이다. — 빅토르 위고

▣ 한가(閑暇)는 철학의 어머니. — 토머스 홉스

▣ 모든 철학은 플라톤에 대한 각주(脚註)라고 말해 오고 있다. — 라이오넬 트릴링

▣ 심리학이 만인을 위해 쓰인다면, 철학은 어떤 사람들을 위해서 외어질 수 있다. — 가스통 바슐라르

▣ 사람들은 오직 이미지를 통해서만 사고한다. 그대가 철학자가 되고 싶거든 소설을 쓰라. — 알베르 카뮈

▣ 철학의 가치는 철학자의 가치에 의해 결정된다. 인간이 위대하면 위대할수록 그 철학도 진실이다. — 알베르 카뮈

▣ 진실로 중대한 철학의 문제는 하나밖에 없다. 그것은 자살이다. 인생이 살 만한지 않은지를 판단하는 일이야말로 철학의 근본문제에 답하는 일이다. — 알베르 카뮈

▣ 시(詩)는 진리의 전체를 포함하고, 철학은 그 부분을 표현한다. — 헨리 소로

▣ 철학자가 된다는 것은 교묘한 사상을 갖는다거나 학파를 세운다거

나 하는 일이 아니라, 예지를 사랑하여 그 예지가 명령하는 대로 간소하고 독립적이고 관대하고 믿음에 찬 생활을 꾸려 간다는 것이다. 철인(哲人)이 된다는 것은 이론적으로만이 아니라 실제적으로 몇 가지 인생문제를 해결한다는 것을 의미한다.

— 헨리 소로

▣ 철학의 궁극적인 임무는 일반적인 이성의 지도자, 감시인이 되는 일이다. — 알베르트 슈바이처

▣ 스토아 철학은 목표를 향하여 직선 길을 걷고 있으며, 일반적으로 알기 쉬우면서도 깊이가 있다. 그것은 비록 불만스러운 것이라 할지라도 진리라고 인정하는 것에는 전심을 경주한다. 생명을 내거는 진지함으로 진리에 몸을 바친다. 그것은 성실한 정신을 소유하고 있고, 자신을 집중시키고 내면화하게시리 인간에게 권고하며, 책임감을 일깨워 준다. 이러하기 때문에 나는 스토아 철학을 위대하다고 생각했다. 또한 인간은 세계와 정신적으로 관계하며 그것과 하나가 되어야 한다는 스토아 철학의 근본사상을 나는 진리라고 생각했다. 스토아 철학은 본질에 있어서 신비주의에 이르는 자연철학이다. — 알베르트 슈바이처

▣ 앞으로 올 세계 철학은 유럽적인 사상과 비유럽적인 사상을 비교하여 논쟁하는 것이 아니라, 근본적인 사상과 비근본적인 사상을 비교하여 논쟁하는 데 있을 것이다. — 알베르트 슈바이처

▣ 당초 철학의 가치라는 것은 종말에 있어서는 그것이 생생한 실용철학(實用哲學)으로 변할 것인가 아닌가에 의해 결정되는데, 이에

대해 철학은 알지 못하였다. — 알베르트 슈바이처

▣ 나는 철학자로서 살았다. 나는 한 기독교도로서 죽는다.
— 조반니 카사노바

▣ 철학은 해결할 수 없는 문제에 대한 알쏭달쏭한 해답이다.
— 헨리 애덤스

▣ 나는 철학을 좋아하지 않는다. 그것은 좌절된 사람들의 변덕에 지나지 않기 때문이다. — 바츨라프 니진스키

▣ 철학이 가장 낮은 신분의 사람, 즉 보이체크에게 작용할 때는 그것을 진지하게 받아들이지만, 보이체크보다 우월하다고 느끼는 자들의 경우에는 그것을 조소합니다. — 엘리아스 카네티

▣ 철학은 언어를 무기로 하여 우리의 지성에 걸린 주문과 싸우는 전투이다. — 비트겐슈타인

▣ 『한 인간의 철학은 성격의 문제다』 라는 말이 있지만, 사실 일리가 있는 말이다. 어떤 종류의 비유를 좋아한다는 것은 성격의 문제라고 할 수 있을 것이다. 이론(異論)이라는 것은 겉으로 나타나는 것보다 훨씬 많이 이 성격의 문제에 좌우되고 있다.
— 비트겐슈타인

▣ 철학자란 건강한 상식을 얻기 위해서 먼저 자기 안에 박혀 있는 여러 가지 지성의 병을 고쳐야만 하는 사람을 말한다.
— 비트겐슈타인

▣ 철학자는 흔히 어린이를 닮을 때가 있다. 어린이는 먼저 종이에다 연필로 제멋대로 선을 마구 긋고 나서 어른에게 『이게 뭔지 알

아?』라고 묻는다.—이런 일이 있었다. 어른이 여러 가지 그림을 어린이에게 그려 보이고, 『이것은 남자』 『이것은 집』 하는 식으로 말해 주었다. 그러자 어린이도 여러 가지 선을 긋고, 『그럼 이건 뭔지 알아?』라고 물었던 것이다. — 비트겐슈타인

▣ 어떤 사람의 눈에도 다 보이는 것을, 하느님, 철학자도 알게 해주옵소서. — 비트겐슈타인

▣ 철학이란 경주에서 이기려는 자는 가장 느리게 될 수 있는 사람이다. 다시 말해서 마지막에 골인 지점에 도착하는 사람이다. — 비트겐슈타인

▣ 철학할 때는 옛 카오스로 내려가서 편안한 기분을 갖지 않으면 안 된다. — 비트겐슈타인

▣ 일을 하다가 『이 정도로 끝내자』라고 하게 되는 것은 인간의 육체적인 요구에서다. 우리는 철학을 할 때 항상 이러한 욕구와 싸우면서 계속 생각해 나가야 한다. 그래서 철학이란 정말 힘이 든다. — 비트겐슈타인

▣ 철학을 할 때에는 줄곧 방법을 바꾸는 것이 나로서는 중요하다. 너무 오래 한 발로만 서 있으면 몸이 굳어진다. 장시간 산을 걸어 올라가는 사람은 잠시 뒷걸음으로 가기도 한다. 피로를 회복하고 다른 근육을 사용하기 위해서다. 철학은 등산과 흡사하다. — 비트겐슈타인

▣ 철학은—건축처럼 다층의 것이지만—본래는 인간 자체에 관한 것이다. 인간의 자신에 대한 이해이다. 사물을 어떻게 보고 있는가—

그리고 사물에 무엇을 바라고 있는가—하는 것이다.

— 비트겐슈타인

▣ 『철학공부를 한 일이 없기 때문에 이것저것에 대한 판단을 내릴 수가 없다』는 말을 하는 사람이 가끔 있다. 이러한 난센스를 들으면 짜증스럽다. 그 표현에선 『철학이 어떤 학문』이라고 일컬어져 있기 때문이다. 뿐더러 철학을 의학이나 그러한 것과 비슷한 것으로 생각하고 있다. — 비트겐슈타인

▣ 『철학이라는 것은 원래 문학으로서 창작할 수 있을 뿐이다』 이렇게 말함으로써 나는 철학에 대한 나의 태도를 요약했다고 볼 수 있다. 이 말로 나의 사고(思考)의 어느 만큼이 현재의 것이고 과거의 것인지, 또는 미래의 것인지 밝혀지리라고 생각한다. 왜냐하면 그 발언으로써 나는 자신이 할 수 있으면 좋겠다고 바라고 있는 것을 완전히 해낼 수는 없는 자로서의 자신을 소개한 셈이니까 말이다.

— 비트겐슈타인

▣ 어느 세기의 철학은 다음 세기의 상식(常識)이 된다.

— 헨리 비처

▣ 만족은 철학자의 돌이며, 그것이 닿는 모든 것을 금으로 바꾼다.

— T. 풀러

▣ 철학자란 무엇인가? 항상 심상하지 않은 사물을 경험하고 견문하고 시의(猜疑)하고 희망하고 꿈꾸는 인간이다.

— 프리드리히 니체

▣ 철학자는 자연의 배를 유도하는 길잡이다. — 조지 버나드 쇼

▣ 철학자는 자신이 거머쥔 찬란한 진실의 손잡이를 손으로 감싸 숨기지 않는다. 그는 그 진실을 전파한다. — 스테판 말라르메

▣ 철학자들은 너무도 사상의 연맥에만 골몰하고, 정서에 대해서는 별로 유의하지 않았다. 사회의 역사에서 어떤 결정적인 진보가 이룩되려면, 정서를 북돋는 사람, 이 대기를 충전시키고 정서적인 분위기를 조성하는 사람이 나타나야만 하는 것이다.

— 앙리 베르그송

▣ 우리 대부분은 철학자들이 올바르다고 믿지 않을 수 없다. 철학자들 간에 서로 다른 점은 있으나, 그들이 우리가 고민하는 것 대부분은 고민할 가치가 없는 것이라고 주장할 때, 그들의 주장은 옳다고 인정하지 않을 수 없다. — 로버트 린드

▣ 철학가의 영혼은 그의 머릿속에 산다. — 칼릴 지브란

▣ 인간의 역사에 행복한 철학자가 있었다는 기록은 없다.

— 헨리 L. 멩컨

▣ 책을 너무 많이 읽으면, 옳은 것은 옳고 그른 것은 그르다는 것을 모르게 된다. ……나는 철학을 읽지 않고, 직접 인생을 읽는다.

— 임어당

▣ 음악이 감각의 한도를 넘어 철학적 관념을 표현하려고 하면 그 순간 음악은 타락한다. — 임어당

▣ 철학은 순 객관적인 실험과학과는 달라서 다분히 주관적 · 정의적(情意的) 색채를 띠지 아니치 못할 운명에 있다. 철학은 『내가 생각하여서』 얻을 것이요, 결코 『책에서 배워서』 얻을 종류의 것은

아니다. — 이광수

▣ 생활철학은 우주철학의 일부분으로서, 통상적인 생활인과 전문적인 철학자와의 세계관 사이에 현저한 구별이 있을 것은 물론이다. 많은 문제에 대하여 그 특유한 견해를 갖는 점에서는 동일하다. — 김진섭

▣ 철학자에게 철학이 필요한 것과 같이 속인에게도 철학은 필요하다. 왜 그러냐 하면 한 가지 물건을 사는 데에 그 사람의 취미가 나타나는 것과 같이 친구를 선택하는 데 있어서도 그 사람의 세계관, 즉 철학은 개재(介在)되어야 할 것이요, 자기의 직업을 결정하는 경우에도 그 근본적 계기가 되는 것은 물론 그 사람의 인생관이 아니어서는 안 되겠기 때문이다. — 김진섭

▣ 동양철학은 존재의 철학이 아니요, 생성변화의 철학이다. 그러므로 동양철학은 관념세계에서 구성된 것이 아니요, 물리학적 세계 또는 생물학적 세계 위에서 구성된 철학이다. — 김경탁

▣ 모든 사람이 다 반드시 소위 철학자가 될 수는 없습니다. 그러나 사람에게 철학하는 소질조차 없다고 말할 수는 없겠습니다. — 최재희

▣ 철학은 생활 속에 있다. 그러므로 철학이 없이 산다는 것은 자기를 잃고 사는 것과 마찬가지다. 인생을 묻는 사람은 세계를 묻게 되며, 거기에서 해답을 얻는 사람은 삶의 목적을 찾게 된다. — 김형석

▣ 진실로 철학은 모든 학문의 귀착점인 것이다. — 유진오

▣ 철학은 죽음에 대한 연습이다. — 안병욱

▣ 철학은 내적 대화다. 내가 내 마음속에서 나하고 소리 없는 대화로 하는 것이다. 우리는 철학을 하기 위해서 헤겔의 책을 뒤지지 않아도 좋다. — 안병욱

▣ 산은 산이요 물은 물이로다! — 성철스님

▣ 고요하면 맑아지고 맑아지면 밝아지고 밝아지면 보인다. — 성철스님

▣ 결국 철학이란 나와 나의 우주에 대한 구조, 기껏해야 그 구조 이상을 알지 못한다. — 김용옥

▣ 철학은 다양성의 용인이다. 철학은 결국 다양한 가치, 다양한 생각, 다양한 행동의 용인이다. — 김용옥

【속담 · 격언】

▣ 고쳐 생각하는 것이 최상이다. — 영국

【시 · 문장】

무의식적인 것에서 의식적인 것으로
거기서 되돌아와 많은 오솔길을 지나
우리들이 무의식적으로 알고 있던 것으로
거기로부터 무자비하게 뿌리쳐서
회의(懷疑)로, 철학으로 발길을 옮겨
비유의 제일단계에

우리들은 말한다.
그러고서 열심히 관찰을 통해
다양한 명철한 거울에 의하여
세계 경멸의 찬 심연(深淵)이 동결한 정신착란의
냉혹한 철(鐵)의 폭력 속으로 우리들을 인도한다.
그러나 그것은 현명하게도 우리들을 데리고 나온다.
인식의 샛길을 지나
자명의 달고 쓴 만년의 행복으로.

— 헤르만 헤세 / 철학

행운이 거만한 손길로
일체를 뒤엎을 때
그것은 마치 에우리푸스의 노도와 같다.
역운을 겁내고 있는
왕들을 짓밟아 주고
때로는 패자의 고개 숙인 얼굴을 찾아
거짓 행운은 위로를 한다.
행운은 불행한 자의 신음을 들은 체도 않고
그들의 눈물을 본 체도 않으며 탄식조차 냉소한다.
만일 어느 누가 행복에 떠받들렸다가 동시에 불행에 던져졌다면
이것은 운명이 제 괴력을
드러내 보인 것뿐이다.

— 보이티우스 / 철학의 위안

정신은 죽지 않고
철인(哲人)인 체하면서
남은 세월을 즐기고자 노력하면서
나는 나이 먹어 간다.

— 레이먼드 크노 / 늙는다

천지를 위하여 마음을 세우고
백성을 위하여 명을 세우며
가신 성인을 위하여 끊어진 학문을 계승하고
만세를 위하여 태평을 열어 주자꾸나.

— 장재(張載) / 사구게(四句偈)

철학이란 일반적으로 단순한 사물을 이해하기 어렵게 하는 학문처럼 생각되지만, 나는 난해한 것을 단순화하는 학문으로서의 철학이라는 것을 생각할 수 있다. 『유물론(唯物論)』이니 『인본주의(人本主義)』니 『다원론(多元論)』이니, 그 밖에도 모든 기다란 명칭과 『이즘』이 있으나 이름만 참으로 굉장할 뿐, 그 모두가 어느 것을 막론하고 나 자신의 철학보다 심원한 것이라고는 생각되지 않는다. 나는 감히 그렇게 주장한다. 인생이라는 것은 결국 먹고 자고, 친구들과 모였다 헤어졌다 하고, 친목회나 송별연을 베풀고, 눈물을 흘리고 웃고, 2주일에 한 번씩 이발을 하고, 화분의 화초에 물을 주고, 이웃사람이 지붕에서 떨어지는 것을 바라보곤 하는 그런 일로 날을 보내는 것이지만, 그러한 단순한 인생현상(人生現象)에 관한 우리들의 생각을 일종의 아카데믹한 횡설수설로 꾸며대는 것은, 대학교수들이 그 의식내용(意識內容)의 극도의 빈곤 내지 극도의 공막(空漠)함을 감추기 위한 트릭에 지나지 않는 것이다. 그렇기 때문에 철학이라는 학문은 공부를 하면 할수록 더욱더 인간 자신의 일을 난해하게 하는 학문이 되고 말았다. ……즉 철학자가 철학에 관해서 논하면 논할수록 우리들은 더욱더 혼란에 빠질 뿐이다. — 임어당 / 와상론(臥床論)

【중국의 고사】

▣ **지락무락**(至樂無樂) : 이 세상에서 가장 즐거운 것은 그것이 즐거운 줄을 모르는 평온무사한 것이란 뜻이다. 보통 우리가 즐겁다고 하는 것은 괴롭다는 것을 전제로 하고 있다. 괴로운 일이 있기 때문에 즐겁다는 감정이 생기는 것이다. 즐겁다고 느꼈을 때는 벌써 지금까지 괴로웠다는 것과 곧 이어서 괴로운 일이 온다는 것을 뜻한다고 볼 수 있다. 그러므로 즐겁다고 느끼는 즐거움은 상대적인 것인 동시에 괴로움에서 나와 다시 괴로움으로 돌아가는 한 과정에 불과한 것이다. 그러므로 그것은 참 즐거움이 될 수 없다. 철학자들도 말하기를, 『쾌락은 낙이 아니다.』라고 했다. 이 말은 《장자》 지락편에 있는 말이다.

장자가 말한 본래의 뜻은, 진리를 깨닫는 사람의 즐거움은 즐겁다는 자각이 없는, 언제나 그대로인 것임을 말하려 한 것이다. 그것은 죽고 사는 생사도 영광도 굴욕도 슬픔도 기쁨도 다 초월한 자기만이 가지는 즐거움이란 뜻이다. 장자는 말하기를, 『모름지기 남면(南面)을 한 임금의 즐거움도 이에서 더 즐거울 수는 없다.』 고 했다. 그는 또 세상 사람들이 생각하는 즐거움과 뜻이 높은 사람이 가지고 있는 즐거움이 서로 다른 것을 비유하여 이런 예를 들고 있다.

노나라 임금이 들 밖에 날아든 바닷새를 붙들어다가 좋은 음악을 들려주고 사람이 먹는 귀한 음식을 주었다. 그러나 새는 조금도 반가워하는 일이 없이 사흘을 굶은 끝에 죽고 말았다는 것이다. 새에게는 역시 새만이 갖는 세계가 있다. 뜻이 높은 사람에게는 속인들의 영광이나 쾌락 같은 것이 한갓 고통스런 것에 불과한 것이다. 환난을 겪어 본 사람이 아니면 이 『지락무락』의 뜻을 얼른 이해하기 힘들 것이다. —《장자》 지락편(至樂篇)

■ **지어지선**(至於至善) : 지선(至善)은 더 이상 바랄 것이 없는 최고의 선이란 뜻이다. 『善』은 착하다는 뜻도 되고 좋다는 뜻도 된다. 최고로 착한 것이 곧 최고로 좋은 것이 될 수 있고, 최고로 좋은 것이 곧 최고로 착한 것이 될 수 있으므로 결국 같은 뜻이다.

『지선(至善)』이란 말은 《대학》 첫머리에 있는 말이다. 이른바 삼강령(三綱領)은 명덕(明德)과 신민(新民)과 이 지선을 가리켜 뒷사람들이 붙인 이름이다. 《대학》 원문에는, 『대학의 길은 밝은 덕을 밝히는 데 있고, 백성을 새롭게 하는 데 있고, 지극히 착한 데 이르는 데 있다(大學之道 在明明德 在親民 在至於至善).』라고 나와 있다. 친(親)은 신(新)이란 글자를 잘못 쓴 것으로 보고 신으로 읽는다.

『지어지선(止於至善)』은 지극히 착한 곳에 머무른다는 뜻이다. 그러나 보통 『지어지선(至於至善)』이란 말이 널리 쓰인다. 머무른다는 말보다는 노력해서 거기까지 도달한다는 데에 보다 수양의 실감을 느낄 수 있기 때문인지도 모른다. 『지어지선』을 주자(朱子)는 주석에서 말하기를, 『하늘 이치는 극진함을 다하여 한 털끝만한 사람의 욕심의 사사로움도 없다』라고 했다.

그러나 우리가 보통 쓰는 말뜻은 보다 가벼운 것이다. 즉 『지어지선』이란 말을 『최선을 다한다』든가 혹은 『완전무결하다』든가 하는 정도의 뜻으로 쓰고 있는 것이다. 도덕이나 철학을 떠난 모든 면에 쓰이고 있다. —《대학》

▣ **호접몽**(胡蝶夢) : 나비의 꿈이 『호접몽』이다. 인생의 덧없음을 비유해서 흔히 쓰고 있지만, 본래의 뜻은 보다 철학적인 의미를 지니고 있다. 인생관과 우주관을 동시에 말해 주는 말이다. 장자는 말한다.

『언젠가 내가 꿈에 나비가 되었다. 훨훨 나는 나비였다. 내 스스로 아주 기분이 좋아 내가 사람이었다는 것을 모르고 있었다. 이윽고 잠을 깨니 틀림없는 인간 나였다. 도대체 인간인 내가 꿈에 나비가 된 것일까, 아니면 나비가 꿈에 이 인간 나로 변해 있는 것일까? 인간 장주(莊周)와 나비와는 분명히 구별이 있다. 이것이 이른바 만물의 변화인 물화(物化)라는 것이다.』

장자는 또, 『하늘과 땅은 나와 같이 생기고, 만물은 나와 함께 하나가 되어 있다.』 고 말했다. 그러한 만물이 하나로 된 절대의 경지에 서 있게 되면, 인간인 장주가 곧 나비일 수 있고, 나비가 곧 장주일 수도 있다. 꿈도 현실도 죽음도 삶도 구별이 없다. 우리가 눈으로 보고 생각으로 느끼고 하는 것은 한낱 만물의 변화에 불과한 것이다. 이러한 경지에 들어가면 참다운 우주의 신비, 실존의 진리, 참된 도를 터득할 수 있다는 뜻이다.

《장자》 제물론(祭物論)에서 『제물(齊物)』이란 모든 사물을 한결같은 것으로 본다는 뜻으로, 일반적인 세상의 가치관을 초월하여 높은 경지에서 볼 때 모든 사물은 한결같은 것이다. 이러한 주장을 나타내고 있는 이야기의 하나가 이 『호접몽』이다. 문학과 예술 면에 널리 애용되고 있는 말이다. —《장자》 제물론

▣ 동진(東晉) 효무(孝武) 황제의 총애를 받던 신하 은중감(殷仲堪)은 노자의 철학을 좋아하여 언제나 노자의 《도덕경》을 읽고 있었다. 그걸 보고 어떤 사람이 이렇게 말했다. 『같은 책을 물리지도 않고 늘 보시는군요?』 그러자 중감은 진지한 표정을 지으며, 『저는 그 책을 사흘만 보지 않으면 어쩐지 혀 밑이 굳어져 들어가는 것처럼 생각되니 어이합니까?』 라고 대답하였다.

【에피소드】

▣ 나무통 속의 디오게네스 : 소아시아의 시노패(Sinope) 출신이며

철학사가(哲學史家)인 디오게네스는 많은 일화를 남긴 사람이다. 그 중 몇 가지만 소개한다. 그는 쥐의 생활을 보고, 쥐가 일정한 휴식처를 구한다든지 맛있는 음식을 구하기 위해 애쓰는 것을 중시했다. 그는 어떤 책을 쓰고 있느냐는 질문을 받자, 『자네는 진짜 무화과보다도 그림 속의 무화과가 더 좋으냐?』고 반문하였다. 이것은 자기가 현실을 중요시하고 실천을 토론하고 있음을 시사한 것이다.

또 어느 때인가는 대낮에 등불을 들고 다녔다. 사람들이 의아하게 생각하여 그 이유를 물으니, 『나는 사람을 찾고 있어요.』라고 대답했다. 이것은 아폴리테스(apolites, 정치에 관심이 없는 사람을 말한다)로서 진정한 인간이라고 부를 만한 가치 있는 인간, 유덕(有德)한 인간이 이 사회에는 하나도 없다는 냉소와 풍자였던 것이다. 그는 또한 『나무통 속의 디오게네스』라고도 불린다. 아주 유명한 이야기가 있다.

어느 날, 알렉산더 대왕(Alexandros)이 마침 코린트 시에 왔던 차에 이 철학자를 찾았다. 면담 끝에 『소원이 있으면 무엇이든 말해보시오.』라고 말했다. 이때 디오게네스는 자기의 집이기도 한 나무통 속에 들어가 햇볕을 쬐고 있었는데, 알렉산더 대왕이 마침 그 햇볕을 가리고 서 있었다. 그래서 디오게네스는, 『거기를 조금만 비켜주십시오. 그늘져서 햇볕이 가려지니 말입니다.』라고 말했다. 이 말을 들은 알렉산더 대왕은, 『만일 과인이 알렉산더가 아니라면 디오게네스가 되고 싶구려.』라고 말했다.

이상의 일화들에서 보듯이, 디오게네스는 간소하고도 욕심 없이, 그러나 자유롭게 생활하는 것을 이상으로 했고, 또 사실상 그렇게 생활했다. 이것은 퀴니크(Kynik)주의에 입각한 것인데, 퀴니크주의란 금욕생활, 지식보다도 실천 그리고 조소 · 풍자 · 반사회적 태도를 취하는 것을 특징으로 한다. 이런 주의자들이 개(犬)처럼 생활했기 때문에 견유학파(犬儒學派)라고도 하는데, 그들은 기성(旣成)의 풍속 · 습관 · 문물 등의 모든 전통을 무시하고 생활을 극도로 간소하게 하며, 또 차디찬 눈으로 인생을 대하는 인생관 · 생활태도를 취했다. 거지를 빙자한 걸식주의(乞食主義) · 방만주의(放漫主義)라는 비평을 받는다.

이런 학설과 생활태도의 창시자는 디오게네스의 스승인 안티스테네스(Antisthenes)이지만, 이런 이념을 실천에 옮기고자 한 사람은 디오게네스이다. 디오게네스는 일화적인 많은 전기와 역대 철학자들의 주장을 종합한 저서 《철인전(哲人傳)》전 10권을 남기고 있다. 이것은 철학사라기보다는 여러 책에서 잡다하게 발췌하여 집성한 것이지만, 그리스 철학사를 연구하는 데는 귀중한 자료적 가치가 있는 것으로 평가되고 있다.

▣ 몰리에르가 어느 날 여러 친구들과 함께 만찬회를 갖게 되었다. 술에 취하자 이들은 큰 소리로 철학을 논하고 인생을 늘어놓더니, 『이 귀찮은 세상, 사는 것보다 차라리 깨끗이 센 강에 몸을 던져 죽는 것이 얼마나 시적(詩的)인가!』 하고 드디어 죽음을 찬미하기

시작했다. 이에 주정뱅이 문인과 철학자들이 일제히 와! 하고 함성을 올렸다.

그 때 누군가가 말했다. 『자, 그럼 우리 이렇게 떠들고만 있을 것이 아니라 모두 센 강으로 가서 일제히 투신자살할 것을 만장일치로 가결합시다.』 억제할 수 없이 감격한 그 주정뱅이들은 이의 없이 만장일치로 가결하고 모두 센 강으로 달려가고자 서둘렀다. 몰리에르는 당황했다. 감격으로 흥분한 이들이 정말 투신하고야 말 것 같았다. 그는 손뼉을 쳐서 전원의 주의를 집중시키고 나서, 『이렇게 숭고한 일을 감행함에 있어서 우리들끼리만 해치워 버린다면 후세 역사에 남을 근거가 없소. 그러니 날이 밝은 후 여러 사람들이 보는 가운데 강에 뛰어들기로 하고 술이나 마십시다.』 하고 말했다.

주정뱅이들이 생각하니 그 또한 옳은 일이었다. 『옳소! 그럽시다.』 이것도 만장일치로 가결되었다. 이튿날 아침, 술이 깨자 그들은 엊저녁 일들을 꿈속인 양 잊어버렸다.

▣ 미네르바의 부엉이(Eule der Minerva) : 『세계의 사상으로서의 철학은 현실이 그 형성과정을 완료하여 스스로를 마무리한 다음에라야 비로소 시간 속에서 출현한다.……미네르바의 부엉이는 황혼이 깃들 무렵에야 비로소 날기 시작한다.』

이 문맥에서 이해하게 되면, 미네르바의 부엉이는 「시간 속에서 출현하는 세계의 사상」으로서의 철학을 시사하는 은유이다. 나아가 시간을 선취하는 것이 아니라 지나가버린 현실(회색)을 그것(회색)으로서 인식하는 철학의 은유인 것이다. 이것은《독일 헌법론》의 목적인「존재하는 것의 이해」와 중첩된다. 이러한 학적 태도(방법)는 헤겔 철학에 일관된 것이며,「법철학」의 백미인 시민사회 분석은 그 성과이다. 현실의 현실적 인식은 현실의 현실적 변혁의 조건이다. 이성적인 것과 현실적인 것에 관한 명제는 이상의 연관에서 이해될 필요가 있다.

—고바야시 야스마사(小林靖昌)

【명작】

▣ 순수이성비판(純粹理性批判, Kritik der reinen Vernunft / Critique of Pure Reason) : 독일의 철학자 임마누엘 칸트(Immanuel Kant, 1724~1804)는 서유럽 근세철학의 전통을 집대성하고, 전통적 형이상학을 비판하며 비판철학을 탄생시켰다. 저서에 《순수이성비판》, 《실천이성비판》, 《판단력비판》 등이 있다.

1781년 간행된 이 책은 그의 비판철학의 첫 번째 저서이며 철학의 역사에 한 시기를 이룩한 책이다. 이 책은 원리론과 방법론으로 나뉘어져 있는데 원리론은 다시 선험적 감성론(先驗的感性論) · 선험적 논리학으로 갈라졌다. 그리고 선험적 논리학은 또다시 선험적 분석론과 선험적 변증론으로 되어 있다.

칸트는 이 책에서 인간이성의 권한과 한계에 대하여 단적으로 질문하며, 학문으로서의 형이상학(形而上學)의 성립가능성을 묻는다. 즉 인간의 이성은 감성(엄밀히 말하면 감성의 선험적 형식으로서의 공간과 시간)과 결합함으로써 수학이나 자연과학에서 볼 수 있는 것과 같은 확실한 학적 인식(學的認識)을 낳을 수 있지만, 일단 이 감성과 결부된 『현상』의 세계를 떠나서 물자체(物自體)의 세계로 향하게 되면 해결이 불가능한 문제에 말려들어 혼란되지 않을 수 없다. 따라서 초경험적인 세계에 관한 형이상학적 인식은 이론이성(理論理性)으로는 도달 불가능하며, 실천이성(實踐理性)에 의한 보완이 뒤따르지 않으면 안 된다고 하였다. 따라서 그 후에 저술한 《실천이성비판(實踐理性批判, Kritik der praktischen Vernunft / Critique of Practical Reason)》에서, 이 이론적으로는 해결불가능으로 여겨졌던 문제의 해결과 인간행위의 기준을 논하였다.

도 ethics 道

(도덕, 윤리)

【어록】

▣ 나는 부처님이 찬란하시던 숲속으로 홀로 들어가리라. 그곳은 혼자서 골똘히 도(道)를 닦는 수행자가 즐기는 곳이기 때문이다. 꽃이 만발한 서늘한 숲에, 또는 서늘한 산굴 속에 손과 발 고이 씻고나 홀로 갔다가 돌아오리라. 서늘한 산비탈에서 꽃으로 뒤덮인 숲속에서 모든 인생의 번뇌에서 벗어나 안락한 법열(法悅) 속에 나는 살리라. —《테라가타》

▣ 덕에는 고정된 스승이 없다. 선한 것을 곧 스승으로 한다(德無常師主善爲師 : 도덕상의 문제에는 일정한 선생이 없다. 그러므로 누구건 오직 선을 주로 하는 사람을 스승으로 모셔야 한다).

—《상서(尙書)》

▣ 하늘이 뭇 백성을 태어나게 하였으며, 만물에는 따라야 할 갖가지 법칙이 있다. 백성이 받은 상리(常理)는 아름다운 덕을 좋아하는 것이네(天生烝民 有物有則 民之秉彝 好是懿德). —《시경》 대아

▣ 도(道)를 도라고 말할 수 있으면 이미 영원한 도가 아니다(道可道 非常道 : 『도를 도라고 말하면 그것은 늘 그러한 도가 아니다』, 『생각될 수 있는 진리는 절대적 진리라고 할 수 없고 말로써 표현할 수 있는 진리는 영원한 진리라고 할 수 없다』, 『도를 도라고 말하면 영원한 도가 아니다』, 『도를 도라고 해도 좋겠지만 꼭 도이어야 할 필요는 없다』 등 다양한 해석이 존재한다).

— 《노자》 제1장

▣ 사람은 땅을 본받고, 땅은 하늘을 본받고, 하늘은 도를 본받고, 도는 자연을 본받는다(人法地 地法天 天法道 道法自然).

— 《노자》 제25장

▣ 큰 도(道)는 지극히 평탄하지만, 백성들은 지름길만을 좋아한다(大道甚夷 而民好徑 : 큰 길처럼 평탄하고 편한 길도 없다. 그러나 사람들은 작은 길을 가기를 좋아한다. 작은 길을 가면 일시 즐거운 일도 있을지 모르나 반드시 막다른 길이 된다).

— 《노자》 제53장

▣ 큰 도가 무너지자 인의(仁義)가 있다(大道廢焉有仁義 : 인위적인 도덕과 윤리에 얽매이면서부터 사람이 참된 진리를 잊었다는 뜻. 사회적 가치 기준을 지나치게 강조하여 자연스런 개인의 사고나 행동을 제약해서는 안 된다는 말). — 《노자》 제18장

▣ 도가 입에서 나올 때는 담담하여 맛이 없다(道之出口 淡乎其無味 : 도는 말로 전달하는 것이 아니라 가슴으로, 온몸으로 느껴야 한다. 참된 도덕은 말로써 하면 평범한 것, 오히려 담백하고 맛이 없

다. 마치 물이 맛이 없는 것과 같은 이치다). —《노자》제35장

▣ 무명(無名)은 천지의 비롯이요, 유명(有名)은 만물의 모태다(無名天地之始 有名 萬物之母 : 이름이 없는 것에서 천지가 시작되고, 이름이 있는 것에서 만물이 태어난다. 이것은 노자의 소위 『도』가 천지만물의 근원임을 밝힌 것). —《노자》

▣ 공적을 이루면 물러나는 것은 하늘의 도리다(功遂身退 天之道 : 봄은 봄이 해야 할 일을 끝내면 그 지위를 여름에게 물려준다. 여름이나 가을도 각각 잎을 무성하게 하고 열매를 맺게 겨울에게 그 지위를 물려준다. 인간도 일단 일을 수행하여 공적이나 명성을 이루면 그 위치를 물러나는 것이 하늘의 도리를 따르는 방법이다}. —《노자》제9장

▣ 현자(賢者)는 도를 들으면 부지런히 행한다. 범인은 도를 들었으나 기억하는 듯 잊어버린 듯 한다. 우자(愚者)는 도를 들으면 크게 웃는다. —《노자》

▣ 도는 하나를 낳고 하나는 둘을 낳으며, 둘은 셋을 낳고 셋은 만물을 낳는다(道生一 一生二 二生三 三生萬物). —《노자》제42장

▣ 도는 만물의 근본이니 착한 사람의 보배요, 착하지 않은 사람은 이로써 보존되는 것이다. —《노자》

▣ 나라에 도의가 있을 때는 당당히 말하고 당당히 행동하지만, 나라에 도의가 문란할 때는 당당히 행동하되 말을 조심해야 한다. — 공자

▣ 아침에 도를 들어 깨달으면 저녁에 죽어도 좋으리라{朝聞道 夕死

可矣 : 참다운 도를 깨닫는 순간 사람은 영혼의 불멸을 알게 된다. 영혼의 불멸을 깨달은 사람에게 죽음은 아무런 의미를 갖지 못하는 것이다. 이는 불교에서 말하는 극락왕생(極樂往生)의 진리를 말한 것이다}. —《논어》 이인

▣ 도가 장차 행해지는 것도 천명이고, 도가 장차 폐해지는 것도 천명이다{道之將行也與 命也 道之將廢也與 命也 : 정도(正道)가 행해지는 것도 천명이고 정도가 없어지는 것도 천명이거늘, 한 개인이 천하사를 어찌할 수는 없는 것이다}. —《논어》 헌문

▣ 나라에 도가 행해지고 있으면 그 곳에서 녹(祿)을 받는다. 나라에 도가 행해지지 않는데 녹을 받는 것은 부끄러운 일이다(邦有道穀 邦無道穀恥也). —《논어》 헌문

▣ 군자는 도(道)를 구하고 걱정하지, 먹을 것을 구하거나 가난을 걱정하지 않는다{謀道不謀食 憂道不憂貧 : 군자는 도(道)의 수양에 마음을 쓰고 걱정할지언정 가난한 것에 대해서는 걱정하지 않는다}. —《논어》 위령공

▣ 나라에 도가 없는데 부귀한 것은 부끄러운 일이다(邦無道 富且貴焉 恥也). —《논어》 태백

▣ 누가 문을 거치지 않고 나갈 수 있는가{誰能出不由戶 : 도(道)는 문(門)과 같은 것인데, 사람이 도를 행하지 않음을 한탄하는 말}. —《논어》 옹야

▣ 선비가 도에 뜻을 두면서, 나쁜 옷 나쁜 음식을 부끄러워하는 자와는 더불어 의논할 수 없다{士志於道 而恥惡衣惡食者 未足與議也 :

『선비가 도에 뜻을 둔다』는 말은 지도자가 되어 대중을 이롭게 한다는 의미다. 도에 뜻을 둔 선비가 악의악식(惡衣惡食)을 싫어하고 호의호식(好衣好食)을 즐긴다면 지도자의 격을 갖추지 못한 것이다}. —《논어》 이인

▣ 뗏목을 타고 바다로나 나갈까 보다{乘桴浮于海 : 도가 행해지지 않으니, 뗏목을 타고 바다로 떠나가고 싶다. 공자가 난세(亂世)를 한탄한 말}. —《논어》 공야장

▣ 도가 확립된 사회라면 나타나고, 도가 없는 사회라면 은신한다(有道則見 無道則隱 : 도가 행해지는 사회라면 나와서 활동하겠지만, 도가 없는 사회라면 오히려 숨어서 사는 것만 못하다). —《논어》 태백

▣ 군자의 덕은 바람이고 소인의 덕은 풀이다. 풀 위에 바람이 이르면 풀은 쓰러진다(君子之德風 小人之德草 草上之風必偃). —《논어》 안연

▣ 덕행과 지혜, 학술과 재주가 있는 사람은 언제나 환난 속에 있는다(人之有德慧術知者 恒存乎疹疾). —《맹자》

▣ 도(道)는 가까이 있는데 멀리서 찾으려 한다. 일은 쉬운데 어려운 것에서 찾으려 한다(道在爾 而求諸遠 事在易 而求諸難 : 도덕은 인정에 근본을 둔 극히 쉬운 것인데, 사람은 특별히 어려운 것이라고 생각하고 그것을 구하려 한다. 이런 것은 모두가 잘못된 것이다). —《맹자》

▣ 참된 도에 도달한다{達於至道 : 무위로서 자연에 맡길 수 있게 되

었을 때 비로소 달(達)한다고 말할 수 있다. 황제(黃帝)는 광성자(廣成子)가 도에 달한(至道) 사람이라 듣고 그를 방문해서 그 근본 정신을 물었다. 광성자는 눈으로 물체를 보아도 마음을 비우고, 귀로 들어도 마음을 비우고, 즉 허심(虛心)으로 아무것도 아는 것이 없으면 당신의 마음은 당신을 지킬 것이요, 그렇게 되면 불로장생할 것이라고 가르쳤다고 한다}. — 《장자》

▣ 도둑에게도 도둑의 도리가 있다{盜亦有道 : 도척(盜跖)이 말하기를 어떤 집의 소장품을 추측하는 것은 성(聖), 도둑질할 때 남 먼저 들어감은 용(勇), 맨 나중에 나옴은 의(義), 훔칠 것의 가부(可否)를 아는 것은 지(知), 도둑한 물품의 평균 분배는 인(仁)이라 했음. 곧 성(聖) · 용(勇) · 의(義) · 지(知) · 인(仁) 다섯 가지 덕(德)이 없이는 대도(大盜)가 될 수 없다}. — 《장자》

▣ 도(道)는 잔재주에 가려지고, 말은 화려함에 가려진다. — 《장자》

▣ 아무것도 하지 않고도 귀하게 받들어지는 것이 천도이고, 무엇인가 하면서도 얽매이는 것이 인도이다{無爲而尊者天道也 有爲而累者人道也 : 무위(無爲), 곧 자연 그대로 있으면서 크고 존엄한 일을 하는 것이 천도(天道)이고, 여러 작위(作爲)를 하고 있으면서 그 결과는 단지 번거롭고 분잡한 것만 초래하는 것이 인간이 지금까지 해 온 일이다}. — 《장자》

▣ 도(道)를 배우는 데 가장 귀한 것은 책이다{所貴道者書也 : 책에는 사람의 말이 실려 있다. 말은 사람의 생각에서 생기는 것이다. 그

러나 생각이라는 것은 말로는 도저히 전할 수 없는 것이다. 즉 참된 도(道)를 전한 책이란 있을 리가 없다. 그저 사고의 남은 찌꺼기에 불과하다. 책을 유일한 수단으로 삼는다면 도(道)를 배운다는 것이 얼마나 무의미한 것인가 하고 학자들을 비웃은 말}.

— 《장자》

▣ 도는 모든 것을 서로 하나로 통하게 한다. — 《장자》

▣ 도를 알기는 쉬워도 말하지 않기는 어렵다{知道易 勿言難 : 도(道)를 알기는 쉬우나 그 안 것을 입으로 내지 않는 것은 어려운 일이다. 사람이란 자기가 아는 것을 곧 입 밖으로 내기가 쉽다}.

— 《장자》

▣ 도는 소성(小成)에 감추어지고, 말은 영화에 감추어진다{참된 도덕은 작은 편견 때문에 감추어지고, 참된 이론은 교언(巧言) 때문에 감추어진다}. — 《장자》

▣ 도, 그것은 기술보다 앞선 것이다. — 《장자》

▣ 나보다 먼저 나서, 그 도(道)를 듣기를 진실로 나보다 먼저라면 내 너를 스승으로 좇을 것이다. 나보다 뒤에 나서 그 도를 듣기를 나보다 앞이라면 내 이를 스승으로 좇을 것이다. 나는 도(道)를 스승으로 하는 것이다. 어찌 그 아이가 나보다 선후에 난 것을 가릴 것이 있는가. 이런 까닭으로 귀(貴)도 없고 천(賤)도 없고 장(長)도 없고 소(少)도 없으니, 도가 있는 곳이 스승이 있는 곳이다.

— 《장자》

▣ 하늘과 통하는 것이 도(道)이고, 땅에 순응하는 것이 덕(德)이다.

—《장자》

▣ 지극한 도는 감정으로써 구할 수가 없다. —《열자》

▣ 천하에는 늘 이기는 도가 있고, 늘 이기지 못하는 도가 있다{언제나 이기는 도를 유(柔)라 하고, 언제나 이기지 못하는 도를 강(强)이라 한다}. —《열자》

▣ 도를 좇되 임금을 좇지 않고, 의를 좇되 아비를 좇지 않는다.
—《순자》

▣ 도는 볼 수 없는 데 있고, 작용은 알 수 없는 데 있다.
—《한비자》

▣ 도는 만물의 시초이며, 옳고 그름의 기준이다. —《한비자》

▣ 자기를 초월하여 허심탄회하게 처세하면 누가 나를 탓하랴. 도(道)를 좇지 않고 꾀만 부리면 반드시 파탄이 오고, 착한 마음씨를 갖지 않고 재간만 부리는 자는 반드시 궁지에 몰릴 것이다.
—《회남자》

▣ 백성의 삶이 넉넉해져야 도덕이 올바르게 된다(民生厚而德正).
—《좌전》

▣ 봄의 도(道)는 나는지라 만물이 생성하고, 여름의 도는 자라는지라 만물이 이루어진다. 가을의 도는 거두는지라 만물이 가득 차고, 겨울의 도는 갈무리하는지라 만물이 고요해진다. —《육도삼략》

▣ 남이 나에게 덕을 베푼 것은 잊을 수 없으며, 내가 남에게 베푼 것은 잊어야 한다(人之有德於我也 不可忘也 吾有德於人也 不可不忘也). —《전국책》

▣ 도덕이 두텁지 못한 자는 백성을 부릴 수 없다(道德不厚者 不可以使民). — 《전국책》

▣ 이른바 도덕이라고 말하는 것은 인과 의를 합해서 말하는 것이다(所謂道德雲者 合仁與義言之也). — 한유(韓愈)

▣ 옛날의 학자는 반드시 스승이 있었다. 스승이란 도(道)를 전하고 업(業)을 주고 의혹을 푸는 소이(所以)다. — 한유

▣ 지성이면 도가 되고 지인(至仁)이면 덕이 된다(以至誠爲道 以至仁爲德). — 소식(蘇軾)

▣ 하늘이 명하신 것을 성(性)이라 하고, 성(性)에 따름을 도(道)라 하고, 도(道)를 닦는 것을 교(敎)라 한다{天命之謂性 率性之謂道 修道之謂敎 : 《중용(中庸)》 첫 구절이다. 하늘은 생각이 있고 목적이 있다. 그래서 그 목적에서 명령을 내어 이렇게 되어야 한다고 사람에게 내린 것이 성(性)이다. 그 성에 따라서 행하는 것이 도(道)이다. 그 도를 닦는 것이 인간의 교육이고 《중용》 전체를 관철하는 사상이다}. — 《중용》

▣ 군자의 도(道)는 처음은 필부필부(匹夫匹婦) 사이에서 발단되지만, 그 지극함에 이르러서는 천지 전체에 밝게 뚜렷하게 퍼져나가는 위대한 힘을 지니고 있다(君子之道 造端乎夫婦 及其至也 察乎天地). — 《중용》

▣ 도(道)는 사람에게서 멀리 떨어져 있지 않다. 사람이 도를 행한다고 하면서 그 행하는 방법이 사람의 도에서 멀리 떨어져 있다면 그것은 도라고 할 수 없다(道不遠人 人之爲道而遠人 不可以爲道).

—《중용》

▣ 도덕은 한 순간도 이것을 떠나서는 안 된다. 떠날 수 있다면 그것은 이미 도덕은 못 된다. 그러므로 군자는 남이 보지 않는 데서 근신하고 남이 듣지 않는 데서 깨끗이 한다. —《중용》

▣ 성실한 것은 하늘의 도요, 성실히 하려는 것은 사람의 도이다{誠者天之道也 誠之者 人之道也 : 하늘의 도(道)에는 한 점의 착오도 없다. 봄이 지나면 여름이 오고, 여름이 지나면 가을이 온다. 밤이 지나면 낮이 오고, 낮이 지나면 밤이 된다. 그래서 성(誠)은 천(天)의 도(道)라고 한다. 그러나 사람은 사심이 있어 천도(天道)에 어긋나기 쉽다. 노력해서 천도, 즉 성실을 실천하는 것이 인간의 도리다}. —《중용》

▣ 군신(君臣) · 부자(父子) · 부부(夫婦) · 붕우(朋友) · 장유(長幼)이 다섯 가지의 인륜은 천하에 지켜야 할 도이다(五者天下之達道). —《중용》

▣ 대학의 도는 밝은 덕을 밝히는 데 있고, 백성을 새롭게 함에 있고, 지극히 선한 것에 이름에 있다{大學之道 在明明德 在親民 在止於至善 :《대학》은 책 전체가 이 세 가지를 설명한 것으로서, 이것을 대학의 삼강령(三綱領)이라 한다. 이 삼강령을 실현시키는 세목(細目)으로서 격(格) · 치지(致知) · 성의(誠意) · 정심(正心) · 수신(修身) · 제가(齊家) · 치국(治國) · 평천하(平天下)를 들고 있다. 이것들을 『대학팔조목(大學八條目)』이라 한다}. —《대학》

▣ 인생은 결국 도(道)에 돌아가지만, 우선은 먹고 입는 일이 삶의 시

작이다{人生歸有道 衣食固其端 : 인생의 최종 목표는 도(道)를 지키는 데로 돌아간다. 그러나 그 최초의 목적은 의식(衣食)을 해결할 수 있는지에서 시작된다}. —《고시원(古詩源)》

▣ 사람이 만일 바른 도를 모르면 그 늙음은 소의 늙음과 같다. 단지 자라나 살만 더할 뿐 하나의 지혜도 붙은 것이 없다.

—《법구경》

▣ 탐하지 않으면 죽지 않고, 도를 잃으면 스스로 죽는다.

—《법구경》

▣ 꿈이 평등하므로 도(道)도 평등하다. —《방등경》

▣ 기상(氣像)은 높고 넓어야 하나 소홀해서는 안 되고, 심사(心思)는 빈틈이 없어야 하되 잘게 굴어서는 안 된다. 취미는 담박(淡泊)해야 하나 고조(枯操)에 치우쳐서는 안 되고, 지조를 지킴에는 엄정해야 하지만 과격해서는 안 된다. —《채근담》

▣ 부귀와 명예가 도덕으로부터 온 것은 수풀 속의 물과 같으니 절로 잎이 피고 뿌리가 뻗을 것이요, 공업(功業)으로부터 온 것은 화단 속의 꽃과 같으니 이리저리 옮기고 흥폐(興廢)가 있을 것이며, 만일 권력으로써 얻은 것이면 화병 속의 꽃과 같으니 그 뿌리를 심지 않은지라 시듦을 가히 서서 기다릴 수 있으리라. —《채근담》

▣ 도덕을 닦아 나아감에는 염두(念頭)를 목석같이 가져야 하나니, 만일 한번 부러워하는 마음을 일으키면 이내 욕경(欲境)으로 달릴 것이다. 나라를 경륜함에는 운수(雲水)와 같은 취미를 지녀야 하나니, 만일 한번 집착하는 마음을 두면 곧 위기에 떨어질 것이다.

— 《채근담》

▣ 노여움은 가끔 도덕과 용기의 무기가 된다. — 아리스토텔레스

▣ 도덕의 시초는 상의와 숙고에 있고, 그리고 목표와 완성은 지조에 있다. — 데모스테네스

▣ 오늘날 도덕은 부(富)를 숭배함으로써 부패되었다.

— M. T. 키케로

▣ 도덕은 투쟁 속에 크게 성장한다. — L. A. 세네카

▣ 도덕을 생각하는 바와 같이 생명을 두려워함에 있지 않고 역경에 대항하여 결코 등을 보이고 패주하지 않는 데 있다.

— L. A. 세네카

▣ 도덕은 그것이 견디기 힘들 때 더 희열을 준다.

— 마르쿠스 루카누스

▣ 진리는 학설도 지식도 아니며, 도(道)이며 생명이다.

— 카를 힐티

▣ 판단의 도덕은, 기준을 갖지 않는 정신의 도덕을 경멸한다. 그것은 정신에 과학이 속해 있는 것처럼 판단에는 감정이 속해 있기 때문이다. — 파스칼

▣ 실제의 도덕의 세계는 태반이 악의와 질투에서 성립하고 있다.

— 괴테

▣ 도덕의 시기는 사계(四季)와 같이 변한다. — 괴테

▣ 국가의 멸망은 많은 경우, 도덕의 퇴폐와 종교의 경모(輕侮)로부터 이루어진다. — 조나단 스위프트

▣ 국가는 최고의 도덕적 존재이다. — 트라이치케

▣ 우리들이 모럴이라고 부르는 도덕의 규범은 단순한 궤변적 유희(遊戱)에 불과하다. 도덕은 여러 가지 행동에 나타나는 것이다. 도덕의 의의는 행동의 동기(動機) 가운데만 있고, 행동의 형식에 있는 것이 아니다. — 하인리히 하이네

▣ 모든 선한 도덕, 철학은 종교의 시녀에 불과하다.
— 프랜시스 베이컨

▣ 도덕은 지리상 경계나 종족의 구별을 알지 못한다.
— 허버트 스펜서

▣ 성실은 도덕의 핵심이다. — T. H. 헉슬리

▣ 정직 · 친절 · 우정 등 평범한 도덕을 굳게 지키는 사람이야말로 위대한 사람이다. — 아나톨 프랑스

▣ 자기가 살고 있는 나라에서 아무 것도 빚지지 않은 사람이 어디 있는가? 그 나라가 어떤 나라이든 간에 인간이 소유하고 있는 가장 귀한 것, 즉 자기 행동의 도덕과 미덕의 사랑을 그는 나라에 빚지고 있는 것이다. — 장 자크 루소

▣ 도덕의 율법은 또 예술의 율법이기도 하다. — 로베르트 슈만

▣ 여러 번 되풀이하여 오랜 시간에 걸쳐서 숙고하면 할수록 언제나 감탄과 외경을 더하면서 내 마음을 충만케 하는 것이 두 가지 있다. 즉, 내 머리 위에 별이 반짝이는 창공과 나의 마음속에 깃든 도덕률이 그것이다. — 임마누엘 칸트

▣ 도덕은 원래, 어떻게 하면 우리 스스로를 행복하게 할 수 있는가

하는 교리가 아니라, 어떻게 하면 우리 자신을 행복의 명사로 만들 수 있는가 하는 교리이다. — 임마누엘 칸트

▣ 모든 종교는 도덕률을 그 전제로 한다. — 임마누엘 칸트

▣ 때때로 그리고 오래도록 생각에 잠겨 보면 볼수록 더욱 새롭고 더욱 쌓이는 감탄과 숭앙하는 마음으로 가득 차 버리는 두 가지가 있다. 그것은 내 머리 위에서 반짝이고 있는 하늘의 별과 내 마음속에 자리 잡은 도덕률(道德律)이다. — 임마누엘 칸트

▣ 도덕은 종교에서 독립하지 못한다. 왜냐하면 도덕은 종교의 결과이기 때문이다. 도덕이란 언제나 앞으로만 나아가는 것이다. 그리고 그것은 언제든지 새로 다시 출발하는 것이다.

— 임마누엘 칸트

▣ 모든 종교에 있어서 기초적인 전제(前提)는 바로 도덕이다.

— 임마누엘 칸트

▣ 이제 나는 우리들의 힘을 더욱 위대하고 아름답게 하고 자유로운 행사와 발전을 허락하거나 가르치지 않는 도덕은 이해하려고 하지 않는다. — 앙드레 지드

▣ 시의 목적은 진리와 도덕을 노래하는 것이 아니다. 시는 단지 시를 위한 표현이다. — 보들레르

▣ 도덕은 우리들이 선(善)이 무엇인지를 알고, 그럼으로써 선을 행하고, 그리고 선을 의혹하는 일에 있어서 이루어진다.

— 페스탈로치

▣ 인간은 살려 줄 수 있는 모든 생명을 살려 주고 싶다는 내적(內的)

욕구에 따라 생명이 있는 것이면 무엇이든지 가해(加害)할 것을 겁낼 때에만 참으로 윤리적이다. — 알베르트 슈바이처

■ 윤리가 없는 문화는 망한다. — 알베르트 슈바이처

■ 자기 자신에 대한 진실한 윤리는 알지 못하는 사이에 타자에의 헌신의 윤리로 옮겨져 간다. — 알베르트 슈바이처

■ 인간은 윤리적인 갈등 속에서 주체적인 결단을 파괴하는 일밖에 할 수 없다. — 알베르트 슈바이처

■ 생명에의 경건한 절대적인 윤리는 인간 속에서 현실과 대결한다. 이 윤리는 인간을 위하여 갈등을 정돈해 주지 않고 인간을 강제로 어느 정도까지 그가 윤리적으로 계속될 수 있는 정도까지, 즉 그가 생명의 파괴와 손상의 필연성에 굴하여 죄를 몸에 받아들이지 않을 때까지 모든 경우에 스스로가 결단을 내리도록 한다.

— 알베르트 슈바이처

■ 어떤 윤리적 결론도 고유명사를 포함해서는 안된다. 내가 의미하는 고유명사란 시간 · 공간의 특별한 부분의 지시이다. 그것은 개개 인간의 이름뿐만 아니라 종교, 국가, 역사적 시기의 이름을 포함한다. — 알베르트 슈바이처

■ 도덕은 개인적인 사치다. — 헨리 애덤스

■ 방종—진정한 방종은 육체관계를 맺은 부인에 대한 도덕적 의무를 벗어나려는 데 있다. — 레프 톨스토이

■ 도덕은 종교의 현관에 불과하다. — 스티븐 샤핀

■ 도덕의 의지는 한번 법칙화되면 자유의 질곡(桎梏)이 된다.

— 카를 야스퍼스

▣ 도덕에의 복종은 노예적이며, 허영이며, 이기적이고, 체념이고, 음울한 광열이며, 절망의 행위다. — 프리드리히 니체

▣ 희생 행위에 의해서 계획되는 도덕은 반야만적 계급의 도덕이다. — 프리드리히 니체

▣ 기독교 도덕은 노예의 도덕, 약자의 도덕이다. 생(生)의 확대를 막고, 본능의 발휘를 억제하고, 인간을 위축시키고 퇴화시키는 도덕이다. — 프리드리히 니체

▣ 도덕이란 하나의 요긴한 오류다. 더욱 확실히 말하면 도덕을 장려하는 사람 가운데서 제일 위대하고 편견 없는 사람을 보면 알 수 있다. 그러나 도덕이라고 하는 것은 아무리 해도 인정하지 않을 수 없는 하나의 거짓말인 것이다. — 프리드리히 니체

▣ 도덕적인 책이라든가, 부도덕한 책이란 있을 수 없다. 책이 잘 씌어져 있느냐, 그렇지 못하냐 하는 것뿐이다. — 오스카 와일드

▣ 현대의 도덕은 현대의 기준을 받아들이는 데 있다. 가령 교양 있는 인간에게 있어서 현대의 기준을 받아들인 것은 지극히 우열(愚劣)한 부도덕의 하나의 형식이라고 생각한다. — 오스카 와일드

▣ 도덕은 우리들이 개인적으로 좋아하지 않는 사람들에게 대해서 취하는 태도다. — 오스카 와일드

▣ 도덕교육은 악이 사람의 마음을 점령하기 전에 일찌감치 시작해야 한다. 그 이유는 만약 밭에 좋은 씨를 뿌리지 않으면 가장 흉한 잡초만이 자라날 것이기 때문이다. — 요한 코메니우스

▣ 남은 도덕은 위험을 회피할 것을 명령했다. 그러나 새로운 도덕은 위험을 무릅쓰지 않으면 아무것도 얻지 못한다. — 로맹 롤랑

▣ 태양은 도덕적인 것도, 부도덕한 것도 아니다. 그는 있는 대로의 것이다 그는 어두움을 정복한다. — 로맹 롤랑

▣ 인간이란, 이렇게도 되고 저렇게도 되고…… 마음이 뻗치는 대로 살아가는 것이기 때문에……오늘은 착한 사람일지라도 내일은 악당이 된다. 그렇지만, 엄밀하게 바른 도덕의식을 가지고 있다고는 말할 수 없다. — 조제프 주베르

▣ 부덕이 우리들한테서 떠나면, 우리들은 자기 쪽에서 부덕을 버렸다고 믿고 우쭐해한다. — 라로슈푸코

▣ 도덕적으로 나쁜 것은 모두 정치적으로도 옳지 못하다. — 다니엘 오코넬

▣ 인간에게 스스로 구비되어 있다고 하는 뛰어난 도덕성은, 실제에 있어서는 강한 힘으로 인간을 다른 동물로부터 고양(高揚)시킨 문명이 가져온 것에 지나지 않는다. — J. 이타르

▣ 공리(功利)는 모든 도덕문제에 대한 궁극적 결의 기준이다. — 존 스튜어트 밀

▣ 일체의 도덕은 『욕망의 해방』을 뜻해야 할 것이다. 도덕은 우리의 편견과 소심한 교육의 그늘 밑에 가려 있는 진정한 욕망을 다시 찾도록 가르쳐주어야 할 것이다. — 리비에르, 알랭푸르니에 / 왕복서한집

▣ 윤리적 향상심에는 결코 오만이 없다. — 헨리 F. 아미엘

▣ 행복은 유일한 선(善)이며, 이성은 유일한 길잡이 등불이며, 정의는 유일한 숭배물이며, 인도는 유일한 종교이며, 사랑은 유일한 승려이다. — 잉거솔

▣ 지상에서의 생활과정에 있어서는, 행복과 불행의 분배는 윤리와는 아랑곳없이 행해지고 있는 것이 사실이다. — 빌헬름 빈델반트

▣ 도덕심도 정열의 하나다. 도덕심이 정열이 아니라고 한다면, 다른 정열이 전부 모이고 모여 폭풍 전의 나뭇잎처럼 도덕심을 날려버릴 것이 아니겠는가. — 조지 버나드 쇼

▣ 인간의 도덕이란 무엇입니까? 그것은 얌전한 체하는 녀석이 생산을 하지 않고 소비만 하는 하나의 구실입니다.

— 조지 버나드 쇼

▣ 모든 생명에 대한 무한한 책임감의 체험만이 보편적 윤리라고 할 수 있다. 인간 대 인간의 관계에 있어서의 윤리는 윤리의 전부가 아니고 부분에 불과하다. — 니콜라이 벨랴예프

▣ 도덕이야말로 최선의 신체 위생이었다. — 에리히 케스트너

▣ 도덕은 항상 공포의 산물이다. — 올더스 헉슬리

▣ 종교는 많이 있지만 도덕은 하나뿐이다. — 존 러스킨

▣ 도의는 전쟁에서는 금지물이다. — 마하트마 간디

▣ 도덕과 진보와 개선이란 항상 분리 불가분의 관계에 있다.

— 마하트마 간디

▣ 절대적인 것은 전혀 존재하지 않는다. 도덕률은 언제나 변하고 있다. — 버트런드 러셀

▣ 경제적으로 올바른 것은 도덕적으로도 올바르다. 그리하여 좋은 경제와 좋은 도덕 사이에 모순은 있을 수 없다. — 헨리 포드

▣ 도덕적이라는 것은 우리가 그것에 대하여 좋게 느끼는 것이요, 부도덕이라는 것은 우리가 그것에 대해 나쁘게 느끼는 것이다. 이것이 도덕에 대해 내가 아는 전부이다. — 어네스트 헤밍웨이

▣ 무엇인가가 선이라고 하면 그 무엇인가는 신적(神的)이기도 하다. 기묘하게도 이 문장은 나의 윤리학을 요약하고 있다.

— 비트겐슈타인

▣ 인생의 문제를 해결했다고 생각하여 『이제는 모든 것이 편하게 됐다』고 자기 자신에게 말하고 싶어졌다고 하자. 그것이 잘못된 생각임을 증명하려면 다음과 같은 생각만 해도 충분하다. 즉, 그 『해결』이 없었던 시기라는 것도 있었고, 그러한 시기에도 살 수가 있었던 것을 생각하면, 지금 발견했다는 해결 따위는 우연에 지나지 않는 것이다. 우리들의 윤리학의 경우도 그것과 마찬가지가 아닐까. 윤리학(철학)의 여러 가지 문제를 해결했다고 해도 다음의 말만은 명심해 두자. 이러한 문제도 한때는 미해결이었다(그러나 그럴 때에도 살 수 있었다고 생각할 수도 있었던 것이라고).

— 비트겐슈타인

▣ 도덕적인 자질의 결여 내지는 도덕적인 신념과 규범에 대한 위배는 경영자로서 기술적 · 경제적 능력의 결여와 마찬가지로 중대한 결격사유로 여겨져야 한다. — 피터 드러커

▣ 도덕에 기초하는 정치는 회피하는 정치보다 시민의 사기진작에 더

한층 도움이 된다. — 마이클 샌델

▣ 하늘과 사람 세계에서는 볼 수 없는 훌륭한 꽃, 나무에 핀 꽃이 아니요, 마음에 핀 꽃, 즉 도(道)나 말씀, 믿음을 가리킨다.

— 팔만대장경

▣ 도시의 생활로부터 도피하여 산 속에서 홀로 사는 은자(隱者)는 여전히 환경에 끌려 다니는 2류급 은자에 지나지 않는다고 본다. 그러기에 『대은(大隱)』은 시중에 숨는다. 왜냐하면 그는 자기 주위 환경을 두려워할 필요가 없을 만큼 충분히 유유자적한 생활을 즐길 수 있는 자신이 있기 때문이다. — 임어당

▣ 대저 도(道)는 사람에게서 멀지 않고, 사람은 나라를 따지지 않는다. 때문에 동쪽 사람의 자제가 중이 되거나 선비가 되려면 반드시 서쪽으로 바다를 건너 통역을 거듭해 가며 학문에 종사한다.

— 최치원

▣ 도(道)가 있는 사람은 이로움이 온다고 해서 기뻐하지도 않고, 독이 온다고 해도 구태여 꺼리지 않는 법이다. 그는 공허한 자세로 물건을 대하기 때문에 물건이 또한 그를 해치지 못하는 법이다.

— 이규보

▣ 윤리란 너와 나와의 문제에서 시작해서, 그것을 확대하여 모든 인간관계에 보편적으로 적용될 바람직한 행동의 이치를 말하는 것이다. — 이만갑

▣ 도덕과 문학은 서로 표리와 본말이 된다. 도덕은 문학의 근본이요, 문학은 도덕의 지말(枝末)이다. — 권상로

▣ 도(道)란 것은 따로 우리를 떠나서 뚝 떨어진 높은 곳에 있는 것이 아니라 우리가 넉넉히 걸어갈 수 있는 한 개 버젓한 길이라 합니다. 인생 한 시절에 버젓한 길은 하나밖에 없을 겁니다.

— 박종화

▣ 평상시의 마음이 곧 도(道)요 진리다. 진리를 특별한 곳에서 찾지 말자. 매일의 평범한 생활 속에서 우리는 진리를 찾아야 한다.

— 안병욱

▣ 『도』란 항상 고상한 데서 구하려는 것이 탈이다. 구두수선공이 한 바늘에 새 구두같이 구두를 고치는 능숙한 기예를 닦으면 그것도 『도』요, 청소부가 고약한 냄새 하나 피우지 않고 뒷간을 말끔히 쳐 가는 기술도 역시 『도』다. — 신일철

▣ 도(道)는 길이다. 길은 자연스러운 흐름이며, 질서며, 미래를 예측할 수 있는 법칙이다. — 김용옥

【속담 · 격언】

▣ 남산 골 샌님. (가난하면서도 체면이나 자존심이 강한 선비)

— 한국

▣ 남자에게 학식은 덕보다 낫다. 하지만 여자에게 덕이란 학식을 버리는 일이다. — 중국

▣ 마음을 잘 가꾸는 사람은 육체에 대하여 생각하지 않고, 몸을 잘 가꾸는 사람은 물질의 이득을 돌보지 않으며, 도(道)를 체득한 사람은 마음까지 잊는다. — 중국

■ 옥도 닦아야 빛나고, 사람도 배워야 미덕을 안다. — 몽고

■ 탈주한 수도승은 그 수도원을 결코 칭찬하지 않는다. — 영국

■ 체면은 악마의 정원에 피는 꽃이다. — 영국

■ 이익을 침해당한 사람보다 체면에 손상을 입은 사람이 더 위험하다. — 프랑스

■ 말에서 떨어진 사람이 말에게 말한다. 『내리려고 하던 참이야!』라고. — 이탈리아

【중국의 고사】

■ **혈구지도(絜矩之道)** : 내 처지를 생각해서 남의 처지를 헤아림. 『혈(絜)』은 잰다는 뜻이고, 『구(矩)』는 곡척(曲尺)을 말한다. 자는 물건을 재듯이 내 마음을 『자』로 삼아 남의 마음을 재고, 내 처지를 생각해서 남의 처지를 헤아리는 것이 『혈구지도』즉 『자를 재는 방법』이다. 공자는 《논어》에서 이렇게 말했다.

『내가 원하지 않는 것을 남에게 베풀지 않으면 그것이 어진 일을 하는 방법이라고 말할 수 있다.』 또 자공(子貢)이, 『남이 내게 하지 말았으면 하는 것을 나도 남에게 하지 않겠습니다.』하고 말했을 때, 공자는, 『네가 할 수 없는 일이다.』라고 했다. 『혈구지도』는 바로 그것을 말하는 것이다. 《대학》에는 『혈구지도』를 이렇게 설명하고 있다.

『윗사람이 내게 해서 싫은 것을 아랫사람에게 하지 말고, 아랫사람이 내게 해서 싫은 것을 윗사람에게 하지 말며, 앞사람이 내게

해서 싫은 것을 뒷사람에게 하지 말고, 뒷사람이 내게 해서 싫은 것을 앞사람에게 하지 말며, 오른쪽에 있는 사람이 내게 해서 싫은 것을 왼쪽 사람에게 하지 말고, 왼쪽 사람이 내게 해서 싫은 것을 오른쪽 사람에게 하지 않는 것이 바로 혈구지도라고 하는 것이라고 했다.』

너무 자세할 정도로, 내 마음을 미루어 내가 싫었던 일을 남에게 베풀지 않는 것이 『혈구지도』란 것을 설명하고 있다. 『인간은 만물의 척도』란 말이 있듯이 『마음은 인간의 척도』일 것이다. 천만 사람의 교훈보다도, 내 마음을 살펴 남의 마음을 헤아리는 공부가 보다 소중한 것이다. 내가 원하는 것을 남과 같이 하고, 내가 싫어하는 것을 남에게 베풀지 않는 공부, 이것이 천하를 태평하게 만드는 평천하(平天下)의 길이란 것이다. ―《대학》

■ **천도시비**(天道是非) : 하늘이 가진 공명정대함을 한편으로 의심하면서 한편으로 확신하는 심정 사이의 갈등을 드러내는 말이다. 이는 곧 옳은 사람이 고난을 겪고, 그른 자가 벌을 받지 않는 것을 보면서 과연 하늘의 뜻이 옳은가, 그른가 하고 의심해 보는 말이다.

《노자》 제70장에 보면, 『하늘의 도는 친함이 없어서 항상 선한 사람의 편을 든다(天道無親 常與善人)』는 말이 있다. 이 말은 아무리 악당과 악행이 판을 치는 세상이라 해도 진정한 승리는 하늘이 항상 선한 사람의 손을 들어 준다는 뜻이다. 물론 이것은 일정 정도 정당한 논리이지만, 현실 속에서는 그렇지 못한 것을 우리는 비일비재하게 보아 왔다.

《사기》를 쓴 사마천은 한(漢)나라 무제 때 인물이다. 그는 태사령(太史令)으로 있던 당시 장수 이능(李陵)을 홀로 변호했다가 화를 입어 궁형(宮刑 : 거세당하는 형벌)에 처해졌다. 『이능의 화(禍)』라고 하는데, 전말은 이렇다.

이능은 용감한 장군으로, 5천 명의 병력을 이끌고 흉노족을 정벌하다가 중과부적(衆寡不敵)으로 부대는 전멸하고 자신은 포로가 된 사람이다. 그러자 조정의 중신들은 황제를 위시해서 너나없이 이능을 배반자라며 비난했다. 그때 사마천은 이능의 억울함을 알고 분연히 일어나 그를 변호하였다. 이 일로 해서 사마천은 투옥되고 사내로서는 가장 치욕적인 형벌인 궁형을 당했던 것이다. 그러나 사마천은 여기에 좌절하지 않고 치욕을 씹어가며 스스로 올바른 역사서를 쓰리라고 결심하였다. 그리하여 마침내 완성한 130권에 달하는 방대한 역사서가 《사기》이다.

그는 《사기》 속에서, 옳은 일을 주장하다가 억울하게 형을 받게 된 자신의 울분을 호소해 놓았는데, 이것이 바로 『백이숙제열전』에 보이는 유명한 명제, 곧 『천도는 과연 옳은가, 그른가(天道是耶非耶)』이다. 그는 이렇게 말한다. 『흔히 『하늘은 정실(情實)이 없으며 착한 사람의 편이다.』라고 말한다. 그러나 이는 인간이 부질없이 하늘에 기대를 거는 이야기에 지나지 않는다. 이 말대로 진정 하늘이 착한 사람의 편이라면 이 세상에서 선인은 항상 영화를 누려야 할 것이다. 그러난 실상은 그렇지가 않으니 어쩐 일인가?』

이렇게 말한 그는 다음과 같은 예를 들었다.

『백이 숙제가 어질며 곧은 행실을 했던 인물임은 세상이 다 아는 일이다. 그런데 그들은 수양산에 들어가 먹을 것이 없어 끝내는 굶어죽고 말았다. 공자의 70제자 중에서 공자가 가장 아꼈던 안연(顔淵)은 항상 가난에 쪼들려 쌀겨조차 배불리 먹지 못하다가 결국 젊은 나이에 죽고 말았다. 이런데도 하늘이 선인의 편이었다고 할 수 있는가. 한편 도척은 무고한 백성을 죽이고 온갖 잔인한 짓을 저질렀건만, 풍족하게 살면서 장수하고 편안하게 죽었다. 그가 무슨 덕을 쌓았기에 이런 복을 누린 것인가.』

이렇게 역사 속에서 억울하게 죽어간 사람들의 이야기를 하고 나서 사마천은 그 처절한 마지막 질문을 던진다. 『과연 천도(天道)는 시(是)인가, 비(非)인가?』 과연 인과응보(因果應報)란 있는 것인가? 사마천이 궁형을 당한 덕택에 결국 《사기》라는 대저술을 남기게 됨으로써 역사에 이름을 남기게 되었으니, 그것이 하늘이 그에게 보답을 한 것이라고 말할 수 있을까?

— 《사기》 백이숙제열전

■ **조문도석사가의**(朝聞道夕死可矣) : 『아침에 도를 들으면 저녁에 죽어도 좋다』라는 공자의 말이다. 그러나 이 말에 대해서는 여러 가지 해석이 행해지고 있다. 쉬운 말인데도 그 말이 지니고 있는

참 뜻이 애매한 것이다.

혹자는 말하기를, 죽게 된 친구를 앞에 놓고 한 말이라고 한다. 즉 육체적인 생명이 끝나는 것보다도 진리를 깨치는 것이 더욱 중요하다는 것을 강조하여, 『그대는 이미 진리를 깨친 사람이니 이제 죽은들 무슨 안타까움이 있겠느냐』 하는 뜻으로 말했을 거라는 것이다. 그러나 일반적으로 진리를 탐구하는 공자의 애절한 염원을 나타낸 말로 풀이되고 있다. 다음에는 도(道)가 무슨 뜻이냐 하는 해석이다.

위(魏)나라 하안(何晏)과 왕숙(王肅)은, 『공자가 머지않아 죽을 나이에 이르러, 세상에 도가 행해지고 있다는 소리를 듣지 못한 것을 한탄해서 한 말이다.』 라고 했다. 그러나 이것은 도덕이 땅에 떨어진 당시를 개탄하는 자신들의 심경을 여기에 반영시킨 해석으로 보고 있다. 또 혹자는 『가의(可矣)』를 좋다고 해석할 것이 아니라 괜찮다고 읽어야 옳다고 주장한다. 어감은 다르지만 근본적인 해석에 차이가 있는 것은 아니다. 또 혹자는 이렇게 말하고 있다.

『참다운 도를 깨닫는 순간 사람은 영혼의 불멸을 알게 된다. 영혼의 불멸을 깨달은 사람에게 죽음이 아무런 의미를 갖지 못하는 것이다. 공자가 말한 도는 불교에서 말하는 극락왕생(極樂往生)의 진리를 말한 것이다.』 라고. — 《논어》 이인편

■ **도가도비상도(道可道非常道)** : 도를 도라고 말하면 영원한 도가 아

니다. 도(진리)는 말로써 한정할 수 있는 성질의 것이 아님을 일컫는 노자 《도덕경(道德經)》 사상의 중심개념이다. 《도덕경》 첫머리에 나오는 유명한 구절이다.

첫 장은 노자의 도(道) 사상을 총괄적으로 언급한 장으로, 도는 말(言)로 설명하거나 글로 개념화할 수 있는 것이 아님을 밝히고 있다. 하지만 《도덕경》의 내용이 매우 어렵고 추상적이어서 학자들에 따라 해석이 약간씩 다르고, 도에 대한 정의에도 차이가 있다. 『도가도비상도』 역시 마찬가지다. 따라서 이 여섯 자를 정확히 정의하기는 어렵다. 『도를 도라고 말하면 그것은 늘 그러한 도가 아니다.』, 『생각될 수 있는 진리는 절대적 진리라고 할 수 없고, 말로써 표현할 수 있는 진리는 영원한 진리라고 할 수 없다.』, 『도를 도라고 말하면 영원한 도가 아니다.』, 『도를 도라고 해도 좋겠지만 꼭 도이어야 할 필요는 없다.』 등 다양한 해석이 존재한다.

노자는 《도덕경》 첫 장에서 『도가도비상도』에 이어 다음과 같이 말한다. 『이름할 수 있는 이름은 항상 그러한 이름이 아니다. 이름 없음은 천지의 처음이요, 이름 있음은 만물의 어머니이다. 그러므로 늘 없음에서 그 오묘함을 보려 하고, 늘 있음에서 그 갈래를 보려고 해야 한다. 이 둘은 같은 곳에서 나왔으나, 이름만 달리할 뿐이니, 이를 일러 현묘하다고 하는 것이다. 현묘하고 또 현묘하여, 모든 묘함이 나오는 문이다(名可名非常名 無名天地之始 有名萬物之母 故常無欲以觀其妙 常有欲以觀其요 此兩者同出 而異

名 同謂之玄 玄之又玄 衆妙之門).』 — 《노자》 제1장

▣ **보원이덕**(報怨以德) : 원한을 은덕으로 갚는다. 그리스도의『오른쪽 뺨을 때리거든 왼쪽 뺨도 내놓으라』하는 교훈 역시 이 말처럼 원한에 대해 대처해야 할 인간의 태도를 말한 것이라고 생각되지만, 노자(老子) 쪽이 상대에게 덕을 베풀라고 말한 점에서 보다 적극적이다. 또 그리스도의 경우는 인인애(隣人愛)에 대한 비장한 헌신을 느끼나 노자의 경우는 그 무언지 흐뭇한 느낌이 든다.

그리스도는 맞아도 채여도 십자가에 매달려도 상대를 미워하지 않고 상대가 하는 대로 내버려두며 죽어간다는 비장한 상태를 상기시켜 주지만, 노자는 집안에 침입한 도둑에게 술대접을 하는 부잣집 영감을 상상케 한다. 《노자》 63장에, 『무위(無爲)하고, 무사(無事)를 일삼고, 무미(無味)를 맛본다. 소(小)를 대(大)로 하고, 적음을 많다고 한다. 원한을 갚는 데 덕으로써 한다(爲無爲 事無事 味無味 大小多少 報怨以德).』라고 되어 있다.

『무미』란 『무위』나 무(無)를 상징적으로 표현한 말이다. 『무위』도 『무(無)』도 최고의 덕이다. 『도(道)』의 상태나 속성을 나타낸 말로 동이어(同異語)라고 생각해도 좋다. 『도』나 『무』는 무한한 맛을 가지고 있을 것이다. 그렇지 않으면 『도』라고 할 수가 없고 『무』라고도 할 수 없을 것이다.

위스키의 맛이나 불고기의 맛 같은 것은 아무리 복잡한 맛을 지녔다고 해도, 위스키 이상이 아니고 불고기 이상도 아니다. 한정되

어 있는 맛이다. 『소(小)를 대(大)로 하고, 소(少)를 다(多)로 한다.』란 노자 일류의 역설적인 표현이다. 『남(他)을 다(多)로 하고 자기를 소(少)로 해서 남을 살피고 남에게서 빼앗으려는 마음을 버려라』는 뜻일 것이다.

원래 노자 류(類)로 말한다면 大니 小니 하는 판단은 절대적인 입장에 설 수가 없는 것이다. 인간의 판단은 상대적인 것으로, 물(物)에는 小도 大도 없다는 것이 노자의 생각이다. 그러므로 남(他)을 다(多)로 하는 생각은 어리석은 생각이라고 할 수 있다. 결국알기 쉽게 말하면, 『자진해서 무엇을 하려고 하지 말고, 남과 다투지 말고, 남에게서 빼앗지 말고, 무한한 맛을 알고, 자기에게 싸움을 걸고, 자기에게서 빼앗으려고 하는 자에게는 은애(恩愛)를 베풀라.』는 처세상의 교훈이다.

노자의 말, 특히 처세에 관한 말은 그 대개가 위정자에게 말하고 있다. 이 말도 그렇다. 그리하여 이것을 실행한 인간은 최고의 위정자이고, 성인이다. 성인이란 이상적인 대군주다. 그래서 은애를 베푸는 상대는 국민이나 또는 정복한 타국의 왕이다. 그리스도교의 『오른쪽 뺨을 맞거든 왼쪽 뺨도 내놓으라.』는 것 역시 피치자(被治者)에게 하는 말이 아닌가 생각한다. —《노자》 제63장

▣ **도역유도**(盜亦有道) : 도둑에게도 도둑의 도리(道理)가 있다는 뜻으로, 모든 것에는 합당한 도리가 있음을 비유한 말.

도척(盜跖)의 무리들이 도척에게 물었다.

『도둑질에도 도(道)가 있습니까?』

도척이 대답했다.

『어딘들 도(道)가 없겠느냐? 무릇 사람의 집안에 간직돼 있는 물건을 미루어 알아맞히는 것이 성(聖)이요, 솔선해 앞장서 나서는 것은 용(勇)이요, 훔치고 나올 때 뒤를 맡는 것은 의(義)요, 목적을 달성할 수 있을지 어떨지를 아는 것은 지(知)요, 훔친 것을 공평하게 분배하는 것은 인(仁)이다. 이 다섯 가지 도리를 갖추지 못하고서 큰 도둑이 된 일은 일찍이 천하에 없었다.』

이 대답으로 보면 착한 사람도 성인의 도를 얻지 못하면 세상에 설 수 없고, 도척도 성인의 도를 얻지 못하면 행할 수 없게 된다. 그런데 천하에는 착한 사람은 적고 착하지 않은 사람이 많으므로 성인으로서 천하를 이롭게 하는 일은 적고 도리어 천하를 해롭게 하는 일이 많은 것이다. — 《장자》 거협(胠篋)

■ **갈불음도천수**(渴不飮盜泉水) : 목이 말라도 도천의 물을 마시지 않음. 제아무리 괴롭고 어려운 처지에 놓였을지라도 부정 · 불의에 더럽혀지지 않도록 처신에 조심하라는 뜻이다. 도천이란 중국 산동성(山東省) 사수현(泗水縣)에 있는 샘이다.

공자가 도천(盜泉)이라는 곳을 지났을 때 몹시 갈증이 났지만, 그곳의 샘물에 눈길 한번 던지지 않고 그곳을 떠났다. 그 까닭은 『도천』이란 『도둑의 샘물』이라는 뜻을 가졌으므로 그곳의 샘물을 마시는 것조차 도덕군자로서 할 수 없는 일이라고 생각하였던 것이다.

하루는 공자가 승모(勝母)라는 마을을 지나가게 되었다. 공자가 그 마을에 도착하였을 때는 이미 해는 저물고 사방이 어두워졌으며, 배도 고픈 상태였다. 그러나 그는 그곳에서 머물지 않고 온종일 걸어 지친 발길을 재촉하였다. 그것은 『승모』라는 마을 이름이 바로 『어머니를 이긴다』는 뜻이기 때문이다. 그는 그러한 이름을 가진 마을에서 유숙한다는 것은 자식 된 도리로서 어머니에 대한 불경이요 불효라 여겼던 것이다.

《회남자(淮南子)》에 실린 진(晉)나라의 육기(陸機)가 쓴 맹호행(猛虎行)이라는 시의 첫 구절에서 『갈증이 나도 도천의 물은 마시지 않고(渴不飮盜泉水), 더워도 악목의 그늘에서는 쉬지 않는다(熱不息惡木陰)』이라고 하였다.

육기가 선비의 길을 걷고 있으므로 『도천』이나 『악목』과 같은 나쁜 이름을 가진 곳은 가지 않는다는 것이다. 우리나라 속담에 『군자는 곁불을 쬐지 않는다』는 말이 이 말과 어울린다. 지성인으로서 부정과 불의를 멀리하는 마음가짐과 오해·중상·모략·유혹 등을 받을 우려가 있는 곳을 가까이하지 않는 몸가짐으로 처신해야 한다. —《설원(說苑)》설총(說叢)

▣ **악목불음**(惡木不飮) : 나쁜 나무에는 그늘이 생기지 않는다는 말로, 덕망이 있는 사람 주변에 따르는 무리들이 많다는 뜻. 법가(法家)인 관중(管仲)의 《관자(管子)》에 나오는 말이다. 『선비는 덕

망이 있고 큰 마음을 가져야 한다. 나쁜 나무에는 그늘이 생기지 않는 법이다. 나쁜 나무도 이것을 수치스러워하는데 하물며 악인들과 함께 있는 경우에는 어떠하겠는가?』《순자(荀子)》에는 『수음조식(樹陰鳥息)』이란 말이 나온다. 즉 나무에 그늘이 있어야 새가 쉴 수 있다는 말이다. 사람이 나쁜 마음을 품고 있으면 그 주위에는 사람들이 모여 들지 않는다. 사람이 덕망이 있어야만 사람들이 따른다는 것이다. 그러므로 원만한 대인관계에 힘쓰고 인격과 덕망을 갖추도록 노력하라는 뜻에서 쓰인 말이다.

— 《관자(管子)》

▣ **매황유하**(每況愈下) : 갈수록 상황이 나빠지거나 악화됨을 뜻하는 말이다. 《장자》 지북유편에서 유래한 용어로, 원래 뜻은 이와는 전혀 다르다. 동곽자(東郭子)가 장자에게 도(道)가 무엇인지 물었다. 장자가 『없는 곳이 없다.』고 하자, 정확히 지적해 달라고 말한다. 『땅강아지나 개미에게도 있다.』고 하니, 도가 어찌 그렇게 낮은 데 있느냐고 거듭 묻는다.

장자는 동곽자의 계속되는 물음에, 『도는 강아지풀이나 돌피에도 있고, 기와나 벽돌에도 있으며, 똥이나 오줌에도 있다.』고 대답한다. 마땅히 높은 곳에 있어야 할 도를 묻는데, 장자는 오히려 갈수록 낮은 데에 있다고 하니, 동곽자가 기가 막혀 대꾸도 하지 않았다. 이에 장자가 일렀다.

『그대의 질문은 처음부터 본질에 미치지 못했소. 장터를 관장하는 획(獲)이라는 사람이 장터 관리인에게 돼지를 발로 밟아 보고 살찐 정도를 알아내는 방법에 대해 묻자, 『살이 찌지 않은 아래쪽(다리)으로 내려갈수록 살찐 정황을 더 잘 알 수 있다.』고 대답하였소. 그러니 그대는 도가 어느 곳에 한정되어 있다고 하지 마오. 사물을 벗어난 도는 없으니, 지극한 도는 이와 같고, 큰 말(大言) 또한 마찬가지요. 주(周)・편(遍)・함(咸) 이 셋은 이름은 달라도 실질은 같아서, 그 가리키는 바는 한가지요.』

『매황유하』는 윗글의 『매하유황(每下愈況)』에서 나왔다. 돼지는 몸통에서 다리 쪽으로 내려갈수록 살이 적은 법이다. 따라서 다리 쪽에 살이 많이 붙었다면, 그 돼지가 어느 정도 살이 오른 돼지인지 미루어 알 수 있다. 장터를 관리하는 사람도 이처럼 돼지를 위쪽에서 아래쪽으로 밟아 내려가면서 살찐 정도를 알아낸 것인데, 장자는 이 예를 들어 도가 어느 한 곳에 치우쳐 있지 않다는 것을 드러냈다. 이 『매하유황』이 뒤에 『매황유하(每況愈下)』로 잘못 쓰이면서 본래의 뜻과는 전혀 다르게 『갈수록 상황이 나빠지거나 악화되는 것』을 비유하는 용어로 굳어졌다.

— 《장자》 지북유(知北遊)

【명작】

▣ 도덕경(道德經) : 중국의 사상가 노자(老子)가 지은 것으로 전한다. 노자(老子)는 BC 6세기경 활동한 중국 제자백가 가운데 한 사람으로 도가(道家)의 창시자이다. 노자는 유가에서는 철학자로, 일부

평민들 사이에서는 성인 또는 신으로 숭배되었다. 도교 경전인 《도덕경》의 저자로 알려져 있다.

현대학자들은 《도덕경》이 한 사람의 손에 의해 저술되었다고는 생각지 않으나, 도교가 불교의 발전에 큰 영향을 미쳤다는 사실은 통설로 받아들이고 있다. 《노자(老子)》 또는 《노자도덕경》이라고도 한다. 약 5,000자, 상하 2편으로 되어 있다. 성립연대에 관해서는 이설(異說)이 분분하나, 그 사상 · 문체 · 용어의 불통일로 미루어 한 사람 또는 한 시대의 작품으로 보기는 어렵다. BC 4세기부터 한 대(漢代) 초에 이르기까지의 도가사상의 집적(集積)으로 보인다. 선진시대(先秦時代)에 원본 《노자》가 있었던 모양이나, 현행본의 성립은 한초로 보는 것이 통설이다. 그 후 남북조시대(南北朝時代)에 상편 37장, 하편 44장, 합계 81장으로 정착되어 오늘날에 이른다.

노자사상의 특색은 형이상적(形而上的)인 도(道)의 존재를 설파하는 데 있다. 『무위(無爲)함이 무위함이 아니다』라는 도가의 근본교의, 겸퇴(謙退)의 실제적 교훈, 포화적(飽和的) 자연관조 등 도가사상의 강령이 거의 담겨 있어 후세에 끼친 영향이 크다. 《노자》는 흔히 말하는 도(道)가 일면적 · 상대적인 도에 불과함을 논파하고, 항구 불변적이고 절대적인 새로운 도를 제창한다.

그가 말하는 도는 천지(天地)보다도 앞서고, 만물을 생성하는 근원적 존재이며, 천지간의 모든 현상의 배후에서 이를 성립시키는 이법(理法)이다. 다시 말하면, 대자연의 영위(營爲)를 지탱하게 하는 것이 도이며, 그 도의 작용을 덕(德)이라 하였다. 이런 의미에서 도와 덕을 설파하는 데서, 《노자》의 가르침은 도덕(오늘날의 도덕과는 다름)으로 불리어 《도덕경》이라는 별명이 생기게 되었다.

그러나 노자사상의 중심은 오히려 정치 · 처세의 술(術)로서의 무위를 설파함에 있고, 형이상적인 도의 논설은 그 근거로서의 의미를 지님에 불과하다. 노자는 하는 일만 많으면 도리어 혼란을 초래하고, 공을 서두르면 도리어 파멸에 빠지는 일이 흔한 세상에 비추어, 오히려 무위함이 대성(大成)을 얻는 방법이라고 생각하였다. 그래서 우선 의도하는 바는 아무런 작위(作爲)가 없고, 게다가 그 공업(功業)은 착실절묘하다고 설파하였다.

이 도를 본으로 하여 무위함에서 대성을 기대할 수 있다고 설파하며, 이 점에서 형이상의 도와 실천적인 가르침이 관련된다. 무위의 술(術)이란 구체적으로는 유약 · 겸손의 가르침이 되고, 무지 · 무욕의 권장이 되기도 한다. 그리고 상징으로서는 물(水) · 영아(嬰兒) · 여성에의 예찬이 된다. 유가가 말하는 인의예악(仁義禮樂)이나 번잡한 법제금령(法制禁令)은 말세의 것으로 배척하고, 태고(太古)의 소박한 세상을 이상으로 삼는다. 그러나 그 가르침은 궁극적으로는 세속적인 성공을 쟁취하는 데 있었다. 따라서 그 논법에는, 『도는 언제나 무위하면서도 무위함이 아니다』 『대공(大功)은 졸(拙)함과 같다』 『그 몸을 뒤로 하여 몸을 앞세운다』와 같이 역설(逆說)이 많은 점이 두드러진다.

【成句】

▣ 경천애인(敬天愛人) : 하늘을 공경하고 사람을 사랑한다. 『도(道)는 천지자연 자체라면, 강학(講學)의 도는 『경천애인』을 목적으로 하고 「수신극기(修身克己)」로써 시종(始終)한다』라는 유명한 말이다. 인간이 아무리 힘이 있다고 하더라도 자연의 섭리나 조화에는 따를 수 없다. 항상 하늘을 경외(敬畏)하고 사람을 쉽게 사랑하는 심경(心境)에 도달하는 것이 필요하다는 의미. /《남주유훈(南洲遺訓)》

▣ 백일승천(白日昇天) : 도(道)를 극진히 닦아서 육신(肉身)을 가진 채 신선이 되어 대낮에 하늘로 올라감.

▣ 안빈낙도(安貧樂道) : 구차하고 가난한 중에서도 편안한 마음으로 도(道)를 즐김.

▣ 언어도단(言語道斷) : 말문이 막힌다는 뜻으로, 어이가 없어 이루 말로 나타낼 수 없음. 본래의 의미는 털어 놓고 말하지 못할 깊은 진리나 도리를 말한다. 도(道)는 설(說)하는 것.

▣ 일월삼주(一月三舟) : 같은 달을 보더라도 세 척의 배에서 바라보면 각기 달리 보인다. 정지해 있는 배에서 보면 달도 정지해 있는 것 같고, 남행하는 배에서 보면 달도 남행하는 것 같고, 북행하는 배에서 보면 달도 북행하는 듯이 보인다. 그와 같이 부처가 가르치는 도(道)는 같아도 사람에 따라서 받아들이는 것이 달라진다고 하는 비유. /《대장경》

▣ 지인무기(至人無己) : 도(道)를 완전히 궁구(窮究)한 사람은 아욕

(我慾)이 없음을 이르는 말. 지인(至人)은 도가에서 말하는 득도(得道)한 사람. / 《장자》

▣ 각곡불성상유목(刻鵠不成尙類鶩) : 곡(鵠)은 고니, 목(鶩)은 따오기로, 크기는 다르나 모양은 비슷함. 고니를 새기다 이루지 못하면 따오기 비슷하게라도 된다는 뜻으로, 사람이 성인(聖人)의 도(道)를 닦고 배우면 성인은 되지 못하여도 착한 사람이 될 수 있다는 말. / 《후한서》 마원전.

▣ 왕자낙기소이왕(王者樂其所以王) : 제왕(帝王)은 제왕다운 도(道)를 행함을 낙으로 함. / 《여씨춘추》

▣ 대장불착(大匠不斲) : 솜씨 좋은 목수는 나무를 깎아 보지 않고도 목재의 곡직(曲直)을 알듯이, 도(道)를 아는 자는 일을 행하기 전에 미리 그 득실을 앎의 비유. / 《여씨춘추》

▣ 도자만세지보(道者萬世之寶) : 도리(道理)는 언제나 변하지 않는 보물임을 이름. / 《신서(新書)》

▣ 섭심(攝心) : 도(道)에 마음을 두고 흔들리지 아니함.

▣ 도출일원(道出一原) : 도리의 근원은 하나이어서 두 가지 길이 없음. / 《회남자》 숙진훈(淑眞訓).

▣ 생지안행(生知安行) : 천성이 총명하여 나면서부터 도리를 깨닫고 편안한 마음으로 도(道)를 행한다는 뜻으로, 성인의 지식과 행위를 이름. / 《중용》

▣ 오륜(五倫) : 사람이 밟을 다섯 가지 중요한 도(道). 부자유친(父子有親) · 군신유의(君臣有義) · 부부유별(夫婦有別) · 장유유서(長幼

有序)·붕우유신(朋友有信).

▣ 우도불우빈(憂道不憂貧) : 도덕을 닦지 못한 것을 근심할 일이지, 가난을 근심하지 말라는 뜻. / 도연명.

▣ 체용일원(體用一元) : 도(道)의 본체와 작용은 도의 깨달음과는 본시 일원(一元)임.

▣ 대유(大儒) : 도덕과 학식이 높은 대학자(大學者). / 《순자》

▣ 지덕요도(至德要道) : 지극한 덕과 중요한 도의.

▣ 회보미방(懷寶迷邦) : 도덕을 간직하고 나라의 어지러움을 구하지 않음.

▣ 일마불피양안(一馬不被兩鞍) : 한 마리의 말 등에 두 개의 안장을 얹지 못한다는 뜻으로, 한 여자가 두 남자를 섬길 수 없는 것을 비유한 말. / 《원사(元史)》 열녀전.

▣ 활달대도(豁達大度) : 너그럽고 커서 작은 일에는 구애 않는 도량.

교육 education 敎育

【어록】

▣ 타산(他山)의 돌로써 옥(玉)을 갈 수 있다(他山之石 可以攻玉 : 남의 하찮은 언행도 내 지혜와 덕을 닦는 데에 도움이 됨을 비유함).

— 《시경》

▣ 백성은 충분히 늘어 있고 또 부(富)해서 생활이 안정되어 있습니다. 이 위에 무엇을 할 것이 있습니까. 그렇다면 그 다음은 백성을 교육하는 일이다(旣庶矣 旣富矣 又何加焉 曰敎之 : 염유의 물음에 공자가 답한 말). — 《논어》 자로

▣ 자신에 대해서는 깊이 책망하고, 남에 대하여는 가볍게 책망하면 원망(怨望)을 멀리할 수 있다. — 《논어》

▣ 배우되 사색(思索)하지 않으면 외곬으로 빠지고, 생각하기만 하고 배우지 않으면 위태롭다(學而不思則罔 思而不學則殆).— 《논어》

▣ 학문을 하지 않으면 고루해진다(學則不固). — 《논어》

▣ 가르침에는 차별이 있을 수 없다(有敎無類 : 배우고자 하는 사람에

게는 누구에게나 배움의 문이 개방되어 있다). —《논어》 위령공

▣ 공자가 위(衛)나라에 갔을 때, 염유(冉有)가 수레를 끌고 따랐다. 공자, 『나라와 인민이 번성하구나.』 염유, 『이미 번성한데 또 무엇을 더하리까?』 공자, 『부유하게 하라.』 염유, 『부해진 다음에는 무엇을 더하리까?』 공자, 『그 다음에는 가르쳐야 하리라.』

—《논어》 자로

▣ 서서 가르치지 않고, 앉아서 의논하지 않는다(立不敎 坐不議 : 제자들은 단지 스승의 행동거지에서 큰 가르침을 받는다).

—《장자》

▣ 선(善)으로써 남보다 앞서는 것을 교육이라고 이른다.

—《순자》

▣ 가르침이 그를 그렇게 만들었다(敎使之然也 : 그 사람의 현재의 모습은 교육이 그렇게 만든 것이다. 세상의 옳고 그름도 모두 교육의 결과이다). —《순자》

▣ 선함으로 사람을 이끄는 것을 가리켜 가르침이라 한다(以善先人者謂之敎 : 착한 행동으로 남에게 앞장서서 모범을 보이는 일, 이것이 바로 교육이다). —《순자》

▣ 교육의 다섯 가지{敎者五 : 군자가 취해야 하는 교육 방법에 다섯 가지가 있다. ① 때 맞은 비가 만물을 화생(化生)시키는 것처럼 자연히 훈화(薰化)시킨다. ② 덕성에 응해 대성(大成)시킨다. ③ 재능에 응해 달성시킨다. ④ 질문에 응해 그 의심을 풀어준다. ⑤ 간접적으로 선인의 선(善)을 들려주어서 그것을 배울 마음을 일으키

게 한다. 이 다섯 가지다}. —《맹자》

▣ 활시위를 당길 뿐 놓지 않는다(引而不發 : 사람을 가르치되 그 방법만 가르치고 스스로 핵심을 터득하게 함을 이르는 말). —《맹자》

▣ 배운 연후에 모자람을 알고, 가르친 연후에 고구(考究)하지 않았음을 안다. —《공자가어》

▣ 상자에 황금을 채워 두는 것이 자식에게 한 경서를 가르치는 것만 못하고, 자식에게 천금을 전해 주는 것이 그에게 한 가지 재주를 가르치는 것만 못하다. —《한서(漢書)》

▣ 젊은이는 가르칠 만하다(孺子可教). —《십팔사략》

▣ 맹자(孟子)의 어머니는 맹자의 교육을 위해 세 번이나 거처를 옮겼다(慈母三遷之教). —《십팔사략》

▣ 소년은 쉬 늙고 학문은 이루기 어렵다. 순간의 세월을 헛되이 보내지 마라(少年易老學難成 一寸光陰不可輕). — 주희

▣ 오늘 배우지 않아도 내일이 있다고 말하지 말라. 올해 배우지 않아도 내년이 있다고 말하지 말라(勿謂今日不學而有來日 勿謂今年不學而有來年). — 주희

▣ 옛날에는 학교교육을 정치로 삼았다(古者以學爲政). — 소철(蘇轍)

▣ 하늘이 명하신 것을 성(性)이라 하고, 성(性)에 따름을 도(道)라 하고, 도(道)를 닦는 것을 교(教)라 한다{天命之謂性 率性之謂道 修道之謂教 :《중용(中庸)》 첫 구절이다. 하늘은 생각이 있고 목적이

있다. 그래서 그 목적에서 명령을 내어 이렇게 되어야 한다고 사람에게 내린 것이 성(性)이다. 그 성에 따라서 행하는 것이 도(道)이다. 그 도를 닦는 것이 인간의 교육이고 《중용》 전체를 관철하는 사상이다}. —《중용(中庸)》

▣ 사람을 가르치는데, 그 착한 마음씨를 길러주면 그 악한 마음은 저절로 사라져 간다(敎人者 養其善心而惡自消 : 단점을 고치기보다는 장점을 키우는 것이 좋다). —《근사록》

▣ 학교는 예의를 서로 먼저 할 곳인데, 달마다 시험으로 비교하여 그들을 다투게 하는 것이 가르쳐 수양하는 도리가 아니다(學校禮義相先之地 而月使之爭 殊非敎養之道 : 학교는 예의를 먼저 가르치는 곳이다. 그러나 학교에 있어서 매월 성적을 평가하는 시험제도는 본래의 목적에서 벗어난 것으로 교양의 바른 도라고 말할 수가 없다). — 정이천

▣ 어린 아이들을 가르치는 데는, 먼저 안정되고(安), 차분하며 조심하며(詳), 공손하고 공경할(恭) 네 가지 강령을 가르치는 것이 중요하다(敎小兒 先要安詳恭敬). —《소학》

▣ 지극한 즐거움은 책을 읽는 것 만한 것이 없고, 지극히 필요한 것은 자식을 가르치는 것 만한 것이 없다. —《명심보감》

▣ 제자를 가르침은 규중(閨中)의 처녀를 기르는 것과 같다. 출입을 엄하게 하고 교유를 삼가야 하나니, 만일 한번 나쁜 사람과 가까이하게 되면 이는 곧 청정(淸淨)한 논밭에 부정(不淨)한 종자를 뿌림이라. 종신토록 좋은 곡식 심기가 어려우리라. —《채근담》

■ 가르치기 좋아하는 사람이 잘 배운다. — 소크라테스

■ 가정은 도덕의 학교다. 가정에서의 인성교육은 매우 중요하다. — 페스탈로치

■ 교육은 젊은이들에게는 억제하는 효력이며, 노인들에게는 위안, 가난한 사람들에게는 재산, 부자들에게는 장식품이다. — 디오게네스

■ 국가의 기초는 그 소년을 교육하는 데 있다. — 디오게네스

■ 교육이 어느 방향으로 인간을 출발시키느냐에 따라 그 사람의 장래가 결정된다. — 플라톤

■ 교육은 번영할 때는 더욱 빛을 더해 주는 장식품이요, 역경 속에서는 몸을 의탁할 수 있는 피난처이다. — 아리스토텔레스

■ 교육의 뿌리는 쓰지만 그 열매는 달콤하다. — 아리스토텔레스

■ 교육은 노년(老年)의 최상의 양식이다. — 아리스토델레스

■ 모든 예술, 모든 교육은 단지 자연의 부속물에 지나지 않는다. — 아리스토텔레스

■ 국가의 운명은 청년의 교육에 달려 있다. — 아리스토텔레스

■ 어째서 그때 나를 때리고 야단치지 않았는가. — 이솝

■ 교육은 사람의 타고난 가치에 윤기를 더해 준다. — 호라티우스

■ 교육은 행복한 사람들에게는 장식(裝飾)이 되고, 불행한 사람들에게는 피난처가 된다. — 데모크리토스

■ 교육에는 천성과 훈련을 필요로 한다. 사람은 젊을 때부터 배우기를 시작할 일이다. — 프로타고라스

■ 학문에는 왕도가 없다. — 유클리드

■ 남의 위험에서 자신에게 이익 되는 교훈(敎訓)을 끌어내라.
— 테렌티우스

■ 먹을거리가 육체에 있어서 없어서는 안 될 물건인 것과 같이 교육은 정신에 대해서 없어서는 안된다. — M. T. 키케로

■ 교수(敎授)하는 자의 권위는 흔히 교육받고자 원하는 자를 해친다.
— M. T. 키케로

■ 우리는 학교에서 배우는 것이 아니고 인생에서 배운다.
— L. A. 세네카

■ 사랑은 가르치면서 배운다. — L. A. 세네카

■ 교육을 경멸하는 자가 유일한 무학자(無學者)이다.
— 푸블릴리우스 시루스

■ 사람에게 가장 필요한 교육은 지배와 복종이다.
— 플루타르코스

■ 다만 우리들의 애매하고 산만한 교육이 인간을 불확실한 것으로 만든다. — 괴테

■ 모든 올바른 교육은 전 생애의 주요사업인 자기 교육에 사람을 끌어들이는 것이어야 한다. — 카를 힐티

■ 교육—각각 이해력이 결정되어 있는 것을, 의사에 대해서는 속속들이 보이고, 환자에 대해서는 감추어 보이지 않게 하는 것이다.
— 앰브로즈 비어스

■ 인간은 모방적인 동물이다 이 특질은 인간의 모든 교육의 싹이다.

요람에서 무덤까지 인간은 남이 하는 것을 보고 그대로 하기를 배운다. — 토머스 제퍼슨

▣ 경험에서 얻는 교육이 가장 좋은 교육이다. — 존 로널드 로얼

▣ 사람은 사람에 의해서만 사람이 될 수 있을 것이다. 사람으로부터 교육의 결과를 배제한다면 아무것도 남지 않을 것이다.

— 임마누엘 칸트

▣ 교육은 인간에게 부과할 수 있는 가장 크고 가장 어려운 문제이다.

— 임마누엘 칸트

▣ 우리는 암소로부터 배워야 할 것이 한 가지 있다. 즉, 그것은 반추하는 일이다. — 프리드리히 니체

▣ 교사가 너무 엄격하면 학생은 자립정신을 잃는다.

— 새뮤얼 스마일스

▣ 선천적으로 머리가 나쁜 사람이라도 끈기와 근면하면 머리는 더 영리하되, 그러한 특성이 없는 친구를 분명히 앞지를 수 있다. 천천히 그리고 착실해야 경주에 이긴다. — 새뮤얼 스마일스

▣ 우리들의 최악의 부덕은 우리들의 제일 어릴 때의 버릇에서 비롯하고, 우리들의 주요 교육은 유모의 손 안에 있다. — 몽테뉴

▣ 교육이 경이롭게 적절한 것은 사람과의 교제와 여행이다.

— 몽테뉴

▣ 나는 가르치지 않는다. 이야기를 하는 것이다. — 몽테뉴

▣ 어린이의 교육은 면학의 욕망과 흥미를 환기시키는 것이 가장 중요하다. 그렇지 않으면 책을 등에 진 나귀를 기르는 꼴이 된다.

— 몽테뉴

▣ 제대로 교육받은 머리가 지식만 들어차 있는 머리보다 낫다.

— 몽테뉴

▣ 학교란 학생 자신의 두뇌이다. — 토머스 칼라일

▣ 자연은 인간이 베푸는 교육 이상의 영향력을 그 속에 품고 있다.

— 볼테르

▣ 교육은 능력을 키울 뿐 새로 만들어 내지는 않는다. — 볼테르

▣ 대학은 빛과 자유와 학문의 장소여야 한다.

— 벤저민 디즈레일리

▣ 일정한 틀에 박아 넣으려는 교육은 유익하지도 않고 합법적이지도 않고 허용될 수도 없다. — 레프 톨스토이

▣ 지나치게 많은 교육과 지나치게 적은 교육은 지성(知性)을 방해한다. — 파스칼

▣ 무지(無知)를 두려워 말라. 거짓 지식을 두려워하라. — 파스칼

▣ 빵 다음에는 교육이 국민에게는 가장 중요한 것이다.

— 조르주 당통

▣ 어린 시절에는 여행이 교육의 일부이며, 좀 더 나이가 들어서는 경험의 일부이다. 자기가 가려는 나라의 말을 다소나마 알지 못하고 여행하려는 사람은 여행을 그만두고 학교로 가라.

— 프랜시스 베이컨

▣ 교육에는 두 가지가 있다. 즉 타력고육(他力教育)과 자력교육(自力教育)이다. 그런데 후자가 더욱 긴요하다. — 에드워드 기번

▣ 교육은 도덕과 지혜 두 개의 기반 위에 서지 않으면 안 된다. 전자는 미덕을 받들기 위해서, 후자는 남의 악덕에서 자기를 지키기 위해서. 전자에 중점을 두면 인간성 좋은 사람이나 순교자밖에 안 나오고, 후자에 중점을 두면 타산적인 이기주의자가 나온다.

— S. 샹포르

▣ 사람의 어버이만큼 가장 자연스럽고 가장 적합한 교육자는 없다.

— 요한 헤르바르트

▣ 오늘날 영국의 『자유주의 교육』은 이미 『인식 그 자체』에 대한 사람에 근거를 두고 있지 않은 것이 사실이다. 그것은 다만 상업주의와 자유경쟁이라는 두 기둥 위에 서 있고, 소수의 예외적 현상으로서 스노비즘(snobbism : 고상한 체하는 속물근성)의 부축을 받고 있을 뿐이다. — 프리드리히 실러

▣ 나는 교육받지 않은 인간의 정신(魂)을 채석장의 대리석과 같다고 생각한다. 그런데 대리석은 닦는 사람의 기술이 색깔을 내고, 겉을 반짝이게 하며, 그 전체에 흐르는 장식 운(雲)이나 반점 또는 맥을 발견해 내기까지는 그 고유한 미를 나타내지 않는다.

— 조지프 애디슨

▣ 지각 있는 사람들이 깊이 전념하여 걱정할 값어치 있는 것은 교육뿐이다. — 윌리엄 필립스

▣ 좋은 교육이란 후회를 가르치는 것이다. 후회가 예견된다면 균형이 깨뜨려진다. — 스탕달

▣ 교육의 목적은 학생들로 하여금 자주(自主)·자치(自治)적인 인물

이 되게 하는 데 있다. — 에드먼드 스펜서

▣ 교육의 목적은 성격 형성에 있다. — 에드먼드 스펜서

▣ 교육의 최대 목표는 지식이 아니고 행동이다.
— 에드먼드 스펜서

▣ 교육 없는 재능은 한탄스럽고, 재능 없는 교육은 무익하다.
— M. 사디

▣ 교육이란 자연의 성, 즉 천성(天性)에 따르는 것이어야 한다. …… 국가 또는 사회를 위한 것을 목표로 하고 국민이나 공민에게 베푸는 교육은 사람의 본성을 다치게 한다. — 장 자크 루소

▣ 교육의 목적은 기계를 만드는 데 있지 않고, 사람을 만드는 데 있다. — 장 자크 루소

▣ 교육은 신사를 창조하고, 독서는 좋은 친구를 창조하며, 완성은 완벽한 인간을 창조한다. — 존 로크

▣ 학생에게 배울 의욕을 고양시키지 않고 교육시키려는 교사는 차가운 쇠를 두드리고 있는 것에 지나지 않는다. — 하인리히 만

▣ 마지막으로 교육만이 우리를 질적으로 훌륭하고 무한한 즐거움 속으로 인도해 줍니다. — 하인리히 만

▣ 교육의 기본은 학생을 존중하는 데 있다. — 랠프 에머슨

▣ 어려운 짓을 쉽게 만드는 것이 교육이다. — 랠프 에머슨

▣ 우리는 언어의 학생에 불과하다. 10년에서 15년간 각종 학교와 대학교, 암송실 등에 갇혀서 헛바람의 주머니와 언어의 기억을 들고 나온다. 그러나 아는 것은 아무것도 없다. — 랠프 에머슨

▣ 어린이에게는 첫째는 복종심을 심어줘라. 그리고 두 번째로 네가 원하는 것을 가르쳐라. — 벤저민 프랭클린

▣ 나무에 가위질을 하는 것은 나무를 사랑하기 때문이다. 부모에게 꾸중을 듣지 않고 자란 아이는 똑똑한 사람이 될 수 없다. 겨울 추위가 심할수록 오는 봄의 나뭇잎은 한층 푸르다. 사람 역시 역경에 단련되지 않고는 큰 인물이 될 수 없다. — 벤저민 프랭클린

▣ 유일하고 참된 교육자는 스스로를 교육한 사람이다.
— 제임스 베넷

▣ 학교나 대학의 교사는 개인을 교육할 수 없다. 다만 품종을 교육할 뿐이다. — 리히텐베르크

▣ 최초의 교육자란 공복(空腹)이다. — 막스 베버

▣ 교육은 어머니의 무릎에서 시작되고 유년시절에 전해들은 모든 말이 성격을 형성한다. — 앙드레 말로

▣ 진정한 교육자는 학생들에게 자신의 영향을 주려고 하지 않는다. 자기보다는 학생 각자의 마음에 자극 주는 것을 보도록 그들에게 가르친다. — 에이머스 올컷

▣ 책보다는 견문, 지위보다는 경험이 바람직한 교육자다.
— 에이머스 올컷

▣ 시골서 태어나 시골서 자랐다는 것은 교육의 가장 좋은 부분이라고 생각한다. — 에이머스 올컷

▣ 인내심을 갖지 않고서는 교육자로서는 낙제다. 애정과 기쁨을 갖지 않으면 안 된다. — 페스탈로치

■ 모든 사람은 잘살고 못살고, 어른이고 어린이고 간에 본질로 본다면 어떠한 차이가 있을 수 없다. 사람들이여, 그대의 힘이든 마음의 모양이든 곧 그대 자신의 것이다. 마음의 모양이야말로 인생교육의 대상이 되는 것이다. 그리고 향상의 계기가 되는 것이다. 인간의 순진한 행복을 바라는 힘은 밖에서 우연한 기회에 얻을 수 있는 것이 아니다. 오직 그 심정에 파묻힌 힘에서 파낼 수 있다.

— 페스탈로치

■ 가르치는 것은 두 번 배우는 것이다. — 조제프 주베르

■ 언어의 교육을 소홀히 해선 안 된다. 그러나 역시 사물의 교육이 보다 더 중요하다. — 토머스 페인

■ 행(行)할 수 있는 자는 행하고, 행할 수 없는 자는 가르친다.

— 조지 버나드 쇼

■ 어떻게 시사(示峻)하는지를 아는 것은 교육의 위대한 기술이다.

— 헨리 F. 아미엘

■ 교육의 목적은 각자가 자기의 교육을 계속할 수 있게끔 하는 데 있다. — 존 듀이

■ 교육은 삶을 준비하는 것이 아니라 삶 그 자체이다. — 존 듀이

■ 교육은 국가를 만들지는 못하지만, 교육 없는 국가는 반드시 멸망한다. — 프랭클린 루스벨트

■ 진정한 교육의 목적은, 모든 사물에 착하게 대하게끔 하는 것일 뿐만 아니라, 동시에 그 기쁨을 발견하게 하는 일이다. 사람들을 결백하게 만들 뿐 아니라, 그 결백함을 사랑하도록 함에 있다. 또한

정의를 지키게 할 뿐 아니라 정의에 대해서 희구하게 만드는 데 있다. — 존 러스킨

▣ 교사가 미치는 감화는 영원하다. 교사는 자기의 감화가 어디에 가서 정지할지 알 수가 없다. — 헨리 애덤스

▣ 교육의 가장 놀라운 일은 교사나 학생이나 그것으로 말미암아 잘못된 사람이 없다는 것이다. — 헨리 애덤스

▣ 최초의 교육목적은 『배우는 방법』을 배우는 것이다. 생애의 나머지는 응용하면서 배워야 한다. — 앙드레 모루아

▣ 교사는 자신을 하나의 다리로 사용하는 사람들이다. 그는 그 다리 위로 학생들을 초대해 건너게 한다. 그렇게 해서 아이들이 건너간 다음에는 즐거운 마음으로 무너진다. 제자들로 하여금 그들 자신의 다리를 만들게 하고서. — 니코스 카잔차키스

▣ 교육은 훌륭한 것이다. 그러나 항상 잊어서는 안 된다. 알아야 할 가치가 있는 것은 모두 가르칠 수 있는 것이라는 점을…….
— 오스카 와일드

▣ 창조적인 표현과 지식에 대한 기쁨을 깨우쳐 주는 것이 교사의 최고의 기술이다. — 알베르트 아인슈타인

▣ 교육을 다음과 같이 정의한다. 사람의 지혜는 결코 빛나간 것이 아니다. 교육이란 학교에서 배운 것을 다 잊은 후에 남아 있는 바의 것이다. — 알베르트 아인슈타인

▣ 여자는 교육이 있어야 한다. 그러나 학자여서는 안된다.
— 쥘리 레스피나스

▣ 오늘의 세계에서 가장 뜻 깊게 생각되는 것은 미국 국기가 휘날리는 마을마다 어디에 가든지 교회보다는 학교 건물이 크다는 사실입니다. — 잉거솔

▣ 민중을 계몽하라. 포악한 마음과 억압은 아침햇살에 스러지는 악령처럼 사라진다. — 토머스 제퍼슨

▣ 우리 법전 가운데서 가장 중요한 것은 교육의 보급에 관한 것입니다. 자유와 행복의 유지를 위해 달리 더 확실한 기반을 찾을 수가 없습니다. 누구든지 왕이나 귀족이나 승려가 국민의 행복을 한층 더 보존해 준다고 생각하면 그 사람을 유럽으로 보내 주십시오. — 토머스 제퍼슨

▣ 비누와 교육은 대학살처럼 급작스레 덮쳐 오지는 않지만, 긴 안목으로 볼 때는 학살보다 더욱 피해가 극심하다. — 마크 트웨인

▣ 학교교육은 주의력의 훈련이라는 중대한 목표만을 가진다. 주의력이란 신에게 접근할 수 있는 영혼의 유일한 능력이다. — 시몬 베유

▣ 학교는 그가 참가하고 있는 노동의 전체를 이해할 수 있는 인간을 형성할 수 있도록 새로운 교육방법을 개발해야 할 것이다. 이론적 학습의 수준을 높여야 한다는 것은 아니다. 오히려 그 반대로 지성의 각성을 촉진하기 위해서는 더욱 많은 것을 해야 하며, 동시에 교육은 좀 더 구체적이어야 한다는 것이다. — 시몬 베유

▣ 그에게는 선생의 자리가 옥좌였다. — 헨리 롱펠로

▣ 진정한 교육은 불평등을 낳는다—사람마다 개성에서, 성공에서,

그 찬란한 재능에서, 그리고 그 천부적인 소질에서 차이를 낳게 한다. 범용이 아니라 불평등이, 평준화가 아니라 개인의 우월성이 이 세상의 발전의 척도이기 때문이다. — 프리드리히 셸링

▣ 최근 많은 국가들이 전쟁으로 빚을 지고 있습니다. 그러나 교육을 위해 크게 빚진 나라는 없습니다. 어떤 나라도 동시에 전쟁과 문명을 위해서 돈을 쓸 수 있을 만큼 부자는 못 되는가 봅니다. 우리는 양자택일을 해야 합니다. 둘 다 함께 진행시킬 수는 없습니다.
— A. 플렉스너

▣ 이상이 없고, 노력이 없고, 학식이 없고, 철학의 연속성이 없다면 교육은 존재하지 않는다. — A. 플랙스너

▣ 자유와 정의 다음으로 중요한 것은 민중의 교육이다. 그것 없이는 자유도 정의도 영원할 수 없다. — 제임스 가필드

▣ 아이를 기를 때, 자기 자신을 멋진 인간이라고 생각하도록 만들어 주는 것이 중요하다고 생각한다. — 버트런드 러셀

▣ 교육이 하는 일이 무엇일까? 그것은 멋대로 굽어 흐르는 개울을 반듯한 수로로 변화시키는 것이다. — 헨리 소로

▣ 우리는 우리가 어린이들에게 가르치고 있는 것을 우리 자신이 확신하고 있어야 한다. — 우드로 윌슨

▣ 소년은 반항하는 일 없이 불의를 참아 가도록 교육되어야 한다.
— 아돌프 히틀러

▣ 목표는 우리들과 같이 있다. 국내(國內)에 있어서 우리가 하지 않으면 안 될 일은, 우리들의 자손을 다음과 같이 교육시킬 수 있음

을 입증하는 일이다. 즉, 이념과 기술의 중요성이 증대하고 미점(美點)이 육성되어 소중히 다루어질 수 있는 세계에 적응할 수 있도록 교육하는 것이다. — 존 F. 케네디

▣ 교육의 목표는 지식의 증진과 진리의 씨뿌리기이다.

— 존 F. 케네디

▣ 인간적인 정신은 우리의 기본적인 자원입니다. (교육에 관한 대 국회 메시지) — 존 F. 케네디

▣ 나는 나의 집무실 책상에 앉아서 한 가지 큰 진리를 깨달았습니다. 이 나라의 모든 문제, 나아가 세계의 모든 문제의 근본적인 해결은 결국『교육』이란 한 마디로 귀결된다는 점입니다.

— 린든 B. 존슨

▣ 오늘날 교육은 가장 진보된 투자로 여겨지고 있다. 투자가 향상되면 그만큼 생산성은 높아지고 수익도 증대된다. — 피터 드러커

▣ 교육이란, 어린아이가 자기의 잠재능력 실현에 도움을 주는 것을 뜻한다. — 에리히 프롬

▣ 교육의 진정한 목표는 어린이의 내적 독립과 개성, 즉 그 성장과 완전성을 촉진시키는 데 있다. — 에리히 프롬

▣ 우리의 교육은 일반적으로 사람들로 하여금 지식을 그들이 그 후의 생애에서 가질 법한 사회적 명성 또는 재산의 양과 대체로 비례하는 하나의 재산으로 소유하는 훈련에 힘쓰고 있다.

— 에리히 프롬

▣ 오늘의 인간교육은 고뇌와 고통하는 능력을 줄이는 방향으로 흐르

고 있는 것 같다. 현대에서 『만일 자녀들이 즐겁게 시간을 보내고 있다면』 그 학교는 좋은 학교라고 평가하는 경향이 있다. 옛날엔 이런 상황이 척도가 된 경우는 없었다. 부모들은, 자녀가 자기들만큼은(또는 그 이상은) 될 것을 바라고 있다. 그러면서도 부모들은 자기들이 받은 것과는 전혀 다른 방법의 교육을 자녀들에게 받게 하고 있다—고뇌하고 고통하는 능력이란 전혀 평가를 받지 못하고 있는 것이다. 고뇌나 고통이란 있어서는 안 되는 것, 시대에 뒤떨어진 것으로 여기고 있는 것이다. — 비트겐슈타인

▣ 우리의 자녀들은 벌써부터 학교에서 물은 수소와 산소로 만들어지고, 설탕은 탄소와 수소와 산소로 만들어져 있다는 것을 배우고 있다. 그것을 모르는 아이들은 바보 취급을 받는다. 그러나 가장 중요한 문제는 숨겨져 있다. — 비트겐슈타인

▣ 영화를 전멸시키는 데는 칼 따위는 필요 없다. 교육이 있으면 족하다. — 윌 로저스

▣ 많은 선량한 학생들은 어버이를 위해, 단 미래의 아내를 위해 공부하고 있다. — 임어당

▣ 교육 또는 교양의 목적은 지식 가운데 견식을 키우고, 행위 가운데 훌륭한 덕을 쌓는 데 있다. 교양이 있다는 사람이라든가, 또는 이상적인 교육을 받은 사람이란 반드시 책을 많이 읽은 사람이나 박식한 사람을 말하는 게 아니라, 사물을 옳게 받아들여 사랑하고, 옳게 혐오하는 사람을 뜻함이다. — 임어당

▣ 옛적에 태임(太任)이 문왕(文王)을 임신하였을 때에 태교의 법을

행하였으므로 문왕이 나면서부터 밝고 성스러웠습니다. 옛적 성인의 아들 가르치는 법은 태중에 있을 때부터 비롯하거든, 하물며 이미 출생하여 어릴 적에 조금 아는 것이 남아 있을 때이겠습니까.

— 권발(權撥)

▣ 스승의 가르침을 직접 받지 못하면, 마침내 저절로 깨달을 리가 없다. — 이황

▣ 자식을 낳으면, 조금 철날 때부터 착하게 인도하여야 할 것이니, 만일 어려서 가르치지 않다가 이미 자란 다음에는 그른 데에 버릇되고 방심(放心)되어서 가르치기 매우 어려울 것이다. — 이이

▣ 아이들 중에 총명(總明)하고 기억력이 강한 자는 따로 뽑아서 교육하게 하라. — 정약용

▣ 배움이란 무엇인가? 배움이란 깨닫는 것이다. 깨달음이란 무엇인가? 깨달음이란 그 그릇된 것을 깨닫는 것이다. 그 그릇된 것은 어떻게 깨달을 것인가? 평소 사용하는 말에서부터 그릇됨을 깨달아야 한다. — 정약용

▣ 밭이 있어도 갈지 않으면 창고는 비고, 책이 있어도 가르치지 않으면 자손은 어리석다. — 백낙준

▣ 교육이란 것은 학문을 가르치는 교(教)와 사람의 성정(性情)을 양육하는 육(育)으로 이루어져 있으니, 그 지식을 가르치는 면과 인격을 도야하는 두 면이 있는 것이다. — 백낙준

▣ 교육열은 이 겨레의 체질이다. 이 체질은 바로 이 겨레의 잠재력이다. — 손우성

■ 교육은 인간의 소질을 자연적으로 자라게 하며, 스스로 의지력과 결단력을 기르는 데 있다고 하겠다. — 김성식

■ 루소는 피교육자를 모든 인위적 전통과 인습에 오염되지 않게 하기 위해서 자연 속으로 끌고 갔다는 자체가 벌써 비자연적이었다. 왜냐하면 인간은 자연적이 아니고 사회적 동물이기 때문에 어디까지나 사회 내에서 교육을 해야 되기 때문이다. — 김성식

■ 옛날에는 교육이란 그것이 지향하는 바가 인간을 선으로 끌어올리는 데 있은 데 반하여 오늘날은, 더욱이 앞으로는 인간을 악에 떨어지기를 방지하는 데 전력을 다하게 된다고 하여도 과언이 아닐 것입니다. — 유치환

■ 이화의 교정에, 축제처럼 젊음이 만개한 이 교정에서 내가 배운 가장 커다란 진리의 하나는 배우는 것은 자유에 속하는 것이지만, 가르치는 것은 무거운 의무에 속한다는 진리다. — 김옥길

■ 교육은 인간형성(人間形成)이다. 인간을 옳게 만들려는 것이 교육의 목적이다. 교육에는 방법이 필요하고 본보기가 요구된다. — 안병욱

■ 아무튼 교육자가 최대의 존경을 얻지 못하는 사회는 썩은 사회가 아니면 썩어 가는 사회다 — 이병주

■ 이 세상에서 교육 중 가장 위대한 교육은 자신이 스스로 하는 자기 교육이다. — 신일철

■ 선택된 스승은 위대한 교육이다. — 미상

【속담 · 격언】

▣ 배워야 면장을 한다. (배워야 한자리 할 수 있다) — 한국

▣ 업은 자식에게 배운다. (자기보다 어리고 덜 된 사람에게서도 배울 것은 있다) — 한국

▣ 독서당 개가 맹자 왈 한다. (어리석은 사람도 늘 보고 들은 일은 능히 할 수 있게 된다) — 한국

▣ 놓아먹인 말. (들에 풀어 놓고 기른 말이란 뜻이니, 교육을 받지 못하고 예의범절을 모르는 사람) — 한국

▣ 되 글을 가지고 말 글로 써먹는다. (배운 지식은 적으나 훨씬 지혜롭게 써먹는다) — 한국

▣ 나는『바담 풍(風)』해도 너는『바람 풍』해라. (자기는 잘못하면서도 남 보고는 잘하라고 한다) — 한국

▣ 물은 트는 대로 흐른다. (사람은 가르치는 대로 따라 된다) — 한국

▣ 산 닭 길들이기는 사람마다 어렵다. (제멋대로 행동하는 사람을 다 잡아서 가르치기는 어렵다) — 한국

▣ 귀여운 애한테는 매채를 주고 미운 애한테는 엿을 준다. (자식을 잘 기르려면 매로 가르쳐야 한다) — 한국

▣ 눈과 귀로만 듣는 가르침은 꿈속 식사와 같다. — 중국

▣ 두 번 가르치고 한 번 욕하라. — 일본

▣ 먼저 조그마한 가르침에 따르라. 만약 그 첫 번째의 가르침을 작은 것이라고 여긴다면 마침내는 가장 큰 가르침도 잃어 버리게 될 것

이다. — 서양 격언

▣ 배움에 나이가 많다는 법은 없다. (Never too old to learn.) — 서양격언

▣ 말을 물까지 데려갈 수는 있어도 억지로 마시게 할 수는 없다. (You may lead a horse to the water, but you cannot make him drink.) — 서양격언

▣ 세월은 사람을 기다려 주지 않는다. (Time and tide wait for no man.) — 서양격언

▣ 암퇘지 귀로 비단주머니를 만들 수는 없다. (You can't make a silk purse out of a sow's ear. : 엘리트 교육의 필요성) — 서양속담

▣ 살아 있는 한 배운다. (We live and learn.) — 서양격언

▣ 가난보다 뛰어난 교육은 없다. — 영국

▣ 공부만 시키고 놀리지 않으면 잭은 둔한 아이가 된다. (All work and no play makes Jack a dull boy.) — 영국

▣ 아이들은 기르기에 달렸다. — 영국

▣ 매를 아끼면 아이를 버린다. (Spare the rod, and spoil the child.) — 영국

▣ 모르는 악마보다 알고 있는 악마가 낫다. — 영국

▣ 타인을 가르치는 것은 자기 자신을 가르치는 것이다. — 영국

▣ 나무는 어릴 때 구부리지 않으면 안 된다. — 영국

▣ 교육은 신사를 만들며, 사교는 이것을 완성한다. — 영국

▣ 배우기 위하여 살고, 살기 위하여 배운다. — 영국

▣ 늙은 수탉이 우는 것을 어린 수탉이 배운다. — 영국

▣ 적으로부터 가르침을 받는 것은 올바르다. — 영국

▣ 어린아이는 교육을 받지 않을 정도라면 태어나지 않는 편이 차라리 낫다. — 영국

▣ 교정(嬌正)은 어릴 적에 해라. — 영국

▣ 선량한 많은 소년들이 교육 때문에 몸을 망쳤다. — 독일

▣ 울면서 배워 두면 웃으면서 시집간다. — 스페인

▣ 웃기는 수염 보고 면도질을 배운다. — 프랑스

▣ 소 앞에서 쟁기를 달지 마라. — 프랑스

▣ 고집 센 나귀에게 딱딱한 몽둥이, 맹견에게는 짧은 줄을. — 프랑스

▣ 태어났을 때부터 예의 바른 사람은 없다. — 프랑스

▣ 병아리는 수탉이 가르치는 대로 노래한다. — 프랑스

▣ 천성(天性)보다 양육이 앞선다. — 프랑스

▣ 연마(研磨)된 돌은 언제까지 땅위에 버려져 있지 않는다. — 아르메니아

▣ 공작새는 깃털로, 사람은 교육으로 치장을 한다. — 러시아

▣ 어린이 교육은 굳은돌을 깨물어 부수는 것과 같다. — 아라비아

▣ 말이나 소는 젊었을 때 논을 갈거나 사람을 태우거나 마차를 끌거나 하는 것을 가르쳐야 한다. 나이 든 소나 말은 가르칠 수가 없기 때문이다. 사람도 마찬가지다. — 유태인

【시】

소년은 쉽게 늙고 학문은 이루기 어렵다.
순간의 세월을 헛되이 보내지 마라.
연못가의 봄풀이 채 꿈도 깨기 전에
계단 앞 오동나무 잎이 가을을 알린다.

少年易老學難成　　소년이로학난성
一寸光陰不可輕　　일촌광음불가경
未覺池塘春草夢　　미각지당춘초몽
階前梧葉已秋聲　　계전오엽이추성

— 주자 / 권학문(勸學文)

어와라 젊은이여 나의 젊은이
좋고 그름 가릴 줄 아직 모르니
손을 잡아 그대를 끌 뿐 아니라
사실 들어 명확히 밝혀 주면서
면전에 맞대이고 알릴 뿐더러
귀를 잡아당겨서라도 일러주려네.

—《시경》억편(抑篇)

사람이 삼겨 나서 배우지 않으면
어두운 밤길을 걷는 같다 하였으니

어화 저 소년들아 배우기에 힘쓸지라.

— 지덕붕(池德鵬)

사람 사람마다 이 말씀 들어스라
이 말씀 아니면 사람이요 사람 아니
이 말씀 잊지 말오 배우고야 말으리이다.

— 주세붕(周世鵬)

아아, 나는 철학도 법학도 의학도
그리고 심지어는 신학까지도
열성을 다하여 속속들이 연구했다.
그런데 가련한 바보인 나는
아직도 이 모양 이 꼴이다.
그렇다고 예전보다 조금도
더 현명해진 것은 없구나.
더구나 석사니 박사니 하면서
그럭저럭 10년이란 세월을
학생들의 코를 쥐고 아래위로
가로세로 이리저리 흔들고 있지만
우리들은 도무지 아무것도
알 수 없다고 나는 생각한다.
그런 생각을 하면 정말로

가슴이 터질 것만 같구나.

— 괴테 / 파우스트

【중국의 고사】

■ **맹모삼천지교**(孟母三遷之教) : 교육은 환경의 지배를 받는다. 현모양처라는 말이 있지만, 그 현모의 표본이 이 맹모이다. 맹모라 함은 맹자의 어머니, 맹자는 두 말 할 것도 없이 전국시대의 『유가(儒家)』—유교학자의 중심인물이며 『아성(亞聖)』—성인 공자에 버금가는(亞) 인물이라고까지 일컬어지는 현철(賢哲), 추(鄒)의 맹가(孟軻)를 말한다.

그 맹자는 어려서 아버지를 잃고 편모슬하에서 자랐다. 그의 어머니는 자기의 정열을 오직 아들 성장에만 걸고 있는 것이었다. 어떻게 해서든지 내 아들을 훌륭한 사람으로 만들어야지 하는 지성(至誠)이 이 『삼천지교』 라든지 『단기지교』 라는 훈화를 낳게 한 것이다. 『삼천지교』 는 아동의 교육에는 환경의 영향이 심대하며, 교육은 환경의 지배를 받는다는 것을 시사하고 있다.

맹자의 어머니는 처음 공동묘지 근처에서 살고 있었는데, 맹자는 노는 데도 벗이 없어, 우물 파는 인부의 시늉을 하므로 이래서는 안되겠다고 시장 근처로 이사하였더니, 이번에는 장사치의 시늉만 하는 것이었다. 마지막으로 글방 근처로 이사하였더니, 제사 때 쓰는 도구를 늘어놓고 예(禮)를 본받으므로 『이런 곳이야말로 아들을 기를 만한 곳이다.』 라고 기뻐하였다는 것이다.

확실히 아이들이 주위 환경의 영향을 받는다는 것은 하나의 인생 행로를 밟게 되는 것이 아닐까! 어찌 되었든 맹자는, 제사 때 쓰는 도구를 늘어놓고 예를 본뜨는 것에서 아성(亞聖) 현철(賢哲)의 첫 걸음을 내디뎠다. 그 맹자가 성장하여 어머니 곁을 떠나 유학을 하고 있을 때의 이야기다.

어느 날 맹자는 오래간만에 집에 돌아와 보니, 어머니는 베를 짜고 있었다. 어머니는 맹자를 반기기는커녕 얼굴에 노여움을 띠고, 『네, 학문은 어느 정도 진척되었느냐?』하고 물었다. 『그저 그럴 정도입니다』하고 맹자가 대답했다.

그 말을 들은 어머니는 갑작스레 옆에 있던 장도를 집어 들더니 짜고 있던 베를 뚝 끊어버리며, 『네가 중도에서 학문을 그만두는 것은 내가 짜고 있는 베를 도중에서 끊는 것과 같다.』하고 훈계하였다. 맹자는 그제야 깨닫고 송구스러워 그 때부터는 학문에 전력을 기울여 마침내 공자 다음가는 명유(名儒)로서 알려지게 되었다. 훌륭한 학자의 어머니쯤 되면 어딘지 남과 다른 데가 있는 법이다.

— 유향(劉向) / 《열녀전》

■ **정훈(庭訓)** : 가정교훈이란 말이 약해져서 『정훈』이 되었다고 생각해도 틀릴 것은 없다. 그러나 이 말은 정(庭)이 가정이란 말이 약해진 것이 아니고 글자 그대로 마당이니 뜰이니 하는 뜻으로 쓰인 것이다. 공자와 그 아들 백어(伯魚)와의 사이에 있었던 이야기에서 생긴 말로 거기에는 다만 백어가 빠른 걸음으로 뜰을 지나갔

다고만 나와 있을 뿐이다. 그 이야기는 다음과 같다.

진항(陳亢)이란 공자의 제자가 공자의 아들 백어에게 물었다. 『당신은 아버님으로부터 뭔가 특별한 가르침을 받은 일이 있습니까?』 『그런 건 없습니다. 언젠가 혼자 서 계시기에 빠른 걸음으로 뜰을 지나고 있는데 『시(詩 : 《시경》)를 배웠느냐?』 고 물으셨습니다. 그래 아직 배우지 못했다고 했더니, 『시를 배우지 않으면 남과 말을 할 수 없다.』 고 하시더군요. 그래서 돌아와 시를 공부했지요. 또 언젠가 혼자 계실 때 빠른 걸음으로 뜰을 지나가고 있는데, 『예(禮 : 《예기》)를 배웠느냐?』 고 물으시더군요. 그래 배우지 못했다고 했더니, 『예를 배우지 못하면 세상을 올바로 살아갈 수 없다.』 고 하셨습니다. 그래서 돌아와 예를 배웠지요. 이 두 가지 가르침을 들은 것뿐 아무것도 없습니다.』

그러자 진항은 물러나와 사람들을 보고 기뻐하며 말했다. 『나는 한 가지를 물어서 세 가지를 얻었다. 시(詩)에 대해 듣고, 예(禮)에 대해 듣고, 그리고 군자가 그 아들을 멀리하는 것을 알았다.』 옛날에는 아버지가 직접 자식을 가르치는 것을 피했다. 이른바 『역자이교지(易子而教之)』 라는 것이다.

백어도 다른 곳에서 공부하고 있었음을 이로써 알 수 있다. 그러나 뜰을 지나가는 아들을 불러 세워 놓고 그에게 시를 배우라 하고 예를 배우라 한 것은 간접적인 가르침을 내리고 있는 예다. 즉 자식을 뜰에서 가르친 것이 된다. —《논어》 계씨편

■ **역자교지**(易子教之) : 공자는 하나밖에 없는 아들을 직접 가르치지 않았다. 이를 두고 공손추가 스승인 맹자에게 물었다. 『군자가 자기 아들을 직접 가르치지 않는 까닭이 무엇입니까?』 맹자가 대답했다.

『그렇게 될 수밖에 없기 때문이다. 가르치는 사람은 바르게 되라고 가르치는 것이다. 만일 그대로 실행하지 않으면 노여움이 따르게 되고, 그러면 부자간의 정리가 상하게 된다. 자식은 속으로 아버지가 내게 바른 일을 하라고 가르치지만 아버지 역시 바르게 못하고 있다고 생각할 것이다. 그래서 옛날 사람들은 서로 자식을 바꾸어 가르쳤다. 부자 사이에 서로 잘못한다고 책망하면 정리가 멀어지게 되고, 그러면 불행한 일이 아닌가?』

스승도 자기 자식은 못 가르친다는 말이다. 즉, 자기 자식을 직접 가르치면 부자지간에 서로 노여움이 생기고 감정이 상하게 되는 등 폐단이 많아지므로 다른 사람과 서로 자식을 바꾸어 가르친다는 뜻으로 쓰인다. — 《맹자》 이루상(離婁上)

■ **온고지신**(溫故知新) : 옛것을 연구하여 거기서 새로운 지식이나 도리를 발견하는 일. 『온고지신』은 옛 것을 배워 익히고 새 것을 안다는 말이다. 다시 부연해서 말한다면, 옛 것을 앎으로써 그 것을 통해 새로운 것을 발견하게 된다는 뜻이다. 공자는, 『옛 것을 익혀 새 것을 알면 남의 스승이 될 수 있다(溫故而知新 可以爲師矣).』 라고 했다.

똑같은 『온고이지신(溫故而知新)』이란 다섯 글자가 《중용》 27장에도 나오는데, 이 『온고이지신』의 『온(溫)』에 대해서는 여러 가지 해석들이 나오고 있다. 정현(鄭玄)은 심온(燖溫)을 온(溫)과 같다고 했는데, 심(燖)은 고기를 뜨거운 물 속에 넣어 따뜻하게 하는 것을 말한다. 즉 옛 것을 배워 가슴속에 따뜻하게 품고 있는 것을 말한다. 주자(朱子) 주에는 심역(尋繹)하는 것이라고 했다. 찾아 연구한다는 말이다. 결국 『온고이지신』은 옛 것과 새 것이 불가분의 관계에 있음을 말해 주고 있다.

옛 것에 대한 올바른 지식이 없이는 오늘의 새로운 사태를 정확히 파악할 수 없고, 새로운 사태를 정확히 인식하지 못한다면 장차 올 사태에 대한 올바른 판단이 설 수 없다. 과거와 현재와 그리고 미래에 대한 인과(因果) 법칙적인 원리를 터득하지 못한 사람은 후진들을 올바르게 이끌어 줄 자격이 없음을 말한 것이다.

—《논어》 위정편(爲政篇)

▣ **교학상장**(教學相長) : 가르치고 배우면서 서로 성장함. 중국에서 『예(禮)』의 본질과 의미에 대해서 상세하게 기록한 《예기》 학기편에 보면 이런 내용이 있다. 『좋은 안주가 있더라도 먹어 보아야만 그 맛을 알 수 있다. 또한 지극한 진리가 있다 하더라도 배우지 않으면 그것이 왜 좋은지 알지 못한다. 따라서 배워 본 이후에 자기의 부족함을 알 수 있으며, 가르친 이후에야 비로소 어려움을 알게 된다. ……그러기에 가르치고 배우면서 성장한다(教學相長)

고 하는 것이다.』

스승과 제자는 한쪽은 가르치기만 하고 다른 한쪽은 배우기만 하는 상하관계가 아니라, 스승은 제자에게 가르침으로써 성장하고, 제자 역시 배움으로써 나아진다는 것이다. 벼는 익을수록 고개를 숙인다. 배움이 깊을수록 겸손해진다는 뜻이다. 학문이 아무리 깊다고 해도 직접 가르쳐 보면 자신이 미처 알지 못하는 부분이 적지 않다는 것을 알 수 있다. 그렇게 되면 스승은 부족한 것을 더 공부하여 제자에게 익히게 하며, 제자는 스승의 가르침을 받아 훌륭한 인재로 성장한다.

공자는 일찍이 『후생가외(後生可畏)』라는 말을 했다. 곧 나중에 태어난 사람은 두려워할 만하다는 말로, 그만큼 젊은 사람들의 가능성은 무궁무진하다는 의미이다 공자의 이 말은 공자보다 서른 살이 아래인 안자(顔子)의 재주와 덕을 칭찬해서 한 말이라고도 한다. 그러나 역시 이것은 하나의 진리가 아닐 수 없다.

—《예기》 학기편

■ **후목분장**(朽木糞墻) : 이미 자질이나 바탕이 그릇됐다면 그 위에 가르침을 베풀 수 없다. 『후목분장』은 썩은 나무는 새기기가 어렵고, 분토로 쌓은 담은 흙손질을 할 수 없다는 말이다. 일찍이 공자는 제자인 재여(宰予)를 썩은 나무에 비유하면서 책망한 일이 있었다.

어느 날, 재여가 낮잠을 자고 있는 것을 본 공자는 역정을 내면서 이렇게 말했다. 『썩은 나무로는 조각을 할 수가 없고 분토로 쌓은 담벼락은 흙손질을 할 수가 없다. 재여에 대해서는 뭐라 꾸짖을 나위도 없지 않겠느냐?(朽木不可雕也 糞土之墻 不可杇也 于予與何誅)』 후목(朽木)은 썩은 나무, 분토지장(糞土之墻)은 거름흙으로 쌓은 담장이란 뜻이다.

이렇게 썩은 나무니 거름흙 담이니 하는 심한 말로 재여를 꾸짖은 것은 공자가 평소 성실하지 못한 재여의 행실을 매우 싫어했다는 것을 알 수 있게 하는 일화다. 공자는 이어서 또 이렇게 말했다. 『전에 나는 그 사람의 말만 듣고 그의 사람됨을 믿었지만, 지금 그의 말도 듣거니와 그의 행동도 보고 있다. 나의 이 같은 태도는 재여 자신 때문에 바뀐 것이다.』

재여가 평소 말은 잘했으나 행실이 따르지 못하였기 때문에 공자가 이런 말을 한 것이다. 『후목불가조(朽木不可雕)』라고도 한다.

— 《논어》 공야장

▣ **공자천주**(孔子穿珠) : 공자가 구슬을 꿴다는 뜻으로, 자기보다 못한 사람에게 모르는 것을 묻는 것이 부끄러운 일이 아니라는 말. 공자가 구슬을 꿴다는 말로, 자기보다 못한 사람에게 모르는 것을 묻는 것이 부끄러운 일이 아님을 말한 것이다. 곧 불치하문(不恥下問)과 같은 말이다.

공자가 진(陳)나라를 지나갈 때의 일이다. 공자는 어떤 사람에게 진귀한 구슬을 얻었는데, 그 구슬에 실을 꿰려고 했지만 아홉 구비나 구부러진 구멍 속으로는 도저히 실이 꿰어지지가 않았다. 그래서 공자는 문득 아낙네라면 어렵지 않게 꿸 수 있을 거라는 생각에 근처에서 뽕을 따고 있던 한 아낙에게 그 방법을 물었다. 그러자 아낙은 이렇게 말했다.

『곰곰이 생각해 보십시오. 천천히 생각을 해보세요(密爾思之 思之密爾)』 공자는 그 말대로 조용히 차분하게 생각한 끝에 그 뜻을 깨닫고는 무릎을 탁 쳤다. 그리고는 나무 밑에서 분주히 왔다 갔다 하는 개미 한 마리를 붙잡아 그 허리에 실을 잡아맸다. 그런 다음 개미를 구슬 한쪽 구멍으로 밀어 넣고 반대편 구멍에는 꿀을 발라 놓았다. 개미는 꿀을 찾아 이쪽 구멍에서 저쪽 구멍으로 나왔다. 실이 꿰어진 것이다.

공자는 특히 배우는 일을 매우 중요시했으며, 배움에 있어서는 나이의 많고 적음이나 신분의 높고 낮음에 관계하지 않았다. 그래서 상대가 누구든 가리지 않고 나의 생각과 행동을 다듬는 스승으로 삼은 것이다. 『세 사람이 길을 가면 그 중에 반드시 나의 스승이 있다(三人行必有我師)』라는 유명한 말 역시 그의 학문 하는 태도를 잘 나타낸 말이다. —《조정사원(祖庭事苑)》

【우리나라 고사】

▣ **홍익인간**(弘益人間) : 널리 인간세계를 이롭게 함. 『홍익인간』은 널리 인간세계를 이롭게 한다는 뜻이다. 국조(國祖) 단군(檀君)의 건국이념으로, 고조선의 개국 이래 우리나라 정치 교육의 기본정

신이 되어 왔다. 이 말은 《삼국유사(三國遺事)》 기이제일(紀異第一) 고조선(古朝鮮) 건국 전설에 나오는 말이다.

『《위서(魏書)》에 말하기를, 지금으로부터 2천 년 전에 단군왕검(王儉)이란 사람이 있어서 도읍을 아사달에 세우고, 나라를 처음 만들어 이름을 조선이라 불렀다(乃往二千載 有檀君王儉 立都阿斯達 開國號朝鮮)……』라고 했다. 『고기(古記)에는 말하기를, 옛날 환인(桓因 : 하느님이란 뜻)의 서자 환웅(桓雄)이 자주 천하에 뜻을 두고 인간세상을 탐내어 찾았다.

아버지가 아들의 뜻을 알고, 아래로 삼위태백(三危太伯)을 굽어보니 인간을 널리 유익하게 할 수 있었다(昔有桓因庶子桓雄 數意天下 貪求人世 父知子意 下視三危太伯 可以弘益人間). 그래서 천 · 부 · 인(天符印) 세 개를 주어 그리로 보내 가서 다스리게 했다.

환웅은 부하 3천 명을 거느리고 태백산 꼭대기의 신단나무 아래로 내려와 일러 신시(神市)라 했다. 이를 일러 환웅천왕(桓雄天王)이라 한다고 했다.』고 나와 있다. 아사달(阿斯達)이 어디고, 삼위태백(三危太伯)이 어디며, 또 태백산(太伯山)은 어떤 산을 말한 것인지에 대해서는 학자들 사이에 많은 다른 의견들을 보이고 있다.

《삼국유사》의 편찬자인 일연선사(一然禪師)는, 아사달이 백주(白州)에 있는 백악(白岳)이라고도 하고, 또 개성 동쪽이라고도 한다고 다른 책에 있는 기록을 인용하고 있다. 또 태백산에 대해서는 지금의 묘향산(妙香山)을 말한다고 했다. 이 환웅천왕과 곰(熊)의

딸과의 결혼에 의해 태어난 아들이 『단군』이었다고 하는 전설도 같은 항목에 나오는 이야기인데, 신(神)과 동물과의 결합에 의해 생겨난 것이 인간이었다고 하는 인간 창조설은 퍽 흥미있는 이야기가 아닐 수 없다. —《삼국유사(三國遺事)》

【서양의 고사】

▣ 아카데미 : 그리스의 철학자 플라톤(Plato)은 BC 387년경에 아테네 시 교외에 있는 자기 소유지에 학교를 세웠다. 이곳은 영웅 아카데모스에게 바쳐졌던 곳이었으므로 이 학교는 『아카데메이아(academe)』라고 불리었다. 아리스토텔레스도 이 학교에서 배웠다. 여자의 입학은 금지되어 있었으므로, 『아크시오티아』라는 여성은 남장을 하고 이 학교에 들어가서 철학을 배웠다고 한다.

플라톤이 죽은 후는 그 제자들이 경영자와 교수가 되어 계속해서 이 학교를 운영했는데, 그것은 AD 529년까지 무려 900여 년간이나 계속되었다. 근세 이후에 유럽 각국에는 문학 · 과학을 연구하는 단체가 만들어졌는데, 이런 단체들은 모두 플라톤이 세운 학교 이름을 따서 『아카데미』라고 불리게 되었다.

▣ 스파르타 교육 : 그리스 펠로폰네소스 반도에 있는 스파르타(Sparta) 지방에서는, 남자아이가 태어나면 세밀검사를 통하여 튼튼히 자라날 것으로 생각되지 않은 아이는 곧 산속에 내다버리게 했다고 한다. 이리하여 남자 나이 7세가 되면 공동생활을 시키면서

엄격한 교육을 실시했다.

여름이건 겨울이건 간에, 의복이라 하여 지급한 것은 단 한 장의 망토뿐이고, 잠자는 매트리스란 물에서 자라는 갈대의 수를 몸소 꺾어 모아 만든 것이었다. 음식물은 양에 차지 않을 정도로 적게 배급함으로써 부족분은 몰래 훔쳐서 보충할 것을 은근히 장려하였다. 그리고 체육 무술로 매일같이 신체를 단련했다.

이런 교육 훈련을 통하여 훌륭한 성인이 되어도, 그들은 자기보다 나이어린 청소년들의 훈육을 위해 공동생활을 계속했고, 결혼하여 막상 가정을 가진 다음에도 식사만은 언제나 소찬의 공동식사를 해야만 하였다. 이처럼 온 나라 사람이 집단주의적 병영생활을 했던 것이다. 이와 같은 엄격한 교육을 『스파르타 교육』이라고 한다.

그런데 이런 교육제도를 만든 것은, 반전설적 인물인 류코우르고스(Lykourgos)라는 사람인데, 그는 기원전 9세기 또는 8세기경의 실존인물이라는 설이 유력하다. 류코우르고스는 또한 국가제도 전반문제를 세밀히 규정한 입법가였는데, 이것을 『류코우르고스 제도』라고 한다. 스파르타는 소수의 정복자가 정권을 독점하고, 자기들보다 수십 배에 달하는 원주민을 정복하여 그들을 국가소유 노예로 하여 생산노동에 혹사한바, 이런 제도를 유지하기 위해 스파르타 교육과 『류코우르고스 제도』가 필요했던 것이라고 한다.

【명작】

■ 에밀((Emile ou de l'education) : 프랑스의 작가이며 사상가인 장 자크 루소(Jean Jacques Rousseau, 1712~1778)의 교육론. 주제는 교육이지만, 동시에 루소의 인간론이며 종교론이기도 하다. 특히, 사상가일 뿐만 아니라 시인적 자질이 풍부한 루소의 천분(天分)에 의해 풍부한 문학성을 보여준다. 부제(副題)는 『교육에 대해서』 이다.

전편을 5부로 나누어, 에밀이라는 고아가 요람에서 결혼에 이르기까지, 이상적인 가정교사의 용의주도한 지도를 받으며 성장하는 과정이 적절히 묘사되면서 논술되어, 문학적인 매력과 교양소설의 흥미를 갖추고 있다. 『조물주의 손에서 떠날 때는 모든 것이 선(善)하지만, 인간의 손으로 넘어오면 모든 것이 악(惡)해진다』 라고 하는 유명한 서두의 한 구절에서 알 수 있듯이, 그의 주안점은 외적 환경(사회 · 가족)이나 습관 · 편견의 나쁜 영향으로부터 어린이를 보호해서, 그의 이른바 『자연』 의 싹을 될 수 있는 대로 자유롭고 크게 뻗어나가게 하자는 데 있다.

서적이나 언어에 의한 교육을 피하고 어디까지나 경험을 존중해서, 소년기의 지적(知的) 교육 분야에서도 실물교육을 주로 하고, 감정육성 · 직업적 기술 · 수공업 기능의 수득(修得)을 주장하였다.

루소가 주장한 것을 한마디로 집약하면, 『자연으로 돌아가라』 고 하는 것이다. 즉 당시 보편적으로 행하여졌던 주입식의 지육(智育)에 편중된 교육에 반대하고, 전인교육(이를테면 체육 · 품성 등의 교육)을 중시하며, 인간 중에서 가장 순수하게 자연성을 간직하고 있는 어린이에게 그 본래의 자연과 자유를 되돌려줄 것을 주장한 것이다.

요컨대 《에밀》은 당시의 봉건적인 귀족사회를 위한 교육, 스콜라 철학적인 서적 편중의 형식적 교육에 대해서 근대적인 인간교육의 이념을 제공한 것이었다. 《에밀》은 칸트, 페스탈로치 등을 통해서, 교육사상사·철학사상사에 커다란 영향을 끼쳤다.

【成句】

▣ 교(敎) : 가르칠『敎』는 등글월 문(攵)에『효(孝)』자를 합친 글자로, 원래 이『등글월 문(攵)』변은『치다』,『채찍질하다』는 뜻을 나타내는 것이기 때문에『敎』는 때려서『孝』를 가르친다는 뜻이다.

▣ 교육(敎育) : 인간의 가치를 높이고자 하는 행위 또는 그 과정.『敎育』이란 한자는 《맹자》의 『천하의 영재를 모아 교육하다(得天下英才而敎育之)』라는 글에서 비롯되었다고 한다. 글자의 구성으로 보면 『敎』는 매를 가지고 『孝』를 가르친다는 뜻이고, 『育』은 갓 태어난 아이를 살찌게 한다는 뜻으로 기른다는 의미가 된다. 영어의 'education', 독일어의 'Erziehung', 프랑스어의 'éducation'은 다 같이 라틴어의 'educatio'에서 유래한 것으로 빼낸다는 의미와 끌어올린다는 의미를 가지고 있어 내부적 능력을 개발시키고 미숙한 상태를 성숙한 상태로 만든다는 의미를 포함하

고 있다. 동서양을 막론하고 교육의 뜻은 내부의 자연적 성장의 힘과 외부 영향력과의 합력(合力)에 의하여 성립되는 인간형성의 작용을 말하며, 타고난 그대로의 인간을 바탕으로 하여 참되고 가치 있는 인간으로 이루어 보려는 작용으로 인식되고 있다.

▣ 삼인행필유아사(三人行必有我師) : 세 사람이 어떤 일을 같이 할 때에는 선악(善惡) 간에 반드시 스승으로서 배울 만한 사람이 있음을 일컫는 말. / 《논어》

▣ 구강지화(口講指畵) : 말로 설명하고 그림을 그려 가르친다는 뜻으로, 간곡하게 교육하는 자세를 비유하는 말.

▣ 군자삼락(君子三樂) : 군자의 세 가지 낙. 즉 첫째, 부모가 살아 계시고 형제가 무고한 것. 둘째, 하늘과 사람에게 부끄러움이 없는 것. 셋째, 천하의 영재(英才)를 얻어서 교육하는 일. / 《맹자》

▣ 괄구마광(刮垢磨光) : 사람의 흠을 없애고 선행의 빛을 내도록 하는 뜻으로, 인재를 길러냄을 이름. / 한유(韓愈) 《진학해(進學解)》

▣ 동성이속(同性異俗) : 성(聲)은 갓난아기의 첫 울음소리, 속(俗)은 습속(習俗)을 말한다. 곧 태어날 때의 첫 울음소리는 똑같지만, 성장해서 몸에 익혀진 습관은 제각기 다르다는 뜻으로, 사람은 환경이나 교육에 따라서 변화함을 비유한 말. / 《순자》 권학.

▣ 교노승목(教猱升木) : 원숭이는 나무에 오르는 성품이 있어, 이를 잘 가르치면 더 잘 오른다는 뜻으로, 사람의 마음에 인의(仁義)가 있으므로 이를 가르치면 진전함을 이름. / 《시경》 소아.

▣ 불교이주(不敎而誅) : 평소에는 가르치지도 않고 일단 일을 저지르면 경솔하게 사람을 죽인다는 뜻으로, 교육의 중요성을 강조한 말. 불교이살(不敎而殺). / 《논어》

▣ 유자황금만영불여일경(遺子黃金滿盈不如一經) : 자식에게 상자에 가득 찰 정도의 황금을 남겨주느니보다는 한 편의 경서를 남겨주는 것이 더 유익하다는 말로, 재산보다는 교육을 시키라는 뜻임. / 《한서(漢書)》

▣ 성상근습상원(性相近習相遠) : 사람의 타고난 천성은 누구나 비슷하여 대차가 없지만, 그 후의 학습에 의하여 크게 달라진다는 말. 교육의 무한한 가능성을 일컫는 말. / 《논어》

▣ 양지양능(良知良能) : 경험이나 교육에 의하지 않고 선천적으로 타고난 지혜와 능력.

▣ 물위금일불학이이유래일(勿謂 今日不學 而有來日) : 오늘 배우지 아니하고 내일이 있다고 말하지 말라. 곧 시간은 빨리 흘러가는 것이니, 배우는 것은 내일로 미루지 말고 지금 당장 열심히 공부하라는 뜻. / 주희 《권학문》

▣ 질실강건(質實剛健) : 꾸밈이 없이 착실하고, 심신 모두 건강한 것. 옛날의 학교는 거의가 이것을 교칙(校則)으로 게시했다. 지금 학교 교육에 가장 필요하다고 여겨지는 것이 이런 기풍일 것이다.

▣ 청청자아(菁菁者莪) : 교육하는 즐거움, 인재를 길러내는 즐거움을 이르는 말. 또 군주가 육성한 인재가 활발히 덕을 발휘함의 비유. 청청(菁菁)은 푸르게 무성함. 아(莪)는 쑥의 일종. 육성한 인재의

덕이 성함의 형용. 청아(菁莪). / 《시경》

▣ 단기지계(斷機之戒) : 학업을 중단해서는 안 된다는 것을 경계하는 말로서, 학업을 중도에 폐함은 피륙을 짜던 날을 끊는 것과 같아 아무런 공익(功益)이 없다는 뜻. / 《후한서》 열녀전.

▣ 하분문하(河汾門下) : 하분 지방의 문하라는 뜻으로, 좋은 학교와 훌륭한 교사가 구비되어야 훌륭한 인재를 배출할 수 있다는 것을 비유하는 말. 수나라 말기 왕통(王通)이라는 유명한 학자가 벼슬에는 뜻이 없고 자신의 학문을 다른 사람에게 전수하여 나라를 바로 세울 만한 인재를 기르는 데 전력을 기울였다. 하분지방에 자리를 잡고 문하생을 모집해 교육했는데, 그의 문하생들 중 상당수가 당대의 정계나 학계에 크게 이름을 떨쳤다고 한다.

▣ 만학(晩學) : 중년(中年)이 되어서 늦게야 공부함. / 《진서(陳書)》 유림전(儒林傳).

▣ 하우불이(下愚不移) : 아주 어리석고 못난 사람의 기질은 변하지 않는다는 뜻으로, 교육의 가능성에는 한계가 있음을 이르는 말. / 《논어》

▣ 수유가효불식부지기지(雖有嘉肴弗食不知其旨) : 성인의 좋은 말씀이 있어도 배우지 않으면 그 뜻을 모른다는 뜻. / 《예기》 학기편.

▣ 영과이후진(盈科而後進) : 물이 흐를 때는 조금이라도 오목한 데가 있으면 우선 그 곳을 가득 채우고 아래로 흘러감과 같이, 사람의 배움의 길도 속성(速成)으로 하고자 하지 말고 차츰차츰 처음부터 닦아야 한다는 말. 과(科)는 구멍(穴). / 《맹자》 이루하.

■ 인이불발(引而不發) : 활시위를 당길 뿐, 놓아 쏘지 아니함. 사람에게 학문을 가르침에 있어 단지 공부하는 법만을 가르치고 그 묘처(妙處)를 말하지 않아 학습자로 하여금 궁리하여 자득하게 하는 것. /《맹자》 진심상.

독서 reading 讀書

【어록】

▣ 가죽으로 맨 책끈이 세 번이나 닳아 끊어졌다(韋編三絕 : 공자가 만년에 《주역》을 좋아해서 어찌나 여러 번 읽고 또 읽고 했든지, 대쪽을 엮은 가죽 끈이 세 번이나 끊어졌다고 한 데서 나온 말).

— 《사기》 공자세가(孔子世家)

▣ 모두들 책을 믿는다면, 책이 없는 것만 못하다{盡信書不如無書 : 원래는 《상서(尙書)》를 완전히 믿으려면 차라리 상서가 없는 편이 차라리 낫다라는 뜻이었는데, 지금은 모든 것을 고서(古書)나 전인(前人)들의 경험에만 의존해서는 안 됨을 비유하는 말}.

— 《맹자》

▣ 자식에게 황금을 물려주는 것이 책 한 권 주는 것만 못하다(遺子黃金滿籯 不如一經). — 《한서》

▣ 대체로 독서하고 학문하는 까닭은, 본래 마음을 열고 눈을 밝게 하고 행실을 이롭게 하려 할 따름이다. — 《안씨가훈》

▣ 재물을 천만금이나 모아도 글 읽기보다 못하다(積財千萬 無過讀書). — 《안씨가훈》

▣ 책을 백 번 읽고 나면 뜻이 스스로 나타난다(讀書百遍而義自見 : 무엇이든 끈기를 가지고 노력하면 목적하는 바를 이룰 수 있다는 뜻). — 《삼국지》

▣ 부귀는 정녕 수고에서 오거늘, 남아장부 마땅히 책 다섯 수레는 읽어야 하리(富貴必從勤苦得 男兒須讀五車書). — 두보(杜甫)

▣ 동심에 책 즐기는 버릇 고질이 된 그대, 오늘도 손가락에 붓 잡던 흔적 역력하구나(童心便有愛書癖 手指今餘把筆痕). — 유우석(劉禹錫)

▣ 글 읽어야 되는 줄을 오늘에야 알게 되니, 협객 길에 나섰던 전날을 후회하게 되겠구려(早知今日讀書是 悔作從前任俠非). — 이기(李頎)

▣ 무릇 책을 읽을 때는 반드시 책상을 잘 정돈하고 마음가짐을 깨끗하고 단정하게 하고, 책을 가져다가 가지런히 놓고는 몸을 바른 자세로 책을 대하고, 자세하게 글자를 보며, 자세하고 분명하게 읽을 것이다. — 주희

▣ 책을 읽을 때 세 가지 주밀(周密)해야 할 점이 있으니, 이는 마음으로 생각하는 것이 주밀해야 하고, 눈으로 보는 것이 주밀해야 하고, 입으로 읽는 것이 주밀해야 한다. 마음으로 생각하는 것이 주밀하지 않으면 눈으로 보는 것이 자세할 수 없을 것이고, 마음으로 생각하는 것과 눈으로 보는 것이 이미 오로지 통일되어 있지 않으

면, 다만 되는대로 읽어질 것이니 결코 잘 기억할 수 없을 것이고, 기억한다고 해도 또한 오래 남아 있을 수 없을 것이다. 그런데 이 세 가지 주밀해야 할 점 가운데서도 마음으로 생각하는 것이 주밀해야 하는 점이 가장 중요한 것이다. 마음으로 생각하는 것이 주밀하면 눈으로 보고 입으로 읽는 것이 어찌 주밀하지 않겠는가?

— 주희

▣ 책을 많이 읽는 것보다는 그 요점을 파악하는 것이 중요하다(書不必多看 要知其約).

— 《근사록》

▣ 재능 많은 선비의 재주는 여덟 말이 되고, 박식한 유학자의 학문은 다섯 수레를 넘는다(多才之士才儲八斗 博學之儒學富五車).

— 《유학경림(幼學瓊林)》

▣ 서책(書册)을 읽어 성현을 보지 못하면 한갓 지필의 종이 될 것이요, 벼슬자리에 앉아 백성을 사랑하지 않으면 다만 의관의 도적이 될 것이며, 학문을 가르치되 실천궁행(實踐躬行)을 숭상하지 않으면 이는 구두선(口頭禪)이 될 것이요, 큰 사업을 세워도 은덕심을 생각지 않으면 이는 눈앞에 한때의 꽃이 되고 말 것이다(讀書 不見聖賢 爲鉛槧傭 居官 不愛子民 爲衣冠盜講學不尙躬行 爲口頭禪 立業不思種德 爲眼前花).

— 《채근담》

▣ 가난한 자는 책으로 말미암아 부자가 되고, 부자는 책으로 말미암아 존귀해진다.

— 《고문진보》

▣ 책을 정독하는 자는 무지한 자보다 낫고, 그것을 기억하는 자는 정독하는 자보다 낫다. 뜻을 이해하는 자는 단순히 기억하는 자보다

낫고, 배운 것을 행하는 자는 단순히 이해하는 자보다 낫다.

— 《마누법전》

▣ 남의 책을 읽는 데 시간을 보내라. 남이 고생한 것에 의해 쉽게 자기를 개선할 수가 있다. — 소크라테스

▣ 책 없는 방은 영혼 없는 육체와 같다. — M. T. 키케로

▣ 만약 자기가 가진 모든 소유물을 버리지 않으면 생명이 위태롭다고 한다면 차라리 책더미 속에서 죽는 것이 행복하다.

— M. T. 키케로

▣ 책은 소년의 음식이 되고 노년을 즐겁게 하며, 번영과 장식과 위난의 도피처가 되며, 그리고 이것을 위로하고, 집에 있어서는 쾌락의 종자가 되며, 밖에 있어서도 방해물이 되지 않고, 여행할 적에는 야간의 반려가 된다. — M. T. 키케로

▣ 소유할 수 있는 책 전부를 읽을 수 없는 한, 읽을 수 있는 만큼의 책만을 소유하면 충분하다. — L. A. 세네카

▣ 세계는 한 권의 책이며, 여행하는 사랑들은 그 책의 한 페이지를 읽었을 뿐이다. — 아우구스티누스

▣ 철학은 우리 눈앞에 펼쳐져 있는 이 거대한 책, 즉 우주에 씌어 있다. — 갈릴레오 갈릴레이

▣ 책도 사람의 경우와 같다. 소수가 큰 역할을 하고, 그 나머지는 대부분 패배한다. — 볼테르

▣ 아무리 유익한 서적일지라도 그 절반은 독자 자신에 의해서 만들어지는 것이다. — 볼테르

▣ 좋은 책을 읽는 좋은 독자란, 좋은 작가와 같이 드물다.

— 셰익스피어

▣ 자연의 무한한 비밀의 책을 나는 약간 읽을 수 있다.

— 셰익스피어

▣ 나는 독서할 때, 어려운 곳에 부딪쳐도 손톱을 씹으며 생각에 잠기는 일은 없다. 한두 번 생각해 보고 알 수 없을 때에는 포기하고 만다. 그 난해한 곳에 집착하면, 자기와 시간을 동시에 잃어버리는 결과가 되기 때문이다. — 몽테뉴

▣ 마치 새들이 모이를 찾으러 나가서 그것을 새끼에게 먹이려고 맛보지 않고 입에 물고 오는 것과 똑같이, 우리 학자님들은 여러 책에서 학문을 쪼아다가 입술 끝에만 얹어 주고, 단지 뱉어서 바람에 날려 보내는 짓밖에는 하지 않는다. — 몽테뉴

▣ 독서하는 것과 같이 영속적인 쾌락은 또 없다. — 몽테뉴

▣ 독서는 완전한 인간을 만든다. — 프랜시스 베이컨

▣ 어떤 책은 음미하고, 어떤 책은 마셔버려라. 씹고, 그리고 소화시켜야 할 것은 다만 몇 권의 책뿐이다. — 프랜시스 베이컨

▣ 반대하거나 논란하기 위해서 독서하지 말라. 그렇다고 해서 믿거나, 그대로 받아들이거나, 얘기나 논의의 대상으로 삼기 위해서 독서하지 말라. 단지 생각하기 위해서 독서하라.

— 프랜시스 베이컨

▣ 어떤 책은 맛보고, 어떤 책은 삼키고, 소수의 어떤 책은 잘 씹어서 소화해야 한다. — 프랜시스 베이컨

- ▣ 독서는 완성된 사람을 만들고, 담론(談論)은 기지 있는 사람을 만들고, 작문(作文)은 정확한 사람을 만든다. — 프랜시스 베이컨
- ▣ 너무 빨리 읽거나 너무 천천히 읽을 때는 아무것도 이해할 수 없다. — 파스칼
- ▣ 책에는 모든 과거의 영혼이 가로 누워 있다. — 토머스 칼라일
- ▣ 좋은 책을 읽는 것은 과거의 가장 뛰어난 사람들과 대화를 나누는 것과 같다. — 르네 데카르트
- ▣ 내가 독서하고 있을 때 그 책이 어리석은 책이건 아니건 책은 살아서 나에게 얘기하고 있는 듯이 여겨진다. — 조나단 스위프트
- ▣ 책을 쓰는 것은 시계를 만드는 것과 같이 어려운 일이다. — 라브뤼예르
- ▣ 악서는 지적인 독약이며 정신을 독살한다. — 카를 힐티
- ▣ 성서는 결코 싫증나지 않는 유일한 책이다. — 카를 힐티
- ▣ 한없이 책을 읽도록 하여 지력 향상을 강요하는 것은, 마치 종일토록 끊임없이 먹어 대서 소화가 잘 되지 않아 자양을 얻지 못하는 것과 마찬가지다. — 존 로크
- ▣ 독서는 다만 지식의 재료를 공급할 뿐이며, 그것을 자기 것으로 만드는 것은 사색의 힘이다. — 존 로크
- ▣ 자연은 신이 쓴 책이다. — 윌리엄 하비
- ▣ 어리석은 대중은 사랑과 철학, 책과 술이 함께 사이좋게 지내는 것을 모른다. — 알렉산드르 푸슈킨
- ▣ 독서하고 있을 때에는, 우리들의 뇌는 이미 자기의 활동장소는 아

니다. 그것은 남의 사상의 싸움터다. — 쇼펜하우어

▣ 악서(惡書)를 읽지 않는 것은 양서(良書)를 읽기 위한 조건이다. — 쇼펜하우어

▣ 독서란 자기의 머리가 남의 머리로 생각하는 일이다. — 쇼펜하우어

▣ 줄곧 열중하여 독서하다가 나중에 독서하는 일이 싫으면, 읽은 재료는 뿌리를 뻗지 못하고 대개는 소실되고 만다. — 쇼펜하우어

▣ 내가 인생을 알게 된 것은 사람과 접촉한 결과가 아니라 책과 접촉한 결과이다. — 아나톨 프랑스

▣ 책은 세대의 유산에 어울리는 세계의 재산이다. — 헨리 소로

▣ 우선 제일급의 책을 읽어라. 그렇지 않으면 그것을 읽을 기회를 전혀 갖지 못할지도 모른다. — 헨리 소로

▣ 위대한 시인들의 작품은 아직 인류에게 읽혀진 일이 없다. 그것은, 위대한 시인들만이 그 위대한 작품을 읽을 수 있기 때문이다. 그 작품들은 대중들에 의해서 마치 별을 읽듯이, 그것도 천문학적으로가 아니라 점성술적으로 읽혀졌을 따름이다. — 헨리 소로

▣ 읽어 봤다고 말하기 위해서 우리는 읽는다. — 찰스 램

▣ 책은 인간의 저주다. 현존하는 책의 90퍼센트는 시원찮은 것이며, 좋은 책은 그 시원찮음을 논파(論破)하는 것이다. 인간에게 내려진 최대의 불행은 인쇄의 발명이다. — 벤저민 디즈레일리

▣ 단 한 권의 책밖에 다른 책은 읽은 적이 없는 인간을 경계하라. — 벤저민 디즈레일리

▣ 나는 책을 읽을 때 사람들이 그렇게 읽어주기를 바라듯이 아주 천천히 읽는다. — 앙드레 지드

▣ 금서(禁書)는 이 세상을 계몽한다. — 랠프 에머슨

▣ 『자연』과 『서적』은 그것을 보는 눈을 가진 사람의 소유물이다. — 랠프 에머슨

▣ 나의 실제적인 독서 법칙은 세 가지다. 첫째, 1년이 지나지 않은 책은 읽지 않는다. 둘째 유명한 책만 읽는다. 셋째, 좋아하는 책만 읽는다. — 랠프 에머슨

▣ 인생은 한 권의 책과 같다. 어리석은 사람은 아무렇게나 책장을 넘기지만 현명한 사람은 공들여 읽는다. 왜냐하면 그들은 단 한 번밖에 그것을 읽지 못함을 알고 있기 때문이다. — 장 파울

▣ 양서를 처음 읽을 때는 새 벗을 얻는 것 같고, 전에 정독한 책을 다시 읽을 때는 옛 친구를 만나는 것 같다. — 올리버 골드스미스

▣ 두 사람 밤낮 성서를 읽었다. 그러나 내가 희다고 읽은 곳을 당신은 검다고 읽었다. — 윌리엄 블레이크

▣ 아름다운 책을 읽는 것은, 책이 우리와 속삭이며 우리의 영혼이 그것에 대답하는 끊임없는 대화이다. — 앙드레 모루아

▣ 이 세상은 한 권의 아름다운 책이다. 그러나 그것을 읽을 수 없는 인간에게 있어서는 아무런 도움이 되지 않는다. — 카를로 골도니

▣ 때로 독서란 독자를 가르친다기보다 그들의 머리를 도리어 산만하게 하는 것이다. 덮어놓고 많은 것을 읽는 것보다 소수의 좋은 저자의 것을 읽는 편이 훨씬 유익하다. — 레프 톨스토이

▣ 좋은 지도를 받은 도덕적 훈련과 잘 선택된 독서는 다 같이 길을 잘못 든 사람들이나 배움이 없는 사람들을 지배하는 힘, 가장 진실한 의미에서 왕자와 같은 힘을 소유함에 이르도록 한다.

— 존 러스킨

▣ 책을 뒤지고 있는 학자는……마침내는 사색하는 능력을 완전히 상실하고 만다. 책을 뒤지지 않을 때는 생각지 않는다.

— 프리드리히 니체

▣ 남의 피를 이해한다는 것은 그리 쉬운 일이 아니다. 나는 한가하게 독서하는 한가한 사람을 증오한다. — 프리드리히 니체

▣ 독서는 흥미가 이끄는 대로 해야 한다. 과제로서 읽는 것은 별로 유익하지 못하기 때문이다. — 새뮤얼 존슨

▣ 어떤 책은 음미해야 하며, 어떤 책은 삼켜야 하며, 약간의 책은 잘 씹어서 소화시켜야 한다. — 프랜시스 베이컨

▣ 우리들은 독서에 의해서 형상화되었지만, 동시에 우리들에게 있어서 크게 의의가 있었던 책에 우리들의 각인(刻印)을 눌러 찍고 있다. — 프랑수아 모리아크

▣ 도덕적인 책이라든가, 부도덕한 책이란 있을 수 없다. 책이 잘 씌어져 있느냐, 그렇지 못하냐 하는 것뿐이다. — 오스카 와일드

▣ 사람의 품성은 그가 읽는 서적에 의해서 알 수가 있다.

— 새뮤얼 스마일스

▣ 부질없이 책을 읽는 것은 술을 급히 들이키는 것과 같다. 한때는 이것으로 가슴이 고동치지만, 심령을 살찌우고 품성을 함양하는

실익은 조금도 없다. — 새뮤얼 스마일스

▣ 가장 훌륭한 벗은 가장 좋은 책이다. — 필립 체스터필드

▣ 인도의 보물을 가지고도 독서의 사랑은 바꾸기가 어렵다.

— 에드워드 기번

▣ 성경은 신앙의 책이요. 교회의 책이요, 도덕의 책이요, 종교의 책이요, 신으로부터 특별히 보내진 묵시의 책이지만, 인간 자선의 개인적 책임, 인간 자신의 존엄성, 동포와의 평등을 가르치는 책이기도 하다. — 다니엘 웹스터

▣ 책을 많이 읽었음에도 불구하고 이해력이 전연 없는 사람이 많다. 그러한 사람은 지혜로운 잠언은 읽었지만, 잠언의 지혜를 이해하지 못했던 것이다. — 보덴슈테트

▣ 생각하지 않고 책장을 넘기기 위해서만 책을 읽는 무리들이 많다.

— 리히텐베르크

▣ 책은 위대한 천재가 인류에게 남긴 유산이다. — 조지프 애디슨

▣ 두 번 읽을 가치가 없는 책은 한 번 읽을 가치도 없다.

— 막스 베버

▣ 책이 가지는 첫째 목적은 독자에게 주는 의의라고 하겠다. 한 책이 비평가에게 있어서 서로 다르고 심오한 의미를 가지고 있을는지 모르나 비평가의 말은 독자에게 그다지 유익한 것이 못 된다. 나는 책을 위해서 책을 읽는 것이 아니라, 나 자신을 위해 책을 읽는 것이다. — 서머셋 몸

▣ 책을 읽는 사람은 참된 벗, 친절한 충고자, 유쾌한 반려, 충실한

위안자의 결핍을 느끼지 않을 것이다. 사람은 연구에 의하여, 독서에 의하여, 사색에 의하여, 한서(寒暑)의 구별 없이, 또 운·불운의 차가 없이, 어린애같이 자기를 즐겁게 하며, 또 유쾌하게 지낼 수 있게 되는 것이다. — 마르쿠스 바로

▣ 이 세상의 모든 책도 그대에게 행복을 초래하지 않는다. 그러나 책은 몰래 그대 자신 속에 그대를 되돌아가게 한다.

— 헤르만 헤세

▣ 어떤 사람이나 책을 읽어 그 의미를 알려고 할 때에는 기호와 문자를 경멸하거나, 또는 착각이라, 우연이라, 가치 없는 형체라 하지 않고 한 자 한 자 읽으며 배우며 사랑하여야 할 것이다. 그런데 세계의 책, 나의 본질의 책을 읽으려면 나는 미리부터 그 의미를 예상하여 그 기호와 문자를 경시하였다. — 헤르만 헤세

▣ 심심파적으로 책을 읽는 사람과 마음에 허탈을 주지 않으려고 책을 읽는 사람과의 사이에는 메울 수 없는 간극이 있다.

— 윈스턴 처칠

▣ 모든 책은 가끔 문명을 승리로 전진시키는 수단이 된다.

— 윈스턴 처칠

▣ 어떤 사람들은 책의 가치를 그 두께로 평가한다.

— 그라시안이모랄레스

▣ 소년시절에는 모든 책이 점(占)책으로 보인다. 다시 말해서, 미래를 가르치고 긴 여로를 꿰뚫어보는 점쟁이처럼 보인다.

— 그레엄 그린

▣ 좋은 책은 항상 어디서든지 우리에게 무엇인가 제공하면서도 자신은 어떠한 것도 우리로부터 요구하지는 않으며, 우리가 듣고 싶어할 때 말해 주고, 피로를 느낄 때 침묵을 지키며, 몇 달이나 우리가 오기를 참을성 있게 기다리며, 설사 우리가 하다 못해서 다시 그것을 손에 들지라도 결코 감정을 상하는 일을 하지 않고 최초의 그 말과 같이 친절히 말해 준다. — 파울 에른스트

▣ 생각하지 않고 독서하는 것은 씹지 않고 식사하는 것과 같다.
— 에드먼드 버크

▣ 모든 훌륭한 책 속에는 싫증나는 부분이 있고, 모든 훌륭한 사람의 생애에는 흥미 없는 범위를 포함하고 있다. — 버트런드 러셀

▣ 원래 나는 구두점을 많이 사용해서 읽는 속도를 늦춰 보려고 하는 편이다. 내가 쓴 글이 천천히 읽혀지기를 희망하기 때문이다. 나 자신이 읽는 것처럼. — 비트겐슈타인

▣ 대지는 책보다 많은 것을 가르쳐 준다. 대지는 우리에게 저항하기 때문이다. — 생텍쥐페리

▣ 독서가 정신에 미치는 영향은 운동이 육체에 미치는 영향과 다름이 없다. — 토머스 에디슨

▣ 다 써서 완결된 책은 죽인 라이온과 같다. (정말 흥미 있는 것은 쏘아 잡은 라이온이 아니라 다음에 쏘려는 라이온이다. 즉, 행위의 과정이 관심이지 결과는 독자에게는 귀중할는지 모르지만 작가에게는 타버린 재에 불과하다) — 어니스트 헤밍웨이

▣ 중요한 것은 어떤 책이든지 사람은 어떤 경험을 가져야 한다는 것

이 아니고, 그것들의 책이나 경험 가운데 자기 자신의 무엇인가를 주입시키는 데 있다. — 헨리 밀러

▣ 사람은 모름지기 학식과 견문을 무엇보다 먼저 넓힐 것이다. 학식과 견문은 저절로 장성되는 것이 아니고, 다만 책을 읽어서 그 이치를 잘 관찰하는 데 달려 있을 따름이다. — 송시열

▣ 무릇 책을 읽는 사람은 반드시 단정하게 팔짱을 끼고 조심스럽게 앉아서 삼가는 몸가짐으로 책을 대하고는, 마음을 오로지 하고 뜻을 다하고 세밀히 생각하고 충분히 읽어 그 뜻을 깊이 이해하면서, 하나하나의 글귀마다 반드시 실천할 방도를 찾아낼 것이다. 만약 입으로만 읽고 마음에 체득하지 않으면, 책은 책대로고 나는 나대로일 것이니 무슨 이로움이 있겠는가? — 이이

▣ 아무리 독서를 하더라도 실지(實地)로 천리(踐履)하는 것이 못된다면 신상에 상관없는 것이 되고 마는 것이니, 성현의 글이 무슨 소용이 있을 것이랴. — 이수광

▣ 사대부(士大夫)는 3일을 책을 읽지 않으면 스스로 깨달은 어언(語言)이 무미(無味)하고, 거울에 비친 자기 얼굴을 바라보기가 또한 가증(可憎)하다. — 황정견

▣ 참다운 대가는 사서(史書)를 읽을 때 오자(誤字)에 개의치 않는다. 마치 그것은 우수한 여행가가 등산할 때 험한 길에 개의치 않고, 설경을 보려고 원하는 사람이 낡은 다리 난간에 개의치 않고, 전원생활을 원하는 사람이 야인에 개의치 않는 것과 마찬가지다.

— 진계유

▣ 서적은 인생의 그림이나 도시의 사진과 같은 것이다. 뉴욕이나 파리의 사진을 보았으나 정말 본 적이 없는 독자가 많다. 그러나 현자는 글과 함께 인생 자체를 읽는다. 우주는 한 권의 커다란 책이다. 그리고 인생은 커다란 학교이다. — 임어당

▣ 달과 함께 구름을 걱정하고, 책과 함께 좀벌레를 걱정하며, 꽃과 함께 폭풍우를 걱정하고, 재사(才士)와 여인과 함께 가혹한 운명을 걱정하는 것은 부처님의 자비심을 지닌 자이다. — 임어당

▣ 책을 너무 많이 읽다 보면 옳은 것은 옳고 그른 것은 그르다는 것을 모르게 된다. ……나는 철학을 읽지 않고, 직접 인생을 읽는다. — 임어당

▣ 가장 좋은 독서법은 침대 옆에서의 독서다. — 임어당

▣ 글이란 읽으면 읽을수록 사리(事理)를 판단하는 눈이 밝아지며, 어리석은 자도 총명해지니 또한 즐겁지 아니한가. 흔히 세상에 독서를 부귀나 공명을 얻기 위해서 하는 것으로 여기는 사람이 많이 있는데, 그런 사람은 독서의 진정한 즐거움을 모르는 속인(俗人)이라 할 것이다. — 박세당

▣ 서적은 사상과 지식을 간직한 창고이니 글이 생긴 이래로 수천대 성인현철(聖人賢哲)의 캐어 놓은 금옥 같은 진리와 교훈과 꼭 같은 정(情)의 미를 그린 것이 다 그 속에 있는지라. — 이광수

▣ 독서는 정신적 양식이라 하나니, 인체의 건전과 발육이 물질적 영양에서 나옴과 같이 정신의 그것은 오직 독서에 있느니라. — 이광수

▣ 학문을 함에는 물론 사우(師友)도 있어야 하려니와 또한 서권(書卷)과도 잠시 떠날 수 없다. 이 인간에 무슨 즐거움이 있기로서니 명창정궤(明窓靜几)에 서권을 대할 때처럼 즐거울 수 있으리오. 그 속에 만종록(萬鍾祿)과 옥 같은 미인이 있다 함은 오히려 속된 말이요, 이는 한 법열(法悅)이요 해탈이다. — 이병기

▣ 독서란 즐거운 마음으로 할 것이다. 이것이 나의 지설(持說)이다. 세상에는 실제적 목적을 가진, 실리(實利), 실득(實得)을 위한 독서를 주장할 이가 많겠지마는, 아무리 그것을 위한 독서라도 기쁨 없이는 애초에 실효를 거둘 수 없다. — 양주동

▣ 책! 그 속에는 인류가 수천 년 동안을 두고 쌓아 온 사색과 체험과 연구와 관찰의 기록이 백화점 점두와 같이 전시되어 있다. 이 이상의 성관(盛觀), 이 이상의 보고(寶庫), 이 이상의 위대한 교사가 어디 있는가. 책만 펴놓으면 우리는 수천 년 전의 대천재와도 흉금을 터놓고 마음대로 토론할 수 있으며, 육해 수만 리를 격한 곳에 있는 대학자의 학설도 여비도 학비도 들일 것 없이 집에 앉은 채로 자유로 듣고 배울 수 있다. — 유진오

▣ 템포가 빠른 시대에 살고 있는 우리의 처지에서는 이 시대를 좇아가고 이 시대에서 낙오하지 않는 길은 부지런히 책을 읽는 것이다. 그러나 독서의 즐거움은 어떤 강박감도 의무감도 부담감도 없이 책을 읽는 데 보다 더 있는 것이다. — 홍승면

▣ 독서에는 두 가지 목적이 있다. 하나는 자기의 직업과 관계있는 전문적 독서이고, 또 하나는 지식인으로서 갖추어야 할 일반교양을

위한 독서이다. — 송건호

▣ 독서를 모르는 도시인은 문맹(文盲)이나 다름없다. 문명 속의 미아일 뿐이다. — 김광림

▣ 책, 그것은 어느 책이든 인간의 현실이 아니라 추억일 따름이다. — 이어령

▣ 자연은 신이 쓴 위대한 책이다. 한 포기의 조그만 꽃 속에서 신비가 깃들이고 한 마리의 이름도 없는 벌레 속에 경이가 배어 있다. — 안병욱

▣ 좋은 책을 읽는 것은 가정을 일으키는 근본이고, 사리를 따르는 것은 가정을 보존하는 근본이고, 부지런하고 아끼는 것은 가정을 다스리는 근본이고, 화목하고 순종함은 가정을 정제하는 근본이다. — 김해김씨 가훈

【속담 · 격언】

▣ 게으른 선비 책장 넘기기. (글 읽는 데는 마음이 붙지 않고 그 일에서 벗어날 궁리만 함) — 한국

▣ 당나귀 찬 물 건너가듯. (거침없이 글을 잘 읽는다) — 한국

▣ 원님은 책방에서 춘다. (원님을 책방에서 추켜올린다, 곧 칭찬하고 떠벌이려면 그를 잘 알고 있는 자라야 한다) — 한국

▣ 표지로써 서적을 판단하지 마라. — 한국

▣ 처음 책을 읽을 때에는 한 사람의 친구와 알게 되고, 두 번째 읽을 때에는 옛 친구를 만난다. — 중국

▣ 펼치지 않는 서적은 한 뭉치 종이에 불과하다. — 영국

▣ 훌륭한 독서인이 드문 것은 훌륭한 저술가가 드문 것과 같다. — 영국

▣ 책은 책에서 만들어진다. — 영국

▣ 말(言)은 사라지고 책은 남는다. — 프랑스

▣ 지혜의 샘은 서적 사이로 흐른다. — 독일

▣ 악서보다 나쁜 도둑은 없다. — 이탈리아

▣ 책과 친구는 수가 적고 좋아야 한다. — 스페인

▣ 지상의 낙원은 여자의 가슴과 말의 등, 그리고 책 속에 있다. — 아라비아

▣ 학자 가운데에도 당나귀와 비슷한 자가 있다. 그들은 다만 책을 나르고 있을 따름이다. — 유태인

【시 · 문장】

푸른빛이 창에 비친다. 풀을 뽑지 않고 놓아둔다.
오직 독서가 낙이다. (봄)
훈풍에 거문고를 뜯는다.
오직 독서가 낙이다. (여름)
달을 바라본다. 서리가 하늘에 가득하다.
오직 독서가 낙이다. (가을)
핀 두어 송이 매화 천지의 마음이다.
오직 독서가 낙이다. (겨울) — 주희

읽는 사람의 눈은
꿈틀거리는 문자의 숲을 헤집고 들어간다
읽는 사람의 귀는
페이지마다 가만히 내리는 빗소리를 듣는다
읽는 사람의 입은
반쯤 벌어진 채 할 말을 잃고
읽는 사람의 손은
어느새 주인공의 팔을 잡고 있다
읽는 사람의 발은
돌아가려다 이야기의 미로에 길을 잃고
읽는 사람의 마음은
어느덧 보이지 않는 지평선을 넘는다

— 다니카와 순타로 / 숲에게

야인(野人)이라 초가가 분수요
찾아오는 나그네도 드물다.
허나 숲은 그윽하여 새들이 모이고
시냇물은 넓어 고기가 뛴다.
때로는 애를 데리고 산과일도 따오고
아내와 함께 언덕 밭을 매기도 한다.
집안에 무엇이 있는고 하니
오직 여남은 권의 책.

— 한산(寒山)

이 세상의 온갖 책도
너에게 행복을 주지는 않는다.
그러나 책은 남 몰래
너를 너 자신 속에 돌아가 서게 한다.

— 헤르만 헤세 / 冊

산중에 폐호(閉戶)하고 한가히 앉아 있어
만권서(萬卷書)로 생애(生涯)하니 즐거움이 그지없다
행여나 날 볼 님 오셔든 날 없다고 살와라.

— 무명씨

학교의 책상 앞에서 조그만 걸상 위에 앉아 읽는 책들이 있다. 거닐며 읽는 책들도 있고 어떤 것은 숲에서, 어떤 것은 다른 전원에서 읽도록 되어 있고, 그리하여 시세롱은 말했으니, 『그들은 우리와 더불어 전원에 있느니라.』 고. 마차 속에서 읽은 책도 있고, 헛간 속 꼴 위에 누워서 읽은 것도 있다. 사람에게 영혼이 있다고 믿게 하기 위한 책이 있는가 하면, 영혼을 절망케 하기 위한 책도 있다. 신의 존재를 증명하는 것이 있는가 하면, 신에게 다다를 수 없는 책들도 있다. 개인의 서고 속밖에는 꽂아둘 수 없는 것들도 있다. 권위 있는 많은 비평가들에게 찬사를 받은 책들도 있다. 양봉(養蜂)에 관한 이야기만 씌어 있어, 어떤 이들에겐 너무 전문적이라고 생각되는 책도 있고, 자연에 관한 이야기가 어떻게 많든지 읽고 나면 산보할 필요도 없어지는 책도 있다. 점잖은 어른들에게는 멸시를 받지만 어린이들을 흥분케 하는 책들도 있다.

— 앙드레 지드 / 地上의 양식

나는 마치 모래밭에서 조개를 줍듯이 지혜가 책속의 어디에선가 쉽사리 발견되리라는 나의 오랜 신념을 버린 적이 없다. 나는 솔로몬만큼이나 열렬하게 지혜를 원한다. 그러나 그것은 극히 미소한 노력을 들이고서 얻어질 수 있는 지혜—즉 거의 전염병처럼 수월히 들어와지는 그런 지혜이어야 한다. 나에게는 진땀나는 철학적 추구를 해낼 시간도, 정력도 없다. 나는 그 수고스런 작업을 철학자들이 수행해 주기를 바라고, 그 끝에 그들이 얻은 노동의 열매를 나에게도 먹여 주기를 원한다. 농부한테서 달걀을, 과수 재배인에게서 사과를, 약제사에게서 약을 얻듯이 나는 몇 실링의 가격으로 철학자가 나에게 지혜를 제공해 주기를 원한다. 이것이 내가 한때는 에머슨을, 한때는 마르쿠스 아우렐리우스를 읽은 이유이다. 나는 독서를 통한 현명화가 나에게서 이룩되기를 소망하면서 읽었다. 그러나 나는 현명해지지 않았다. 내가 그들의 저서를 읽는 동안은 그들의 생각에 공명한다. 그러나 책의 마지막 페이지를 닫았을 땐 나는 이전의 나와 여전히 똑같은 나이다.

— 로버트 린드 / 哲學者가 되지 않는 辯

가을은 독서의 계절이다. 그것은 무슨 습관이나 제도로서가 아니라, 자연과 인사가 독서에 적의(適宜)하게 되는 까닭이다. 자연으로는 긴 여름의 괴로운 더위를 지나 맑은 기운과 서늘한 바람이 비롯하는 때요, 인사로는 자연의 그것을 따라서 백사앙장(百事鞅掌)한 여름 동안에 땀을 흘려가며 헐떡이던 정신과 육체가 적이 기쁘고 피곤한 것을 거두고, 조금 편안하고 새로운 지경으로 돌쳐서게 되는 까닭이다. 가을을 독서의 계절이라 하지마는 낮보다도 밤을 이름이니 추야장(秋夜長)이라면 자연히 독서와 회인(懷人)을 연상하게 되는 것이다. 독서라는 것은 문자를 전공하는 사람의 일일 뿐만 아니라, 사람으로서 아니할 수 없는 집무를 하여 가면서 틈틈이 하게 되나니 『낮에 밭 갈고 밤에 글 읽는다』는 말이 족히 그러한 뜻을 대표할 만한 말이다.

— 한용운 / 독서삼매경

【중국의 고사】

▣ **독서백편의자현**(讀書百遍義自見) : 글을 백 번만 되풀이해 읽으면 뜻은 절로 알게 된다는 뜻으로, 무엇이든 하고 또 하고 하는 사이에 진리를 터득하게 된다는 뜻. 위(魏)나라 동우(董遇)의 고사에 나오는 말이다.

동우는 후한 말기의 사람으로 당시는 모든 사람들이 자기가 가지고 있는 자그마한 재주를 유력자에게 팔아 바침으로써 출세를 하고 생활을 하고 하는 그런 시대였다. 그러나 동우는 그럴 생각은 조금도 없이 가난 속에 몸소 일을 해 가면서 공부에 열중하고 있었다. 그는 잠시도 손에서 책을 놓는 일이 없었던 것으로 유명하다. 이른바 수불석권(手不釋卷)이란 것이다. 그 뒤 동우는 황문시랑(黃門侍郞)의 벼슬에 올라 헌제(獻帝)의 글공부 상대가 되었는데, 승상이었던 조조(曹操)의 의심을 받아 한직으로 쫓겨나게 되었다. 그 뒤 위나라 천하가 된 뒤에 시중(侍中), 대사농(大司農) 등 대신의 벼슬에까지 올랐다. 그는 《노자》와 《춘추좌전》의 주석을 한 것으로 유명했으나, 지금은 그것이 보이지 않는다.

동우는 글을 배우겠다고 오는 사람이 있으면, 『내게서 배우기보다는 집에서 자네 혼자 읽고 또 읽어 보게. 그러면 자연 뜻을 알게 될 테니.』 하고 거절했다. 이것을 《삼국지》 위지(魏志) 제13권에는 이렇게 표현하고 있다. 『……동우는 가르치기를 즐겨하지 아니하며 말하기를, 「반드시 마땅히 먼저 백 번을 읽으라」 했고 「글을 백 번 읽으면 뜻이 절로 나타난다」 고 말했다(遇不肯教而云 必當先讀百遍 言 讀書百遍而義自見).』 백 번은 여러 번이란 뜻이다. 열 번도 괜찮고, 천 번도 필요할 때가 있을 것이다.

— 《삼국지》 위지

■ **수불석권**(手不釋卷) : 손에서 책을 놓지 않는다는 뜻으로, 열심히 공부함을 이르는 말이다. 항상 손에 책을 들고 글을 읽으면서 부지런히 공부하는 것을 이르는 말이다. 어려운 환경에서도 배우기를 좋아하는 사람이 항상 책을 가까이 두고 독서하는 것을 가리킨다.

중국에서 후한(後漢)이 멸망한 뒤 위(魏) · 오(吳) · 촉한(蜀漢) 세 나라가 정립한 삼국시대에 오나라의 초대 황제인 손권(孫權)의 장수 여몽(呂蒙)은 전쟁에서 세운 공로로 장군이 되었다. 손권은 학식이 부족한 여몽에게 공부를 하라고 권하였다. 독서할 겨를이 없다는 여몽에게 손권은 자신이 젊었을 때 글을 읽었던 경험과 역사와 병법에 관한 책을 계속 읽고 있다고 하면서 『후한의 황제 광무제(光武帝)는 변방일로 바쁜 가운데서도 손에서 책을 놓지 않았으며(手不釋卷), 위나라의 조조(曹操)는 늙어서도 배우기를 좋아하였다.』라는 이야기를 들려주었다.

그래서 여몽은 싸움터에서도 학문에 정진하였다. 그 뒤 손권의 부하 노숙(魯肅)이 옛 친구인 여몽을 찾아가 대화를 나누다가 박식해진 여몽을 보고 놀랐다. 노숙이 여몽에게 언제 그만큼 많은 공부를 했는지 묻자, 여몽은 『선비가 만나서 헤어졌다가 사흘이 지난 뒤 다시 만날 때는 눈을 비비고 다시 볼 정도로 달라져야만 한다(刮目相對).』라고 말하였다. 《삼국지》에 나오는 여몽의 고사로, 손권이 여몽에게 부지런히 공부하라고 권유하면서 말한 『수불석권』은 손에서 책을 놓을 틈 없이 열심히 글을 읽어 학문을 닦는 것을 의미한다. ―《삼국지(三國志)》 오지(吳志)

▣ **독서망양**(讀書亡羊) : 책을 읽다가 양을 잃었다는 말로, 다른 일에 정신을 팔다가 중요한 일을 소홀히 한다는 뜻. 《장자》 변무편(騈拇篇)에 이런 이야기가 있다.

사내종과 계집종 둘이 함께 양을 지키고 있다가 둘 다 그만 양을 놓치고 말았다. 사내종에게 어찌된 일이냐고 물었더니, 죽간을 끼고 책을 읽고 있었기 때문이라고 하였다. 계집종은 주사위를 가지고 놀다가 양을 잃었다고 했다. 이 두 사람이 한 일은 같지 않지만,

양을 잃었다는 결과는 똑같다(臧與穀二人相與牧羊 而俱亡其羊 問臧奚事 則挾策讀書 問穀奚事 則博塞以遊 二人者事業不同 其於亡洋均也).

학문을 중시하는 동양적 사고방식에서 본다면 책을 읽다가 양을 잃는 것은 대수롭지 않은 일이다. 그러나 윗글의 경우는 다르다. 종은 양을 돌보는 일이 바로 그의 본분이다. 그런데 가당치 않게 독서를 하다가 양을 잃었다.

여기서 『독서망양』이 한눈을 팔다가 자기 본분을 잊는다는 뜻이 되는 것이다. 아직도 『독서망양』은 큰일을 하다가 다른 일을 잊는다는 뜻으로도 쓰이고 있다. 그러나 이 편에서 장자가 정말 하고 싶은 이야기는 그게 아니다.

그는 좋은 일을 하다가 양을 잃었건 나쁜 일을 하다가 양을 잃었건 그 결과는 같다는 데 초점을 두고, 결국은 군자니 소인이니 하는 구별이 무의미하다는 말을 하고 싶은 것이다. 윗글 아래 이어지는 다음 내용을 보면 장자의 의도가 확실하다.

백이(伯夷)는 그 명예 때문에 수양산에서 죽었고, 도척(盜跖)은 이익 때문에 동릉(東陵)에서 죽었다. 어째서 백이는 반드시 옳고 도척은 반드시 그르다고 하는 것일까. 인의(仁義)를 따라 죽는다면 세상에서는 군자라 하고, 이익을 따라 죽는다면 세상에서는 소인이라 한다. 목숨을 해치고 천성을 버린 점에서는 백이나 도척이 다를 바 없는데, 어찌 군자와 소인이라는 차별을 그 사이에 둘 수 있겠는가. 『독서망양』은 또한 지엽말단에 매달려 실체를 잃는다는 뜻의 다기망양(多岐亡羊)과 같은 의미로 쓰이기도 한다.

—《장자》 변무편

▣ **위편삼절**(韋編三絕) : 위편(韋編)은 가죽으로 맨 책끈을 말한다. 가죽으로 맨 책의 끈이 세 번이나 닳아 끊어질 정도로 독서에 힘쓴다는 말이다. 공자가 만년에 《주역》을 좋아해서 어찌나 여러 번 읽고 또 읽고 했든지, 대쪽을 엮은 가죽 끈이 세 번이나 끊어졌다고 한 데서 나온 말이다. 즉, 『공자가 늦게 《역(易)》을 좋아하여……역을 읽어 가죽 끈이 세 번 끊어졌다(孔子晩而喜易 讀易……韋編三絕).』 고 했다. 그래서 공자 같은 성인으로서도 학문 연구를 위해서는 피나는 노력을 해야만 했다는 한 예로서 이 말이 인용되기도 하고, 또 후인들의 학문에 대한 열의를 나타내는 말로도 인용되곤 한다.

서양의 명언에도 “There is no royal road to learning.”(학문에 왕도란 없다)라고 했다. 또 “Genius is one percent inspiration and ninety-nine percent perspiration.”(천재는 99퍼센트가 땀(노력)이고 1 퍼센트만이 영감이다)라는 에디슨의 명언과 같이 공자의 위대한 문화적 업적 가운데는 이 『위편삼절』과 같은 노력이 숨어 있었다는 것을 알 수 있다.

공자는 스스로를 평하기를, 『나는 발분(發憤)하여 밥 먹는 것도 잊고, 즐거움으로 근심마저 잊은 채, 세월이 흘러 몸이 늙어가는 것조차 모른다.』 고 했다. 공자는 또 음악을 좋아했는데, 제나라로

가서 소(韶)라는 음악을 들었을 때는 석 달 동안 고기 맛을 모를 정도로 열중한 끝에, 『내가 음악을 이렇게까지 좋아하게 될 줄은 미처 몰랐다.』고 했다. —《사기》 공자세가(孔子世家)

■ **낙양지귀**(洛陽紙貴) : 어느 특정 서적이 대량으로 출판을 거듭하고 있는 것을 표현하는 말이다. 그 책을 베끼느라 낙양에 종이가 달려 값이 뛰어오르게 되었다는 뜻이니, 요새 우리가 흔히 말하는 베스트셀러 정도가 아닐 것이다. 낙양의 지가를 오르게 한 실례를 소개하면 다음과 같다.

진(晋)나라 좌사(左思)는 임치(臨淄) 사람이었다. 아버지 좌옹(左雍)도 하급 관리에서 몸을 일으켜, 그의 학식으로 전중시어사(殿中侍御史 : 검찰총장)란 높은 벼슬로 뛰어오른 사람이다. 좌사는 젊었을 때 글과 음악을 배웠으나 도무지 늘지가 않았다. 그런데 어느 날 그의 아버지가 친구를 보고, 『내가 젊었을 때는 저렇지는 않았었는데……』 하는 소리를 들은 뒤부터 나도 하면 된다는 결심을 하고 공부에 열중하기 시작했다. 그는 뛰어난 문장의 소질을 갖고 있었지만, 얼굴이 못생긴데다가 날 때부터 말더듬이었기 때문에 사람 대하기를 꺼려해 항상 집안에 들어박혀 창작에만 열중하고 있었다.

이리하여 1년이 걸려, 일찍이 제나라 수도였던 임치의 모습을 운문으로 엮은 『제도부(齊都賦)』를 완성하고, 이에 삼국시대의 촉나라 수도였던 성도와 오나라 수도 건업과 위나라 수도 업(業)을 노래한 『삼도부(三都賦)』를 지을 생각을 했다. 이리하여 많은 참고 서적과 선배들을 찾아 기초 지식을 얻는 한편, 구상을 짜내는 데 10년이란 세월을 쏟았다. 그는 이동안 뜰은 물론이요 대문에서 담 밑에까지 곳곳에 붓과 종이를 준비해 두고, 좋은 글귀가 머리에 떠오르면 그 즉석에서 적어 나갔다.

그러는 동안 그는 자신의 지식이 모자라는 것을 절감한 나머지, 자진해서 비서랑(秘書郎)이란 직책을 얻어 많은 재료를 얻어 보기도 했었다. 이리하여 완성한 것이 『삼도부』였으나, 그에 대한 평이 그리 놀라운 것은 아니었다. 그러나 자신의 작품에 대해 크게 자신을 가진 그는, 당시 초야에서 저술에 종사하고 있던 황보밀(皇甫謐)을 찾아갔다. 황보밀은 그의 작품을 한번 읽어 보고는 『이건 굉장한 문장이다』하고 즉석에서 서문을 써 주었다. 다시 여기에 저작랑(著作郎 : 국사편찬관)인 장재(張載)가 『위도부』에, 중서랑 유규(劉逵)가 『오도부』와 『촉도부』에 주석을 붙이고, 위관(衛瓘)이 약해(略解)를 짓는 등 당시 일류 명사들로부터 그 진가를 인정받게 되었다. 그러나 그의 이름을 단번에 결정적으로 유명하게 만든 것은 사공(司空 : 治水와 土木을 맡은 재상) 장화(張華)의 절대적인 찬사 때문이었다.

『반고(班固)와 장형(張衡)에 맞먹는 작품이다. 읽는 사람으로 하여금, 읽고 나서도 여운이 남고, 여러 날이 지나도 감명을 새롭게 한다.』 이런 찬사가 한번 알려지자, 돈 많고 지위 높은 집 사람들이 앞을 다투어 서로 베껴 가는 바람에 낙양의 종이 값이 오르게 되었다(於是豪貴紙價 競相傳寫 洛陽爲之紙貴)는 것이 《진서》 문원전에 나오는 이야기다. 반고·장형과 맞먹는다는 말은 반고의 『이도부(二都賦)』와 장형의 『이경부(二京賦)』에 견줄 만하다는 이야기다.

한편, 같은 시대의 육기(陸機)도 『삼도부』를 짓고 있었는데, 그가 좌사의 『삼도부』를 보자, 『나로서는 한 자도 더 보탤 것이 없다.』 하고 자기의 『삼도부』를 중도에 포기하고 말았다. 육기는 당대 제일가는 문호였을 뿐만 아니라, 후세에까지 손꼽히는 대문장가였다. 아무튼 종이가 발명된 지 2백 년밖에 안되는 당시였던 만큼, 이 이야기에는 조금도 과장이 없었던 것 같다.

—《진서(晋書)》 문원전(文苑傳)

■ 우각괘서(牛角掛書) : 「소뿔에 책을 걸어놓다」라는 뜻으로, 소를 타고 독서한다는 말로, 시간을 아껴 오로지 공부하는 데 힘쓰는 태도를 비유하는 말.

수(隋)、당(唐)나라 때 이밀(李密)의 고사에서 유래되었다.

이밀은 명문가 출신으로, 소년시절에 조상의 음덕으로 수나라 양제(煬帝)의 궁정에서 시위가 되었다. 양제는 이밀이 범상치 않은 인물임을 알아보고 우문술(宇文述)에게 명하여 시위를 그만두게 하였다.

우문술은 이밀을 불러 재능과 학문으로 현달하도록 하라고 격려하였다. 이에 이밀은 집으로 돌아가 학문에 더욱 힘썼다.

평소 존경하던 학문이 높은 포개(包愷)가 구산(緱山)에 있음을 알고는 그를 찾아갔다. 이밀은 먼 길을 가면서 책을 읽을 방법을 강구하여, 부들로 안장을 엮어 소 등에 얹고 그 위에 앉아 소의 양 뿔에 《한서(漢書)》 한 질을 걸었다(以蒲韉乘牛 掛漢書一帙角上行且讀).

이렇게 소를 타고 책을 읽으며 가는 모습을 조정의 대신 양소(楊素)가 보았다. 양소는 소를 타고 가며 책을 읽는 기이한 모습에 그 뒤를 따라가 무슨 책을 그렇게 열심히 읽느냐고 물었다.

이밀은 양소를 알아보고 예를 갖추고는 《항우전(項羽傳)》을 읽고 있다고 대답하였다. 양소는 그와 대화를 나누어보고는 범상치 않은 인물이라고 느꼈다. 양소가 집에 돌아와 아들 양현감(楊玄感)에게 이야기하니, 양현감이 마음을 기울여 이밀과 교유하였다. 나중에 양현감과 이밀은 양제의 통치가 문란해지자 합심하여 반란을 일으켰다. — 《신당서》

▣ **한우충동**(汗牛充棟) : 짐을 실으면 소가 땀을 흘리고, 쌓으면 들보에까지 가득 찬다는 뜻으로, 장서가 많음을 가리키는 말. 수레로 실어 가면 소가 무거워 땀을 흘릴 지경이고, 집에 쌓으면 대들보까지 닿게 된다는 뜻으로, 책이 아주 많은 것을 형용해서 이르는 말이다. 지금은 이 말이 좋은 뜻으로 쓰이고 있는데, 원래는 좋지 못한 무의한 책이 너무 많다는 것을 지적한 말이었다.

당나라 양대 문장가인 유종원이 「육문통선생묘표(陸文通先生墓

表)」라는 글 가운데 다음과 같이 쓰고 있다.

『공자가 《춘추》를 지은 지 천 5백 년이 된다. 춘추전(春秋傳)을 지은 사람이 다섯 사람이었는데, 지금 그 셋이 통용되고 있다. ……온갖 주석을 하는 학자들이 백 명, 천 명에 달한다. ……그들이 지은 책이 집에 두면 대들보까지 꽉 차고, 바깥으로 내보내면 소와 말이 땀을 낸다(其爲書 處則充棟宇 出則汗牛馬)……』

육문통 선생은 보통 학자가 아니고 공자가 지은 본래의 뜻을 알고 있는 훌륭한 춘추학자라는 것을 강조하기 위해, 그 밖의 많은 학자들의 무익한 《춘추》에 관한 저서들이 너무 많다는 것을 과장하여 「충동우(充棟宇) 한우마(汗牛馬)」라고 쓴 것이 순서가 바뀌고 말이 약해져서 「한우충동」으로 굳어지게 된 것이다. —유종원

▣ **착벽인광**(鑿壁引光) : 전한(前漢) 때, 재상이 되어 일인지하만인지상(一人之下萬人之上)의 영화를 누린 광형(匡衡)은 젊었을 때 무척 고생을 하고 성공한 위인의 한 사람이었다. 그는 어렸을 때부터 학문을 좋아하여 틈만 있으면 공부를 하였으나, 말할 수 없이 가난한 농가의 아들로 태어난 탓에 책을 살 돈이 없어서 품팔이를 해가면서 푼푼이 모은 돈으로 책을 사서 읽었다. 그러나 품팔이를 하지 않고서는 먹을 수 없는 가난한 살림이었으니 낮에 한가히 책을 읽을 수는 없고 밤에 책을 보아야 했는데, 등불을 켤 기름이 없었다. 그는 생각 끝에 이웃집의 벽에 몰래 구멍을 뚫어 놓았다. 그리고 그 조그만 구멍으로 새어 들어오는 불빛에 따라 책장을 넘기면

서 독서를 계속했던 것이다. —《서경잡기(西京雜記)》

▣ 진(秦)나라 시대, 소진(蘇秦)이 위(魏)나라의 장의(張儀)와 함께 귀곡선생(鬼谷先生)을 사사(師事)하고 독서하던 중 밤이 깊어 졸음이 오면 송곳으로 다리를 찔러 잠을 극복하였다. 그 피는 복사뼈에까지 흘러내렸다고 한다. —《전국책》

【우리나라 고사】

▣ **독서삼품과**(讀書三品科) : 신라의 관리 선발제도로, 국학의 학생들을 독서능력에 따라 상・중・하로 구분하였으며 이를 관리임용에 참고하였다. 독서출신과(讀書出身科)라고도 하며, 788년(원성왕 4) 유교정치사상에 입각한 정치운영을 목적으로 국학(國學) 내에 설치하였다. 학생들을 유교경전 독해능력에 따라 상(上)・중(中)・하(下)의 3등급으로 구분하는 일종의 졸업시험이었다.

시험과목은, 하품은 《곡례(曲禮)》,《효경(孝經)》을 읽은 자, 중품(中品)은 《논어》,《곡례》,《효경》을 읽은 자, 상품은 《춘추좌씨전》,《예기》,《문선(文選)》을 읽어 그 뜻을 잘 통하고 아울러 《논어》,《효경》에도 밝은 자, 특품은 오경(五經 : 《주역》,《시경》,《서경》,《예기》,《춘추》}, 삼사(三史 : 《사기》,《한서》,《후한서》)와 제자백가(諸子百家)의 서(書)를 능히 통달한 자로서 순서를 가리지 않고 등용하였다.

그러나 신라 하대에 들어와 진골의 수가 늘어나고 진골귀족간의 왕위쟁탈과 세력 갈등이 격화되면서 골품제가 폐쇄적인 방향으로 전개되자 관계진출도 학문적 능력보다는 출신 신분이 중요시되는 경향이 강해졌다. 또한 당(唐)나라로 유학가거나 그곳에서 관리로 활동하다 귀국하여 신라의 관리로 임용되는 경우도 빈번하였다. 최치원(崔致遠)도 당나라에서 과거에 급제하여 관리로 있다가 귀국하여 벼슬길에 올랐다.

독서삼품과의 시행은 관리임용의 기준을 학문적 능력에 둠으로써 골품제라는 신분에 의존하던 기존의 불합리한 관리 선발방식을 지양하게 되었으며, 유학에 대한 이해를 높여 유능한 유학자를 많이 배출하는 데 크게 기여하였다.

【에피소드】

▣ 철학자 프리드리히 니체가 라이프치히 대학에서 언어학을 연구하고 있을 때, 어느 책방에서 한 책을 손에 들고 시간 가는 줄도 모르고 읽고 있었다. 그 책을 발견했을 때의 심정을 그는 다음과 같이 얘기하고 있다. 『어느 정체 모르는 귀신이 나에게, 빨리 돌아가라, 그리고 그 책을 가지고 가라고 속삭이는 것 같았다. 나는 집에 도착하자마자 가지고 온 나의 보물을 열어 보았다. 그리고 그 힘 있는 숭고한 천재의 마력에 복종할 수밖에 없었다.』 그 책이란 쇼펜하우어의 《의지(意志)와 관념(觀念)의 세계》였다. 그는 14일을 침식을 잊은 듯이 그 책을 읽었다. 그리고 그는 그 책을 스승으로 하여 자기의 철학을 발전시켰다.

▣ 벤저민 프랭클린이 1736년에 주 의회의 서기로 뽑혔을 때 어느 한 의원이 다른 후보자를 응원하기 위하여 긴 연설로써 프랭클린이 서기가 되는 것을 방해했다. 그러나 그는 그 사람에게 보복하기보다는 상대의 적의를 없애고 나아가서는 다른 사람이 자기에게 호의를 갖도록 마음을 썼다. 그 의원의 집에는 진귀한 책이 많았으므로 그 사람에게 편지를 써서 4, 5일 책을 빌려 볼 수 없겠느냐고 부탁하여 보았다. 그러자 곧 책을 보내 주었으므로, 읽은 후 독후감을 써서 고마운 마음에 감사하다는 편지를 써 보냈다. 그 후 주 의회에서 그 의원과 만나 처음으로 말을 주고받았다. 그 의원은 반대연설을 하였을 때와는 전혀 반대로 친근한 태도로 대해 주었다. 그런 일이 있고 난 후 그 사람과 죽을 때까지 절친한 친구로 지냈다.

▣ 철학자 쇼펜하우어는 정신발작증이 심했다. 그는 자기의 저서를 읽어 내려가다가도 흥에 겨우면 발작을 일으키고 무릎을 치거나 어깨를 으쓱거리며 떠들어대곤 했다. 『이건 굉장한 인스피레이션으로 쓴 책인데, 대관절 이런 책을 쓴 사람은 누구일까? 이건 참 천재인데……천재는 바로 이런 사람을 두고 한 말이거든!』 그는 자기 자신이 작자인 것을 잊어버리고 좋아서 날뛰었다는 것이다.

【成句】

▣ 속대발광욕대규(束帶發狂欲大叫) : 더운 여름날에 의관을 정제하

고 앉아서 책을 읽으려니 큰 소리라도 지르고 싶고 난리법석을 펴고 싶은 마음이 굴뚝같아도 참고 이겨 낸다는 말. 옛날 선비들의 학문자세를 알 수 있는 말이다.

▣ 어언무미(語言無味) : 독서하지 않는 사람은 언어에도 맛이 없다는 말. / 황정견.

▣ 일일부독서구중생형극(一日不讀書口中生荊棘) : 하루라도 책을 읽지 않으면 입속에 가시가 돋는다는 뜻. / 《추구》

▣ 진신서불여무서(盡信書不如無書) : 서적에는 틀린 곳이 많으므로 모두 믿어서는 안 된다는 말. 원래는 《상서(尙書)》를 완전히 믿으려면 차라리 《상서》가 없는 쪽이 더 낫다라는 뜻이었는데, 지금은 모든 것을 고서(古書)나 전인(前人)들의 경험에만 의존해서는 안 됨을 비유하는 말. / 《맹자》 진심하.

▣ 숙독완미(熟讀玩味) : 문장을 잘 읽고 내용을 충분히 음미함. 일독(一讀)만으로 맛을 느낄 수가 없으며, 일지반해(一知半解)의 원인이 된다.

▣ 독서삼도(讀書三到) : 독서하는 법은 구도(口到)·안도(眼到)·심도(心到)에 있다 함이니, 즉 입으로 다른 말을 안하고, 눈으로 딴 것을 보지 말고, 마음을 하나로 가다듬고 반복 숙독하면 그 진의를 깨닫게 된다는 뜻. / 《훈학재규(訓學齋規)》

▣ 독서삼매(讀書三昧) : 오로지 책읽기에만 골몰하는 것.

▣ 독서삼여(讀書三餘) : 독서를 하기에 적당한 세 여가(餘暇). 곧 겨울·밤·비올 때. / 《삼국지》

▣ 등화가친(燈火可親) : 등불과 친할 만하다는 것이니, 가을은 서늘하여 등불을 밝히고 공부하기에 알맞은 때라는 뜻. / 한유

▣ 독서상우(讀書尙友) : 책을 읽음으로써 옛 현인(賢人)들과 벗이 될 수 있다는 뜻. / 《맹자》

▣ 비이장목(飛耳長目) : 먼 데서 일어나는 일을 능히 듣고 보는 귀와 눈. 널리 여러 가지 정보를 모아 사물을 명확하게 판단하는 능력을 이른다. 또 견문을 넓히는 서적을 비유적으로 이르는 말이기도 하다. / 《관자》

▣ 개권유익(開卷有益) : 책을 읽지 않고 펼치기만 해도 유익하다는 뜻으로, 제대로 독서를 하면 효과가 좋다는 말. / 《송서》

▣ 계창(鷄窓) : 송나라 처종(處宗)의 서재의 창 밑에서 기른 닭이 사람의 말을 이해하고 처종과 이야기하며 그의 학식을 도왔다는 고사에서, 독서하는 방, 즉 서재를 가리킨다. / 《유명록(幽冥錄)》

▣ 승우독한서(乘牛讀漢書) : 소를 타고 길을 가며 책을 읽는다는 뜻으로, 독서에 여념이 없음을 이르는 말. / 《세설신어》

▣ 안광지배(眼光紙背) : 눈빛이 종이 뒷면까지 꿰뚫는다는 뜻. 독서하며 자구(字句)의 해석에 머물지 않고 저자의 깊은 뜻이나 정신까지 파악하는 것. 독서의 이해력이 날카로움을 이르는 말.

▣ 일개서생(一介書生) : 아무런 쓸모도 없는 독서인(讀書人). 개(介)는 초개(草芥)의 개와 같으며, 먼지나 쓰레기. 보잘 것 없는 서생. / 《등왕각서》

▣ 주경야독(晝耕夜讀) : 낮에는 농사짓고 밤에는 글을 읽음. / 《위서

(魏書)》

▣ 자고(刺股) : 소진(蘇秦)이 독서할 때 졸음이 오면 넓적다리를 송곳으로 찔렀다는 데서, 자신의 태만을 극복해서 열심히 면학함을 이름. /《전국책》

▣ 서자서아자아(書自書我自我) : 글은 글대로 나는 나대로 라는 뜻으로 글을 읽되 정신은 딴 데 쓴다는 말.

▣ 정가노비개독서(鄭家奴婢皆讀書) : 평소에 보고 듣고 하는 것은 특별히 배우려고 하지 않아도 저절로 알게 됨의 비유. 정가(鄭家)는 후한(後漢)의 학자 정현(鄭玄)의 집. 정현의 집 노비들은 모두 책을 읽을 줄 알았다는 데서 나온 말이다. /《사문유취(事文類聚)》

▣ 천벽독서(穿壁讀書) : 벽에 구멍을 뚫어 옆집 불빛을 끌어들여 책을 읽는다는 뜻으로, 심한 가난에도 뜻을 굽히지 않고 고생하며 학문에 정진하는 것.《서경잡기》

▣ 표맥(漂麥) : 중국 후한(後漢)의 고봉(高鳳)이 널어 말리던 마당의 보리가 폭우(暴雨)에 떠내려간 것도 모르고 독서에 몰두했던 고사(故事)에서 나온 말로, 글을 읽는 데 몰두하여 다른 일을 모두 잊어버림의 비유. /《후한서》일민전(逸民傳).

▣ 폐호선생(閉戶先生) : 집안에 틀어박혀 독서만 하는 사람.

▣ 목경(目耕) : 눈으로 밭을 갈다. 눈으로 밭을 경작함과 같이 나날이 독서에 힘쓰는 것을 이른 말. /《세설신어》

▣ 삼일부독서어언무미(三日不讀書語言無味) : 사흘만 독서를 하지 않으면 사상이 비열(卑劣)하여져서 말도 자연히 아치(雅致)가 없

어진다는 말. / 《세설신어》

▣ 십독불여일사(十讀不如一寫) : 책을 열 번 읽더라도 정신을 차리지 않으면 곧 잊어버리게 되나 한 번 쓰는 데는 정신을 들이게 되므로 잊어버리지 않는다는 말. / 《학림옥로(鶴林玉露)》

▣ 백운동서원(白雲洞書院) : 한국 최초의 본격적 서원이며, 최초의 사액서원. 1543년(중종 38년) 풍기(豊基) 군수 주세붕이 고려의 유학자 안향을 모시고 제사하기 위해 서원을 세웠다. 주자의 백록동학규(白鹿洞學規)를 채용해서 유생들에게 독서와 강학의 편의를 주고, 이름을 백운동서원이라고 하였다. 1544년에 안축(安軸)과 안보(安補)도 함께 배향하였으며, 1550년 이황이 풍기군수로 부임하여 조정에 건의해서 왕의 친필로 소수서원(紹修書院)이라는 액(額)을 하사받았으니, 소위 사액서원(賜額書院)의 시초였으며, 이로써 나라가 인정하는 사학(私學)이 되었다. 1633년(인조 11)에는 주세붕을 추가로 배향하였다.

예술 art 藝術

【어록】

▣ 오색의 찬란한 빛깔은 사람의 눈을 멀게 하고, 오음의 아름다운 소리는 사람의 귀를 멀게 하고, 오미의 좋은 맛은 사람의 입을 버리게 한다(五色令人目盲 五音令人耳聾 五味令人口爽).

— 《노자》 제12장

▣ 세상을 다스리는 음악은 편하고 즐거워 그 정치가 조화를 이루며, 세상을 어지럽히는 음악은 원망하고 성이 나게 하니 그 정치가 어그러진다. 나라를 망하게 하는 음악은 슬프고 생각하게 하니 그 백성이 곤궁하다(治世之音 安以樂 其政和 亂世之音 怨以怒 其政乖 亡國之音 哀以思 其民困). — 《예기》 악기(樂記)

▣ 나는 등용되지 않았기 때문에 예(藝)에 능해졌다(吾不試 故藝 : 나는 젊어서 등용되지 않았기 때문에 여가가 많아서 재주가 많아지게 되었다). — 《논어》 자한

▣ 산중에 악기가 없어도 산수에는 맑은 소리 들리는구나(非必絲與竹

山水有淸音).　　　　　　　　　　　　　　　　　　　　　　　— 좌사(左思)

▣ 인생은 짧고 예술은 길다. 기회는 사라지기 쉽고, 경험은 의심스럽고, 판단은 어렵다.　　　　　　　　　　　　　　　　　— 히포크라테스

▣ 예술은 자연을 모방한다.　　　　　　　　　　　　　　　　— 아리스토텔레스

▣ 예술은 경험보다 고상한 형태의 지식이다.　　　　　　　　— 아리스토텔레스

▣ 모든 예술, 모든 교육은 단지 자연의 부속물에 지나지 않는다.
— 아리스토텔레스

▣ 예술과 감각은 예로부터 흔히 서로 비교되어 왔다. 이것은 예술이나 감각이 다 같이 대조되는 것을 다루는 점에 착안한 것이라고 생각된다. 그 점에 있어서는 예술과 감각이 일치한다. 그러나 그 대상이 되는 물건의 용도에 있어서는 서로 다르다. 감각은 흰 것, 검은 것, 단 것, 쓴 것, 무른 것, 굳은 것을 가리지 않고 받아들인다. 우리의 각종 감각의 기능은 다만 이러한 외계의 인상을 받아서 그대로 이성에 전달함에 그친다. 그러나 적합한 것은 가꾸고 필요치 않은 것은 버리는 것을 임무로 삼는 예술은, 그 대상의 어떤 특성은 본질적인 것으로서 강조하고 다른 것은 탐탁하지 않은 우연적인 것으로서 배제한다.　　　　　　　　　　　　　— 플루타르코스

▣ 예술 없이 우리는 살까?　　　　　　　　　　　　　　　　— 에우리피데스

▣ 어떠한 자연도 예술만 못하지 않다. 예술이 하는 일은 온갖 자연의 것을 흉내 내는 것이다.　　　　　　　　　　　— 마르쿠스 아우렐리우스

▣ 예술의 극치는 예술을 감춘다.　　　　　　　　　　　　　— 퀸틸리아누스

▣ 인생보다 어려운 예술은 없다. 다른 예술이나 학문에는 도처에 스

승이 있다. — L. A. 세네카

▣ 인생은 짧고 예술은 길다. — L. A. 세네카

▣ 모든 예술은 자연의 모방에 지나지 않는다. — L. A. 세네카

▣ 자연은 신의 예술이다. — A. 단테

▣ 예술은 학생이 그 스승을 모범으로 삼는 것처럼 가능한 한 자연을 따른다. — A. 단테

▣ 예술의 비법은 자연을 수정하는 데 있다. — 볼테르

▣ 모든 예술은 형제이고, 서로가 서로를 비춘다. — 볼테르

▣ 예술과 검열은 이렇게 다르다. 전자는 추잡한 몸에 담은 점잖은 마음이고, 후자는 점잖은 몸에 담은 추잡한 마음이다.
— 조지 네이선

▣ 자연은 신의 묵시이며 예술은 인간의 묵시이다.
— 헨리 롱펠로우

▣ 예술의 새로운 개념은 인간들이 자각하고 있지 않은 위대성을 그들에게 자각시키는 데 있다. — 앙드레 말로

▣ 세상을 피하려면 예술보다 확실한 길은 없다. 또 세상과 관련을 맺는 데 있어서도 예술처럼 적당한 길은 없을 것이다. — 괴테

▣ 꽃을 주는 것은 자연, 그 꽃을 따서 화환으로 하는 것은 예술이다.
— 괴테

▣ 예술 감각이 사라졌을 때 모든 예술작품은 사멸한다. — 괴테

▣ 예술은 끝이 없다. 다만 화가의 붓이 수명을 다할 뿐이다.
— 레오나르도 다빈치

▣ 예술에는 오류가 있을지 모르나 자연에는 잘못이 없다.
— 존 드라이든

▣ 대중이 예술을 격하시킨다고 일반적으로 말하고 있지만, 그것은 진실이 아니다. 예술가가 대중을 격하시키는 것으로서, 예술이 타락한 시대는 언제나 예술가에 의해서이다. — 프리드리히 실러

▣ 예술가는 고독한 늑대이며 그의 길은 고독하다. 동료가 그를 황야로 몰아내는 것은 그를 위해 도움이 된다. ……자기만족은 예술가를 망치는 것이다. — 서머셋 몸

▣ 재능이 없는 사람들이 예술을 추구하는 것만큼 비참한 것은 없다.
— 서머셋 몸

▣ 나의 예술은 가난한 사람들의 행복을 위해 바쳐져야 한다.
— 베토벤

▣ 예술가로서의 나에 대해서 말한다면, 나에 관해 쓴 모든 것에 대해서 내가 조금이라도 관심을 표명했다는 소문을 들은 사람은 없을 것이다. — 베토벤

▣ 과학의 가치와 예술의 가치는 만인의 이익에 대한 사욕 없는 봉사에 있다. — 존 러스킨

▣ 예술의 사명은 자연을 모방하는 것이 아니라, 자연을 표현하는 일이다. — 발자크

▣ 문학은 경험의 분석이며, 발견한 것을 하나로 종합한 것이어야 한다. — 레베카 웨스트

▣ 예술은 예술로서 우리들의 반성의 의식에 들어올 때부터 이미 예

술이 아니다. — 리하르트 바그너

▣ 문학은 의미로 채워진 언어이다. — 에즈라 파운드

▣ 예술이란 자연이 만든 것인데도 불구하고 사람이 예술 그것을 최고의 목적이라고 믿게 시리 된 순간부터 데카당스가 시작됐다.
— J. 밀레

▣ 예술은 위안의 놀이는 아니다. 그것은 투쟁이며, 물건을 잘게 씹어 으깨는 톱니바퀴의 기계다. — J. 밀레

▣ 예술을 위한 예술은 아름다울지도 모른다. 그러나 진보를 위한 예술은 더욱 아름답다. — 빅토르 위고

▣ 문학은 반은 상업이고, 반은 예술일 때 가장 융성한다.
— 윌리엄 잉

▣ 예술이 아름다우면 아름다울수록 그것은 원래 자기 자신이 잘못이라는 것을 느끼는 사람들의 작품이다. — 존 러스킨

▣ 예술의 기초는 도덕적 인격에 있다. — 존 러스킨

▣ 위대한 예술이란 예술적 재능에 의한 순수한 영혼의 표현이다.
— 존 러스킨

▣ 손과 머리와 마음이 함께 움직일 때 예술은 아름답다.
— 존 러스킨

▣ 문학과 소설은 두 개의 전혀 다른 것이다. 문학은 사치요, 소설은 필요이다. — G. K. 체스터턴

▣ 예술은 형식을 추구하면서 미를 얻으려고 한다. — 조지 벨로스

▣ 비평이란 비평가가 예술가의 명성에 자기도 함께 참여하려는 예술

이다. — 조지 네이선

▣ 예술은 순종은 하겠지만 정복되지는 않는다. — 랠프 에머슨

▣ 구원(久遠)의 현대성이 모든 예술작품의 가치의 척도가 된다.
— 랠프 에머슨

▣ 시대의 예술작품과 발명품은 그 시대의 의상에 지나지 않으며 사람을 고무시키지 않는다. — 랠프 에머슨

▣ 예술은 투기심 많은 정부(情婦)이다. 그래서 남자가 그림이나 시, 음악, 건축 또는 철학에 대한 천재적인 소질을 갖고 있으면 그는 좋은 남편이 될 수 없고 넉넉한 살림을 꾸려가게 하지도 못한다.
— 랠프 에머슨

▣ 새로운 예술작품은 옛 것을 상실시킨다. — 랠프 에머슨

▣ 고전적인 예술은 필요의 예술이었다. 현대의 낭만주의 예술은 변덕과 우연이란 표지를 달고 있다. — 랠프 에머슨

▣ 비평가란 문학이나 예술 면에서 실패한 무리들이다.
— 벤저민 디즈레일리

▣ 사람은 항상 느낌이 전부라고 생각해서는 안된다. 예술은 형식이 없으면 아무것도 아니다. — 플로베르

▣ 예술은 인생보다도 고상하다. 예술에 파묻혀 다른 모든 것을 피하는 것이 불행으로부터 멀리 떨어지는 유일한 길이다.
— 플로베르

▣ 비평가가 작가를 모욕한다. 사람들은 그것을 비평이라고 한다. 작가가 비평가를 모욕한다. 사람들은 그것을 모욕이라고 한다.

— 몽테를랑

▣ 예술이란 인간이 일으킨 최상 최선의 감정을 그 목적을 위하여 타인에게 전달하는 인간 활동이다. — 레프 톨스토이

▣ 예술은 기예(技藝)가 아니라, 그것은 예술가가 체험한 감정의 전달이다. — 레프 톨스토이

▣ 참다운 예술은 남편에게 사랑받는 아내와 같이, 새삼스럽게 단장할 필요는 없다. — 레프 톨스토이

▣ 부유계급에 일락(逸樂)을 제공하는 것을 목적으로 하고 있는 우리들의 예술은 매춘부를 닮고 있을 뿐만 아니라, 그 이상의 아무것도 아니다. — 레프 톨스토이

▣ 예술은 일종의 허위다. 나는 이미 아름다운 허위를 사랑할 수 없다. — 레프 톨스토이

▣ 예술은 인간성의 그림에 불과하다. — 윌리엄 제임스

▣ 예술가란 항상 자신에게 귀를 기울이고, 자기 귀에 들려온 것을 자기 마음 한가운데 솔직한 기분으로 새겨두는 열성적인 노동자이다. — 도스토예프스키

▣ 그 남자가 갈망하는 것은 명성이다. 그러나 만약 그런 감정이 예술가의 주요한, 그리고 유일의 원동력이 된다면, 그 예술가는 이미 예술가가 아니다. 왜냐하면 그는 이미 소중한 예술적인 본능, 결국 예술에 대한 사랑을 잃어버린 까닭이다. 왜냐하면 대상은 어디까지나 예술 그 자체이지 명성이나 그 밖에 아무것도 아니기 때문이다. — 도스토예프스키

▣ 예술이란 자연에 부가된 인간이다. 자연·현실·진실에 부가된 인간이다. — 빈센트 반 고흐

▣ 예술에 대한 사랑은 참된 애정을 잃게 한다. — 빈센트 반 고흐

▣ 예술가는 자연의 애인이다. 그는 그녀의 노예이며 주인이다.
— R. 타고르

▣ 예술은 표절이거나 혁명가이다. — 폴 고갱

▣ 예술은 모방이 끝나는 곳에서 시작된다. — 오스카 와일드

▣ 예술은 일찍이 예술가를 드러내 주기보다 훨씬 더 완전히 예술가를 감춰 준다고 느낀 적이 한두 번이 아닌걸. — 오스카 와일드

▣ 근대 예술의 진정한 목표는 그 폭이 아니라 강도(强度)이다.
— 오스카 와일드

▣ 예술의 으뜸가는 어필은 지성에 대해서도 아니고 감정에 대해서도 아니며, 어디까지나 예술적 기질에 대해서 행해진다.
— 오스카 와일드

▣ 내 자신의 예술은 사회의 부정이요, 개인의 긍정이며, 사회의 모든 규칙과 요구의 권외에 있다. — 에밀 졸라

▣ 예술—예술이야말로 지상(至上)이다! 그것은 사는 것을 가능케 하는 위대한 것. 삶에의 위대한 유혹자, 삶의 큰 자극이다.
— 프리드리히 니체

▣ 진리는 추악하다. 진리에 의해서 멸하지 않기 위해 우리는 예술을 가지는 것이다. — 프리드리히 니체

▣ 예술은 삶을 부정하려고 하는 일체의 의지를 분쇄하는 유일의 우

월한 저항력이다. 반 기독교적 · 반 불교적 · 반 니힐리즘적인 선량이다. — 프리드리히 니체

▣ 예술가는 이론가와 실천가의 종합이다. — 노발리스

▣ 예술은 이 자연의 대종교의 조화된 의식(儀式)이다. — 오귀스트 로댕

▣ 예술에 있어서는 성격을 갖고 있는 것만이 아름답다. 성격이란 아름다움이나 추함이나 자연의 엄숙한 진실이다. 위대한 예술가에 있어서는 자연 속에 일체의 것이 성격을 표현한다. — 오귀스트 로댕

▣ 저급한 예술가들은 항시 남의 안경을 쓴다. — 오귀스트 로댕

▣ 예술이란 자연이 인간에게 반영된 것이다. 중요한 것은 거울을 닦는 것이다. — 오귀스트 로댕

▣ 예술에 있어서 사람은 아무것도 창조하지 않는다. 자기의 기질에 따라서 자연을 통역한다. 그것뿐이다. — 오귀스트 로댕

▣ 예술은 정복된 인생이다. 생명의 제왕이다. — 로맹 롤랑

▣ 예술에 관한 정당한 판단은 불행에 의해서만 가능하다. 불행은 시금석(試金石)이다. 많은 세기를 불행하게 지내온 사람들, 죽음보다 강한 사람들을 볼 수가 있다. — 로맹 롤랑

▣ 과학과 예술은 일종의 사치에 지나지 않는다. 허위의 장식에 지나지 않는다. — 장 자크 루소

▣ 신의 세계에는 예술이 없다. — 앙드레 지드

▣ 영속(永續)하는 예술작품이란, 때와 함께 기호가 변해도 항상 그것

들의 새로운 기호를 만족시킬 수가 있는 것이다. — 앙드레 지드

▣ 문학의 목적은 인생의 목적과 마찬가지로 부정(不定)이다.

— 폴 발레리

▣ 예술이라는 연극 속에서, 자연은 천 개의 가면 아래 나타나는 등장 인물이다. — 폴 발레리

▣ 예술은 완전히 생활을 비치는 거울이다. — 하인리히 하이네

▣ 예술은 고난과 노고와 인내를 가진 인간의 영혼에 모아둔 벌꿀이다. — 시어도어 드라이저

▣ 예술은 인생의 빵은 아니라도, 적어도 그것에 곁들이는 포도주이다. — 존 볼

▣ 예술은 눈에 보이는 것을 모사하는 것이 아니다. 보이지 않는 것을 보이도록 하는 데 있다. — 파울 클레

▣ 예술은, 기질의 거울에 비친 한 조각의 세계가 아니고, 의식(意識)의 거울에 비친 한 조각의 기질이다. — 모르겐슈테른

▣ 무대 위에서는 언제나 지금이다. 등장인물은 과거와 미래 사이에 있는 그 면도날 위에 서 있다. — 손턴 와일더

▣ 인생에 있어서는, 미는 죽어 버리지만 예술은 낡지 않는다.

— 데팡 부인

▣ 과학은 사람의 마음을 안정시켜 주지만, 예술은 그것을 뒤흔들어 놓기 위해서 있는 것이다. — 조르주 브라크

▣ 사상에서와 마찬가지로 예술에 있어서도 결코 결론을 내려서는 안 된다. 결론을 내린다는 것은 사상에서 공기를 빼앗는 것이며 사상

의 발전과 성장을 가로막는 것이 되기 때문이다.

— 조르주 브라크

▣ 시는 모든 예술의 장녀이며 대부분의 예술의 어버이다.

— 윌리엄 콩그리브

▣ 남자의 얼굴은 자연의 작품, 여자의 얼굴은 예술작품.

— 아베 프레보

▣ 예술은 때로 아름다운 것을 밉게 만들 경우가 있다. 그러나 패션은 미운 것을 예쁘게 해준다. — 장 콕토

▣ 예술은 인생을 정신적으로 활기 있게 하고 고무하기 위해서 있는 것이지, 인생에 대해서 니힐리즘의 차가운 악마의 주먹을 휘두르기 위해서 있는 것은 아니다. — 토마스 만

▣ 예술은 힘이 아니라 위로이다. — 토마스 만

▣ 나의 산문작품은 모든 혼의 전기이며, 그 속에서는 사건이나 스릴은 문제가 아니다. 나의 작품은 근본에 있어서 독백이다.

— 헤르만 헤세

▣ 예술은 가장 감각적인 데서 시작하여 가장 추상적인 것으로 통할 수가 있었다. 혹은 순수한 관념의 세계에서 시작하여 가장 혈기 많은 육체에서 끝날 수가 있었다. — 헤르만 헤세

▣ 예술에도 온갖 권력과 같이 예외가 있다. 예술의 보다 깊은 의미를 이해하는 힘이 결여되어 있는 사람조차도 그 예의를 좇아 존경에 찬 고려(顧慮)를 지불하지 않으면 안 된다. — 프란츠 리스트

▣ 문학은 나의 유토피아이다. 나는 여기서는 권리의 침해를 당하지

않는다. 어떠한 감각의 장벽도 내 책동무들의 향기롭고 우아한 이야기를 가로막지 못한다. 그들은 아무런 거리낌이나 어색함이 없이 나에게 이야기를 건넨다. — 헬렌 켈러

▣ 예술은 감독되고, 제한되고, 가공되는 일이 많으면 많을수록 자유로워진다. — 이고르 스트라빈스키

▣ 예술이 완성을 향해서 진전할 때 비평의 기술도 그것과 보조를 맞춰서 진전한다. — 에드먼드 버크

▣ 예술형식의 큰 변화는 항상 어떤 사회의 상상력 안에서 신성한 것과 세속적인 것의 한계선이 좀 달라진 사실을 반영한다. — 위스턴 오든

▣ 비평은 쉽고 예술은 어렵다. — 시몬 드 보봐르

▣ 예술이란 감각적 또는 지적 소재를 미적 목적을 위하여 인간이 다루는 일이다. — 제임스 조이스

▣ 예술이 생명의 의식인 것처럼 비평은 예술의 의식인 것이다. 참된 비평이 지니는 본질적인 행위는 예술에 의한 예술의 조화적 통제이다. — 존 머리

▣ 예술은 대중에 봉사하는 하녀가 아니다. — A. 플라텐

▣ 찬사—찬사라는 것도 배워야 할 예술이다. — 프리드리히 뮐러

▣ 예술은 슬픔과 고통에서 생긴다. — 파블로 피카소

▣ 글을 쓴다는 것은 사리사욕을 떠나는 것이다. 예술에는 일종의 단념이 있다. — 알베르 카뮈

▣ 예술은『나』, 과학은『우리』다. — 클로드 베르나르

▣ 예술은 진공(眞空) 속에서의 창조는 아니다. 차라리 그것은 혼돈에서의 선택이고 무정형적(無定形的)인 것에서의 규정화이며 생(生)의 『소스라치는 유동성(流動性)』 속에서의 구체화이다.

— 허버트 리드

▣ 미는 예술에 있어서 가장 필요하다. 그러나 예술상의 숭고에는 도덕이 가장 필요하다. 그것은 심의(心意)를 높이기 때문이다.

— 조제프 주베르

▣ 우아함은 미의 자연의 옷이다. 예술에 있어서 우아함이 없는 것은 껍질을 벗긴 인체 표본과 같은 것이다. — 조제프 주베르

▣ 예술이란 인생이 우리에게 거부하는 것을 행동과 관찰과 결합을 통해서 우리에게 충분히 부여해 준다. — 앙드레 모루아

▣ 유미주의(唯美主義)—미를 인생 지상의 것으로 생각하고, 미를 본의(本意)로 하지 않은 것은 예술이 아니라고 하여 본능대로 육감이나 찰나의 향락을 좇는 사상이 19세기 말에서 20세기 초에 이르는 동안 현저했다. 원조(元祖)는 페이터인데 예술을 위한 예술파, 상징파, 데카당스, 고답파(高踏派) 등은 같은 경향이다. — 미상

▣ 예술은 기하학적 예술과 대조해서 널리 사실주의(寫實主義, naturalism) 또는 현실주의(realism)라고 부를 수 있다. 물론 여기서는 이 두 말은 가장 넓은 의미에서 사용되며, 또한 자연의 단순한 모방까지도 전부 포함한 것이다. — 토머스 흄

▣ 예술이 있기에 우리는 스스로의 눈으로 보는 오직 하나의 세계가 아니라, 수없이 많은 세계가 펼쳐지는 것을 본다. 그것은 독창력

있는 예술가의 수만큼 많은 것 같다. — 마르셀 프루스트

▣ 소설이 존재하는 단 하나의 이유는 그것이 인생을 표현하려고 시도한다는 것이다. — 헨리 제임스

▣ 예술은 논의, 실험, 호기심, 다양한 시도, 의견의 교환, 그리고 관점의 비교에 의해서 살아간다. 따라서 아무도 예술에 관하여 말할 수 있는 어떤 특별한 의견이 없고 소설작업의 실천이나 예술 선호에 대해서 말할 아무런 이유도 가지고 있지 않은 그러한 시대는 영광의 시대일지는 몰라도 발전의 시대는 아니며—어쩌면 심지어 약간은 우둔의 시대라고도 추측된다. — 헨리 제임스

▣ 예술이란 무엇이냐? 매음. — 보들레르

▣ 음악에서 가장 중요한 것은 악보에 적혀 있지 않다.
— 구스타프 말러

▣ 사람들은 음악과 회화와 조각은 서슴지 않고 『전문 장인(匠人)』에게 위탁하면서도 시는 교양인 행세를 하기 위해 직접 배운다.
— 스테판 말라르메

▣ 우리의 예술이란 진리에 의해서 현혹된 바로 그것이다. 찌푸리며 고개를 돌리려는 얼굴에 비치는 빛은 진(眞)으로, 그 이외의 아무것도 아니다. — 프란츠 카프카

▣ 예술은 토론이 아니다. 예술은 토론 따위에는 관심도 없다. 예술은 토론을 벌이지 않고도 그대를 설득할 수가 있는데, 그렇다면 무엇 때문에 구태여 따지는가? 예술은 너무나 강렬해서, 아무런 토론도 없이 설득시키는 힘을 지녔기 때문이다. — 오쇼 라즈니쉬

▣ 예술의 경우, 입을 다물고 있는 것보다 더 나은 얘기를 하기란 어렵다. — 비트겐슈타인

▣ 예술이 『감정을 낳는 데』 도움이 된다면, 예술을 감각적으로 지각(知覺)한다는 것도 태어난 감정 속에 포함되어 있는 것일까. — 비트겐슈타인

▣ 예술은 우리에게 자연의 불가사의를 가르쳐준다고 할 수 있겠다. 예술은 자연의 불가사의란 개념에 기초를 두고 있는 것이다. — 비트겐슈타인

▣ 적도지역에서는 지극히 가늘고 실처럼 생긴 벌레가 인간의 피부를 뚫고 파먹는다. 그러면 무당을 부른다. 그가 마술의 피리를 불면 벌레가 홀려서 나타나 조금씩 몸을 펴면서 밖으로 나온다. 예술의 피리도 그러하다. — 니코스 카잔차키스

▣ 예술에서 간결은 언제나 아름답다. — 헨리 제임스

▣ 사람이 적요(寂蓼)를 느낄 때 창작이 생긴다. 공막을 느끼면 창작이 생기지 않는다. 그에게는 이제 아무것도 사랑할 것이 없으므로 필경 창작은 사랑에 뿌리박는 것이다. — 노신(魯迅)

▣ 사상이 문학에 들어 있는 것은 두뇌가 사람의 몸에 있는 것과 같다. — 호적(胡適)

▣ 예술은 무지(無智)라는 적을 갖고 있다. — 벤 존슨

▣ 모든 진정한 예술은 내면의 마음을 표현하는 것이어야 한다. — 마하트마 간디

▣ 영화를 만들 경우에는 어린아이들이 아니라 나 자신을 기쁘게 하

는 것을 생각한다. — 월트 디즈니

▣ 미국영화는 교양 없는 무리들이 무지한 사랑을 대상으로 만들고 있다는 것을 명심해야 한다. — 세인트 존 어빙

▣ 살기 힘든 세상으로부터 살기 힘든 우환을 뽑아내며, 고마운 세계를 눈앞에 그려내는 것이 시이고 그림이다. 또는 음악과 조각이다. — 나츠메 소세키

▣ 예술적 양심이라는 것은 예술가나 예술품을 제작할 때에 그가 최선이라고 믿는 바가 아니고는 아니하는 마음을 가리킨 것이다. 행위에 있어서의 도덕적 양심에 비할 것이니 양심적인 인물이 아니고는 예술적 양심이라는 것을 논할 필요도 없는 것이다. — 이광수

▣ 자유주의 예술관으로 보면 예술에는 아무 객관적 표준은 없는 것이다. — 이광수

▣ 미인들이 경대 앞에 앉아서 화장을 하듯이, 군자는 제 마음을 닦는다. 조각가가 여기를 깎고 저기를 다듬어서 보기 흉한 바윗돌에서 아름다운 사람의 모양을 파내듯이 흠 많고 허물 많은 저를 갈고 닦아서 제가 가장 좋다고 생각하는 인격을 만드는 것이 우리의 가장 큰 공부요 예술이다. — 이광수

▣ 의식주와 같이 예술도 인생생활에 필수품이다. 동시에 의식주에도 사치품은 있다. — 이광수

▣ 참으로 예술은 개성의 표현이 아니면 안된다. 즉 예술가로서 청고호매(淸高豪邁)하고 순진무사(純眞無邪)한 품격의 소유자가 아니

면 걸출한 작품이 나올 수 없는 것이다. — 이병도

▣ 애(愛)는 몰입(沒入)이다. 예술은 표현이다. 몰입하고는 표현할 수 없다. 표현하려면 몰입하여서는 아니 된다. 신은 우리에게 두 가지를 다 누릴 특전을 아니 주었다. 애욕과 예술욕을 동시에 채울 수가 있다는 것은 하늘 밑에서는 제일 큰 거짓말이다. — 변영로

▣ 예술은 허위의 최고학파라고 할 것이니, 예술은 이상화(理想化)함으로써 거짓말을 해야 되고, 종합함으로써 거짓말을 해야 된다.
— 김진섭

▣ 만일 예술이 추(醜)와 타협할 때 그것은 우상은 될 수 있으되 이미 예술은 아니다. 만일 과학이 비진리와 타협할 때 그것은 미신은 될 수 있으되 이미 과학이 아닌 것과 같다. 그러므로 예술에는 오직 『철저(徹底)』가 있을 뿐이요, 『애매(曖昧)』가 있을 수 없다. 거기에는 오직 『결단(決斷)』이 없을 뿐이요, 『준순(逡巡)』이 허용되지 않는다. — 오지호

▣ 예술―석수(石手)가 만드는 것이 아니다. 그 속에 감추어둔 것을 깨뜨려 찾아내는 것이다. — 유치환

▣ 예술에 있어서 가장 중요한 것은 깊이를 알 수 없는 함축이라고 할 것이다. 차원이 높을수록 소박하고 떫은 것을 좋아하게 되는 것은 바로 그 함축 때문이다. — 유달영

▣ 예술이란 강렬한 민족의 노래인 것이다. — 김환기

▣ 예술은 무한한 애정의 표현이오. — 이중섭

▣ 예술은 기술을 기초로 한다. 바탕에 있어서는 예술이나 기술이 다

아트(art)다. 그러나 기술이 예술로 승화하려면 자연을 얻어야 한다. 다시 말하면 인공을 디디고서 인공을 뛰어넘어야 한다.

— 조지훈

▣ 예술이란 원래 신의 뜻을 지니는 무당(巫堂)과 같다. — 최인훈

▣ 예술의 위대가 자연의 위대보다 생명이 있고 더 큰 것은 정한 일이 아니냐. — 김동인

▣ 예술은 인생의 정신이요, 사상이요, 자기를 대상으로 한 참사람이오. 사회 개량, 정신 합일을 수행할 자이오. 쉽게 말하자면 예술은 개인 전체이요, 참예술가는 인령(人靈)이오. 참 문학적 작품은 신의 섭(攝)이요, 성서이오. — 김동인

▣ 예술이란 무엇이냐? 사람이 자기 그림자에게 생명을 부어 넣어서 활동케 하는 세계—다시 말하자면 사람이 자기가 지어 놓은 사랑의 세계—그것을 이름이리라. — 김동인

▣ 우리 인생은 예술에 의하여 짧은 수명을 연장할 수 있으니, 가야금의 곡조에서는 오늘날까지도 오히려 우륵의 유음(遺音)을, 석굴암의 조각에서는 오늘날까지도 오히려 김대성의 수택(手澤)을 찾을 것이다. 혜원(蕙園)의 풍속화에는 혜원의 넋이 뛰놀고 단원(檀園)의 영(靈)이 움직이니 인간은 불후(不朽)의 예술을 창작함으로 말미암아 불사의 생명을 향유할 것이다. — 문일평

【속담 · 격언】

▣ 나이 많다고 예술의 경지에 이른 것은 아니다. — 중국

▣ 온갖 꽃이 한꺼번에 피다. (학문 예술이 함께 융성 발전하다)
— 중국

▣ 예술과 지식은 빵과 명예를 가져온다. — 영국

▣ 예술은 세공(細工)에 빠지면 안 된다. — 독일

▣ 예술은 행복한 때의 장식, 불행한 때의 철(鐵)의 문이다.
— 독일

▣ 예술은 누구의 마음에서도 생긴다. — 프랑스

▣ 시기에 맞으면 바보의 말도 예술이 된다. — 스위스

▣ 예술가에게 예술은 풀 밑에 숨어 있지만 속인(俗人)의 눈에 예술은 산 속에 숨어 있다. — 터키

▣ 예술은 길고 인생은 짧다. — 라틴 격언

【시 · 문장】

때로 악마는 예술의 내 크나큰 사랑을
다시 없이 유혹적인 여인으로 둔갑하여.

— 보들레르 / 파괴

참다운 예술작품은 말이 적은 작품이다. 예술가의 총체적인 경험과 그 사상 생활에(어떤 의미에서는 그의 체계—이 말에 딸린 체계적이란 것에서 탈락된 것), 그리고 이 경험을 반영하는 작품과의 사이에는 어떤 관계가 있다. 예술작품이 모든 경험에 문학이라는 장식을 둘러쳐서 내놓을 때에는 이 관계는 깨어지고 만다. 이 관계는 예술작품이

경험에서 잘라낸 어떤 부분, 즉 내부의 광채가 아무런 제약도 받지 않고 고스란히 집약되는 다이아몬드의 절단면과 같은 것이다. 첫째 경우에는 체험의 과다와 문학이 있다. 두 번째 경우에는 우리가 분간할 수 있는 풍부한 경험의 암시로 해서 비옥해진 작품이 있다. 문제는 글을 쓰는 기술을 능가하는 처세법(아니 차라리 체험의 인식)을 깨치는 일이다. 그리고 위대한 예술가란 무엇보다도 위대한 생활인이다. (여기서 산다는 것은 또한 생에 대해서 생각한다는 뜻도 포함된다.—또한 경험과 경험에 대한 의식과의 사이의 미묘한 관계도 뜻한다.)

— 알베르 카뮈 / 비망록

예술 및 사회라는 말은 오늘날 우리가 사용하는 말 중에서 가장 모호한 개념이다. 영어에서『아트(art)』라는 어휘의 뜻은 너무나 모호한 나머지 단 두 사람에게 그 뜻을 묻더라도 같은 정의를 얻기가 힘들게 된다. 세련되고 전문적인 사람들은 모든 예술에 공통되는 어떤 특징을 추출해 내려 하고, 그래서 미학(美學)과 마침내는 형이상학 등 예술학(藝術學)에 골똘하게 된다. 소박한 사람들은『아트』를 많은 예술들 중의 하나인 회화와 동일시하는 게 보통이다. 그들은 가령 음악이나 건축을『아트』라고 생각하느냐는 질문을 받으면 혼란을 일으킨다. 아트가 무엇이든지 간에, 세련된 사람이나 소박한 사람에게 공통된 가정(假定)은, 그것이 보통사람에게는 직접적인 관심의 대상이 되지 않는 전문적인 또는 직업적인 활동이라는 것이다.

— 허버트 리드 / 예술은 왜 필요한가

1877년에 파터라는 학자도 모든 예술이란 음악과 같은 조건, 즉 형태뿐인 상태를 지향한다고 주장한 일이 있었다. 음악이나 행복의 순간들, 신화, 시간에 닳고 닳은 얼굴들, 어떤 황혼의 모습이라든가 어떤 일정한 장소들은 뭔가 우리에게 이야기하고 싶어 한다. 이야기하고 싶어 하는 게 아니라, 우리가 그 이야기를 아깝게도 놓쳐버렸을 뿐, 무슨 이야기를 했을 것이다. 이런 비밀이 밝혀진다는 것은 전혀 기대할 수 없다. 그러나 그것을 밝히고 싶은 절박한 마음 자체가 벌써 하나의 예술적 현상이 아니겠는가. — 호르헤 보르헤스 / 성벽과 도서

【중국의 고사】

▣ **천의무봉**(天衣無縫) : 시문 등이 매우 자연스러워 조금도 꾸밈이 없음. 완전무결하여 흠이 없음. 『천의무봉』은 하늘에 있는 선녀들이 입는 옷으로, 바늘이나 실로 꿰매 만드는 것이 아니고, 전체가 처음부터 생긴 그대로 만들어져 있다는 전설에서 나온 말이다. 보통 시나 글이나 혹은 예술품 같은 것이, 전혀 사람의 기교가 주어지지 않은 자연 그대로의 극치를 이루었다는 뜻으로 인용되곤 하는데, 때로는 타고난 재질이 극히 아름답다는 뜻으로도 쓰인다. 이 말은《태평광기》에 있는 곽한(郭翰)의 이야기 가운데 나온다.
　곽한이 어느 여름 밤 뜰에 누워 바람을 쐬고 있는데, 홀연 이제껏 본 적이 없었던 미인이 나타났다. 『저는 천상에 있는 직녀(織女)이온데, 남편과 오래 떨어져 있어 울화병이 생긴 지라 상제의 허락을 받아 요양 차 내려왔습니다.』 하고 잠자리를 같이할 것을 요구

했다. 하룻밤을 즐기고 새벽 일찍 구름을 타고 하늘로 올라간 그녀는 매일 밤 찾아오곤 했다. 이윽고 7월 칠석이 돌아오자, 그날 밤부터 나타나지 않더니 며칠이 지나서 다시 나타났다.

『남편과 재미가 좋았소?』 하고 묻자, 『천상에서의 사랑은 지상과는 다르옵니다. 마음과 마음이 서로 통할 뿐 다른 일은 없습니다. 그렇게 질투까지 할 것은 없습니다.』 하고 대답했다. 『하지만 꽤 여러 날 되지 않았소?』 『원래 하늘 위의 하룻밤은 땅에서의 닷새에 해당하니까요.』 그리고 조용히 그녀의 옷을 살펴보니 바느질한 곳이 전연 없었다. 곽한이 이상해서 물었더니, 『하늘의 옷은 원래 바늘이나 실로 꿰매는 것이 아닙니다.』 하고 대답했다. 그리고 그녀가 벗은 옷은 그녀가 돌아갈 때면 저절로 가서 그녀의 몸을 덮는 것이었다.

1년쯤 되던 어느 날 밤, 그녀는 곽한의 손을 잡고, 상제가 허락한 기한이 오늘로 끝난다면서 흐느껴 울었다. 그 뒤 1년쯤 지나 그녀를 따라다니던 시녀가 소식을 전해 왔을 뿐 다시는 영영 소식이 없었다. 그 뒤로 곽한은 세상 그 어느 여자를 보아도 마음이 동하지 않았다. 자식을 낳기 위해 장가를 들었으나 도무지 사랑을 느낄 수 없었고, 그로 인해 자식도 얻지 못한 채 일생을 마쳤다는 것이다. 비행접시를 목격하고 그 내부를 정확히 묘사해서 화제가 되었던 미국의 아담스키는 그의 저서 《비행접시의 정체》에서 별나라 사람의 옷도 역시 『천의무봉』이었다고 쓰고 있다.

— 《태평광기(太平廣記)》

▣ **골동**(骨董) : 오늘날에는 제작된 지 오래된 예술품에만 국한되어 쓰이지만, 원래 의미는 뼈를 푹 고아 나온 국물을 일컫는 말이었다. 여기에서 어떤 물건의 정수가 다 뽑혀 나왔다는 뜻에서 의미가 확대된 것이다. 『구지필기(九池筆記)』에 보면, 『나부영로가 음식을 마구 섞어 끓인 뒤 만들어진 국물을 일러 골동갱(骨董羹)이라 했다』는 것이다. 《비설록》에는 『골동은 사투리로, 처음에는 정해진 글자가 없었는데, 소동파가 맛을 보고는 골동갱이라 했다』고 했으며, 《회암선생어류(晦菴先生語類)》에는 단지 골동(骨董)으로 적혀 있다. 《미암묵담(米菴墨談)》에 다음과 같은 말이 있다. 방이지(方以智)는 이렇게 말했다. 『오래된 그릇을 일러 홀동(㫚董)이라고 한다. 『설문』에 보면 홀은 옛날 그릇이라고 하였다. 호골절이다. 전에서 말하기를 오늘의 골동은 옛날 홀동이 변한 것이라고 하였다(古器謂之㫚董 說文 㫚古器也呼骨切 箋曰 今謂骨董 㫚蓋之訛也).』 이 밖에도 어육 따위를 밥에 섞어 만든 음식을 골동반(骨董飯)이라고 하는데, 오늘날의 비빔밥과 비슷한 음식이라고 한다. —《비설록(飛雪錄)》

▣ **화씨벽**(和氏璧) : 화씨가 발견한 구슬이라는 뜻으로, 천하제일의 보옥(寶玉)을 일컫는 말이다. 춘추전국시대를 통해서 가장 값비싼 보물로 인정되어 왔고, 한때 이 화씨벽을 성 열다섯과 바꾸자고 한 일도 있어, 이것을 둘러싼 국제적인 분쟁이 있었고, 이로 인해 벼락출세를 하게 된 인상여(藺相如)의 이야기 또한 너무도 유명하다.

또 장의(張儀)가 이 화씨벽으로 인해 도둑의 누명을 쓰고 매를 맞은 일도 유명하다. 그러나 이 화씨벽이 세상에 나오기까지에는 보다 기막힌 사연이 얽혀 있었다.

초나라 화씨(和氏 : 卞和)가 산 속에서 돌로밖에는 보이지 않는 옥돌 원석을 주워 와서 초나라 여왕(厲王)에게 바쳤다. 여왕이 옥공에게 감정을 시킨바, 옥이 아닌 돌이라고 했다. 왕은 임금을 속인 죄를 물어 왼쪽 다리를 자르게 했다. 여왕이 죽고 무왕(武王)이 즉위하자 화씨는 다시 그 원석을 바쳤다. 역시 옥공에게 감정시킨 결과 옥이 아닌 돌이라는 판정이 내려졌다. 이번에는 그의 오른발을 자르게 했다. 무왕이 죽고 문왕이 즉위했다. 그러자 화씨는 그 원석을 품에 안고 밤낮 사흘을 소리 내어 울었다. 눈물이 마르자 피가 잇달아 흘렀다.

문왕은 이 소문을 듣고 사람을 시켜 그 까닭을 물었다. 『세상에 발을 잘린 죄인이 많은데, 그대만 유독 슬프게 우는 까닭은 무엇인가?』 그러자 화씨는, 『다리가 잘린 것이 슬퍼 우는 것이 아닙니다. 보배 구슬이 돌로 불리고, 곧은 선비가 속이는 사람이 된 것이 슬퍼 우는 까닭입니다.』 하고 대답했다. 이리하여 문왕은 옥공에게 그 원석을 다듬고 갈게 하여 천하에 다시없는 보물을 얻게 되었다. 그리고 그 구슬을 『화씨벽』이라 이름을 붙였다. 이 화씨벽은 춘추전국시대를 통틀어 최고의 예술작품으로 손꼽힌다.

—《한비자》 화씨편(和氏篇)

▣ **백아절현(伯牙絕絃)** : 자기를 알아주는 절친한 친구의 죽음. 또는 그 죽음을 슬퍼함. 춘추시대 백아(伯牙)라는 거문고의 명수가 있었다. 그런데 그에게는 그의 연주를 누구보다도 잘 이해해 주는 종자기(種子期)라는 친구가 있었다. 종자기는 백아가 연주를 하면, 백아가 그리고 있는 악상을 그대로 이해해내는 친구였다. 백아가 높은 산을 주제로 연주를 하면 곁에서 귀를 기울이고 있던 종자기는 탄성을 질러 말했다. 『아, 마치 높이 치솟은 태산(泰山) 같구나!』 또 백아가 흐르는 강을 주제로 연주를 하면, 『참으로 훌륭하도다, 도도하게 흐르는 황하(黃河)와도 같구나!』 이런 식이라 백아가 마음속으로 생각하고 거문고에 의탁하는 기분을 종자기는 정확하게 들어 판단해서 틀리는 법이 없었다.

어느 때의 일이다. 두 사람은 함께 태산 깊숙이 들어간 일이 있었다. 그 도중에서 갑자기 큰 비를 만나 두 사람은 바위 밑에 은신했는데, 아무리 시간이 흘러도 비는 그치지 않고 물에 씻겨 흐르는 토사 소리는 요란했다. 겁에 질려 덜덜 떨면서도 역시 거문고의 명수인 백아는 거문고를 집어 들고 서서히 타기 시작했다. 처음에는 임우지곡(霖雨之曲), 다음에는 붕산지곡(崩山之曲), 한 곡을 끝낼 때마다 여전히 종자기는 정확하게 그 곡의 취지를 알아맞히고는 칭찬해 주었다.

그것은 언제나의 일이었으나, 그 때는 때가 때인 만큼, 백아는 울음을 터뜨릴 정도의 감격을 느끼고 느닷없이 거문고를 내려놓더니 감탄하며 말했다. 『아아, 이건 굉장하구나! 자네의 듣는 귀는 정말 굉장하군. 자네 그 마음의 깊이는 내 맘 그대로 아닌가. 자네 앞에서는 거문고 소리를 속일 수가 없네.』

그러나 그 후 얼마 지나지 않아 불행하게도 종자기는 병을 얻어 죽고 말았다. 그러자 백아는 그토록 거문고에 정혼(精魂)을 기울여 일세의 명인으로 불리어졌음에도 불구하고 그 애용하던 거문고의 줄을 끊어버리고 죽을 때까지 두 번 다시 거문고를 손에 들지 않았다. 그것은 종자기라는 얻기 어려운 친구, 다시 말해서 자기 거문고 소리를 틀림없이 들어주는 친구를 잃은 비탄에서였다고 한다.

이 이야기는 참된 예술의 정신이라고 할 만한 것을 시사해 준다. 그러나 예술의 세계만은 아니다. 어느 시대에도 또 어떤 사회에서도 내가 하는 일, 아니 그 일을 지탱해 나가고 있는 나의 기분을 남김없이 이해해 주는 참된 우인지기(友人知己)를 갖는다는 것은 무상의 행복이고, 또 그런 우인지기를 잃는 것은 보상받을 수 없는 불행이라고 하지 않으면 안된다. 우인지기의 죽음을 슬퍼할 때 곧잘 사람들은 이 『백아절현』을 말하며 유감의 뜻을 표명하곤 한다. 진실로 백아와 종자기 같은 교정(交情)을 맺고 있는 우인지기는 그리 많을 수가 없다. 또 지기(知己)를 『지음(知音)』이라고 하는 것도 이 고사에서 나왔다. ―《열자》 탕문편(湯問篇)

▣ **우맹의관**(優孟衣冠) : 우맹이 손숙오(孫叔敖)의 의관을 입었다는 뜻으로, 사람의 외형만 같고 그 실은 다름을 비유하는 말. 또는 문학작품에 예술성이 전혀 없음을 이르는 말이다.

중국 춘추시대 초(楚)나라의 악인(樂人) 우맹의 고사에서 유래되었다. 우맹은 풍자하는 말로써 사람들을 잘 웃겼다. 초나라 재상 손숙오(孫叔敖)는 우맹의 현명함을 잘 알고 있어 그를 후대했다. 손숙오가 병에 걸려 죽게 되었을 때, 아들에게 이렇게 유언했다. 『내가 죽고 나면 너는 틀림없이 가난하게 될 것이다. 그때에는 우맹을 찾아가서 「저는 손숙오의 아들입니다」라고 말하거라.』

몇 해가 지나자 손숙오의 아들은 과연 가난해져서 나무를 짊어지고 다니며 팔아서 생활을 하지 않으면 안 되게 되었다. 그래서 그는 우맹을 찾아갔다. 『저는 손숙오의 아들입니다. 아버지가 돌아가시기 전 저를 보고 가난해지거든 선생님을 찾아뵈라는 말씀을 남기셨습니다.』

우맹은 이때부터 손숙오처럼 의관을 갖추고 몸짓과 말투를 흉내내기 시작하여 1년쯤 지나자 손숙오와 똑같이 행동할 수 있었다. 우맹은 장왕이 베푼 주연에 참석하여 만수무강을 축원하였다. 장왕은 크게 놀라며 손숙오가 다시 살아온 것으로 여기고 그를 재상으로 삼으려고 하였다. 그러자 우맹이 말했다. 『바라건대 집에 돌아가서 처와 의논하고 나서 사흘 뒤에 재상이 되도록 해주십시오.』 장왕이 그렇게 하라고 허락하자, 사흘 뒤에 우맹이 다시 어전에 나타났다. 장왕이 물었다. 『그대의 처는 무엇이라고 말하던고?』

우맹이 말했다. 『처는 저에게 「신중히 생각하여 재상 자리를 맡지 않는 편이 좋을 것입니다. 손숙오 같은 분도 초나라 재상으로서

충성을 다 하시고 또 청렴결백하게 초나라를 다스렸습니다. 그 때문에 대왕께서는 패자(霸者)가 되실 수 있었습니다. 그러나 손숙오 공께서 돌아가시니 그분의 아드님은 송곳을 꽂을 만한 땅도 없고(立錐之地), 곤궁에 빠져 나무장사를 해서 생활을 하고 있습니다. 만약 손숙오 공처럼 되어야만 하는 것이라면 스스로 목숨을 끊는 편이 낫습니다」라고 말했습니다.』

그래서 장왕은 우맹에게 사과하고 손숙오의 아들을 불러들여 침구(寢丘)의 땅 4백 호에 봉하고 아버지의 제사를 받들게 했는데, 그로부터 10대 동안 자손이 끊이지 않았다. 이것은 우맹이 말할 시기를 잘 알고 있었던 까닭이다. 『우맹의관』은 그럴 듯하게 꾸며서 진짜인 것처럼 행세하는 경우 또는 예술 작품에서 남의 것을 모방하여 독창성과 예술성이라고는 전혀 없는 경우, 배우가 등장하여 어떤 일을 풍자하는 경우 등을 비유하는 성어로 사용된다.

—《사기》 골계열전

【우리나라 고사】

▣ **비잠동치**(飛潛同置) : 『날고 잠긴다는 표현을 서로 같은 작품에 놓아둔다』는 뜻으로, 한시(漢詩)를 지을 때 쓰이는 수사법의 하나인 대구법(對句法)을 이르는 말이다.

『나는 것 잠기는 것과 동물과 식물, 이 모두 혼연히 하나의 봄마음을 품고 있네(飛潛與動植 渾是一春心).』라는 조선 전기 문신 최사로(崔士老, 1406~1469)의 시 『차죽산동헌운(次竹山東軒

韻)』에서 나온 말이다.

한시에서는 두 개의 구(句)가 같은 자수(字數)이며, 문법 구성이 같고 서로 대응하는 말로 대구를 이룬다. 한 작품 안에서 위로 날아다니는 것과 아래로 잠긴다는 표현에서 『위』와 『아래』가 서로 대립하여 대구법으로 균형을 이룰 수 있도록 맞추어 써야 한다는 말이다.

아래 시는 『비잠동치』를 적절히 응용한 고려시대의 문신 박인량(朴寅亮, ?~1096)의 『사송과사주구산사(使宋過泗州龜山寺)』이라는 시에 나오는 구절이다.

가파른 바위, 기이한 돌들이 첩첩이 산을 이루니
위에 있는 절은 물이 사방을 두르는구나.
탑 그림자는 강 속에 거꾸러져 물결 아래 아른거리고
풍경소리는 달을 흔들어 구름 속에 떨어뜨리는구나.
문 앞 객은 큰 파도에 노 젓는 일로 급한데
대나무 아래 스님은 밝은 대낮에 바둑 두느라 한가하네.
한번 중국에 사신 임무를 받들고 나서 이별을 애석하게 여기니
다시금 시를 남겨 다시 오를 날 기약하네.

巉巖怪石疊成山 上有蓮坊水四環 참암괴석첩성산 상유련방수사환
塔影倒江蟠浪底 磬聲搖月落雲間 탑영도강반랑저 경성요월락운간
門前客棹洪波急 竹下僧碁白日閑 문전객도홍파급 죽하승기백일한
一奉皇華堪惜別 更留詩句約重攀 일봉황화감석별 갱류시구약중반

시의 첫째 연에는 『산』과 『물』이 위와 아래로 대구를 이루고, 둘째 연에서는 『탑 그림자』와 『풍경 소리』를 대구 형식으로 표현하였다.

【에피소드】

▣ 미국에서 대호평을 받은 뮤지컬 《마이페어레이디》의 원작은 조지 버나드 쇼의 《피그마리온》이었다. 미국의 영화제작자 새뮤얼 골드윈이 《피그마리온》의 영화화를 간청하기 위해 버나드 쇼를 찾아왔을 때 쇼는 예의 비꼬는 투로, 『그따위 작품을 영화화해 봤자 성공할 까닭이 있겠는가? 큰 손해를 보고 실망할 걸세.』하며 우회전법을 썼다. 그러나 골드윈은, 『손익에 대하여는 문제를 삼지 않습니다. 단지 선생님의 훌륭한 예술을 존경하는 나머지 청탁하는 것입니다.』하며 간청하였다. 쇼는 한술 더 떴다. 『그 점이 자네와 내가 다르단 말일세. 자네는 예술을 존중하고, 나는 돈을 그에 못지않게 존중한다네.』

▣ 예술은 길고 인생은 짧다 : “ars longa, vita brevis.”(Art is long, life is short.)라는 말은 통상 『예술은 길고 인생은 짧다』로 번역된다. 예술가의 일생은 짧지만, 그가 남긴 작품의 생명은 오래간다는 뜻이다. 이 말의 원 출처는 세네카(Lucius Annaeus Seneca, BC 55?~AD 39)의 《인생의 짧음에 대하여》라는 문장에서, 그리고 세네카보다 앞서 산 고대 그리스의 코스(Kos) 섬 출

신이며 『의학의 아버지』로 불리는 히포크라테스(Hippokrates)가 말한 데 의거한 것 같다. 히포크라테스가 말한 『아르스(ars, 예술, 학예)』란, 의술 등 기술을 의미했는데, “ars longa, vita brevis.”라는 말은 원래 『사람의 일생은 짧고 기술을 배우는 데는 장시간이 걸린다. 그러므로 노력해야 한다』는 뜻이다. 달리 말하면 “ars longa, tempu fugit.” (Art is lasting, time is fleeting. : 예술은 길고, 세월은 쏜살같다)와 같은 뜻으로 사용했던 것이다.

【成句】

▣ 승당입실(昇堂入室) : 학문이나 예술 등의 교양을 습득하여 그것을 한껏 활용할 수 있는 수준에 달해 있음의 비유. 먼저 마루에 올라 방으로 들어온다는 뜻으로, 학문이 점차 깊어짐을 비유하기도 한다. / 《논어》

김동구(金東求, 호 운계雲溪)
경복고등학교 졸업
경희대학교 사학과 졸업
성균관대학교 경영대학원 경영학과 제1회 수료
경희대학교 경영대학원 경영학과 제1회 졸업
〈편저서〉
《논어집주(論語集註)》, 《맹자집주》,
《대학장구집주(大學章句集註)》,
《중용장구집주》, 《명심보감》

명언 학문편

초판 인쇄일 / 2021년 12월 25일
초판 발행일 / 2021년 12월 30일

☆

엮은이 / 김동구
펴낸이 / 김동구
펴낸데 / 明文堂
창립 1923. 10. 1
서울특별시 종로구 안국동 17-8
☎ (영업) 733-3039, 734-4798
(편집) 733-4748 FAX. 734-9209
H.P. : www.myungmundang.net
e-mail : mmdbook1@kornet.net
등록 1977. 11. 19. 제 1-148호

☆

ISBN 979-11-91757-25-5 04800
ISBN 979-11-951643-0-1 (세트)

☆

값 13,500원